SCHERZ

ANNA TÄUBER

Schräge Vögel

SOKO Neuntöter

SCHERZ

KRIMINALROMAN

Originalausgabe
Erschienen bei SCHERZ

Dieses Werk wurde vermittelt durch die Literarische Agentur Thomas Schlück GmbH, 30161 Hannover.
Redaktion: René Stein
Satz: C.H.Beck.Media.Solutions, Nördlingen
Druck und Bindung: GGP Media GmbH, Pößneck
ISBN 978-3-651-00137-4

Kontaktadresse nach EU-Produktsicherheitsverordnung:
produktsicherheit@fischerverlage.de

Alle Vöglein sind schon da

Von unseren gefiederten Freunden können wir viel lernen. Beispielsweise können sie, ohne ein Flugzeug zu besteigen, in der Luft schweben. Sie reagieren schneller auf Veränderungen in ihrer Umwelt. Sie leben nicht nach der Uhr, sondern nach dem Stand der Sonne, der sie beim Anbruch der Morgendämmerung schon zum Singen verleitet.

Und just als das Zentralgestirn sich über den Horizont schob, warf sich eines der drei Braunkehlchenmännchen in die Brust, um ein Lied anzustimmen. Auf einem im Wind schaukelnden Grashalm am Chiemsee begann es mit einem aufgeregten »Djit«, das von einem Weibchen fröhlich erwidert wurde. Die beiden angehenden Eltern hatten zum ersten Mal in ihrem kurzen Leben ein Nest gebaut: Eine Bodenmulde unweit einer kleinen Weißdornhecke war dafür auserkoren worden, und die Vögel wirkten äußerst zufrieden mit ihrer Wahl. Das Nest wurde perfekt durch längere Grashalme versteckt, und der belaubte Weißdorn selbst bot eine gute Sitzwarte, von der aus das Männchen bald auf Nahrungssuche gehen würde.

Ganz beschäftigt mit ihrer kleinen Familie nahmen weder das Männchen noch das Weibchen den Toten wahr, der in unmittelbarer Nähe zu ihrem Brutplatz nicht einmal zwei Meter entfernt, eingebettet in blaue und gelbe Iris, in einer Blutlache lag.

Der frühe Vogel fängt den Wurm

Kunststoff knirschte gegen Kunststoff.

Erschrocken drehte Katja den Kopf, nicht sicher, woher das Geräusch gekommen war. Im Ausparken war sie nicht gerade eine Expertin, hatte sie womöglich den Spiegel des Nachbarn touchiert? Sie bremste, ließ die Scheibe herunter und spähte vorsichtig ins Morgengrauen, um festzustellen, dass es nicht beim Touchieren geblieben war: Sie hatte den Spiegel voll erwischt.

Kurz hielt sie inne, wusste nicht, wie sie reagieren sollte.

»Dasdarfdochallesnichtwahrsein!«, presste sie dann hervor. »Das ist nicht meine Woche.« Ihr Blick streifte das Schreiben auf dem Beifahrersitz. Der weiße DIN-A4-Umschlag lag weiterhin dort, wohin er am Vortag von ihr verbannt worden war, nachdem sie ihn aus dem Briefkasten geangelt und mit Magengrimmen gelesen hatte. Darin: eine Absage. Die dritte diesen Monat. Und nun auch noch der zerstörte Außenspiegel. »Ich fass es nicht. Was tun wir jetzt, Roberta?« Sie drehte sich um und linste in den Fond.

Ihre verkehrsregelkonform gesicherte Mitfahrerin schien kurz zu überlegen, dann neigte sie aufmunternd den Hals zur Seite.

»Ja, du hast wieder einmal recht. Schlechte Gedanken bringen einen nicht weiter. Aber es ist schwierig, weißt du?« Katja atmete einmal tief durch.

Roberta kommentierte diese Aussage mit einem Kopfzucken.

»Ja, das gebietet eigentlich der Anstand.« Katja runzelte die Stirn. »Aber meinst du nicht, es ist noch etwas früh dafür?«

Da Roberta dazu nichts zu sagen hatte, musste Katja diese Entscheidung allein treffen. Ein Blick auf ihre Armbanduhr zeigte ihr, dass es immerhin nicht mehr sechs war.

Der Motor blubberte und erstarb dann abrupt, als ihre Sandale von der Kupplung rutschte. Sie stieg aus, eilte den von violetten Teppichglockenblumen eingesäumten Weg zum Hauseingang mit der Nummer 23 entlang und drückte dann entschlossen auf das Klingelschild.

Da sich nach zehn Sekunden noch nichts tat, klingelte sie erneut. Und nach weiteren zehn Sekunden ein drittes Mal. Endlich öffnete sich im ersten Stock ein Fenster.

»Herr Huber!«, brüllte Katja nach oben. »Herr ...« Ihre Stimme erstarb, als sich der zerzauste Schopf des alten Mannes ins Freie schob. Seine Frisur glich so sehr der Robertas – der aufgestellte Kamm, diese Fülle –, dass Katja für eine Sekunde mächtig aus der Fassung geriet. Auch das Gesicht des Mannes hatte dieselbe Farbe angenommen wie Robertas fettiger Hautlappen. Puterrot. Nach einem kurzen Moment fing sie sich wieder.

Nicht so Herr Huber.

»Frau Sommerrain!«, zeterte es von oben herab. »Zefix! Es ist sechs Uhr in der Früh! Am Sonntag!«

Zehn nach inzwischen.

»Verzeihen Sie, Herr Huber, aber ich habe ...«

»Schon gut, ich habe noch drei Kartons mit Ersatzspiegeln in der Garage.«

»Wirklich?«, hakte Katja erfreut nach.

»Wirklich«, kam es mit einem Seufzer von oben.

Fünf Minuten später trat Katja erneut aufs Gas, und der weiße Volvo hüpfte aus der Einfahrt auf die Straße. Kies knirschte, als sie in den nächsten Gang schaltete und das Pedal weiter herunterdrückte.

Roberta liebte Geschwindigkeit. Der puterrote Kamm wackelte.

Abwechselnd zuerst auf die Straße und dann auf die CD in ihrer Hand schauend, befreite Katja die Scheibe von der Hülle und schob sie in den Player. Sie bildete sich ein, dass Roberta nicht nur Tempo liebte, sondern auch Gitarrenklänge. Und da das Huhn jetzt in zuckende Bewegungen verfiel, den Kopf vor- und zurückriss wie ein Rockstar und dabei mit den Krallen im Sand ihres auf der Rückbank gesicherten Käfigs scharrte, fühlte sich Katja in ihrer Einschätzung bestätigt.

Aber Roberta brauchte mehr Bewegungsfreiheit, so viel war klar. Langsam steuerte Katja deswegen den Wagen an den Straßenrand, zog die Handbremse, löste den Gurt und schob ihren Oberkörper zwischen den Sitzen nach hinten. Nachdem sie Robertas Käfig entriegelt hatte, tat das Huhn einen Satz in den Fußraum, flatterte anschließend auf den Beifahrersitz und machte sich pickend über den Umschlag her.

»Tu dir keinen Zwang an.« Katja löste die Handbremse und lenkte den Volvo zurück auf die Straße. Jedoch nicht, ohne vorher zweimal in den Seitenspiegel geschaut zu haben.

Zehn Minuten und zwei Melissa-Etheridge-Songs später bog der weiße Volvo zu den Klängen von *Bring me some water* auf den Parkplatz ein. Kurz gackerte es empört von rechts, als Katja zu scharf bremste, dann aber sah Roberta interessiert zum Fenster hinaus.

Katja stieg aus, ging um ihren Schneewittchensarg herum und öffnete dessen Heckklappe. Gespannt verfolgte Roberta jede Bewegung.

»Mist!« Entnervt blickte Katja nach unten, wo ihr gerade der Sack mit dem Futter in den Matsch gefallen war.

Sie nahm Rucksack und Fernglas aus dem Kofferraum, stellte beides auf den Rücksitz und wuchtete anschließend den Futtersack auf die Rückbank. Wenigstens war er nicht geplatzt. Eiweiß-Mineral-Sticks. Robertas ausgewogene, bedarfsgerechte Ernährung, über die sich das Huhn später als Belohnung fürs geduldige Ausharren hermachen durfte.

Das Geräusch des zuknallenden Kofferraumdeckels hallte über den Hotelparkplatz, der Deckel schloss aber wie so oft nicht richtig. Obwohl sie damit womöglich einige Feriengäste aus dem Schlaf reißen würde, donnerte ihn Katja ein weiteres Mal zu. Danach ging sie um den Wagen herum, quetschte sich neben den Futtersack und tauschte die Sandalen gegen ihre Trekking-Schuhe.

»Positiv denken. Denk positiv«, murmelte sie ihr morgendliches Mantra. Ob es funktionierte? Da wollte sie sich noch kein abschließendes Urteil erlauben. Aber heute war Sonntag. Der Tag der Woche, an dem sie Kraft tankte. Kraft tankte, während sie reglos mit einem Fernglas vor den Augen dasaß, um die verschiedensten Vogelarten zu beobachten, die sich aus den Dunstfetzen des frühen Morgens schälten, mit den Schnäbeln ins Wasser tauchten und dabei laute Schreie ausstießen.

Nachdem sie den Volvo abgeschlossen hatte, setzte sie den

Rucksack auf, hängte sich den Feldstecher um und machte sich auf den Weg zum Beobachtungsturm.

Noch gut ein Jahr zuvor hätte Katja niemals vermutet, dass es ein Genuss war, um diese Uhrzeit auf das Achendelta zu schauen. Aber wenn die Sonne an Kraft zunahm, den neuen Tag einleitete und ihre Strahlen über dem Chiemsee ergoss, so dass die Natur leuchtete wie in einem Farbkasten, füllte sich Katjas Körper mit Energie, was weder Yoga noch Joggen oder Bogenschießen vollbracht hatten. Sie hatte all das ausprobiert, und besonders auf Letzteres war Roberta nicht gut zu sprechen gewesen.

Ein Haustier war ihr zum Stressabbau empfohlen worden, eine Katze. Aufgrund ihres augenblicklichen Entsetzens, dass so ein Stubentiger womöglich die Amselküken in ihrem Nest im Kirschbaum vertreiben – oder Schlimmeres – würde, war sie dann glücklich auf ihr jetziges Hobby gekommen. Und Katjas neue Mitbewohnerin eine natürliche Folge des Ganzen. Im Garten hinter dem Haus hatte Roberta einen Stall mit reichlich Auslauf. Sie war in vielen Dingen dickköpfig und nicht immer zielstrebig. Katja fühlte sich ein bisschen an sich selbst erinnert. Das Huhn gehörte zur Rasse der Amrocks, denen man normalerweise eine enorme Wirtschaftlichkeit nachsagte – Roberta fiel in dieser Hinsicht aus dem Rahmen, was sie in Katjas Augen aber nur sympathischer machte. Die Wirtschaftlichkeit beziehungsweise deren Ausbleiben waren auch ihr großes Lebensthema.

Während einer Legehennenausstellung des regionalen Bauernverbands hatte sich Katja in das Tier verliebt. Es gab eben sonst nicht viel zu tun, in Nußdorf. Und auf der Stelle war sie dort den Tieren erlegen. Dem Tier, besser gesagt: Robertas Federkleid bildete durch mehrfach gestreifte Federn, die schwarz umrandet in einer ebenso schwarzen Spitze endeten, ein bezauberndes Muster. Und seit Gegacker in Katjas Leben eingedrungen war, lag nicht nur 220 Tage im Jahr ein Spiegelei auf dem Frühstücksteller, sondern sie fühlte sich auch ein wenig ausgeglichener. Die gefiederten Freunde streichelten ihre Seele, Roberta zu Hause und die Piepmätze im Naturschutzgebiet. Und sie lenkten auch von dem Brief auf dem Beifahrersitz ab.

Wie ein angegrauter Brautschleier, der nach Gebrauch in einem Karton vergessen worden war, legte sich der Morgennebel auf das Schilf unterhalb des Beobachtungsturms. Im Hintergrund schälten sich majestätisch die Chiemgauer Alpen aus den Wolken. Katja hob das Fernglas an die zusammengekniffenen Augen und sah zuerst nichts als ihren eigenen Atem, der in kleinen Wölkchen an der Linse vorbeitrieb. Lauschte den intensiven Vogelrufen. Dem Beginn eines Konzerts, das durch die zunehmende Helligkeit bestimmt wurde. In einer vorgeschriebenen Reihenfolge setzte jede Vogelstimme ein.

»Fünf nach schon.«

Sie brauchte sich nicht umzudrehen, um zu wissen, von wem das brummende Genörgel gekommen war. Zuerst hatte sie aus der Ferne nur die surrende Batterie des E-Bikes gehört, die das Vogelkonzert wie eine Schar Hummeln beinahe übertönt hatte. Nur die letzten Meter über die Wiese zum Beobachtungsturm ging der »Zaunkönig« immer zu Fuß.

Er war vorhersehbar. Und wie der Vogel, nach dem Katja ihn getauft hatte, braun, klein und laut. Und stets der Zweite auf der Plattform. Bevor die anderen kamen, deren Namen Katja ebenso wenig kannte. Und dennoch hatte sich über die Monate hinweg eine Vertrautheit eingeschlichen. Jeden Sonntag in der Früh waren sie hier, bei Sonnenschein oder Regenguss. Mittlerweile nickten sie sich zu, zählten Vögel und brachen anschließend gemeinsam zum Parkplatz auf. Katja musste zugeben, dass sie sich inzwischen recht wohl dabei fühlte, gemeinsam mit den vier anderen, die Feldstecher vor den Augen, das Moor abzusuchen. Beinahe erstaunt hatte sie neulich registriert, dass sie mit dem »Stieglitz«, dem mit Abstand Jüngsten der Gruppe, der bei jedem Wetter fröhlich-rot-gelbe Turnschuhe trug, ein Gespräch angefangen hatte – über Juvenal, den römischen Satiriker.

Sie ließ das Fernglas sinken und nickte dem Zaunkönig, der nun den Beobachtungsturm erreicht hatte, grüßend zu. Er war der Älteste von ihnen und trug wie immer eine dunkelbeige Jacke zum hellbeigen Hemd über einer braunen Hose. Niederschmetternde Farben. Frustrierend. Katja selbst kleidete sich zwar auch nicht wie ein Papagei, aber gegen etwas Farbe in ihrem Leben hatte sie nichts.

»Fünf nach schon«, wiederholte er grunzend und sah dabei demonstrativ auf die Armbanduhr.

»Zaunkönig« beschrieb den Mann nur unzureichend, das musste Katja zugeben, aber sie kannte keinen Vogel, der grunzte oder enerviert den Kopf schüttelnd zur Uhr blickte. 80 Punkte von 100. Das reichte.

»Ich bin pünktlich«, erwiderte sie und schob ihre große Brille zurück auf den Nasenrücken. Große runde Brillen waren wieder modern, das gefiel Katja, und ihre passte toll zu ihrem glatten Bob, ließ sie interessant wirken.

»Du doch nicht. Die anderen Gucker.«

Von ihrer Position auf dem Turm aus hatte Katja eine gute

Sicht auf den Parkplatz. Neben ihr Auto gesellte sich in diesem Moment ein zweites, dann folgte hinter ihr deutlich das scharfe Bremsen eines Rads im Kies.

»Na bitte«, meinte Katja. »Da sind sie ja schon.«

Thilo war zwar der Jüngste der Gruppe, aber dennoch – oder gerade deswegen? – war es ihm alles andere als leicht gefallen, sich vor Sonnenaufgang aus dem Bett seiner Studentenbude zu bewegen. Auf der anderen Seite sorgten die wenigen Quadratmeter in seiner WG mit Mark dafür, dass Bewegung eine Frage der Interpretation war, denn auf dem Klo zu sitzen und gleichzeitig mühelos die Zahnbürste auf dem Waschbecken erreichen zu können, entsprach keinem Marathonlauf, nicht einmal einer Yogaübung für Anfänger. Insofern gab Thilo auf der knapp zehn Kilometer langen Strecke von Traunstein bis zum Vogelbeobachtungsturm Hagenau auf seinem Rennrad alles. Emily joggte, das hatte er mitbekommen, und Thilo wollte ihr gegenüber nicht wirken wie ein Phlegma, weswegen er sich vorgenommen hatte, ein wenig an seiner Kondition zu arbeiten. Mens sana in corpore sano.

Der kühle Morgenwind blies ihm um die Ohren, und Thilo verzog das Gesicht zu einer Grimasse. Mens sana in corpore sano. Diese Sonntagsausflüge hatten sich unvermutet zu einer Art Bildungsprogramm entwickelt. Nicht nur hatte er etliche Vogelrufe kennengelernt, zu allem Übel hatte ihn auch noch die Birderin mit dem Huhn letzte Woche schmallippig mit einem zackigen Vortrag über irgendeinen römischen Poeten den letzten Nerv geraubt, von dem die Sache mit dem gesunden Geist und dem gesunden Körper stammte. Keine Ahnung, wie sie darauf gekommen war, normalerweise redeten sie nicht miteinander. Aber vermutlich hatte sie das ironisch auf Grumpy bezogen. Grumpy war zwar alt, kam aber ebenfalls mit dem Fahrrad – wenn auch mit elektrischer Unterstützung. Seine Wampe zeugte deutlich davon, dass ihm dieser römische Dichter und dessen Erkenntnisse komplett egal waren.

Wie immer, wenn er in die Pedale trat, klackten Thilos Gedanken umher wie Billardkugeln. Auch wenn Emily joggte und offenbar auf ihre Gesundheit achtete, lateinische Glückskekssprüche sollte er ihr gegenüber wohl besser nicht benutzen. Das wäre ein beschissener Einstieg. Zu gewollt. Zu programmiert. Er war schließlich nicht irgendein vergeistigter Möchtegernpoet. Hoffentlich stand sie nicht auf Gedichte. Scheiße, was machte er, wenn sie auf Gedichte stand?

Jetzt nicht die Nerven verlieren.

Von Selbstmotivation gepackt, zog Thilo das Tempo an.

Kino? Sneakpreview? Wurde in Traunstein angeboten, in Prien auch, soweit er wusste.

Nein, schlechte Idee. Absolut unberechenbar. Was, wenn sie den Film mochte und er nicht? Oder umgekehrt? Katastrophenszenario, wenn man sich gleich beim ersten Date nicht einigen konnte.

Ohne den gedanklichen Faden zu verlieren, manövrierte Thilo geschickt um einen dicken Ast herum, der mitten auf dem Weg lag.

Also kein Kino.

Kaffee? Zu bourgeois. Absolutes No-Go.

Bar? Was, wenn sie keinen Alkohol trank?

Irgendein veganes Restaurant? Sie war sicherlich Veganerin.

Wo gab es hier in der Nähe ein verdammtes veganes Restaurant?

Das Dumme war, dass Thilo absolut nichts über Emily wusste, deren Herz er – ob langsam oder im Sturm, das war ihm eigentlich komplett schnuppe – erobern wollte.

Obwohl: Sturm, das war jetzt nicht so sein Ding.

Außer *Storms* von Fleetwood Mac. Seine Mutter liebte die Band, und als Neunjähriger hatte sich Thilo in Stevie Nicks auf dem Rumours-Cover verknallt. Wenn er genau darüber nachdachte … sah Emily nicht ein wenig aus wie …?

Bullshit.

Der Beobachtungsturm kam in Sicht, Thilo holte noch einmal Schwung, ließ das Rad danach auslaufen und rollte langsam den kleinen Hügel hinauf, auf dessen Kuppe ein Baum stand. Dort schloss Thilo sein Rad neben dem Senioren-E-Bike von Grumpy ab.

Wie lautete der Fleetwood-Mac-Songtext noch gleich? Irgendwas mit »Storm« eben. Die genauen Zeilen fielen ihm nicht mehr ein, aber an die Melodie erinnerte er sich noch gut.

Scheiße, das Lied würde ihm jetzt eine Weile erst mal nicht mehr aus dem Hirn gehen.

Zwei waren schon da. Grumpy eben und die Hühnerfrau. Grumpy machte seinem Namen heute wieder alle Ehre: Mit zusammengekniffenen Augen saß er auf dem Campingstuhl, den er auf seinem Gepäckträger transportierte, und blickte auf die Uhr. Thilo hatte nicht gewusst, dass sie sich bei ihm an- und abmelden mussten.

»Wird auch Zeit. Acht nach schon«, murmelte er, und Thilo überlegte sich gerade, ob er den vorher nur gedachten Satz laut ausgesprochen und sich damit Feinde gemacht hatte. Denn um ehrlich zu sein, auf eine verquere Art und Weise mochte er diese frühen Sonntagmorgenstunden und, um noch ehrlicher zu sein, er hatte auch nichts gegen die anderen Birder. Klar, die Dozentin mit dem Huhn hätte sich ihre Klugscheißerei sparen können, und auch für Grumpy hatte Thilo meist nur ein inneres Augenrollen übrig, aber … dennoch.

»Fehlen noch zwei«, sagte Grumpy jetzt und faltete die Hände über seinem Bauch. Wenigstens schaute er nicht mehr auf die Uhr, die wie er selbst aus grauer Vorzeit stammen musste.

Noch zwei. Also die Mutti und der BWL-Justus. Mutti, so nannte Thilo in Gedanken die zweite Frau unter ihnen, weil sie immer für alle Croissants mitbrachte. Im Gegensatz zur schlanken Hühnerfrau war sie eher rundlich, mit einem rotwangigen Gesicht, und schien als Einzige wirklich ständig gute Laune zu haben. Allein wie sie die Holzleiter zum Beobachtungsturm hinaufstieg, mit glühenden Wangen vor Vorfreude und in Schals und Jacken gehüllt, deren Muster Thilo an ein Buch erinnerten, das er in der Grundschule besessen hatte: Optische Illusionen. Man musste die irre gemusterten Seiten schräg halten, dann wurde einem plötzlich schwindelig.

BWL-Justus, da war Thilo sich sicher, arbeitete als Banker oder Rechtsanwalt. Es war ein Klischee, aber die Lederschuhe ließen ihn mit seinem Pferdeschwanz eher nach Yuppie als nach Barkeeper aussehen. Er war älter als Thilo, aber jünger als die beiden Frauen, und Thilo fragte sich oft, ob nicht eine Familie zu Hause auf ihn wartete. Das Huhn der crazy Dozentin fuhr bei ihr auf der Rückbank mit, da gab es ganz sicher keine Familie, und die Mutti schien ihrer eigenen am Sonntagmorgen zu entfliehen. Na, möglich war alles, vielleicht tat der BWL-Justus es der Mutti gleich. Thilo jedenfalls konnte sich nicht vorstellen, jemals Emily entfliehen zu wollen. Bei dem Gedanken spürte er, wie er rot wurde, und bevor den anderen beiden etwas auffiel, hob er schnell sein Fernglas vor die Augen, das zusammen mit der Kamera vor seiner Brust baumelte. Ein Bergpieper wäre toll, der fehlte ihm noch in seinem Sammelheft. Ja, Thilo liebte Sammelheftchen, hatte sie immer schon geliebt seit seinem ersten Panini-Büchlein von Spiderman im Kindergarten. Fürs Birding hatte er sich selbst eins gebastelt, natürlich nicht mehr auf Papier, für so was gab es mittlerweile Apps, aber das Prinzip war das Gleiche: Die Vögel, die er sah, trug er mit Bild und Steckbrief in einer bestimmten Reihenfolge in die Datei ein. Ein Foto konnte man auch hochladen, deswegen hantierte Thilo parallel zum Fernglas mit einer Canon herum. Er war sich noch nicht ganz sicher, ob ihn das zu einem Nerd machte. Aber Panini-Sammelhefte liebte doch jeder.

Jetzt war deutlich ein Automotor zu hören, und Grumpy ließ sich wie erlöst zurück in seinen Campingstuhl sinken.

»Zwölf nach«, grunzte er kopfschüttelnd.

»Binchen!«, flüsterte es durch die Dunkelheit. »Bist du schon wach?«

Gähnend rieb sich Sabine die Augen, tastete nach dem Smartphone auf ihrem Nachttisch und warf einen Blick auf die Uhrzeit. Kurz nach fünf. Sie streckte die Beine, es zog im unteren Rücken, am Abend würde sie ein paar Übungen machen müssen. »Ich bin wach, Mama.«

»O Gott sei Dank.«

Alarmiert schlug Sabine die Bettdecke zurück und stolperte ohne Pantoffeln zur offenen Zimmertür. »Hast du Schmerzen?«

Es kicherte. Zunächst dachte Sabine, sie hätte sich verhört. Aber nein, ihre kranke, vom Krebs geschwächte und von ihr betreute Mutter kicherte.

»Alles in Ordnung?«, fragte Sabine und trat in Heides Schlafzimmer neben ihrem, von dem aus sie nachts in nur wenigen Schritten am Pflegebett ihrer Mutter sein konnte. Dort richtete Heide sich jetzt, die papierne Hand am Haltegriff, im schwachen Licht der Nachtlampe auf. »Bine, ich habe keine Schmerzen, ich habe Hunger.« Die grauen Locken noch vom Schlaf seitlich an den Kopf gepresst, blickte sie ihre Tochter mit großen Augen an.

Jetzt musste auch Sabine kichern. Aber gut, dass Heide essen wollte. Sie aß viel zu wenig.

»Ich habe dich nicht geweckt, oder?«, fragte ihre Mutter jetzt besorgt.

»Nein, ich muss doch eh gleich los.« Sanft drückte Sabine ihre Schulter. »Ich hol dir schnell was.«

Seit einiger Zeit schon musste Heides Nahrung immer weicher sein, und Sabine graute es vor dem Tag, an dem sie zum ersten Mal Spaghetti Bolognese würde pürieren müssen. Die Ärzte hatten Haferbrei zum Frühstück vorgeschlagen.

In der Küche öffnete sie den Vorratsschrank. Die Tüte mit den Haferflocken schon in der Hand hielt sie in der Bewegung inne. Ach, was soll's, dachte sie, man lebt nur einmal – und das nicht mal besonders lange. Im Tiefkühlfach gab es noch eine Packung Croissants zum Aufbacken. In mundgerechte kleine Stücke geschnitten, konnte sie ihrer Mutter damit immer noch eine Freude machen. Bei dem Anblick begann auch ihr eigener Magen zu knurren.

Während die Hörnchen im Ofen langsam vor sich hin bräunten, setzte Sabine die Kaffeemaschine in Gang und brühte ihrer Mutter parallel einen Tee auf. Trotzdem würde sie ihr zusätzlich eine Tasse Cappuccino hinstellen, das gehörte sich einfach so. Wenige Monate bis zu einem Jahr hatte der Arzt gesagt, und da wollte er ihr die kleinen Freuden am Sonntagmorgen verbieten? Das war auch der Grund gewesen, weshalb Sabine Heide aus dem Pflegeheim zu sich nach Hause geholt und auf Teilzeit reduziert hatte. Wenn ihr Arbeitgeber nicht großzügig Homeoffice angeboten hätte, wäre das gar nicht gegangen. Und selbst so, das musste Sabine sich eingestehen, kroch sie an manchen Tagen auf dem Zahnfleisch. Ihr Sohn Felix machte ihr das Leben auch nicht einfacher. Von montags bis freitags tönte aus Heides Zimmer *Let the Sunshine in*, aus Felix' dröhnte *VIP in der Psychiatrie*, und Sabine klickte sich mit Headset von einem Call in den nächsten. Deshalb brauchte sie die Sonntagmorgenstunden, die absolute Ruhe im Moos. Runterkommen, entspannen, die nächste Woche in Angriff nehmen.

Nicht daran denken, dass sie all das, das Chaos, die Hektik, die Überforderung vermissen würde. In zwei Jahren, spätestens, wenn Heide nicht mehr war und Felix nach dem Abi auszog –, so Gott und seine Lehrer überhaupt zuließen, dass er es denn bekäme. Dann wäre sie wieder allein, zum ersten Mal seit mehr als zwanzig Jahren.

Mit einem lauten Schrillen verkündete der Backofen, dass die Croissants fertig waren, und selten war sie dem Piepen so dankbar wie heute, dass es sie aus ihren Gedanken riss.

Verstohlen wischte sie sich über die Augen, auch wenn es

doch ohnehin niemand sehen konnte, denn ihre Mutter schaffte es ohne Hilfe nicht mehr aus dem Bett, und Felix schlief noch. Dann arrangierte sie das Frühstück auf dem Tablett, stellte ein Schnapsglas mit den ersten Gänseblümchen dazu und trug alles hinüber in Heides Schlafzimmer. Später würde sie ihr helfen, ihr Lager auf der Couch aufzuschlagen, um den Rest des Tages Gesellschaft zu haben und das Gefühl, dabei zu sein, am Leben im Haus teilzunehmen. Außerdem stand im Wohnzimmer der Fernseher.

»Aufpassen, Mama!«

Im letzten Moment gelang es Sabine, das Tablett vor einem Zusammenstoß mit Felix zu retten, als er in die Küche hinein-, sie hinauswollte.

»Grundgütiger, wo kommst du denn jetzt …« Sabine unterbrach sich, als ihr Blick auf seine Jeans, die Straßenschuhe und Jacke aus Lederimitat fiel. Er roch nach Alkohol und Rauch. »Das ist doch nicht dein Ernst?« Sie stellte das Tablett so fest auf der Kommode ab, dass etwas Tee über die Croissants schwappte. »Felix, es ist halb sechs Uhr morgens!«

»Ja und?«

»Jetzt spiel hier nicht den Brando in deiner Jacke!«

»Muss ich den kennen?«

Es war so friedlich gewesen, dachte Sabine. Der Morgen war trotz der frühen Stunde so geruhsam verlaufen. Sie hätte wissen müssen, dass es nicht so bleiben würde.

»Mitternacht war abgemacht, du hättest um Mitternacht zu Hause sein sollen!« So lautete die Vereinbarung, solange er noch sechzehn war. »Wenn das dein Vater wüsste.« Sie umgriff das Tablett fester, drehte sich um und ging damit in Heides Schlafzimmer.

Felix, der ihr folgte, schnaubte.

»Die anderen …«, begann er, doch Sabine unterbrach ihn.

»Und wenn die anderen von der Brücke springen, springst du dann hinterher?« Sie biss sich auf die Zunge, wie oft hatte ihre Mutter genau diesen Satz gesagt? Und wie oft hatte sie ihn mittlerweile wiederholt? Man versuchte, nicht zu sein wie die eigenen Eltern, und verfiel doch fortwährend in dieselben abgedroschenen Phrasen. »Ich muss mich auf dich verlassen können«, fuhr sie dann an den Türrahmen gelehnt fort und bemühte sich um eine ruhige Stimme. Deeskalation. So machte man es doch, oder? »Und wo warst du überhaupt so lange?«

»Bei Leon.«

»Bei Leon? Und da wird gesoffen und was, geraucht?« Auch diesen Satz bereute Sabine augenblicklich. Deeskalation! Und richtig, es dauerte nur den Bruchteil einer Sekunde, bis Felix vielsagend die Augenbrauen hob und in Richtung Wohnzimmer zeigte. Mist, er hatte die Überreste der abendlichen Aktivitäten von Heide und ihr gesehen. Sie hatte vergessen, die Beweise ihrer Kifferaktivitäten vom Couchtisch zu räumen. Und genau in diesem Moment erscholl auch schon das zwar leise, aber deutlich vernehmbare Lachen ihrer Mutter, die das Kopfende ihres Krankenbettes hochgestellt hatte und sich fürstlich amüsierte.

Seufzend rieb sich Sabine die Stelle zwischen den Augenbrauen. »Ich mach mir eben Sorgen, Felix. Du willst doch das Abi schaffen.« Oder wollte sie, dass er es schaffte?

»Na, du hast es auch geschafft, und Cannabis, Mama, ist auch nicht besser als Alkohol.«

»Oh doch, das ist Medizin!«, rief es aus dem Bett. Der

gestrige Joint bescherte Heide sogar heute noch überragend gute Laune – die schmerzstillende Wirkung schien unschlagbar.

Jetzt zupfte es auch an Sabines Mundwinkeln, und, weiß Gott, dachte sie, einen Moment der Leichtigkeit konnten sie alle gebrauchen. Sie stupste Felix gegen die Schulter. »Lass uns frühstücken.«

Ihr Sohn gähnte, zuckte dann jedoch mit den Schultern.

»Mit etwas im Magen schläft man seinen Rausch auch viel besser aus.«

Heide seufzte vernehmlich. »Als ob man in seinem Alter so etwas wie einen Kater überhaupt kennt.«

»Aber uns geht es heute auch erstaunlich gut.«

Erneut kicherte ihre Mutter. »Bis auf den Heißhunger.«

»Bis auf den.« Der aber ein netter Nebeneffekt war.

Sabine stellte ihr Tablett auf Heides beweglichem Nachttisch ab und rümpfte die Nase; eines der Croissants war durch den übergeschwappten Tee ganz matschig geworden.

Aber Heide schien sich daran nicht zu stören und griff danach. »Ich kann doch ohnehin nicht so gut beißen.«

Felix nahm sich ebenfalls ein Croissant und den Cappuccino, den Heide ihm augenzwinkernd hinüberschob, Sabine setzte sich mit ihrem Kaffee und dem verbliebenen Hörnchen neben das Bett ihrer Mutter.

»Es ist egal, ob Papa davon erfährt«, nuschelte Felix plötzlich.

Sabine sah ihn fragend an.

»Mama, ich bin sechzehn. Ich darf mir aussuchen, bei wem ich leben will. Er kann mich dir nicht wegnehmen.«

Langsam nickte sie, seltsam gerührt. Felix war ein aufmerksamer Junge, der aufmerksamste. Wenn er sein Abitur nicht schaffte, würde er seinen Weg dennoch gehen, davon war sie überzeugt.

»Tut mir leid, was ich vorhin gesagt habe«, entschuldigte sie sich bei ihrem Sohn. »Das war nicht fair.«

Er nickte, gähnte erneut, riss dabei den Mund ungebührend weit auf, aber Sabine verkniff sich einen Kommentar. Sein Blick zur Uhr ließ sie plötzlich aufspringen.

Himmel, sie kam zu spät! Was für ein Glück, dass sie ihre Croissants für heute schon gegessen hatten, für einen Umweg über den Bäcker blieb keine Zeit mehr. Die anderen Vogelfans würden eben darben müssen. Oder … Sie griff nach der Keksdose, die irgendeine Nachbarin Heide letzte Woche vorbeigebracht hatte. »Ich muss los. Und ihr zwei legt euch jetzt beide noch mal schlafen. In einer Stunde bin ich zurück.«

Die Autoschlüssel schon in der Hand, drehte sie sich kurze Zeit später an der Tür noch einmal um, überlegte und ging dann zurück ins Zimmer ihrer Mutter. Und in der Tat, sie hatte die richtige Vorahnung gehabt.

»Nein. Schlafen! Jetzt!« Kurzerhand entriss sie Heide den letzten Jointstummel, den sie sich eben zwischen die Lippen stecken wollte. »Und du auch«, befahl sie ihrem Sohn. »Und das hier: nicht hinter meinem Rücken. Nur nach Absprache. Ihr kennt die Regeln.«

Gehorsam legte Felix das Feuerzeug auf den Nachttisch. Und reckte danach unisono mit seiner Großmutter die Finger zum Peace-Zeichen.

»Alles stabil hier. Fahr schon, Mama, wir kommen klar.«

Sabine seufzte. Wenn das mal der Wahrheit entsprach.

»Wird auch Zeit«, grummelte der Zaunkönig, der heute an einem Thema festzuhängen schien, als die »Störchin« den Beobachtungsturm betrat. »Fast Viertel vor.«

Nun waren sie immerhin schon zu viert, dachte Katja, während sie ihr Fernglas langsam von rechts nach links wandern ließ. Nach dem Zaunkönig war vorhin der Stieglitz eingetroffen – wie immer in seinen farbigen Turnschuhen. Und nun auch die Störchin, ebenfalls mit unverkennbarem Schuhwerk – knallorangefarbenen Gummistiefeln. Doch die Croissant-Tüte, die sie sonst stets mütterlich herumgehen ließ, schien sie dieses Mal nicht dabeizuhaben. Fehlte nur noch die »Elster«, um die Runde, die sich nun, im April, mehr oder minder pünktlich um sechs Uhr dreißig jeden Sonntagmorgen hier oben traf, komplett zu machen. Die Elster – Katja hatte den Mann wegen seiner straff zu einem Pferdeschwanz zurückgebundenen schwarzen Haare so getauft – hatte ihr vergangene Woche seine Karte zustecken wollen, als sie ein Knöllchen von der Windschutzscheibe zupfen musste. Womöglich ein hipper Rechtsanwalt.

Während Katjas Blick langsam dem Flug eines Rotmilans folgte, fragte sie sich, welchen Vogelnamen sie sich selbst geben würde. In den altgriechischen Quellen, die sie gerade für einen wissenschaftlichen Artikel analysierte, tauchten oft Raubvögel auf. Die homerischen Epen erwähnten sie im Zusammenhang mit wichtigen kriegerischen Ereignissen, Adler oder Habichte waren Vorzeichen der Götter. In Mesopotamien und Ägypten …

»Da fehlt immer noch einer«, wurde ihr Gedankenfluss vom Zaunkönig unterbrochen.

Sie ließ den Feldstecher sinken. »Hm?«

»Der Gelackte. Ist der schon vorgegangen? Ich hab doch sein

Auto auf dem Hof vom Hotel parken sehen. Weiter hinten, nicht bei deinem Wagen.« Er deutete auf sein Fernglas, mit dem er offensichtlich alle dort stehenden Autos in Augenschein genommen hatte.

Katja schluckte den trockenen Keks herunter, den die Störchin ihr statt der üblichen Croissants angeboten hatte, versuchte, ein Husten zu unterdrücken, und griff zu ihrer Wasserflasche. Hatte sie die etwa selbst gebacken? Hoffentlich fuhr die Frau nächste Woche wieder beim Bäcker vorbei.

Heute gab es etliche Abweichungen von der gewohnten Routine, weder Elster noch Croissants, und Katja hatte Probleme, sich damit zu arrangieren. Das passte nicht in ihr gut geordnetes Konzept. In den durchgeplanten Ablauf ihres Tages. Addiert zum kleinen Missgeschick mit Herrn Hubers Autospiegel – nun gut, das passierte Katja häufiger. Doch trotz aller Bemühungen ihrerseits entwickelte dieser Tag besorgniserregende Auffälligkeiten.

»Wir gehen immer gemeinsam los, und Frank weiß das«, erwiderte die Störchin.

War ja klar, dass sie wusste, wie die Elster hieß. Die Frau passte in Katjas Schublade von Menschen, die die Marotte hatten, sich in alles einzubringen. Aber ihre Croissants waren gut, das musste Katja zugeben. Nur, dass die eben heute fehlten.

Geistesabwesend biss sie erneut in den Keks, doch jetzt blieb irgendetwas in der Kehle stecken und ihr nichts anderes übrig als zu husten, was ihr prompt einen tadelnden Blick des Zaunkönigs und einen besorgten der Störchin eintrug.

Nur der Stieglitz lehnte, das Fernglas vor Augen, an der Holzbrüstung des Beobachtungsturms und schien sie alle gar nicht wahrzunehmen.

»Ein Braunkehlchen«, flüsterte er ehrfürchtig, reglos verharrend, und plötzlich waren alle Gedanken an trockene Kekse, die Störchin oder die Elster Frank verpufft. »Verdammt, ausgerechnet heute habe ich das Teleobjektiv vergessen …«

Katja versuchte, den Punkt zu finden, an dem der junge Mann mit den farbenfrohen Turnschuhen das Braunkehlchen gesehen hatte. »Saxicola rubetra«, murmelte sie, »von ›saxum‹ und ›colere‹, also ›einen Stein bewohnend‹«.

Latein gehörte zu ihren Lieblingssprachen, nicht umsonst war sie Altphilologin geworden. »Ausgestorben«, von wegen. Die Sprache ließ sich so mühelos in ihr neues Hobby integrieren, das war wie eine hervorragend aufgehende Gleichung.

»Es gibt nur ganz wenige Brutpaare am Chiemsee.« Beinahe blieb der Störchin vor Aufregung die Stimme weg. »Das sollten wir melden.«

»Vier«, sagte der Zaunkönig. »Es gibt drei, maximal vier Brutpaare hier im Grabenstätter Moos.« Mit dem Feldstecher in der Hand deutete er nach vorne ins Schilf. »Das Braunkehlchen steht auf der Roten Liste der gefährdeten Arten, Kategorie zwei.«

»Es ist so hübsch!« Ganz verzückt blickte die Störchin durch ihr Fernglas.

Heute lief wirklich alles anders, musste Katja feststellen. Jetzt unterhielten sie sich sogar schon, als wäre es das Normalste der Welt und sie alte Bekannte, dabei wusste sie immer noch keinen einzigen Namen ihrer Mitstreiter. Außer den von diesem Frank, aber der war nicht da.

Sie widmete sich wieder der Beobachtung der Sandbänke und Wiesen, folgte dem leichten Wiegen der Halme, entdeckte Baldrian, Johanniskraut, Huflattich und Salbei, bewegte den

Feldstecher weiter, bis sie tatsächlich das Nest sehen konnte. Das Nest des Braunkehlchenpaars, gut geschützt und nahezu unsichtbar im hohen Gras neben einer Weißdornhecke. Wie friedlich das landschaftliche Juwel hier wirkte. Instinktiv versuchte sie, keine Geräusche zu machen, das Brutpaar nicht zu erschrecken, obwohl die Vögel sie hier, gut und gerne fünfzig Meter entfernt, sicher nicht hörten. Und dennoch hätte Katja Skrupel gehabt, die kleine Idylle zu zerstören. Deswegen kam sie am Sonntag in aller Herrgottsfrühe hierher. Deswegen ...

Moment. Katja stellte ihr Fernglas schärfer. Da war etwas, das dort nicht hingehörte. Nicht zu den Braunkehlchen, überhaupt nicht ins Moor. Sie blinzelte, wanderte mit dem Objektiv einen Meter weiter, zwei, und dann hatte sie es. Ein grässliches Rot, das in dieser Idylle keinen Platz hatte.

Sprachlos ließ sie den Feldstecher sinken. Spürte, wie ihr Kreislauf mit Tempo absackte. Die Störchin sah sie besorgt an, und auch der Stieglitz hatte sich zu ihr gedreht, während der Zaunkönig sie misstrauisch mit zusammengekniffenen Augen betrachtete.

Trinken, sie musste etwas trinken. Schließlich, der Atem flach, der Puls schnell, brachte sie hervor: »Ich glaube, ich weiß, warum Frank heute nicht hier ist.«

Der Neuntöter

Es war wohl das erste Mal in ihrem Leben, dass Sabine nicht wusste, was sie sagen sollte. »Wie schrecklich!«, war das Einzige, was ihr einfiel, aber das hatte sie auch gesagt, als Tante Irmintrauds getigerter Kater drei Tage in einem Keller festgesteckt hatte. Die beiden Situationen schienen ihr allerdings nicht vergleichbar. Nachdem sie den Beobachtungsturm in Richtung Nest verlassen hatten, lag nun nicht einmal mehr zwei Meter entfernt der regungslose Frank unter einem Baum in den Stacheln des Weißdorns. Und das, was sich um seinen Kopf herum ausbreitete, waren keine Früchte, sondern offenbar Blut. So ein junger Mann, dachte Sabine und zog ihren Parka enger um sich. Er war höchstens Mitte dreißig, sicher zwanzig Jahre jünger als sie, sie hätte seine Mutter sein können. Unwillkürlich musste sie an Felix denken. Nicht auszudenken, wenn ihm so etwas zustoßen würde.

Es dauerte also etwa sechzig Sekunden, bis sie sich wieder gefangen hatte. Sechzig Sekunden, in denen die anderen schon durcheinanderredeten.

»Ist er tot?«, fragte Thilo, ebenfalls noch so jung, noch viel jünger, und jetzt ungewöhnlich blass.

»Wir brauchen einen Krankenwagen!«, rief Katja und suchte mit zittrigen Händen nach ihrem Smartphone.

Auf Sabine wirkte sie immer leicht kapriziös, nicht zuletzt

aufgrund ihres Haustiers. Als Sabine das Huhn zum ersten Mal gesehen hatte, war ihr erster Gedanke eine Halluzination gewesen, ausgelöst von Heides Cannabis, das Sabine gerne tief in ihre Lungen einsog, wenn sie sich mit ihrer Mutter im gleichen Raum aufhielt oder abends mit ihr rauchte. Als sie das erste Mal gemeinsam auf der Couch gelegen und gekifft hatten, war es eines der tiefsinnigsten Mutter-Tochter-Gespräche gewesen, das sie seit Heides Krankheit geführt hatten.

Und am nächsten Tag sah sie dann das Huhn.

Aber nein, das Tier war echt und zudem echt nervtötend. Wie hieß es noch gleich? Sabine hatte durchaus ein Namensgedächtnis, aber meist hießen Haustiere Fluffi oder Beauty, dieses hier hatte einen dezidiert menschlichen Namen. Ella? Tina? Es war der Name einer schwarzen Soulsängerin, das zumindest wusste Sabine genau.

Der missmutige Harald unterbrach ihre Grübelei.

»Ein Krankenwagen wäre vergebliche Liebesmüh«, murmelte er, zupfte seine beige Hose an den Oberschenkeln leicht nach oben und kniete sich neben Frank, um dessen Kopf prüfend ein wenig zur Seite zu bewegen. Dabei kam einiges mehr an Blut zum Vorschein.

»Ach du Scheiße«, flüsterte Thilo, und das war der Moment, in dem Sabine sich wieder fing. Zunächst nahm sie einen Bissen von ihrem Keks, den sie noch immer in der Hand hielt. Sie war eine Stressesserin, und Kohlenhydrate waren jetzt genau das Richtige.

»Vorsicht bei jeder Bewegung«, sagte sie, gestärkt vom Zucker, der in ihre Blutbahn schoss. »Denkt an die Braunkehlchen.« Gleich ins Auge gefallen war ihr das Nest der kleinen Vögel, die sie vor wenigen Minuten durch ihre Ferngläser betrachtet hatten. Es lag einige Meter von ihrem Standort entfernt, aber sie wollte das Familienglück nicht um alles in der Welt stören.

»Tot«, bestätigte Harald lapidar mit einem knappen Nicken und sah zum Rest der Gruppe auf. Sabine suchte darin Zeichen von Entsetzen oder Mitleid, stattdessen fielen ihr Haralds buschige Augenbrauen auf, die über der Nasenwurzel nahezu zusammenwuchsen.

»Bist du dir sicher? Sollten wir nicht vorsichtshalber seinen Puls checken?«, krächzte Thilo.

Harald grunzte. »Müssen wir nicht. Hier, seht ihr die Flecken? Sogenannte Leichenflecken. Er muss schon einige Stunden hier liegen, ich schätze so etwa vier bis sechs.«

Vier bis sechs Stunden! »Woher weißt du das?« Sabine ließ ihren Keks sinken. Die Bestimmtheit von Haralds Aussage überraschte sie. Natürlich, von Leichenflecken hatte sie auch schon gehört, aber wie konnte Harald an ihnen so genau den Todeszeitpunkt eingrenzen? Mit einem Mal kam ihr das Moor bedrohlich vor. Kein Zufluchtsort und die Familienstube seltener Tier- und Pflanzenarten. Aber auch der Chiemsee, das Bayerische Meer, das jetzt im Morgenlicht friedlich dalag und schimmerte, gebärdete sich bei Sturm und über das Wasser fegenden Böen wie ein tosender Ozean. Ja, das war es, dachte Sabine. Eine Art Sturm der anderen Art. Mitten vor ihren Füßen.

»Wie ist es denn passiert? Ein Unfall?«, wollte Katja wissen. »Hat er die Vögel beobachtet und ist … unglücklich vom Baum gestürzt?«

»Es scheint so zu sein.« Harald kniff die Augen zusammen, was seine Brauen in zwei tanzende Raupen verwandelte, und deutete mit Kennermiene nach oben. »Da sind Äste und

Zweige abgebrochen. Vielleicht wollte er die Braunkehlchen beobachten.«

»Hm.« Sabine schürzte die Lippen. »Warum ist er überhaupt auf den Baum? Vom Beobachtungsturm hat man doch einen wunderbaren Blick.« Das hatten sie vor wenigen Minuten selbst festgestellt. »Hier stört man sie doch nur.«

»Das weiß ich nicht«, antwortete Harald ungehalten.

Natürlich, woher auch. Aber Sabine konnte sich nicht helfen, sie wollte wissen, was passiert war. Offenbar ein Ausdruck ihrer Verzweiflung, dachte sie und blickte traurig auf den angebissenen Keks in ihrer Hand und dann zu Thilo. Im Auto lagen ein paar Snacks, womöglich mochte Thilo die lieber. Er brauchte dringend wieder etwas Farbe im Gesicht.

»Magst du Salzstangen?«, fragte sie den jungen Mann, der sie aber nur verständnislos ansah. Felix mochte Salzstangen. Ja, sie würde dem Jungen welche holen, er wirkte so, als müsse er sich jeden Moment übergeben. Bei Magen-Darm leisteten Salzstangen Wunder.

Behäbig stand Harald auf, griff in seine Hosentasche, förderte ein Taschentuch zutage und säuberte fachmännisch seine Hände, indem er jeden Finger einzeln abrieb. »Auf den ersten Blick kann man die Todesursache natürlich nicht feststellen«, sagte er. »Womöglich ist er mit einem Herzinfarkt vom Baum gefallen. Aber auch Kopfverletzungen können sehr schnell tödlich enden.«

»Und das Blut?«, fragte Thilo jetzt mit so fester Stimme, wie es ihm möglich schien. Er deutete nicht nur auf den Stein, sondern auch auf das Gras und die Erde, die sich verfärbt hatten.

»Nun ja, er ist auf den Weißdorn gefallen«, versuchte Sabine sich mit einer Erklärung. »Neuntöter.« Dieser seltsame Zusammenhang war ihr einfach durch den Kopf geschossen, obwohl er ganz und gar nichts mit dem Tod von Frank zu tun haben konnte. Sie wollte sich gerade korrigieren, sich für den Fauxpas entschuldigen, da ging Thilo eifrig auf ihre flapsige Bemerkung ein.

»Du hast recht! Aufgespießt von Dornen wie von einem Neuntöter.« Sein Grinsen geriet etwas schief. »Wie ein Beutetier des Vogels.«

»Danke für den Kalauer. Wir wissen alle: Der Weißdorn ist dafür nicht spitz genug.« Unwillig schüttelte Harald den Kopf.

»Aber der Zusammenhang ist spitze«, entgegnete Thilo.

»Na, wenn du das sagst.« Haralds süffisantes Grinsen brachte selbst Sabine auf die Palme.

Meine Güte. Wie Felix und sein Vater. Erschöpft schloss sie die Augen. Sie würde Tage, wenn nicht gar Wochen brauchen, um sich von diesem vermaledeiten Sonntag zu erholen. Einatmen. Ausatmen. Einatmen. Ausat …

»Er ist tatsächlich nicht spitz genug«, mischte sich in dieser Sekunde dankenswerterweise Katja ein und schüttelte den Kopf, wobei ihr die Brille auf die Nasenspitze rutschte. Routiniert schob sie die großen Gläser mit einem Zeigefinger in die richtige Position. »Der Crataegus-Strauch wird wohl kaum für den Tod des Mannes verantwortlich sein.«

»Crataegus«, formte Thilo lautlos mit den Lippen.

»Der Mann heißt Frank«, warf Sabine ein. »Er hat einen Namen.« Oder sollte sie »hatte« sagen? Aber ein Name war ein Name, und den behielt man auch noch nach dem Tod bei, oder etwa nicht?

»Trotzdem hat sie recht«, bestätigte Harald, brach ab und wedelte mit der Hand in Richtung Katja. »Also sie.«

»Katja«, half Sabine wiederum aus.

»Katja«, wiederholte Harald gönnerhaft. »Die Ursache seines Todes werden wir erst sehen, wenn wir den Leichnam bewegt haben.«

»Bewegen?« Thilos Skepsis war unüberhörbar.

Die Sonne hatte sich inzwischen weiter über den Horizont geschoben und färbte die Wolken in Orangetönen. Annähernd rot wurden sie. Rot wie Franks Kopfwunde. Der arme Mann! Aber auch Sabine würde seinen toten Körper auf keinen Fall anfassen. »Sollten wir das nicht der Feuerwehr überlassen? Der Polizei? Wie Katja vorgeschlagen hat?«, fragte sie.

»Ich weiß schon, was ich hier tue«, entgegnete Harald.

»Das ist ein Unfallort! Wir können der Polizei doch nicht in ihre Arbeit pfuschen.« Katjas Brille rutschte schon wieder.

»Ich pfusche nicht! Wir greifen der Polizei hier nur unter die Arme!« Bevor Sabine etwas erwidern konnte, ging er erneut in die Knie und legte beide Hände unter Franks Rücken. »Die können froh sein, dass ich hier am Unfallort bin«, brummelte er, während er den Körper langsam in die Seitenlage drehte.

Thilo atmete hörbar aus, und ein schmerzverzerrter Ausdruck erschien auf seinem Gesicht. Katja rückte ihre Brille zurecht, als eine klaffende Kopfwunde seitlich an Franks Schädel zum Vorschein kam.

»Da haben wir es«, sagte Harald, stand auf und betrachtete die Leiche mit sichtlichem Wohlgefallen. »Das ist eine ordentliche Kopfverletzung. Er ist unglücklich gefallen, möglicherweise haben die Äste seinen Sturz so aufgefangen, dass er mit dem Kopf zuerst aufgeschlagen ist. Und Kopfverletzungen bluten immer sehr stark, da haben wir die Erklärung. Er ist wahrscheinlich sofort gestorben, so etwas kann ganz schnell gehen, hab ich früher oft genug gesehen«, fuhr er fort und steckte sein schmutziges Taschentuch wieder zurück in die Hosentasche.

»Leichenflecken, Unfälle, Tote, was um Himmels willen hast du gearbeitet?«, fragte Katja.

»Forensik.« Harald wirkte mächtig stolz, wie er auf den Zehen wippte und die Gruppe erwartungsvoll anblickte.

Aber Katja starrte nur in den Baum zu der Stelle, wo die Zweige und Äste abgebrochen waren, und Sabine schwieg ebenso.

»Wow.« Wenigstens von Thilo kam eine Meldung, wenn auch nur eine gehauchte, während alle anderen schwiegen. Nur die Vögel zwitscherten munter weiter.

Üblicherweise bewirkte ihr Gesang, dass sich in Sabines Kopf alles beruhigte. Sie konnte damit den Lärm aus ihrem Kopf vertreiben. Heide, Felix, das Stimmengewirr unterschiedlicher Tonlagen während der Arbeit vermittelten ihr das Gefühl, ihr Leben im Orchestergraben einer Free-Jazz-Band zu verbringen. Hier aber, am Ufer des Chiemsees, badete sie in Vogelstimmen. Sie gaben ihr Zuversicht.

Nur heute funktionierte das nicht.

In ihrem Kopf ratterte es. Harald war Forensiker? Von der Spurensicherung? Das hieße, er suchte Hinweise, Indizien, die er anschließend zu einem Gesamtbild zusammenfügte, um zu zeigen, was passiert war. Aber sie konnten sich immer noch nicht erklären, was Frank in diesem Baum zu suchen gehabt hatte, nicht einmal fünfzig Meter von ihrem Stammplatz auf dem Beobachtungsturm entfernt.

»Ich habe Mordfälle aufgeklärt«, führte Harald verschnupft aus. Er hatte sichtlich mehr erwartet als das dürftige »Wow« eines erkennbar angeschlagenen Jungspunds.

»Wow.« Sabine wiederholte Thilos Aussage mit etwas mehr Nachdruck. »Mordfälle aufgeklärt. Beeindruckend.«

»Durch meine Analysen und Ergebnisse habe ich den Kommissaren die Hinweise geliefert, in welche Richtung sie ermitteln mussten, das kam alles von mir. Aber, na ja, das waren eben Mordfälle.« Er deutete mit einer Geste auf ihr Umfeld. »Kein schnöder, wenn auch unglücklicher Unfall wie hier.«

»Nein«, sagte Katja langsam. »Das hier war auch kein Unfall.«

Sabine wandte sich abrupt zu ihr um, auch die anderen musterten Katja, der die plötzliche Aufmerksamkeit sichtlich unangenehm war. Eine leichte Röte breitete sich auf ihren Wangen aus.

»Seht ihr das Nest?«, fragte sie und deutete mit dem Finger nach oben.

Thilo nickte beeindruckt, und Sabine imponierte Katjas Gabe für Details ebenso. Sie hatte das Nest im Baum bemerkt, und dass trotz der Leiche zu ihren Füßen. Von ihr waren die Hinweise gekommen, Feuerwehr und Polizei zu verständigen und nichts anzufassen. Sabine hatte sich zwar gleich nach dem zweiten Treffen nach den Namen der anderen erkundigt und sich selbst vorgestellt – ein höfliches Vorgehen, dem nur sie nachgekommen war –, aber ansonsten wusste sie nichts über die drei anderen. Jetzt aber war sie sich sicher: Katja hatte ein Faible für analytische Betrachtung. Offenbar sogar mehr als Harald, auch wenn der behauptete, Mordfälle gelöst zu haben.

»Frank hätte nie ein Brutgelege gestört, nicht einmal, um Braunkehlchen zu beobachten«, stimmte sie Katjas Vermutung zu.

»Quatsch, das war ein Unfall«, brummelte Harald, und die Augenbrauenraupen begannen wieder zu zucken. »Was sollen die abgebrochenen Zweige und Äste sonst zu bedeuten haben?«

»Vielleicht hat ihm jemand hier aufgelauert«, widersprach Katja. »Und ihm die Kopfwunde zugefügt.«

»Ich weiß nicht recht«, murmelte Thilo, der sich inzwischen wieder ein wenig gefasst zu haben schien, denn sein jungenhaftes Gesicht war nicht mehr ganz so blass. Mit verkniffenem Lächeln stand er da, die Hände in den Taschen seiner Jeans vergraben. »Ein Mörder? Hier im Naturschutzgebiet? Glaubst du das ernsthaft? Das klingt mehr nach *Hatchet* als nach Chiemsee.«

Katja sah ihn verständnislos an, und Thilo schaute verdutzt zurück.

»Ein Horrorfilm«, erläuterte er. »Spielt in den Sümpfen von …« Er brach ab. »Ach, ist ja auch egal.«

»Wir sollten keine Möglichkeit ausschließen, bis wir nicht wissen, was passiert ist.«

»Ein Mörder, sagst du.« Harald legte Skepsis in diese Aussage, aber Sabine hatte das kurze Aufleuchten in seinen Augen bemerkt, als Katja das Wort verwendet hatte. »Nein, ich denke, die Polizei wird zum gleichen Schluss kommen wie ich.«

»Vielleicht sollten wir die auch endlich einmal informieren«, sagte Katja, das Smartphone bereits in der Hand.

Deine Wälder hör ich rauschen und vernehme Vogellaut

An diesem Sonntag war aus dem gemeinsamen Gang zurück zum Parkplatz ein Trauermarsch geworden. Dort warteten sie nun auf die Polizei, die hoffentlich Licht ins Dunkel bringen würde, was mit Frank passiert war.

Thilo hatte noch nie einen Toten gesehen, aber der Schock angesichts der Leiche hatte inzwischen einem rastlosen Gedankenkarussell Platz gemacht. Er dachte über verschiedene Szenarien nach, Fallstudien gewissermaßen. War Frank auf den Baum geklettert und gestürzt? Ausgerutscht und unglücklich gefallen? Wer war dieser Frank eigentlich gewesen? Was konnte man ihm zutrauen, was nicht? Hatte er sich in der Vergangenheit irgendwann einmal über Birder-Regeln hinweggesetzt?

Er kam zu keinem endgültigen Schluss. Aber ein Gedanke dominierte: Frank war sicher zehn Jahre älter als er gewesen. Trotzdem war das kein Alter, in dem man normalerweise abkratzte. Dass der Sensenmann sich seine Opfer so wahllos griff, machte Thilo nachdenklich. *Everybody dies but not everybody lives.* Sang schon Drake. Keine Zeit zu verlieren, dachte er und nahm sich vor, Emily am Montag endlich anzusprechen. Spätestens am Dienstag, nein, da musste er seine Hausarbeit an der TH abgeben, nun gut, dann eben am Mittwoch. Etwas Interessantes zu sagen hatte er ja jetzt. Obwohl »Servus, Emily, gestern habe ich eine Leiche entdeckt« womöglich nicht der geeignete Einstieg war. »Servus Emily, ich kann dir morgen ein Braunkehlchennest zeigen« führte vermutlich eher zum Ziel. Dennoch klang selbst das nach einem fingerschnipsenden Grundschüler, der bei seiner Lehrerin Eindruck schinden wollte. Aber Eindruck schinden war doch gut, oder? Nicht mit Pauken und Trompeten, Feuerwerk und Detonationen, sondern behutsam. Von hinten durch die Brust ins Auge, wie seine Großmutter zu sagen pflegte. Emily machte ein Praktikum bei einem Naturschutzverein hier in der Nähe, Thilo hatte sie während einer Party kennengelernt. Mark, sein Mitbewohner, hatte sie mit angeschleppt. Anscheinend kannten sie sich seit Kindertagen. Rein platonisch, wie er versichert hatte. Emily war eine glühende Naturschützerin, eine Kämpferin. Und ausschließlich ihretwegen stand Thilo jeden Sonntag in aller Herrgottsfrühe auf dem Vogelbeobachtungsturm. Er übte sich als Birder, in Biologie, Federkunde, Vogelstimmenbestimmung und allen anderen Dingen, mit der er sie in naher Zukunft zu faszinieren plante.

Montag. Oder Mittwoch eben.

»Na, die Herrschaften lassen sich aber Zeit«, grantelte Grumpy in diesem Moment. Also Harald. Was für ein passender Name für diesen Typ. Irgendwie. Harald stand, die Arme vor der Brust verschränkt, direkt auf dem Weg, seine veritable Körpermitte – sicher zu viel Schweinshaxe und Helles – beulte sich gen Thilo aus, der sich an Sabines Motorhaube gelehnt hatte. Sabine selbst musste allem Anschein nach durchschnaufen, saß deshalb bei offener Tür auf dem Fahrersitz und knabberte an den trockenen Keksen. Vor einigen Minuten hatte sie ihm wieder Salzstangen aufdrängen wollen. Katja sprach am

Nachbarauto, ihrem alten Volvo, mit dem Huhn auf dem Rücksitz.

Kieselsteinchen knirschten unter Haralds Schuhen, als er ungeduldig von einem Bein aufs andere trat. »Wo bleiben die denn?«, wiederholte er murrend.

»Es hat ja keine Eile«, erwiderte Thilo. »Frank ist tot, dem kann ohnehin nicht mehr geholfen werden. Da können sie sich erst einmal um die Notfälle kümmern, bevor eine Leiche drankommt.«

»So läuft das nicht, Junge«, entgegnete der ehemalige Forensiker, der seinen zusammengefalteten Campingstuhl dabei in den Boden rammte. »Tote haben immer Vorrang.«

»Thilo ist der Name.«

»So läuft das nicht ... Thilo.«

»Wenn du es sagst ... Harald.« Thilo sprach den Satz so gelassen wie möglich aus und versuchte, sich nicht im Schubladendenken zu üben, das hatte er schließlich schon genug bei Katja und Sabine praktiziert. Und womöglich lag er bei denen ja falsch.

Er stieß sich mit dem Rücken vom Auto ab, reckte das Gesicht in die Sonne und schloss kurz die Augen. Konzentrierte sich auf das Sonnenlicht, das durch seine geschlossenen Lider drang. Kleine schwarze Punkte tanzten durch ein behagliches Goldgelb auf seiner Netzhaut.

»Roberta braucht Bewegungsfreiheit.«

Thilo öffnete die Augen. Katja stand direkt vor Sabine, die sie vom Fahrersitz aus entgeistert ansah.

»Wer?«, hakte Sabine irritiert nach.

»Mein Huhn. Sie leidet unter Trennungsangst, deswegen nehme ich sie sporadisch mit zu Ausflügen. Sie ist schon viel zu lange im Wagen, viel zu lange allein, normalerweise wären wir längst wieder daheim.«

»Trennungsangst.« Haralds Augenbrauen waren ein einziger feixender Kommentar.

Katjas Augen hinter den großen Brillengläsern hingegen funkelten empört, und ihre Lippen wurden schmal. »Was ist daran so lustig?«

»Nichts, gar nichts.« Sabine schälte sich aus dem Autositz und setzte ihren kreischend orangefarbenen Gummistiefel vorsichtig auf den Kies. »Kannst du es denn nicht hier herumlaufen lassen?«

»Herumlaufen lassen?« Harald hatte inzwischen seinen Campingstuhl entfaltet und darin wie ein Großwildjäger Platz genommen. Sein Feldstecher hing um seinen Nacken, als warte er darauf, dass ihm ein Löwe vor die Flinte lief.

In diesem Moment wurde Motorengeräusch laut. Nur wenige Augenblicke später bog ein Polizeiwagen auf den Parkplatz ein und hielt vorschriftsgemäß in einer Parkbucht. Zunächst sah Thilo nur einen aussteigenden Beamten, einen Glatzkopf mit dichtem Schnauzbart. Wenig später kam seine junge Kollegin in Sicht. Während sie sich der Gruppe näherte, warf sie den blonden Pferdeschwanz in den Rücken, zog sich mit einer zackigen Bewegung die Mütze auf und schnippte etwas vom Bund ihrer dunkelblauen Uniformhose.

Vielleicht waren Polizeianekdoten doch nicht der schlechteste Weg, Emilys Aufmerksamkeit zu gewinnen, dachte Thilo. *Und dann kamen plötzlich zwei auf uns zu, wie Falck und Beckmann aus* White Sands. *Kennst du die? Dänische Mini-Serie? Kannst du streamen.* Und schon hätten sie ein weiteres Gesprächsthema.

»Frau Doktor Sommerrain?«, fragte der Schnauzbart jetzt.

Gehorsam wie in der Schule hob Katja den Zeigefinger. »Hier.«

Als Harald mit dröhnendem Organ darauf bestand, die Kriminalpolizei zu holen, die für diesen Fall doch besser geeignet sei, nickte Katja zustimmend.

Die beiden Polizisten jedoch gingen nicht weiter darauf ein, auch wenn der Schnauzbart für einen Moment irritiert in Richtung des ehemaligen Forensikers sah.

»Können Sie uns zum Unfallort führen, Dr. Sommerrain?«, fragte die blonde Beamtin freundlich. »Und erzählen Sie uns dabei doch noch einmal ausführlich, was Sie beobachtet haben.«

»Das ist alles Zeitverschwendung«, beschwerte sich Harald ein weiteres Mal, als er wie Sabine und Thilo wenig später hinter Katja und den beiden Staatsdienern herstapfte.

Katja strich eine Strähne ihres kinnlangen Haars hinters Ohr und versuchte, sich auf die Polizisten und den toten Frank zu konzentrieren. So detailliert wie möglich berichtete sie während des Fußmarsches zu Franks temporärer Ruhestätte, was sich ereignet hatte und was sie vorgefunden hatten. Mit der ihr eigenen Präzision erinnerte sie sich an die abgeknickten Zweige – sie hätte sogar die Winkelgrade angeben können, wäre es notwendig gewesen –, an das Vogelnest im Baum, die Art, wie Frank dagelegen hatte, und an das Blut. An den Lichteinfall, der an diesem Morgen so günstig war, dass man die Braunkehlchen vom Baum aus perfekt hätte beobachten können, wäre man kein Vogelbeobachter mit Leib und Seele, sondern ein mit Feldstecher ausgestatteter Amateur.

Aufmerksam hörten die Beamten zu, ohne sie zu unterbrechen – das erledigte schon Harald, indem er mit gewichtigem Tonfall wieder von den Leichenflecken sprach –, bis sie am Unfallort angekommen waren.

»Und deshalb sind wir gleich von einem Mord ausgegangen«, zog er jetzt einen Schlussstrich unter Katjas Ausführungen.

»Du hast doch behauptet, es sei ein Unfall gewesen«, widersprach Thilo. Im Gegensatz zu Haralds Stimme klang seine zurückhaltend. Dennoch schwang der Vorwurf deutlich mit.

Der junge Mann war vorhin schon nervös gewesen, als er dem ehemaligen Forensiker widersprochen hatte. Katja kannte das Gefühl, sie mochte es ebenfalls nicht, Menschen zu korrigieren. Jetzt nickte sie: Harald hatte schließlich recht, auch wenn er vorhin im Unrecht gewesen war. »Es passt zu viel nicht zusammen«, berichtete sie den Polizisten.

»Na, was ein Glück, dass hier schon das Team von CSI versammelt ist.« Der Schnauzbart blickte sich mit zusammengekniffenen Augen um, ganz ähnlich wie Harald das vor etwa einer halben Stunde getan hatte, womöglich eine Marotte älterer Männer. Derweil kniete sich die junge Polizistin hin, um Franks Puls zu fühlen, und Katja war sich sicher, dass Thilo unter seinem Seufzer »habe ich doch gesagt« flüsterte. Die junge Frau schien zum gleichen Schluss zu kommen wie Harald und informierte ihren Kollegen leise: »Er ist schon kalt.«

»Das CSI-Team ist in der Tat hier. Seit mindestens sieben Stunden tot«, entgegnete Harald selbstzufrieden. »Genaueres wird Ihnen die Obduktion verraten.«

»Und das wissen Sie, weil …?«, fragte die Beamtin.

»Vielleicht sollten wir zuerst gemeinsam die Frage erörtern, was er mitten in der Nacht hier gewollt hat, meinen Sie nicht auch?« Die ruhig beigesteuerte Zwischenfrage kam von Sabine, die bislang geschwiegen hatte. Stumm war sie neben der Gruppe hergetrottet, die Augen in die Ferne gerichtet.

»Das ist ja gerade das Problem. Es ergibt keinen Sinn«, antwortete Katja. »Die Sonne geht noch vor zwanzig Uhr unter, dann hätte er vielleicht mit etwas Glück Licht gehabt bis halb neun. Aber danach? Die Braunkehlchen wären nicht mehr zu beobachten gewesen. Außerdem war Frank ein Profi in Sachen Vogelbeobachtung, kein Anfänger.« Um ein Haar hätte sie »blutiger Anfänger«, gesagt, aber angesichts von Franks tödlichen Wunden die Kurve gerade noch rechtzeitig gekriegt.

»Davon abgesehen befindet sich im Baum ein Nest«, fügte Thilo hinzu.

Die Polizistin nickte, als würde sie die Gedankengänge der beiden nachvollziehen, während ihr Kollege irritiert die Stirn runzelte. Die Beamten tauschten einen Blick, dann übernahm der Schnauzbart. Mit der ganzen Autorität, die ihm Alter, Gewicht, Rang und Bart verliehen, sagte er: »Vielen Dank für den Anruf, Frau Dr. Sommerrain. Es tut mir leid, dass Sie diese schreckliche Entdeckung machen mussten und Ihren Freund so gefunden haben. Es handelt sich unserer Einschätzung nach jedoch eindeutig um einen Unfall.« Er deutete auf die Zweige, auf den Pfahl, auf die Umgebung. »Spuren, zum Beispiel von einer weiteren Person, sind nun leider auch nicht mehr festzustellen, nachdem Sie hier das gesamte Schilf zertrampelt haben.«

Katja blickte schuldbewusst zu Boden. »Wollgras«, korrigierte sie dennoch.

»Nein, nein, nein. Ein Unfall ist ein Unfall, und ein Mord ist ein Mord«, mischte sich jetzt Harald wieder lautstark ein, nachdem ihm nach der letzten Bemerkung der beiden Polizisten ein lautes Schnauben entfahren war. »Rufen Sie Krieger an, KHK Krieger. Kriminalhauptkommissar«, präzisierte er, was offenbar an die Nicht-Beamten unter ihnen gerichtet war. »Ein alter Bekannter von mir.«

»Hören Sie, Herr …«

»Niederbuchner.«

»Hören Sie, Herr Niederbuchner.« Dem Schnauzbart schien langsam die Geduld auszugehen. »Wir wissen Ihre Zivilcourage zu schätzen, aber lassen Sie uns nun bitte unsere Arbeit machen. Wir reden Ihnen auch nicht in Ihre hinein.«

»Aber meine Arbeit *ist* Ihre Arbeit!«, empörte sich Harald. »Ich bin ein Kollege. Forensiker.«

Der Schnauzbart bedachte ihn mit einem »Was Sie nicht sagen – in welchem Jahrhundert denn?«-Blick. »Und welche Fremdfasern haben Sie für uns? Fußspuren? Haare?«

»Meine Intuition, die während meiner aktiven Zeit so mancher Lösung den Weg geebnet hat!«

»Herr Niederbuchner, Ihre Intuition in allen Ehren …«

»Zitieren Sie KHK Krieger her. Und wenn Sie das nicht tun wollen, rufe ich ihn selbst an. Ich werde Ihnen beweisen, dass wir in dieser Sache richtig liegen. Frank hatte keinen Unfall, Frank, der Vogelgucker, ist ermordet worden.«

Dafür, dass sie vor einer Stunde nicht einmal seinen Namen gekannt hatten, fühlten sie sich dem toten Frank mittlerweile regelrecht verpflichtet. Nicht nur Katja, sondern offenbar auch Harald ging es so. Thilo und Sabine nickten ebenfalls nachdrücklich.

Das spöttische Lächeln des Schnauzbarts, der gut und gerne zwanzig Zentimeter auf Harald herunterblickte, verhieß allerdings nichts Gutes. Die Polizisten glaubten ihnen nicht, sie würden Franks Familie über einen Unfall in Kenntnis setzen – ein tragischer Unfall, unser herzliches Beileid – und die Sache im Anschluss zu den Akten legen. Katja spürte Wut in sich aufsteigen, doch welche Hinweise hatten sie de facto außer dem gemeinsamen Bauchgefühl, dass Frank nie und nimmer auf diesen Baum gestiegen wäre? Noch bevor sie etwas Dummes sagen konnte, schaltete sich Sabine ein.

»Wir wollen doch alle das Gleiche«, begann sie mit einem entwaffnenden Lächeln. Von irgendwoher zauberte sie Salzstangen herbei, die sie den Beamten anbot – Harald beobachtete es geradezu entgeistert –, und wie ferngesteuert streckte der Schnauzbart die Hand danach aus. »Ihre Professionalität und Beobachtungsgabe ist wirklich beeindruckend«, stimmte sie eine Lobeshymne auf die zwei Polizisten an, bei der Harald die Lippen aufeinanderpresste. »Es geht ja hier um die Sache, nicht wahr? Ich glaube Ihnen, dass Franks Tod ein Unfall war. Wenn das Ihre Einschätzung ist, habe ich gar keinen Zweifel! Aber wie Sie schon sagten: Wir waren bedauerlicherweise unachtsam und haben offensichtliche Spuren verwischt.«

Katja biss sich auf die Zunge, um nichts über Salzstangenkrümel zu sagen. Hier war etwas im Gange, das spürte sie. Der Beamte kaute mechanisch auf dem Salzgebäck, seine Kollegin stand wie versteinert neben ihm.

»Das könnte Ihren Blick auf den Unfallort möglicherweise getrübt haben.« Sabine hob beschwichtigend die Hände. »Nicht, dass ich mir anmaßen würde … auf keinen Fall. Aber es wäre doch schrecklich, wenn unsere Ungeschicktheit schuld daran wäre, dass ein Mord unentdeckt bliebe, meinen Sie nicht auch?«

»Nun ja. Schaden kann es nicht«, gab sich der Schnauzbart einen Ruck und nickte seiner Kollegin zu. »Informier die Kripo.« Dabei wedelte er mit der Salzstange wie mit einem Zauberstab.

Haralds Augenbrauenraupen hoben sich triumphierend. »Ich werde es Ihnen beweisen.« Er reckte Kinn und Bauch und betrachtete die Staatsdiener vor sich wie Insekten unter einem Mikroskop. »Ich werde Ihnen beweisen, dass wir recht haben.«

Wir. Plural.

Der siegesgewisse Blick, den der ehemalige Forensiker anschließend ihr, Thilo und Sabine zuwarf, gab Katja das Gefühl, dass diese bunt zusammengewürfelte Truppe trotz ihrer Verschiedenheiten auf demselben Luftstrom segelte.

Bei dir piept's wohl

Die hinzugezogene Kriminalpolizei hatte keine guten Neuigkeiten für Harald: Auch sie waren der Meinung, dass Frank beim Beobachten der Vögel – Braunkehlchen, Saxicola rubea, wie Katja sie mehrfach korrigierte – vom Baum gefallen war. Ein unglücklicher Unfall, mehr nicht. Harald schäumte. Vielleicht hätte er diesen KHK Krieger selbst anrufen sollen, dachte Sabine. Den hatten der Schnauzbart und seine blonde Kollegin nämlich nicht informiert, sondern einen Kriminalhauptkommissar Nazari, der statt Krieger Dienst hatte. Schon als er den dunkelhaarigen Kommissar mit dem sorgfältig gestutzten Vollbart gesehen hatte, war Haralds Laune ins Bodenlose gesunken. Offenbar kannten sich die beiden Männer, zumindest hatte Sabine das aus Haralds Bemerkung geschlossen. »Nicht mehr gut genug für München, was?«

Kommissar Nazari war nicht darauf eingegangen, hatte aber nach einem kurzen Zögern, während er sich über seinen Bart gestrichen hatte, ebenso wie die Kollegen entschieden: Frank war Opfer eines unglücklichen Unfalls geworden.

Und die Gruppe der Vogelbeobachter war im Anschluss an diese Einschätzung in sich zusammengefallen.

»Wie wäre es mit einem Abstecher in ein Café? Ich könnte etwas zum Aufwärmen vertragen«, versuchte Sabine ihre Mitstreiter etwas aufzuheitern. Sie standen schon viel zu lange hier auf dem Parkplatz, um diese Jahreszeit war es auch um acht Uhr morgens noch nicht warm, trotz der fahlen Sonnenstrahlen, die sich inzwischen ihren Weg durch die Wolken bahnten. »Aber nicht im Hotel«, sie deutete auf das Gebäude hinter ihnen.

Bis jetzt hatte sich im Hotel nichts geregt, neugierige Blicke aus Fenstern waren ausgeblieben. Weder Haralds dröhnendes Organ noch das mannigfaltige Schlagen von Autotüren hatten irgendjemanden alarmiert.

»Wir brauchen keinen Kaffee, wir brauchen eine Mordkommission«, fuhr Harald ihr über den Mund. Sie versuchte, es nicht persönlich zu nehmen, dass er seine Frustration an ihr ausließ, war sie selbst ja ebenso unglücklich über den Ausgang der Untersuchung durch die Kriminalpolizei. Ob dieser Krieger zu einem anderen Schluss gekommen wäre als drei seiner Kollegen? Sabine wagte es zu bezweifeln – leider. Doch die Beamten besaßen nicht ihren Blick, den geschulten Blick von Vogelbeobachtern, oder deren Intuition. Armer Frank. Würde er wirklich als Unfallopfer in die Statistik eingehen? Sein Mörder nicht zur Rechenschaft gezogen werden?

»Also, ich fände einen Kaffee gar nicht schlecht«, nuschelte Thilo gähnend.

»Roberta braucht ihr Eiweiß«, sagte Katja und befüllte ein Schälchen mit einer Futtermischung. »Aber sobald sie gefrühstückt hat, habe auch ich nichts gegen einen Kaffee einzuwenden. Oder ein Croissant«, fügte sie mit schuldbewusster Miene hinzu.

Offenbar hatte Sabine es sich nicht nur eingebildet, die Kekse kamen bei der Gruppe nicht gut an. Kein Wunder, dass ihre Mutter sie ebenfalls verschmäht hatte; die Backkünste der

Nachbarschaft waren allem Anschein nach korrekturbedürftig. Aber immerhin, Thilo und Katja waren beide auf ihren Vorschlag eingegangen. Fehlte nur noch Harald. Abwartend blickte Sabine ihn an, der, missmutig die Hände in die Taschen geschoben, schließlich ebenfalls nickte.

»Irgendetwas frühstücken muss ich eh«, grummelte er, bevor er den Campingstuhl zusammenklappte und ihn umständlich auf dem Gepäckträger seines Fahrrads befestigte.

Und so kam es, dass sie sich, nachdem das Huhn Roberta sein Frühstück bekommen hatte, eine halbe Stunde später in einem netten Café in Chieming trafen. Sabine war noch nie hier im Kuchenduft gewesen, aber die Lage mit Blick auf den See, der in der Sonne glitzerte, hatte sie in der Vergangenheit schon oft gelockt. Das Innere war mit dunklem Holz im Stil eines Wiener Kaffeehauses gestaltet, die unterschiedlichen Stühle an den Tischen jedoch sprachen von einem modernen Café. Heide mochte zusammengewürfeltes Mobiliar, und so besaß auch Sabine seit der Wohnungsauflösung ihrer Mutter eine ganze Kollektion an Stühlen, von denen keiner aussah wie der andere.

Das Café hatte gerade eben erst geöffnet, und sie waren die einzigen Gäste. Dass sie sich den Tisch aussuchen konnten, war Vor- und Nachteil zugleich.

»Wie wär's am Fenster?« Sabine wies auf ein hell von der Sonne beschienenes Eck.

»Das ist ja direkt vor den Toiletten«, lehnte Harald ab.

»Dann dort hinten?«

»Zu weit weg von den Toiletten.«

Bevor Sabine selbst etwas erwidern konnte, klingelte ihr Handy. Felix war offensichtlich aufgewacht, deutlich früher, als sie erwartet hatte. Mit einem entschuldigenden Blick zu den anderen trat sie einen Schritt zur Seite. Aber womöglich war es ohnehin zielführender, Harald die Entscheidung zu überlassen, wo sie sitzen sollten.

»Felix, alles in Ordnung?«, nahm Sabine das Gespräch an.

»Nein, sonst würde ich ja nicht anrufen«, grummelte ihr Sohn. »Oma friert.«

»Ich auch.« Wenn sie ihr Smartphone nicht halten müsste, hätte sie sich die Hände gerieben, um sie aufzuwärmen.

»Haha. Was soll ich denn jetzt machen?«

»Hol ihr die Wolldecke vom Sofa.«

»Sie sitzt schon auf dem Sofa.«

»Ach wirklich?« Das überraschte sie jetzt.

»Ihr war langweilig.«

Ah, und da hatte sie vermutlich mit der Fernbedienung ihre Stereoanlage so laut aufgedreht, dass Felix wach geworden war. Pink Floyd, die Band hasste er besonders.

»Dann kannst du ihr eine Wärmflasche machen, die liegt im Badezimmer. Der Wasserkocher …«

»Ich weiß, wie ein Wasserkocher funktioniert und wo er steht«, fiel Felix ihr genervt ins Wort. »Kannst du ihr dann sagen, sie soll leise sein, bis du zurück bist? Vorher hat sie versucht, zu diesem Diamantendingsdasong mitzusingen …«

»*Shine On You Crazy Diamond.*«

»Wann kommst du überhaupt zurück, du bist doch sonst auch immer zum Frühstück zu Hause?«

»Ja, hier haben sich ein paar Dinge ergeben …«, begann Sabine, aber es interessierte ihn ohnehin nicht sonderlich.

»Sag Oma einfach, sie soll mich schlafen lassen«, befahl er, dann war die Verbindung getrennt.

Sie wählte die Nummer ihres Festnetzanschlusses und hoffte, Felix hatte Heide das Telefon auf den Couchtisch gelegt.

»Was dauert das denn jetzt so lange?«, nörgelte Harald lautstark.

»Sofort!«, rief Sabine. Es klingelte. Einmal, zweimal, fünfmal.

»Ja?« Endlich Heides dünne Stimme.

»Mama, ist alles in Ordnung bei euch?«

»Hat Felix etwa gepetzt?«

Jetzt war Sabine verwirrt. Und misstrauisch. »Weshalb?«, wollte sie augenblicklich wissen.

»Mach dir keine Sorgen, Kind. Wir haben alles im Griff.« Und damit hatte Heide nicht nur aufgelegt, sondern auch genau das Gegenteil von dem bewirkt, was sie eben betont hatte: Sabine machte sich Sorgen.

»Was ist denn jetzt?«, rief Harald.

Katja, die neben dem Forensiker saß, sah Sabine flehentlich an. Also setzte sie ein hoffentlich echt wirkendes Lächeln auf. Felix würde schon wissen, was im Notfall zu tun war.

»Bin schon da.« Jetzt freute sie sich auf einen heißen und starken Kaffee. »Gute Platzwahl«, kommentierte sie, als sie auf den Stuhl neben Thilo rutschte.

»Von hier aus hat er den Garderobenständer im Blick.« Katja nickte ernst in Richtung Eingang, wo an einem Haken tatsächlich Haralds beige Übergangsjacke hing. Sabine fiel auf, dass man ebenfalls eine gute Sicht auf Katjas alten Volvo hatte, in dem das Huhn wissbegierig aus dem Fenster spähte.

»Ich hoffe, die haben auch richtigen Kaffee.« Misstrauisch beäugte Harald die Packung Hafermilch, die auf dem Tresen stand.

»Sie sorgen sich nur ums Tierwohl, sie wollen nicht uns Menschen vergiften«, sagte Thilo kopfschüttelnd.

»Ach, und du bist auch so einer, ja?«

Thilos Augenrollen erinnerte Sabine eindrücklich an ihren Felix, wenn sie ihn darum bat, sein Zimmer aufzuräumen oder – Gott bewahre! – die Hausaufgaben zu erledigen.

»Einen Cappuccino, bitte«, wandte sie sich dann an die Kellnerin, eine junge blonde Frau mit hochgesteckten Haaren, die ihre Bestellung mit einem Nicken quittierte. Erst als Thilo sich angeschlossen hatte, fragte sie: »Kuhmilch oder Hafermilch?«

»Hafer«, antwortete er, und dem triumphierenden Grinsen von Harald entnahm Sabine, dass er sein Schubladendenken bestätigt sah. Das Grinsen währte jedoch nicht länger als bis zu dem Moment, in dem die Kellnerin auf seine Kaffeebestellung »Crème, Schümli oder Americano?« fragte.

Unzufrieden presste der Rentner die Lippen aufeinander, bevor er bellte: »Einfach einen Kaffee.«

»Also Café Crème. Und die Dame?«, fragte die Bedienung an Katja gewandt.

»Ich glaube, ich brauche noch einen Augenblick«, antwortete sie, nicht ohne verlegen ihre Brille zurechtzurücken.

Diese Truppe war anstrengender als eine Klasse voller Grundschulkinder, fand Sabine. Da das Kuchenduft, wie der Name schon sagte, aber auch über eine vorzügliche Konditorei-Auswahl verfügte, bestellte sie eine Malakofftorte und konzentrierte sich allein aufs Essen, während sie das Gespräch der anderen drei vorüberziehen ließ, das sich immer noch um Veganismus, Kaffeeröstereien und Haralds Unfähigkeit drehte, sich an das neue Jahrtausend anzupassen.

»Am liebsten wären mir jetzt sowieso Weißwürste und ein Helles statt süßer Torte.«

»Wir sollten vielleicht ... also, in Gedenken an Frank?«, versuchte Katja, das Thema zu wechseln. Die Hände hatte sie um ihre Milchkaffeeschale gelegt, von ihrem Croissant war noch ein kleiner Zipfel da. »Ich finde, das sind wir ihm schuldig«, fügte sie noch an und klang dabei gleichzeitig unsicher und doch so entschlossen, wie es ihr möglich zu sein schien.

»Einen Trinkspruch?« Sabine zerdrückte die letzten Tortenkrümel mit der Gabel.

Harald schnaubte, was offensichtlich ihr galt, dann wandte er sich an Katja. »Das sehe ich ganz genauso«, dröhnte seine Stimme durch den Raum.

»Das ist doch eine total weirde Idee«, meldete sich Thilo, und Sabine dämmerte, dass sie etwas zu lang in ihre Torte vertieft gewesen war. Jetzt hatte sie den Gesprächsfaden verloren. »Was genau ...«, begann sie, wurde jedoch erneut von Haralds Schnauben unterbrochen, das diesmal wenigstens nicht ihr galt.

»Bei denen piept's wohl! Alles unfähige Trottel bei der Polizei. Wenn die mich damals nicht gehabt hätten ...« Er schüttelte den Kopf. »Nie hätten die auch nur einen Fall gelöst.«

»Dafür werden wir das jetzt tun.« Katja versuchte, Zuversicht auszustrahlen.

Doch Sabine wollte an den Beginn des Gesprächs anknüpfen, den sie versäumt hatte. »Wir haben was genau vor?«, hakte sie nach. Sie hatte vom bisherigen Verlauf den vagen Eindruck, die anderen wollten Franks Tod nicht auf sich beruhen lassen. Sie hoffte, sie täuschte sich.

»Wir werden Franks Tod aufklären«, sagte Thilo.

»Oh, aber …«, stotterte Sabine, ohne so recht zu wissen, was sie darauf erwidern sollte. Sie brauchte einen zweiten Kaffee. Oder besser einen Schnaps. Natürlich, auch sie war unzufrieden damit, dass die Polizei Franks Tod – seinen Mord! – zu den Akten legen wollte. Aber wenn man von irrlichternden Gedanken um fünf Uhr in der Früh absah, war es doch völlig verrückt, die Polizei für unfähig zu erklären und statt ihrer Detektiv spielen zu wollen.

»Sieh mal, wir haben Harald, der kennt sich aus«, erklärte Thilo, der dem Rentner die vorherige Bemerkung offenbar verziehen hatte. »Wir haben Katjas Auge fürs Detail und ihre …« Er wedelte mit der Hand. »Lateinkenntnisse.« Wofür die brauchbar waren, schien ihm ebenso schleierhaft wie Sabine – und den zusammengezogenen Augenbrauen nach zu urteilen sogar Katja selbst. »Du kannst mit Menschen umgehen«, fuhr Thilo an Sabine gewandt fort. »Und ich, äh …«

»Du bist der mit den jüngsten Beinen. Du kannst schnell laufen, wenn's brenzlig wird«, sagte Harald. »Und du hast eine hochwertige Kameraausstattung.«

»Wieso sollte es denn brenzlig werden?« Katja rutschte auf ihrem Stuhl nach vorn, und auch Thilo sah nicht mehr ganz so zuversichtlich aus.

Harald zuckte mit den Schultern. »Eine Mordermittlung ist kein Ausflug in einen Freizeitpark«, sagte er resolut. »Aber es muss sein.«

Musste es das wirklich? »Ich habe eine kranke Mutter zu Hause. Und einen Sohn«, sagte Sabine.

»Katja hat ein Hendl. Umso besser, dass ihr da mal rauskommt«, wischte Harald ihr Argument beiseite. »Sogar unsere Lateinlehrerin hier hat das begriffen.«

»Moment, ich unterrichte nicht …«

»Es funktioniert nur«, fuhr Harald ungerührt fort, »wenn wir alle mitmachen. Wirklich alle.« Er blickte Sabine eindringlich an.

»Ich …« Sie rieb sich die Stirn. Natürlich, es war ihr ebenfalls durch den Kopf gegangen. Dort am Parkplatz. Hatte sie nicht sogar ein kleines bisschen aus diesem Grund vorgeschlagen, gemeinsam ins Café zu gehen? Um den anderen auf den Zahn zu fühlen, um herauszufinden, wie sie die Sache sahen? Aber es war ihr eher um das Ausloten dieser Situation gegangen, um allgemeine Gedanken dazu. Dass die drei sich Hals über Kopf in ein Ermittlungsabenteuer stürzen wollten, hätte sie niemals gedacht.

»Frank war einer von uns«, sagte Katja bestimmt. »Wir sind es ihm schuldig.«

»SOKO Neuntöter«, fügte Thilo mit einem Zucken seines Mundwinkels hinzu.

Sabine biss sich auf die Lippe. Wie wenig sie doch voneinander wussten, wie viel weniger noch von Frank. Aber Katja hatte recht, sie waren es ihm schuldig. Sie blickte in die Runde und nickte. Zufrieden nahm Harald einen Schluck von seinem schwarzen Kaffee.

»Ich erkläre euch, wie wir die Sache angehen«, sagte er und krempelte die Ärmel seines hellbraun karierten Hemds nach oben.

Katjas Augenbrauen schossen anklagend in die Höhe, und Sabine winkte der Kellnerin, um einen weiteren Kaffee zu bestellen. Haralds Ausführungen schienen eine lange und umständliche Angelegenheit zu werden.

Das pfeifen die Spatzen von den Dächern

Roberta hockte im Garten, die Augen geschlossen, und döste friedlich vor sich hin. Erleichtert warf Katja einen letzten Blick auf die Überwachungs-App und steckte ihr Smartphone danach zurück in die Handtasche. Die App war mit einer Kamera verbunden und ursprünglich als mobile Überwachung von menschlichem Nachwuchs gedacht. Wer aber bitte schrieb vor, sie sei für den Einsatz bei einem unter Verlustängsten leidenden Huhn tabu? Die Baby-Cam ließ Katja beruhigt den Arbeitstag verbringen, denn auch wenn sie Roberta so oft wie möglich im Auto mitnahm, in den Räumlichkeiten der Volkshochschule war die Anwesenheit von Hennen absolut unerwünscht. In Katjas Augen eine völlig unsinnige Vorschrift, litt doch die Bordeauxdogge, die ein Verwaltungsmitarbeiter Tag für Tag mitschleppte, unter einem beträchtlichen Sabberproblem. Suchte man das Herrchen, musste man nur der Speichelspur im Flur folgen. Roberta hingegen war so gut wie stubenrein.

Katja richtete Kugelschreiber und Bleistift neu aus – in exakt gleichem Abstand zur PC-Maus, die genau mittig auf dem Pad ruhte – und versuchte, sich auf die vor ihr liegende Aufgabe zu konzentrieren. Im nächsten Semester sollte sie eine Veranstaltung vorbereiten und durchführen, weil die zuständige Dozentin, ein quirliger Blondschopf Ende zwanzig, in den

Mutterschutz ging. Als Programmbereichsleiterin für kulturelle Bildung stand Katja selten vor einer Gruppe Menschen, das überließ sie lieber den freiberuflichen Dozenten oder ihrer Bürokollegin Roisin. Während diese beim Tag der offenen Tür oder bei den wenigen offiziellen Besuchen sogenannter Lokalgrößen charmant Auskunft gab, hielt sich Katja selbst im Hintergrund. Ihre eigene Aufgabe sah sie darin, für die korrekten Abläufe in ihrer Abteilung zu sorgen. Planen im Hintergrund: Genau das war ihr Ding.

Roisin brachte für ein längeres Gespräch mit Mitmenschen reichlich Geduld auf, eine Fähigkeit, die Katja vollständig abging. Menschen sprachen ihr einfach zu langsam. Sie traten verbal auf der Stelle, kamen selbst nach Minuten nicht auf den Punkt, und Katja machte das wahnsinnig. Harald zum Beispiel war gestern enorm umständlich vorgegangen, obwohl der Mann von sich doch fortwährend behauptete, Struktur sei seine Obsession und stecke ihm wegen des ehemaligen Berufs in Fleisch und Blut. Was Struktur tatsächlich war, das wusste Katja jedoch besser als jeder andere Mensch. Als Harald zum wiederholten Mal nicht zu des Pudels Kern gekommen war, hätte sie ihm am liebsten mit der flachen Hand auf den Hinterkopf geschlagen. Roisin aber, die mollige Irin mit den strahlend blauen Augen, hörte in solchen Fällen mit konzentrierter Miene zu. Während Telefonaten hielt sie das Ohr aufmerksam an den Hörer gepresst und malte kleine, kontemplative Kreise auf einen Notizblock, den sie immer bei sich trug. Am Schluss erfuhr Katjas Kollegin stets das, was sie wissen wollte, obwohl sie selbst kaum ein Wort gesprochen hatte. Hätte Roisin nach ihrem Studium nicht sofort in Katjas Abteilung bei der VHS begonnen, würde sie vermutlich jetzt als Therapeutin arbeiten.

Fast jeder fing bei ihr automatisch an auszupacken; ein Job bei der Polizei wäre ebenfalls eine gute Alternative gewesen.

Sabine hatte eine ähnliche Begabung wie Roisin, war Katja aufgefallen. Ein eindeutiger Pluspunkt bei der bevorstehenden Ermittlung.

»Kommst du vorwärts?«

Wie ertappt zuckte sie zusammen. Roisin stand vor dem Schreibtisch, einen Aktenordner unter den Arm geklemmt.

»Ja, ich … Nein. Nicht wirklich. Ich bin noch bei der Titelfindung des Vortrags.« Katja zwang sich, ihre Kollegin nicht ungebührlich lange anzustarren. Den Blick von diesen entzückenden Grübchen zu lösen, von den kristallblauen Augen, die so perfekt mit dem rabenschwarzen Haar harmonierten.

»Brauchst du Hilfe?« Roisins reizender Akzent brachte Katjas Herz kurz aus dem Takt, und als die Irin sich elegant eine schwarze Locke hinters Ohr strich, wollte Katja auf der Stelle vor Liebespein sterben. Diese Geste verfehlte ihre Wirkung niemals, und Roisin hatte nicht die geringste Ahnung, was sie damit bei Katja auslöste.

»Nein, ich schaffe das schon«, quetschte sie mühsam hervor.

»Wie geht es denn Roberta?«

»Gut«, krächzte sie hennengleich, den Blick auf ihr Keyboard gesenkt. Ihre Finger strichen über die Tasten, ohne sie zu drücken, als habe sie dort Kekskrümel entdeckt, die es vorsichtig zu entfernen galt. »Es geht ihr gut. Ich habe eben nach ihr geschaut.«

»Was für ein Glück, dass die Technik heute so weit ist, nicht wahr?«

Wäre es aus Haralds Mund gekommen, es hätte etwas Bissiges, Höhnisches gehabt. Bei Roisin aber kam es von Herzen.

Was Katjas eigenes erneut stolpern ließ. Sie nickte, sah auf, und ihre Wangen färbten sich angesichts Roisins einnehmender Ausstrahlung rauchmelderrot. Nervös rutschte sie auf der Sitzfläche ihres Stuhls hin und her, schließlich riss sie sich zusammen. Das neue Projekt musste einen professionellen Eindruck hinterlassen. *Sie* musste einen professionellen Eindruck hinterlassen. Es konnte nicht angehen, dass sie ihre Kollegin anstarrte, als sei die eben wie Botticellis Venus der Muschel entstiegen.

»Was hältst du von ›Umweltbewusstsein in der Antike‹?«, fragte sie schnell. Das Thema war ihr eben erst in den Sinn gekommen, wie ein Blitz durch sie hindurchgefahren. Womöglich, um sie von momentan näherliegenden Themen wie »Aphrodite und ihre Sexsklavinnen« oder »Der Einfluss von Sapphos Liebesgedichten auf die Entwicklung der Insel Lesbos« abzulenken.

Anerkennend schnalzte Roisin mit der Zunge. »Toll! Vielleicht sollten wir es auf die römische Antike eingrenzen? Einerseits gingen die Römer damals verschwenderisch mit Rohstoffen um, andererseits gab es Ansätze ressourcenbewussten Handelns. Das ist ein wunderbares Thema!«

Katjas Wangen drohten in Flammen aufzugehen. »Quaere et invenies. Suche und du wirst finden«, stotterte sie.

»Für die meisten hier im Haus gilt eher Repetitio est mater studiorum«, entgegnete Roisin verschmitzt. »Du aber hast immer wieder neue Einfälle. Inspirierend.«

Ich werde jetzt aufstehen und sie küssen. Und anschließend werde ich aus dem Büro stürzen und mich auf der Toilette einschließen, dachte Katja.

Aber sie hatte einen Kurs vorzubereiten und Franks Tod aufzuklären. Sie musste sich um Roberta kümmern und ihrem Nachbarn Huber die kaputten Seitenspiegel ersetzen. Die negativen Bescheide ihrer Bewerbungen abheften und auf neue Gesuche antworten. Und auch hier taten sich weitere Stressfaktoren auf: Wenn sie den Job wechselte, um endlich ihren Sachverstand als promovierte Alt-Philologin unter Beweis zu stellen, würde sie Roisin höchstwahrscheinlich nie mehr über den Weg laufen.

Warum zum Teufel war das Leben so unendlich kompliziert?

»Ich wollt', ich wär' ein Huhn«, murmelte sie in Richtung Schreibtischplatte.

»Bitte?«

»Ach, nichts.«

In diesem Moment klingelte Katjas Handy, was selten vorkam. Während sie in einer Mischung aus Verwirrung und Sorge nach ihrer Handtasche griff, signalisierte Roisin, dass es jetzt für sie an der Zeit war, sich in die Teeküche aufzumachen.

»Elf«, sagte sie und deutete mit dem Finger auf ihre Uhr, deren Armband in den irischen Nationalfarben orange und grün gehalten war. »Zeit für meinen Kaffee.«

Katja lächelte und wartete, bis sich die Tür hinter ihrer Kollegin geschlossen hatte. Dann wischte sie über das Handydisplay.

»Hier Dr. Sommerrain.«

»Niederbuchner«, grummelte es aus der Leitung.

Während Katja fieberhaft überlegte, ob sie jemanden dieses Namens kannte, hörte sie den Teilnehmer am anderen Ende laut schnaufen. Dann hustete er und grunzte. »Harald.«

»Ach.«

»Ja, ach. Ich hab die Aufgaben verteilt.« Da Katja darauf nicht reagierte, fügte Harald hinzu: »Unser Ermittlungsverfahren.«

»Ich verstehe.« Katja verkniff sich das Detail, dass ein Ermittlungsverfahren streng genommen nur von einer Staatsanwaltschaft eingeleitet werden konnte. So viel wusste sogar sie, und sie hatte sich bis jetzt nur mit Kriminalfällen der Antike beschäftigt. »Nullo actore, nullus iudex.«

»Ja, sag ich auch immer.«

»Wo kein Kläger, da kein …«

»Sabine und ich werden uns um die direkte Kontaktaufnahme mit den Seethalers kümmern, das sind die Hinterbliebenen. Sabine kannte nicht nur Franks Vornamen. Thilo werden wir bei diffizilen technischen Dingen und der Überwachung einsetzen, und du wirst zuerst einmal alle Fakten über Franks Kanzlei zusammentragen.«

Katja entfuhr ein zustimmendes Geräusch.

»Recherche, das ist doch deins. Oder?«

»Iinvestīgās, investīgat, investīgāmus …«

Harald stöhnte leise. »Wir treffen uns am Mittwoch um Punkt 18 Uhr mit ersten Ergebnissen in meinem Schrebergarten.« Er gab ihr die Adresse und beschrieb den Weg vom Parkplatz aus.

Katja, die sich die Straße auf einem Notizblick notierte, hielt inne. »Du bist Gärtner?«

»Ich habe einen Schrebergarten.«

Die Art und Weise, wie Harald dies betonte, wies darauf hin, dass das eine nicht unbedingt etwas mit dem anderen zu tun hatte.

»Interessant.«

»Freut mich, dass du das so empfindest. Schaffst du das übermorgen?«

»Du meinst, ob ich Zeit habe?«

»Ob du Zeit hast und mit ersten Ergebnissen aufwarten kannst.«

»Selbstverständlich.«

»Ohne Hendl.«

»Bitte?«

»Das Huhn kommt mir nicht in den Garten.«

Katja schluckte. »Roberta ist ein Vogel. Und wir lieben und beobachten Vögel, wir …«

»Es ist Geflügel. Und ich esse Geflügel.« Harald wartete gar nicht erst ab, was Katja dazu zu sagen hatte, sondern sprach schnell weiter. »Mittwoch, Punkt 18 Uhr. Erste Ergebnisse. Also, bis dann.«

Dann Stille. Harald hatte aufgelegt.

Einige Augenblicke starrte Katja unentschlossen ihr Handy an, dann rief sie die App der Baby-Cam auf. Und sofort beruhigte sie, was sie darauf sah. Roberta war inzwischen aufgewacht und betrachtete wissbegierig etwas, das in ihrem Gehege im Gras lag. Leicht gebeugt stand sie da, den Schnabel kurz vor dem Boden. Dann ruckte ihr Kopf nach oben, sie spähte nach rechts, dann nach links, der Kamm wackelte bei jeder Bewegung.

»Du brauchst Gesellschaft, nicht? Willst jemandem zeigen, was du entdeckt hast. Und ich bin nicht da. Bestimmt ein Regenwurm.«

Hühner waren Herdentiere. Und Katja suchte schon seit einiger Zeit nach weiteren Hennen, nur gestaltete sich das Perfect Match schwieriger als vermutet. Denn Roberta hatte nicht nur ihren eigenen Kopf, sondern auch eine eigenartige Art von Revierverhalten, das ungewöhnlich aggressiv daherkam. Und es ergab wenig Sinn, einen Zickenkrieg unter Hennen in einem

Wohngebiet zu entfachen. Katjas Nachbarn drückten schon jetzt alle Augen zu.

»Ich verspreche dir, ich werde mich darum kümmern. Du bekommst Freundinnen.«

Dass Hühner mehr als hundert andere Artgenossinnen erkennen und sich sogar an sie erinnern konnten, wusste so gut wie niemand. Sie informierten sich gegenseitig über Futterstellen, verwendeten dazu bis zu zwanzig verschiedene Töne. Leider verfügten die Kameras, die in Stall und Freigehege installiert waren, nicht über Mikrophone, aber Katja konnte Roberta regelrecht plaudern hören. Und so wie das Huhn dastand und den Boden inspizierte, hatte sie eine Menge Interessantes zu erzählen.

Katja legte das Handy zur Seite, tippte mit dem Finger rhythmisch auf den Notizzettel und betrachtete die symmetrisch gemusterten Ostereier, die sie während des Telefonats gemalt hatte. Anschließend rückte sie die Maus auf dem Pad zurecht, obwohl deren Platz sich während der letzten Minuten keinen Millimeter verändert hatte, überlegte, welche Suchanfrage sie starten könnte, und gab »Kanzlei Frank Seethaler Traunstein« ein. Gleich der erste Treffer weckte ihr Interesse.

Die Reportage war einige Wochen alt und kam direkt aus dem Gerichtssaal. Ein gewisser David F., fünfundzwanzig Jahre alt und aktenkundiger Hehler, wurde wegen Totschlags der Prozess gemacht. Nicht zufrieden mit seinem bisherigen Mittlergeschäft warf die Staatsanwaltschaft – in Person von Frank Seethaler – ihm vor, dazu übergegangen zu sein, sich seine gestohlene Ware selbst zu beschaffen. Angeklagt wurde er für einen Einbruch beim »Trachten-Lindlacher«, Inhaber des größten Trachtenladens der Region, der den oder die Einbrecher überrascht hatte und nach schweren Kopfverletzungen gestorben war. David F.s Anwalt hatte verlauten lassen, dass sein Mandant unschuldig war, Frank jedoch hatte auf das beeindruckende Vorstrafenregister des Fünfundzwanzigjährigen verwiesen und sogar Anklage wegen Mordes erhoben. Die Zeitung ging davon aus, dass David F. einer langjährigen Haftstrafe entgegenblickte. David F. selbst tat das offenbar auch, denn er hatte gleich während des ersten Verhandlungstages wüste Drohungen gegen den Staatsanwalt ausgestoßen

»Soso«, murmelte Katja, nahm geistesabwesend den Bleistift in die Hand und ließ ihn durch die Finger gleiten. Die Spatzen pfiffen es von den Dächern: Es sah so aus, als hätte Frank sich in David F. einen Feind gemacht. Das mochte in anderen Prozessen durchaus ähnlich gewesen sein.

Sieh auf die Hühner und nicht auf die Nester

»Bist du sicher, dass wir richtig sind?«, flüsterte Sabine Harald zu. Was völlig unnötig war, denn sie saßen in ihrem Auto auf einem Parkplatz etwa hundert Meter von ihrem Ziel entfernt und konnten so laut sprechen, wie sie wollten. Aber irgendwie hatte sie das Gefühl, flüstern wäre angebracht.

Ganz im Gegenteil zu Harald. »Sie stehen im Telefonbuch«, dröhnte er. »Richard und Jennifer Seethaler.«

»Und was, wenn sie nicht mit ihm verwandt sind?«

Dass Frank nicht verheiratet war, hatte Sabine sich schon gedacht, sie hatte keinen Ring an seinem Finger gesehen, und die Polizisten hatten am Vortag davon gesprochen, seinen Bruder zu informieren. Eine Ehefrau war nicht erwähnt worden.

»Das werden wir ja gleich erfahren.« Resolut öffnete Harald die Autotür. Sabine hatte ihn auf dem Weg von Chieming nach Traunstein freundlicherweise vor seiner Wohnung aufgegabelt.

»Wir hätten vorher anrufen sollen«, sagte Sabine seufzend und stieg aus dem Wagen.

»Frank Seethaler, Staatsanwalt, vierunddreißig Jahre alt, Studium in München, hat Vögel und Croissants geliebt«, murmelte sie vor sich hin, während sie Harald die Straße hinunter folgte. Richard und Jennifer Seethaler lebten im Wochinger Spitz, dem Traunsteiner Villenviertel.

»Was machst du da?«, fragte der ehemalige Forensiker.

»Wenn wir überzeugend trauernde Freunde spielen wollen, ist es von Vorteil, wenn wir wenigstens etwas über Frank wissen.«

»Du wusstest doch seinen Namen.«

Ein erneutes Seufzen versuchte Sabine zu unterdrücken. »Lass mich einfach reden«, sagte sie dann und blickte zu dem Haus, das vor ihnen aufragte: ein Klotz mit einem Carport für drei Autos.

Seelenlos, fuhr es Sabine beim Anblick der glatten Fassade durch den Kopf. Das konnte aber auch daran liegen, dass sie gerade an so vielen Erkern und verspielten Ornamenten vorbeigekommen waren, dass ihr dieses moderne, dreistöckige Haus geradezu langweilig vorkam. Immerhin erstreckte sich ein ausladender Garten auf der linken Seite des Hauses, in dem schon die ersten Narzissen ihre gelben und weißen Blüten entfalteten.

Aus beruflicher Neugier wanderte ihr Blick zurück zum Carport. Das war einer nach Maß, keine DIY-Billiglösung vom Baumarkt. Mit individuellen Modulen kannte Sabine sich aus, schließlich beriet sie in Teilzeit Kunden bezüglich der geeigneten Unterbringung ihres heiligen Blechs.

»Die Garage ist von unserer Konkurrenz«, murmelte sie. »Kein Schnäppchen.«

»Was?«

»Nichts«, erwiderte Sabine schnell. »Jeder Vogel braucht ein Nest, jedes Auto einen Carport.«

»Verstehe ich nicht«, meinte Harald. »Wo ist denn da der Zusammenhang?«

»Also …«

Aber Harald redete schon weiter. »Und das alles für zwei Personen. Riesig.«

»Vielleicht haben sie fünf Kinder«, antwortete Sabine schulterzuckend. »Die stehen ja meist nicht im Telefonbuch.«

Der fehlende Lärm sprach jedoch nicht für eine Großfamilie, ein oder zwei Kinder konnte man mit einem Fernseher ruhigstellen, aber spätestens mit dem dritten kam der Krach, so ihre Erfahrung.

Sie nickte Harald zu und drückte auf den Klingelknopf neben dem als Welle geformten Edelstahlschild mit dem Namen »Seethaler«; das einzige Detail, das vom Grundsatz *form follows function* abwich.

Harald wollte unverfänglich mit Franks Verwandten sprechen, um etwas über sein Privatleben herauszubekommen. Hatte er eine Freundin gehabt? Viel Geld, und falls ja, wer würde erben? Gab es gute Freunde? Oder sogar Feinde? Daher hatten sie beschlossen, seinen Bruder zu besuchen und nach der Beerdigung zu fragen, um ihre Hilfe anzubieten. Da sie doch so gute Freunde von Frank gewesen seien. Wenn sie länger darüber nachdachte, schämte Sabine sich, einer trauernden Familie solche Lügengeschichten aufzutischen, also dachte sie nicht länger darüber nach, sondern straffte die Schultern und setzte ihr professionellstes Lächeln auf. Im Berufsleben verkaufte sie auch so manchem Hausbesitzer einen Carport, von dem er noch gar nicht gewusst hatte, dass er ihn brauchte.

»Äh …« Ein gut aussehender Mann von knapp vierzig öffnete ihnen perplex die Tür. »Kann ich Ihnen helfen?«

»Wir möchten mit Ihnen über Frank sprechen«, schnappte Harald, bevor Sabine auch nur den Mund öffnen konnte.

Was hatte sie ihm gerade gesagt? Er sollte die Klappe halten und sie machen lassen. Am liebsten hätte sie ihm den Ellenbogen in die Seite gerammt. Stattdessen trat sie einen Schritt vor, so dass sie Harald zur Hälfte verdeckte, und streckte Richard Seethaler, wie sie annahm, die Hand hin.

»Entschuldigen Sie, mein Name ist Sabine Schroll, das ist Harald Niederbuchner. Wir waren gute Freunde von Frank und wollten Ihnen unser Beileid aussprechen.«

»Äh ...«

»Das ist ja so eine furchtbare Geschichte, nicht wahr?«, fuhr sie fort und legte angemessene Trauer in ihre Stimme, für die sie sich nicht einmal verstellen musste. »Wir wollen helfen, wir wissen aus eigener Erfahrung, wie anstrengend und kräftezehrend eine solche Situation ist. Wie überfordernd für die nächsten Angehörigen. Man braucht Hilfe, will die Hand ausstrecken, traut sich aber nicht.« Sie lächelte. »Sie dürfen sich trauen, keine Frage. Aber wollen wir den Rest nicht bei einem Tee besprechen?«

Komplett überrumpelt gab Seethaler den Weg frei und stammelte: »Aber bitte, kommen Sie doch herein.«

Der skeptische Blick, den er Harald zuwarf, entging Sabine nicht, und so nahm sie Richard Seethalers Hand in ihre beiden und sagte feierlich: »Unsere aufrichtige Anteilnahme zu Ihrem schweren Verlust.« Sie hatte genug Trauerkarten in ihrem Leben geschrieben, um die Sprüche alle auswendig zu kennen.

»Danke.« Franks Bruder versuchte sich an einem Lächeln, dann führte er sie durch einen makellos sauberen Flur, auf dessen strahlend weißem Steinboden nicht ein einziger Schuh herumstand oder auch nur ein winziger Straßendreckkrümel zu sehen war, ins Wohnzimmer. Eine breite Fensterfront erlaubte den Blick auf den immensen Garten, und Sabine konnte sehen, wie Harald den Impuls unterdrücke, erneut anerkennend durch die Zähne zu pfeifen. Die Seethalers hatten es geschafft, wie man so sagte. Doch während Sabine sich in dem durchgestylten Raum umblickte, musste sie zugeben, dass sie ihre kleine gemütliche Wohnung um nichts in der Welt gegen diesen anonymen Innendesigner-Traum getauscht hätte. In der Casa Schroll wurde gelebt, hier lief man vermutlich auf Zehenspitzen und fasste möglichst nichts an. Es hätte sie nicht gewundert, wenn das cremefarbene Ledersofa mit einer Schutzfolie überzogen gewesen wäre.

»Kann ich Ihnen vielleicht helfen, den Tee aufzubrühen?«, fragte Sabine. »Ich habe die Erfahrung gemacht, dass eine schöne heiße Tasse Tee in den schwersten Zeiten Wunder wirkt.« Und jemanden hinauszukomplimentieren, der seinen Tee noch nicht ausgetrunken hatte, war schwieriger.

»Sie … äh, danke, aber … setzen Sie sich doch, ich bin gleich zurück.« Richard Seethaler wusste ganz offensichtlich nicht, was er entgegensetzen sollte, oder vielleicht war er ebenfalls ein Teeliebhaber.

Seine Frau schien nicht zu Hause zu sein, und während er sich in der Küche zu schaffen machte, schaute Sabine sich aufmerksam die Familienfotos an, die auf dem Kaminsims standen – auf dem künstlichen Kamin, eine Fernbedienung für eine LED-Flamme lag daneben.

»Kein Frank«, flüsterte Sabine Harald zu, der seinerseits die Einrichtung kritisch musterte, hier nach dem Material tastete und dort nah herantrat, um sich die Verarbeitung anzusehen. »Vielleicht hatten sie Streit.« Wie aufregend das plötzlich war! Nach Hinweisen zu suchen, Indizien, um herauszufinden, wie Franks Verhältnis zu seinem Bruder war. Die Mehrheit der

Tötungsdelikte wurde innerhalb des näheren sozialen Umfelds verübt, das hatte sie am Vorabend noch gegoogelt, als Harald ihr vorgeschlagen hatte, die Seethalers unter die Lupe zu nehmen.

»Was ist das?« Harald wedelte mit einer Skulptur vor seinem Gesicht herum. »Ich hätte ja gesagt, 'ne Hantel, aber die sind normalerweise nicht aus Bronze. Und auch nicht so dünn. Ist ja entsetzlich. Soll das ein Mensch sein?«

»Das ist eine Giacometti-Replik«, flüsterte Sabine. »Stell die um Gottes willen sofort wieder zurück!«

»Na ja, Geldprobleme scheinen sie zumindest nicht zu haben. Alles echt, kann keine Kleinigkeit gekostet haben.« Offenbar hatte Harald seine Untersuchung des Mobiliars erfolgreich abgeschlossen. »Und vielleicht ist sogar dieses dürre Männlein keine Fälschung«, er deutete auf die Statue, die jetzt wieder auf ihrem angestammten Platz stand.

»Eine Replik ist keine Fälschung. Und möglicherweise haben sie sich was geliehen«, spann Sabine einen weiteren Ideenfaden. »Vom beruflich erfolgreichen Bruder.«

Harald schnalzte mit der Zunge und nickte bedächtig. Als sie Geschirr klappern hörten, drehten sie sich um.

Richard Seethaler stellte ungeschickt ein Tablett auf dem Couchtisch ab, und Sabine beeilte sich, ihm zu helfen, bevor der Tee aus der Kanne schwappte.

»Ich kann mir gar nicht vorstellen, wie schlimm es sein muss, den eigenen Bruder zu verlieren«, sagte Sabine, während sie die Tassen verteilte und eingoss. »Ich bin Einzelkind.«

»Es ist immer noch schwer zu glauben.« Richard schüttelte den Kopf, wie um seine Gedanken zu sortieren, und kniff die Augen zusammen. »Sie haben ihn gut gekannt?«

»Wir haben uns jede Woche getroffen.« Sabine lächelte, als schwelge sie in Erinnerungen an den Staatsanwalt. »Er hat meine Croissants geliebt.«

»Ach.«

»Wir sind die Vogelgucker«, warf Harald ein. »Sie haben sicher viel von uns gehört.«

Genau, einfach mit Selbstbewusstsein an die Sache rangehen, dachte Sabine. Fake it till you make it, das war auch immer ihr Motto bei der Kundengewinnung.

Um Zeit zu gewinnen, nahm Richard Seethaler einen Schluck von seinem Tee. »Mein Bruder und ich hatten in letzter Zeit nicht mehr allzu viel Kontakt, um ehrlich zu sein«, gestand er schließlich. »Wir standen uns zweifellos nahe, aber unsere Leben hatten sich in unterschiedliche Richtungen entwickelt. Frank war alleinstehend, konzentrierte sich vornehmlich auf seinen Beruf, während ich mit Jenny und den Mädchen mittlerweile andere Prioritäten habe.«

Sabine entging nicht, wie mühelos ihm die Vergangenheitsform über die Lippen kam, als er über seinen Bruder sprach.

»Ja, das haben wir ebenfalls bemerkt«, pflichtete sie Richard dann bei. »Sein Beruf stand an erster Stelle, soziale Kontakte, Fehlanzeige. Außer natürlich …« Mit einem wissenden Lächeln und einer Handbewegung brach sie ab, in der Hoffnung, Richard würde ihren Satz mit einem Namen vervollständigen, einer Frau vielleicht oder einem besten Kumpel. Doch er schien ihr nicht so recht zuzuhören. Nachdenklich blickte er an seiner Teetasse vorbei Richtung Fußboden.

»Sein bester Freund«, versuchte Sabine es erneut. »Frank hat viel von ihm erzählt, mir fällt der Name gerade nicht ein, war es Thorsten?«

»Bester Freund? Hat er doch nicht mehr«, antwortete Richard irritiert. »Früher war das anders, aber die Zeiten sind längst vorbei. Enge Freundschaften haben unter Franks Arbeitseifer gelitten.«

Erneut nickte Sabine gewichtig, merkte aber, dass Harald neben ihr unruhig wurde.

»Seitdem diese Frau ihn verlassen hatte, hat er sich nur noch mehr in die Arbeit gestürzt«, versuchte er es mit einer ähnlichen Taktik wie Sabine.

Seethaler blickte irritiert auf. »Welche Frau?«, fragte er scharf.

Harald sackte in sich zusammen wie ein Luftballon, den man angepikst hatte. Na klar, jetzt musste Sabine wieder die Kohlen aus dem Feuer holen.

»Ach, das ist Haralds Theorie«, sagte sie mit einer wegwerfenden Geste. »Wir hatten den Eindruck, dass Frank in letzter Zeit noch intensiver gearbeitet, sich noch mehr in seine Fälle gestürzt hat. Katja sagt, er hat sein Thema gefunden, wissen Sie, wie ihre alten Sprachen« – sie war überzeugt davon, dass Seethaler keinen blassen Schimmer hatte, wovon sie gerade redete –, »aber Harald meinte, es liege an einer Frau.« Sie zuckte übertrieben mit den Schultern und fügte hinzu: »Männer!«

»Ach so.« Richard wirkte über diese Erklärung auch nicht besonders glücklich, aber immerhin schien er Sabine zu glauben. Hatte er ein schlechtes Gewissen? Dass er seinen Bruder so wenig gekannt hatte? Oder gab es etwas zu verbergen? Wusste er etwas von einer Freundin oder Ex-Freundin Franks?

»So ein schlimmer Unfall«, versuchte Sabine es mit einem anderen Ansatz. »Es soll ja in der Nacht passiert sein! Zu denken, man selbst schläft friedlich, und Frank …« Sie brach ab, als wühle sie das alles zu sehr auf.

»Da haben Sie recht«, stimmte Richard ihr düster zu. »Ich bin von der Polizei geweckt worden. Am Abend habe ich vor dem Zubettgehen noch zu meiner Frau gesagt, wir sollten auch mal wieder einen Ausflug an den See machen.« Er schüttelte den Kopf.

Plötzlich hörten sie, wie im Flur die Haustür aufgeschlossen wurde. Helle Stimmen, und dann stand eine Frau mit zwei kleinen Mädchen im Raum. Offenbar Richards Familie, und wie Sabine vermutet hatte, waren die beiden Töchter adrett in hellrosa Röckchen gekleidet, die dunklen Haare artig geflochten. Jennifer Seethaler selbst, hübsch, auch wenn die Falten auf ihrer Stirn für ihr Alter eigentlich zu tief waren, blickte die Gäste überrascht, ihren Mann missmutig an. Sie scheuchte die beiden Mädchen die Treppe hinauf, damit sie die Hausaufgaben erledigten, dann wandte sie sich ohne auch nur den Hauch eines Lächelns an ihren Mann. »Ich wusste nicht, dass wir Besuch bekommen, Richard.« Der Vorwurf war laut und deutlich zu hören.

»Es ist ja auch nicht *unser* Besuch, Jenny.«

Haralds Brauen bewegten sich wieder raupenähnlich nach oben. Auch Sabine wurde aufmerksam: Es gab eindeutig Spannungen im Hause Seethaler. Konnten sie das ausnutzen? Mit einem vertrauensstiftenden Lächeln stand Sabine auf und ging auf die Frau zu. »Auch Ihnen möchten wir unser tief empfundenes Mitgefühl aussprechen«, sagte sie und reichte ihr die Hand. »Wie verkraften es denn Ihre Kinder?« Für einen Augenblick fühlte Sabine sich schlecht, die beiden Mädchen als Angelhaken für ihre Mutter zu benutzen, aber urplötzlich wurden Jennifers Züge weicher und zugänglicher, und sie blickte Sabine dankbar an.

»Das ist sehr aufmerksam von Ihnen«, sagte sie. »Natürlich ist mein Mann derjenige, der …« Sie brach ab, presste für einen Augenblick die Lippen aufeinander, und sah dann wieder auf. »Aber so etwas betrifft ja immer die ganze Familie, nicht wahr?«

Sabine nickte verstehend. »Wollen Sie sich nicht einen Moment zu uns setzen? So eine heiße Tasse Tee tut der Seele einfach gut«, probierte sie es wieder.

Doch bei Jennifer zog dieser Trick nicht. Heftig schüttelte sie den Kopf. »Es tut mir leid, ich habe noch zu viel zu erledigen.«

Erst jetzt fiel Sabine auf, dass die Frau im Gegensatz zu ihren Kindern den Mantel nicht abgelegt hatte. Der Haustürschlüssel klimperte zwischen ihren Fingern, als sie ihrem Mann zurief: »Warte mit dem Abendessen nicht auf mich.« Die Art, wie sie ihn dabei nicht einmal ansah, ließ Sabine vermuten, dass Richard Seethaler mit seiner gesamten Lebensgestaltung besser nicht auf sie wartete. Es hatte mehr Wärme im Blick seiner Frau gelegen, als Sabine, eine ihr völlig Fremde, ihr die Hand gereicht hatte.

»Tja.« Ihr Gastgeber sah sie abwartend an, als die Tür hinter seiner Frau ins Schloss fiel. »Das Abendessen …«, begann er entschuldigend, führte den Satz jedoch nicht weiter aus. »Vielen Dank für Ihren Besuch.«

»Aber …«, begann Harald, doch Sabine legte ihm unauffällig eine Hand auf den Arm. Zu den ersten Lektionen in ihrem Job hatte gehört, dass man Vertrauen bilden konnte, indem man es langsam aufbaute, und nicht gleich beim ersten Gespräch den Geschäftsabschluss forcieren durfte, wenn ein Kunde zögerte.

Doch bevor sie sich endgültig verabschiedeten, klingelte es an der Tür. Richard Seethaler sah von Harald zu Sabine, dann wanderte sein Blick Richtung Küche, wo womöglich die Vorbereitungen fürs Abendessen warteten. Schließlich ging er jedoch wortlos in den Flur, um zu öffnen.

Sabine hörte eine männliche Stimme, dann betraten Seethaler und der gut aussehende Kommissar mit Vollbart das Wohnzimmer. Wie hatte er noch gleich geheißen?

»Was machen Sie denn hier?«, fragte der Beamte überrascht.

»KHK Nazari.« Harald schnaufte – die Hände wieder in den Hosentaschen, wo sie auch blieben, als Nazari ihm seine Hand reichte – laut durch die Nase.

»Herr Niederbuchner«, erwiderte der Kommissar dessen Unfreundlichkeit mit einem breiten Grinsen.

»Sie kennen sich?«, ging Seethaler irritiert dazwischen. »Woher?«

»Wir haben der Familie eben unser Beileid ausgesprochen, wir sind schließlich Freunde von Frank«, beantwortete Sabine schnell Nazaris vorherige Frage, um dem Kommissar keine Gelegenheit zu geben, seinerseits auf Seethalers Frage zu antworten: »Und Sie?« Seine Anwesenheit war durchaus erstaunlicher als ihre.

Als ob er sich erst jetzt an sein eigentliches Anliegen erinnerte, wandte Nazari sich an Seethaler: »Ich wollte Ihnen einige persönliche Gegenstände Ihres Bruders vorbeibringen. Die Adresse liegt ohnehin auf meinem Heimweg, da hätten Sie sich nicht auf die Wache bemühen müssen.« Er hielt ihm ein Portemonnaie und ein Smartphone hin, bei dessen Anblick Harald aufmerkte. Auch Sabine sah genauer hin. Das Handy würde ihnen einen ungeahnten Einblick in Franks Leben geben – Nachrichten, Fotos, Informationen über die Menschen, mit denen er in Kontakt stand.

»Sie haben sich das Telefon angeschaut?«, fragte Richard

Seethaler, und Sabine wusste nicht, ob sie sich das angespannte Zittern in seiner Stimme nur einbildete.

»Nein. Ihr Bruder ist eines tragischen, aber dennoch natürlichen Todes gestorben, da gibt es keinen Grund für eine Datenauswertung.«

Richard wirkte erleichtert, und jetzt war Sabine davon überzeugt, dass sie sich nicht geirrt hatte. Nazaris Motiv für diesen Hausbesuch war ihr hingegen immer noch nicht klar, so wie er sich nun im Raum umsah und Seethaler musterte, der Portemonnaie und Smartphone auf einen kleinen Beistelltisch neben einem Regal mit Topfpflanzen legte.

Auch ohne Haralds Finger, der sich plötzlich in ihre Niere bohrte, hatte Sabine den Weg von Franks Handy genauestens verfolgt. Sie nickte wie in Gedanken und hoffte, der Forensiker würde schon verstehen, dass sie einen Plan hatte. Dann stand sie auf, wobei sie ihre Handtasche auf dem Boden vor der Couch stehen ließ, und lächelte Seethaler an.

»Vielen Dank für den Tee und auf Wiedersehen, Herr ... ach, darf ich Richard sagen?« Sabine wartete seine Antwort nicht ab. »Sie sehen Frank so ähnlich!« Sie zog ihre Karte aus der Jackentasche und reichte sie ihm. »Auf der Rückseite ist meine Mobilnummer, da bin ich jederzeit erreichbar.«

»Ja dann.« Auch Harald stand auf, steckte die Hände in die Hosentaschen und wirkte missgelaunt, wie er von Richard zu Sabine blickte. »Wir sehen uns bei der Beerdigung«, sagte er steif und stakste zur Tür.

»Wir wünschen Ihnen alles Gute. Und wenn Sie etwas brauchen ...«, beteuerte Sabine erneut, bevor sie dem Forensiker Richtung Flur folgte. »Ach, meine Handtasche!«

Während Harald ungeduldig in der Wohnzimmertür auf sie

wartete, beugte sie sich vor den Couchtisch, stieß dort an und fegte mit lautem Klirren die Zuckerdose herunter, deren Inhalt sich halb über den blau gemusterten Wollteppich, halb auf dem Parkettboden verteilte. »Oje!« Hektisch versuchte sie, mit der Hand den Zucker vom Teppich zu fegen,

Seethaler lief in die Küche, um einen Handstaubsauger zu holen, und Nazari bückte sich, um die Scherben aufzusammeln, wobei er sich gleich an der ersten in den Finger schnitt.

»Das tut mir wirklich leid«, stammelte Sabine immer wieder, nahm Richard Seethaler den Mini-Sauger aus der Hand und schickte ihn los, ein Pflaster zu holen.

Als der Kommissar verarztet und das Malheur beseitigt waren, verabschiedeten sich Sabine und Harald endgültig von den beiden Herren. »Es ist mir unglaublich peinlich, das gute Stück, absolut unentschuldbar«, wiederholte sie noch einmal, bevor Seethaler, in einer Mischung aus Zustimmung und Irritation, die Tür hinter ihnen schloss.

Erst als sie im Auto saßen, atmete Sabine erleichtert aus. »Und? Hast du es?«

»Was denkst du denn?« Harald zog Franks Smartphone aus seiner Jackentasche.

Was für ein Nachmittag! Sabines Herz klopfte ihr bis zum Hals, als sie den Motor startete. Sie wollte das Viertel so schnell wie möglich verlassen, noch bevor Seethaler oder Nazari das fehlende Handy bemerkten.

»Wir hätten ihn mehr in die Mangel nehmen sollen. Nach seinem Alibi fragen«, knurrte Harald.

»Wie denn? Das wäre doch total auffällig gewesen! Und schließlich sind wir nicht die Polizei.«

Das war sein Stichwort. »Ausgerechnet Nazari«, schimpfte

der ehemalige Forensiker. »Kein Wunder, dass er München den Rücken gekehrt hat. Ein Indiz könnte ihn in die Waden beißen, und er würde es nicht bemerken.«

»Hm.« Sabine steuerte den Wagen zur Chiemseestraße. »Es gab da jede Menge unfähige Beamte, mit denen du in München zu tun hattest, richtig?«

»Und ob«, pflichtete Harald ihr bei.

»Hm.« Gab es nicht diese Redewendung? Wer nur Idioten sieht, ist wahrscheinlich selbst einer? Andererseits war Harald in ihrer Unternehmung das, was einem Experten am nächsten kam. Sie musste pragmatisch sein, und, zugegeben, der Pensionär hatte sich als ziemlich gewiefter Handydieb entpuppt. Franks Smartphone. Wenn das kein Durchbruch war!

Kaum hatte sie diesen Gedanken zu Ende gedacht, da dämpfte Harald auch schon ihre Euphorie. »Jetzt müssen wir nur noch jemanden finden, der dieses elektronische Frühstücksbrettchen entsperren kann«, brummelte er vor sich hin.

»Das musst du unbedingt sehen! Vor allem die Zeit, die er sich manchmal zwischen den Schnitten lässt. So krass!«

»In seinem letzten Film hat er das ja auch schon eingesetzt.« Melina schwenkte ihr Glas, so dass die Eiswürfel in ihrem Drink tanzten, ließ dabei aber Thilos Mitbewohner nicht aus den Augen. »Zwischen zwei Schlägerszenen gibt es so eine Art Verzögerung.«

»Ja, genau das meine ich«, erwiderte Mark begeistert. »Ist ja total crazy dieses Zack-zack-zack, und wenn er dann die Sache verlangsamt, wirst du echt gefordert.«

Melina nickte zustimmend. »Superinteressant, was du sagst. Sehen wir uns den nächsten gemeinsam an?«

»Klar.«

Eingequetscht zwischen Melina und Mark saß Thilo auf dem durchgesessenen Sofa ihrer Studentenbude. Und obwohl er absolut null interessiert war an dem neuesten Prügelstreifen irgendeines koreanischen Shootingstar-Regisseurs, dessen Namen er schon wieder vergessen hatte, bewegte er sich nicht vom Fleck. Denn von seinem Platz aus hatte er die allerbeste Sicht in die Küche, wo Emily geschäftig Limonen schnitt, Eiswürfel aus dem Behälter klopfte und Gläser mit einem Rand aus Zucker versah.

»Meinst du, das ist 'ne Reminiszenz an irgendein Regievorbild?«, wollte Melina jetzt wissen.

»Weiß nicht. Eher so Rebellion gegen Nullachtfuffzehn-Action-Ware«, antwortete Mark.

Melina warf Mark einen Blick zu, der ihm unmissverständlich mitteilte, dass sie mit ihm genau diese Rebellion anzetteln wollte, und zwar in seinem Bett.

Das war nun doch zu viel. Ruckartig erhob sich Thilo, stand einige Augenblicke unschlüssig vor dem Sofa und entschied sich dann zur Flucht nach vorn. Entschlossen umrundete er den kleinen Couchtisch, auf dem sich Chipstüten und leere Flaschen türmten, und steuerte die Küche an. Eben wollte er sich einen Eingangssatz zurechtlegen, der ihn nicht wirken ließ wie einen gehirnamputierten Betriebswirt, da klingelte sein Handy.

Harald? Auf den hatte er jetzt eigentlich keinen Bock. Hin und her gerissen zwischen den Birdern und der Chance, mit Emily Limonen zu schneiden, drückte Thilo den Anruf weg.

Kaum hatte er sein Telefon in die Hosentasche gesteckt, vibrierte es wieder. Dieses Mal nahm er seufzend an.

»Harald, was gibt's?« Langsam, die Küche nicht aus dem Blick lassend, zog er sich aus der Partyzone des gemeinsamen Wohnzimmers in den schmalen Flur zurück, in dem sich gerade niemand aufhielt. »Passt gerade nicht so.«

»Wir haben das Smartphone«, blaffte Harald in die Leitung.

»Welches?«

»Na, das von Frank!«

»Ihr habt Franks Handy? Von wem?«

»Von Richard.«

»Und der ist?«

»Franks Bruder.«

Thilo stutzte irritiert. Atmete tief durch und fragte dann, mit so viel Geduld, wie er aufzubringen in der Lage war: »Du hast Franks Handy von Richard Seethaler geklaut?«

»Na, na, ich bin pensionierter Beamter. Nur ausgeliehen. War Sabines Idee.«

»Das ist egal, wessen Idee es war, Harald.« Wie alt war der Mann? Zwölf? Nicht zum ersten Mal ging Thilo durch den Kopf, dass Grumpy sie alle bezüglich seiner beruflichen Betätigung angelogen haben könnte. Es mochte sein, dass Harald bei der Polizei gewesen war, aber eher als Hausmeister.

»Wir finden darauf möglicherweise Spuren, die für unseren Fall wichtig werden könnten«, verteidigte sich Harald.

»Aha.«

Inzwischen hatte sich Thilo unbewusst so weit wegbewegt, dass ihm die Garderobe den Blick in die Küche versperrte. Also ging er, das Handy am Ohr, zurück Richtung Wohnzimmer und lehnte sich dort an den Türrahmen. Mark und Melina knutschten inzwischen auf dem Sofa, der Rest der Partygäste quetschte sich mit Gläsern oder Bierflaschen in den Händen auf den wenigen Quadratmetern zusammen, einige saßen auf dem Boden. Keine Spur mehr von Emily. Scheiße.

»Bist du noch da?«, wollte Harald dröhnend wissen.

»Ja.«

»Kannst du da was tun?«

Obwohl Thilo genau wusste, worauf Harald anspielte, fragte er: »Was meinst du damit?«

»Die Bildschirmsperre umgehen.«

»Klar.«

»Hervorragend!«, hallte es aus dem Hörer. »Wir treffen uns am Mittwoch um …«

»Are you nucking futs?«, stieß Thilo ungehalten aus. Mit den Augen suchte er die Küche nach Emily ab, die Tür stand immer noch offen. »Wie soll ich denn ein Handy entsperren?«

»Heißt das nicht fuck … Ach, egal, da gibt es doch sicher Tricks.«

»Genau drei Stück.«

»Siehst du, ich wusste, dass du …«

»Passwort, Fingerabdruck und Gesichtserkennung.«

»Jetzt sei doch nicht so …«

»Bin ich Harry Potter? Der IT-Neymar? Das kriege ich doch nie hin!«

Kurz herrschte Schweigen am anderen Ende der Leitung. Dann sagte Harald gravitätisch: »›Nie‹ ist ein großes Wort, Thilo. Ein wenig mehr Zuversicht, wenn ich bitten darf.«

Er hatte es befürchtet: Sie hielten ihn tatsächlich für einen IT-Nerd. Er war jung, hatte einmal von einem neuen Computergame geschwärmt und konnte auf der Tastatur seines Handys geschätzt hundertmal so schnell tippen wie der Rest der Birder-Truppe. Ganz zu schweigen davon, dass bei ihm normale Einstellungen herrschten, was Helligkeit und Schriftgröße anging. Das reichte offenbar, um ihn in deren Augen als einen Computercrack erscheinen zu lassen.

Plötzlich erschien Emily in der Küchentür. Allem Anschein nach hatte sie sich am Kühlschrank zu schaffen gemacht, der außerhalb Thilos Blickwinkel stand. Die blonden Haare fielen ihr in natürlichen Wellen über die Schultern, ihre braunen Augen strahlten, und sie bewegte sich geschmeidig wie ein … Braunkehlchen im Flug. Mit einem Drink in der Hand stand sie da und sah … in seine Richtung.

Thilo schluckte.

»Harald? Wann am Mittwoch? Und wo?«, brach es aus ihm heraus.

Nachdem ihm Harald die Einzelheiten geschildert hatte, drückte Thilo ihn einfach weg.

Sein Ziel fest im Blick, stieg er über eine Kommilitonin, die ihm den Weg zur Küche blockierte. Mit rasendem Herzen stellte er fest, dass Emily ihn dabei beobachtete, wie er sich eine Schneise durch die Gäste schlug. Als er endlich vor ihr stand, blieb ihm fast die Luft weg.

»Hey, Thilo«, sagte sie.

Sein Handy in der Hosentasche vibrierte abermals. Mit einer fließenden Bewegung, auf die er irre stolz war, nahm er es heraus und stellte auf Flugmodus. »Das stört nur«, sagte er und lächelte Emily an.

»Sowieso. Ich hab meins auch lautlos.«

Verdammt. Sie lächelte zurück!

Weiß der Kuckuck

Die Vermutung, die Katja während des Telefonats mit Harald gehabt hatte, schien sich zu bestätigen. Als sie durch die Gartentür in Haralds Reich trat, war ihr, als hätte der Pensionär den Begriff »Garten« als Euphemismus für »Dickicht« verwendet. Neben den idyllisch gepflegten Grundstücken von Haralds Nachbarn wirkte sein eigener so, als habe Gertrude Jekyll – mit dem übereifrigen Vorsatz, sich um eine Neugestaltung zu kümmern – dort eine Bombe hochgehen lassen, im Anschluss daran aber beschlossen, eine hübsche Bepflanzung lohne sich doch nicht.

Obwohl jetzt im April der Zeitpunkt gekommen war, um vorgezogene Tomaten, Paprika und Co. anzupflanzen, gab es keine Gemüsebeete. Dort, wo sie Platz gehabt hätten, legten sich, wild verteilt, verholzte Goldrutenstängel des Vorjahres zur letzten Ruhe, hingen bemitleidenswert und armselig da. Die Hecke, die das Grundstück einschloss, wucherte, ein alter Apfelbaum war erschöpft zusammengebrochen, und aus einer kaputten Regentonne tropfte Wasser. Etliche Tauben drehten ihre Kreise über der Anlage, in der Nähe musste ein Taubenschlag sein.

Sabine, die heute einen orange-rosa gestreiften Übergangsmantel aus Wolle trug, kam Katja entgegen und schüttelte ihr die Hand. »Katastrophe«, raunte sie. »Ein echter Albtraum hier.

Ich hab schon nach einer Gartenschere gesucht, aber womöglich braucht man eine Kettensäge.«

Katja nickte, schob ihre Brille hoch und folgte ihr in die erstaunlich geräumige Laube. Dort hielt sie entsetzt die Luft an. Hatte es im Freien noch nach Frühling, Frische und dem letzten Regen geduftet, roch es hier drinnen, als sei seit Monaten nicht mehr gelüftet worden. Sekunden später erklärte sich ihr der Gestank durch das Chaos, das in der Hütte herrschte.

»Ach du ...«, entfuhr es ihr.

»Harald ist ein Messi.« Thilo grinste.

Der Forensiker a. D. kniff die Augen zusammen, so dass die Raupenbrauen nahezu aneinanderstießen. »Natürlich bin ich das nicht.« Zielstrebig nahm er eine mit Konservendosen vollgepackte Tüte vom Tisch, der über und über mit Papier, Kartonagen, aufgerissenen Kekspackungen, einem halb leeren Bierkasten und Softdrinkflaschen übersät war, und stellte sie auf den Boden neben sich, nachdem er sich einige Sekunden lang Hilfe suchend umgeschaut hatte. »Wie kommst du auf die Idee?«

»Ich nehme an, die Frage ist rein rhetorisch«, antwortete Sabine an Thilos Stelle und deutete auf die Tüte neben Harald. »Von einem ungeeigneten Platz zum anderen. So etwas nenne ich zumindest nicht aufräumen.«

»Chaos nennt man das.« Thilos Grinsen wurde breiter. »Wohnst du hier?«

»Nein. Und man nennt es nicht ›Chaos‹.« Harald reckte den Hals. »Das nennt man Enthusiasmus.«

»Ein enthusiastischer Messi.«

»Wollen wir uns nicht die Gartenstühle nehmen und nach draußen setzen?«, schlug Katja vor. »Es ist herrliches Wetter.«

»Sollten wir vorher kurz mähen?« Sabine spähte an die Wand, wo eine verrostete Sense lehnte.

»Mit der Hand?«, hakte Katja nach, die sich bezüglich der Ernsthaftigkeit dieser Frage nicht sicher war.

Thilo hatte sich inzwischen einen Stuhl geschnappt und vor der Hütte Platz genommen, das Gesicht in die Sonne gereckt, die beturnschuhten Beine von sich gestreckt. Sein Plastikstuhl versank in vertrockneten hohen Stängeln undefinierbaren Ursprungs. »Kommt ihr?«, rief er über die Schulter. »Ich muss nämlich eigentlich lernen. Es wartet noch ein Paper zur Gefährdung und zum Schutz vor elektromagnetischen Feldern auf mich.«

»Spannend«, stieß Sabine begeistert aus, die ihren Kunststoffstuhl neben ihn platzierte. Es dauerte eine Weile, bis sie eine Stelle gefunden hatte, auf der er nicht umkippte. »Meine Mutter ist der festen Überzeugung, eine Wasserader verlaufe unter ihrem Bett, und hat sie mit einer Korkmatte abgeschirmt. Berichte gern über den neuesten Stand der Dinge.«

Mit einem abschätzigen Schnauben rammte Harald den Campingstuhl ins Gras, den er auch bei der Vogelbeobachtung immer dabeihatte. Katja erkannte ihn an der eingerissenen Stoffbespannung. »Gefasel. Das hast du ihr hoffentlich versucht auszureden. Das mit der Korkmatte.«

»Warum? Die schadet ja nicht. Und wenn sie sich damit wohler fühlt, geht es mir auch besser.«

Katja fand, das war ein vernünftiger Standpunkt. Und genauso angebracht fand sie es, dass Sabine wieder diese leckeren Croissants mitgebracht hatte.

»Wie geht es Roberta?«, fragte Sabine, als sie ihr die Bäckerstüte in die Hand drückte.

Überrascht von der Frage, wusste Katja einen Augenblick lang nicht, was sie sagen sollte. Den Themenwechsel hatte sie nicht erwartet, aber womöglich war Sabine von ihrer pflegebedürftigen Mutter auf ein pflegebedürftiges Huhn gekommen, obwohl Katja diesen Schluss ganz und gar nicht stimmig fand. »Gut, gut«, antwortete sie. »Danke, dass du fragst.«

»Wunderbar, allen geht es gut. Dann hätten wir das ja jetzt erledigt«, meinte Harald ungeduldig und räusperte sich. »Wir sind heute hier zusammengekommen«, fuhr er anschließend wie ein Prediger fort, »da sich Neuigkeiten ergeben haben. Bei uns«, er blickte zu Sabine, »und hoffentlich auch bei euch.« Hier sah er zu Katja. »Die wichtigste Nachricht zuerst: Es ist uns gelungen, Franks Handy als Beweisstück zu sichern.«

»Wow!«, entfuhr es Katja angenehm beeindruckt. Wenn sie ehrlich war, hätte sie dem umständlichen Harald so etwas nicht zugetraut.

»Bevor wir uns aber damit befassen, wie wir das Smartphone entsperren können, sollten wir etwas mehr über Franks Hintergrund erfahren. Katja, deine Recherche bitte!«

Auffordernd sah er sie an und wedelte dabei mit der Hand, als wolle er seine Gemeinde um die neuesten Sündenbekenntnisse bitten.

Sie berichtete von ihrer Recherche und schilderte den Fall David F. »Frank war Staatsanwalt, und er scheint ein ziemlich, wie sagt man, harter Hund gewesen zu sein.« Zuerst kamen ihr die Worte nur stockend über die Lippen, dann aber nahm ihre Erzählung Fahrt auf. »Viele seiner Fälle gingen durch die Presse, am interessantesten erschien mir der letzte – aufgrund der zeitlichen Nähe zu seiner Ermordung.«

Die anderen nickten anerkennend.

»Bei David F., soweit ich das recherchieren konnte, handelt es sich um David Fiedler, einen Hehler aus Traunstein. Offiziell besitzt er ein Geschäft für Shishas, aber unter der Hand verkaufte er gestohlene Ware: viel Elektro, aber hauptsächlich Schmuck. Die Deals wurden angeblich im Club Lovecraft abgewickelt. Anscheinend reichte es ihm nicht mehr, nur noch zu verkaufen. Es wird gemunkelt, dass er für verschiedene Einbrüche in der Region verantwortlich ist. Da bei einem davon im letzten Januar ein Mann zu Tode kam, plädierte Frank auf Mord. Die Presse munkelt, dass andere Staatsanwälte sich mit Körperverletzung mit Todesfolge zufriedengegeben hätten. David Fiedler, das muss ich euch wahrscheinlich nicht sagen, war damit jedenfalls gar nicht glücklich und stieß wütendste Drohungen gegen Frank aus. Er selbst sitzt zwar in Untersuchungshaft, doch es gibt genug Kriminelle, die auf sein Schweigen angewiesen sind.« Sie ließ diesen Satz für einen Moment wirken, bevor sie fortfuhr: »Und nun, ohne Frank, ist damit zu rechnen, dass der nächste Staatsanwalt eine geringere Haftstrafe für David fordert.«

»Oh, na, wenn das kein Motiv ist!«, rief Sabine.

Thilo zog die Augenbrauen zusammen. »Es scheint so, dass wir unseren Frank falsch eingeschätzt haben«, sagte er nachdenklich.

»Wir haben ihn doch kaum gekannt, wie können wir ihn da falsch eingeschätzt haben?«, gab Harald zu bedenken. »Wann hat die Verhandlung begonnen?«

Katja zog den zusammengefalteten Ausdruck, den sie im Büro ausgedruckt hatte, aus der Jackentasche und reichte ihn herum. »Vor drei Wochen.«

»Er war knallhart und Profi seines Fachs«, spezifizierte Sabine, nachdem sie den Zeitungsbericht überflogen hatte. »Ein Routinier.«

»Der sich im Laufe seiner Staatsanwaltskarriere sicherlich auch noch anderweitig Feinde gemacht hat«, fügte Katja hinzu.

Thilo nickte. Der junge Mann hatte den toten Apfelbaum im Rücken. Eine Kombination, die Katja nicht wenig verwirrte, weswegen sie versuchte, die Szenerie hinter Thilo auszublenden, wenn sie ihn ansah.

»Was heißt das jetzt für unser weiteres Vorgehen?«, wollte Sabine wissen.

Katja strich sich eine Strähne hinters Ohr. »Ich könnte ...« Mit der Zunge fuhr sie sich über die trockenen Lippen. »Ich werde an Franks Fällen dranbleiben, nach Kriminellen mit Rachegelüsten suchen und vielleicht mit Franks Kollegen sprechen.« Dass es zu Letzterem kommen würde, hoffte sie nicht, aber sie hatte das Gefühl, den anderen diese Option anbieten zu müssen.

Thilo, Harald und Sabine nickten.

»Ich bin der Meinung ...«, begann Thilo dann.

»Um das gleich klarzustellen«, grätschte Harald dazwischen, »ich bin nicht hier, um eure Meinungen oder Ideen zu hören, ich will heute Informationen. Fakten!« Eine dramatische Pause folgte, die nur von Vogelstimmen unterbrochen wurde. Tick-tick-tick. Hüit.

»Gartenrotschwanz«, meinte Thilo.

»Und ist da nicht auch ein Buntspecht?« Sabine legte den Kopf schief.

»Anscheinend ist es allen egal, was ich zu sagen habe«, gab Harald sich beleidigt. »Wichtige Telefonate werden abgewürgt und Abläufe nicht zur Kenntnis genommen.«

Bei diesen Worten wurde Thilo rot. »Ja, also, was Ersteres angeht: Tut mir leid wegen gestern. Du hast in einem echt blöden Moment angerufen.«

»Es war laut im Hintergrund«, grunzte Harald.

»Wir hatten Besuch.«

»Von einer kreischenden Gitarrenband und deren Groupies?«

»Das war unfreundlich, ich wollte mich entschuldigen.« Mit diesen Worten reichte er die Croissanttüte wie eine Friedenspfeife an Harald weiter.

»Das ist toll von dir«, meinte Sabine und warf dem Pensionär einen Jetzt-würdige-das-entsprechend-Blick zu.

»Ja, also … danke«, stammelte Harald verwirrt, reichte die Tüte zurück und räusperte sich. »Wollt ihr jetzt endlich Punkt zwei des weiteren Vorgehens hören?«

Katja nickte pflichtbewusst. »Qui tacet, consentire videtur.«

»Seneca?«

»Nein, Thilo, Papst Bonifatius VIII.«

»Das war ein Witz.«

»Ach so.« Wieder einmal war sie in diese Falle getappt. Sie musste lernen, in Gesprächen auf solche Feinheiten zu achten. In Texten zwischen den Zeilen zu lesen beherrschte sie hingegen aus dem Effeff. Beim Quellenstudium war ihr das noch nie schwergefallen, Ciceros Reden konnte sie ohne Probleme auseinanderpflücken, ihr entging keine Anspielung. Aber im Umgang mit ihren Mitmenschen scheiterte sie oft daran.

»Was bedeutet das?«, wandte sich Sabine jetzt an sie. Wie so oft versuchte sie, die Wogen zu glätten oder eine unangenehme Situation zu entschärfen.

»Wer schweigt, scheint zuzustimmen«, übersetzte Katja

dankbar. »Eine mittelalterliche Vorschrift aus dem Kanonischen Recht.«

Harald schnalzte mit der Zunge. »Der Fortschritt hat uns inzwischen eingeholt.« Über seinem formidablen Wanst lag Katjas Ausdruck des Zeitungsartikels, mit dem Finger tippte er darauf. »Also, Punkt zwei: Dieser Hehler ist ungefähr so alt wie du.« Zustimmung heischend sah er Thilo an.

»Okayyyy?«, kam es gedehnt zurück. »Und?«

Harald lehnte sich nach hinten, was sein Stuhl mit einem vernehmlichen Laut der Panik kommentierte, verschränkte die Finger vor dem Bauch und ließ sie knacken. »Diese Disco, die da erwähnt wird, kennst du die?«

»Man sagt heute Club«, korrigierte Sabine.

»Lovecraft. Kenn ich«, sagte Thilo.

»Ein seltsamer Name«, sinnierte Harald.

»P.H. Lovecraft, literarischer Meister des Horrors«, klärte Thilo ihn auf.

»Wie passend. Du gehst da hin.«

Thilo stutzte. »Ich geh da hin«, wiederholte er dann. »Und mache … was?«

»Du nimmst Kontakt auf.«

Thilo sah Harald fassungslos an. »Mit dem Hehler?«

»Mit seinen möglicherweise gleichaltrigen Freunden. Er selbst ist schließlich im Gefängnis«, sagte Harald spitz. »Aber der direkte Angriff ist oft der beste. Damit rechnet niemand. Ein Vorgehen, das sich in meiner aktiven Laufbahn immer wieder bewährt hat.«

»Meinst du nicht, das ist ein wenig gefährlich?«, meldete sich Sabine zu Wort, die Thilo besorgt anblickte.

»Er ist übergeschnappt«, kam es jetzt von Thilo. »Wie soll ich die überhaupt erkennen? Wir wissen ja nicht mal, wie dieser Fiedler aussieht. Oder hast du bei deiner Recherche ein Foto von dem Typen entdeckt, Katja?«

»Das ist doch …«, wollte Harald widersprechen, aber Katja unterbrach ihn schnell: »Nein, leider nicht. Auch in den Revolverblättchen nicht. Wir brauchen einen Plan. Und wir können Thilo nicht ohne einen guten Köder dorthinschicken.«

Das Wort »Köder« überzeugte Harald schließlich, während Thilo sie entgeistert anstarrte. »Köder?«, formten seine Lippen.

»Du musst etwas anbieten, etwas haben, was bei Fiedlers Freunden Interesse erzeugt«, erklärte Katja.

»Außerdem müssen wir doch auch erst noch das Smartphone …«, begann Sabine.

»Ach ja, das Handy.« Erstaunlich behände für seine Statur stand Harald auf und steckte die Hand in die Jackentasche. »Hier ist es, das Prachtstück.« Wie einen Pokal hielt er das Smartphone in die Höhe. »Wir machen nun Folgendes …«

»Moment. Wir müssen erst alle auf dem aktuellen Stand sein.« Dieses Mal war es Sabine, die ihn unterbrach. Ausführlich fasste sie die Ereignisse bei Richard Seethaler für Katja und Thilo zusammen.

Als sie bei der Schilderung, wie sie an das Handy gekommen waren, die Vorkommnisse detailreich ausschmückte, beendete Harald ihren Bericht mit den Worten: »Und während Sabine den Teppich gesaugt hat, habe ich das Handy an mich genommen.« Er ließ sich zurück auf seinen Stuhl plumpsen.

Sabines Lippen kräuselten sich missmutig. »Bitte unterbrich mich nicht dauernd.«

Katja nickte zustimmend und pflichtete Sabine bei. »Das ist

ein sehr wichtiger Hinweis. Wir sollten uns gegenseitig nicht ins Wort fallen.«

Vom Campingstuhl kam ein Grunzen. »Vorher hast du mich unterbrochen, Sabine.«

»Bitte lasst uns strukturiert vorgehen und nicht von einem Thema zum anderen hüpfen«, schlug Katja weiter vor. »Was ist mit Richard Seethaler? Denkt ihr nicht, dass der Mann das Handy seines Bruders längst vermisst?« Bei Katja hatten Dinge ihren Platz. Sie gehörten dahin, damit man sie wiederfand. Und wenn etwas nicht an seinem Platz war, dann fiel ihr das sofort auf.

Harald zuckte mit den Schultern. »Kann schon sein. Aber der Mann ist in emotionalem Aufruhr. Tod seines Bruders, Vorbereitungen für die Beerdigung, Blumen, Leichenschmaus, Karten, Adressen, Telefonnummern, Anzeige in der Zeitung ... Der weiß nicht, wo ihm der Kopf steht. Wenn er es bemerkt hat, kann er sich ja melden, er hat Sabines Karte.«

»Er denkt bestimmt, er hat es verlegt.« Sabine nickte. »Passiert mir ständig.«

»Mir nie«, entgegnete Katja leise.

»Warum überrascht mich das nicht?«, meinte Harald. »Will jemand ein Bier?«

Außer Thilo hob niemand den Finger, und bevor Harald sich aus seinem Stuhl wuchten konnte, stand Sabine schon eilfertig auf, um im Gartenhaus zwei Flaschen zu holen. Als sie zurückkam, steckte eine Gartenschere in der hinteren Tasche ihrer Jeans. Harald schien es nicht zu bemerken, doch Katja entging es nicht.

»Könnten wir trotz der geforderten Struktur noch einmal zu dem Punkt zurückkommen, an dem ich ins Lovecraft gehe, um mich bei einer Bande Krimineller einzuschleimen?« Thilo lehnte sich vor, nahm dankend das Bier entgegen und öffnete es mit einem Feuerzeug. »Reicht es denn nicht, wenn ich die erst mal beobachte?«

Sabine reichte Harald die zweite Flasche, nahm die Schere aus der Hosentasche und fing an, die verdorrten Stauden neben ihrem Stuhl abzuschneiden. »Guter Punkt, finde ich.«

Haralds Augenbrauen begannen zu zucken. »Was machst du da?«

»Im Club?«

»Nein, Thilo, ich frage Sabine. Was machst du da?«

»Ich räume auf.« Mit präzisen Schnitten fuhr Sabine mit der Gartenarbeit fort und legte die abgeschnittenen Stängel sorgfältig auf einen Haufen. »Ohne Rückschnitt investieren die Pflanzen zu viel Kraft in den Austrieb. Und für viele ist es wirklich höchste Zeit. Wir haben April, Harald.«

»Und dann ist Mai. Und dann Juni. Meinem Garten geht es gut.«

Mit der Schere in der Hand richtete sich Sabine auf. »Gut?«

»Keine Einmischung in meine Gartengestaltung.« Er sah sie scharf an.

Wie angeschossen warf sie die Schere ins Gras. »Wenn du meinst.« Sie setzte sich wieder, verschränkte die Arme vor der Brust und zwang sich dann zu einem Lächeln.

»Danke. Zurück zu Thilo. Von einschleimen hat ja auch niemand was gesagt«, relativierte Harald. »Beobachten, fotografisch dokumentieren, Routinen festhalten.«

»Routinen festhalten?« Thilo stöhnte. »Wie lange, bitte schön, soll ich das durchziehen? Ich studiere, falls ihr das vergessen habt.«

»Aber nicht abends.«

»Was passiert mit dem Handy?«, kam Katja auf das vorherige Thema zurück. Der Schlagabtausch verwirrte sie zusehends, trotz ihres Vorschlags nahm das Gespräch alles andere als geordnete Bahnen.

»Das soll ich entsperren«, antwortete Thilo. »Anscheinend kann ich das.«

»Richtig.« Harald nickte zufrieden, während Thilo, ungläubig den Kopf schüttelnd, das Smartphone in seine Hosentasche steckte.

»Vielleicht wäre das eine Möglichkeit, mit Fiedlers Freunden ins Gespräch zu kommen?«, überlegte Katja. »Das Handy ist der Köder. Wenn du sie fragst, wo oder wie man gestohlene Handys entsperren kann.«

»Ist das dein Ernst? Direkter Angriff ist ja gut und schön, aber das ist mir ein wenig zu direkt!«, entfuhr es Thilo.

Harald war anderer Meinung. »Ich finde die Idee hervorragend.«

»Was ist denn mit dem Bruder?«, wandte Thilo sich an Harald und Sabine.

»Er hat eine Frau.« Harald.

Katja blinzelte verwirrt.

»Eine Frau, mit der es offenbar Streit gibt«, ergänzte Sabine.

»Ach, echt?«, fragte Thilo.

»Sibirien ist wohlig warm im Vergleich zur Stimmung zwischen Richard und Jennifer Seethaler.«

»Wenn du das mit dem Handy nicht hinbekommst ...« Harald setzte seine Bierflasche an die Lippen und nahm einen kräftigen Schluck. »Das wäre ein Schlag ins Kontor, junger Mann.«

Thilo ignorierte ihn und fragte stattdessen: »Was ist ihr Problem? Worüber streiten sie sich?«

»Das haben wir aus Taktgefühl nicht gefragt.«

»Und wie war sein Verhältnis zu seinem Bruder? Haben die sich auch gestritten?«

»Auch das haben wir nicht …«

Thilo stöhnte auf.

Während die drei darüber debattierten, wie der Besuch bei Franks Bruder effizienter hätte ablaufen können, dachte Katja darüber nach, wie sie das Smartphone entsperren könnten, falls die Sache im Club nicht fruchtete. Gab es ein YouTube-Tutorial? Konnten sie das Passwort erraten? Sich eine Profisoftware herunterladen, die in der Lage war, die Sperre zu umgehen? Hatte Harald möglicherweise noch Kontakt zu seinen ehemaligen Leuten in der Forensik, die ihm dabei helfen konnten? Da ihr die letzte Alternative wahrscheinlich erschien, fragte sie kurz entschlossen nach.

»Nein«, antwortete er.

»Du hast keinen Kontakt mehr?«

Harald schwieg und legte nahe, dass Nachfragen unerwünscht war. Damit mussten sie sich wohl zufriedengeben.

»Wo warst du gestern eigentlich so lange, Binchen?«, fragte Heide. Sie lag auf ihrem üblichen Platz auf der Couch, hielt die Augen halb geschlossen und wiegte leicht den Kopf zu *Fortunate Son* von Creedence Clearwater Revival, das Sabine vor zehn Minuten um mindestens die Hälfte leiser gestellt hatte. Sabine selbst hatte sich vom Tee ihrer Mutter eingeschenkt und sich zu ihr gesetzt, um durchzuatmen. Eine Lasagne garte im Ofen vor sich hin, Wasch- und Spülmaschine liefen, nun brauchte sie eine kurze Pause.

»Tom Fogerty«, schwärmte Heide, als das Stück zu Ende war. »Was hätte ich dafür gegeben, in Woodstock dabei gewesen zu sein.«

Sabine lächelte. Das hörte sie nicht zum ersten Mal.

»Ich habe sie in Berlin gesehen, im April 1970. Also genau genommen haben *wir* sie in Berlin gesehen. Heutzutage sagt man ja, dass man Babys im Mutterleib Mozart vorspielen soll. Ich glaube, von CCR hast du mehr gehabt.« Sie nickte nachdrücklich. »Und jetzt endlich raus mit der Sprache, wo warst du gestern Abend? Du bist nach der Arbeit gleich verschwunden, normalerweise nimmst du dir doch erst einmal eine halbe Stunde für dich.«

Das stimmte. Es war Teil von Sabines Ritual geworden, sich nach den unzähligen Kundengesprächen, die sie täglich führen musste, erst einmal von allem abzuschirmen. Sowohl Heide als auch Felix hatten das als ihren Regenerationsprozess akzeptiert. Aber gestern war sie sofort in ihre Wolljacke geschlüpft, hatte noch kurz nach ihrer Mutter gesehen und sich dann den Autoschlüssel geschnappt. »Ich dachte, aus dem Alter für diese Fragen bin ich raus«, antwortete Sabine und pustete auf ihre dampfende Tasse. Vorher war ihr kalt gewesen, jetzt, nach der Hausarbeit und mit der Heizung, die sie für Heide immer hochdrehte, wäre ihr eine kalte Limo lieber. »Aber wenn du es unbedingt wissen willst, ich war in einem Schrebergarten«, erklärte sie.

»Himmel, Kind, hals dir doch nicht noch mehr Arbeit auf!«

Jetzt musste Sabine lachen. »Nein, keine Arbeit. Zumindest

keine Schrebergartenarbeit«, korrigierte sie sich. Außer ein paar Bäume zurechtstutzen und das Gras vielleicht ein wenig kürzen. »Ich habe einen Bekannten besucht«, präzisierte sie. Einen Bekannten, der, das musste sie allerdings zugeben, ihr auf andere Art und Weise Arbeit aufbürdete. Sie hätte nie gedacht, dass sie einmal in Ermittlungen verstrickt sein würde, aber hier war sie eine Hobbydetektivin, die das Handy eines Toten geklaut hatte.

»Einen Bekannten, aha. Ist er verheiratet, dein Bekannter?«, fragte Heide neugierig und zog die Wolldecke über ihre Knie.

»O Gott, Mama.« Sabine stöhnte.

»Ich frag ja nur. Das mit Thomas ist ja nun auch schon eine halbe Ewigkeit her und …«

»Ich habe dich und Felix«, unterbrach Sabine sie schnell. Und weil sie wusste, was Heide als nächstes Argument bringen würde, fügte sie hinzu: »Und wirklich keine Zeit, noch mehr Unterhosen zu waschen.«

Bevor Heide etwas entgegnen konnte, klingelte es an der Tür.

»Das ist Papa«, schrie Felix aus seinem Zimmer, machte aber keinerlei Anstalten, seinen Vater persönlich zu begrüßen. Oder ihn wenigstens in die Wohnung zu lassen.

Wie üblich war es also Sabine, die aufstand, um die Tür zu öffnen. Ihr Ex-Mann sah gut aus, eine Sache, die Sabine jedes Mal aufs neue ein kleines bisschen fuchste. Auch wenn sie über ihn hinweg war, denn das war sie seit Jahren. Er hatte keine Mutter zu betreuen, Felix' schulische Verpflichtungen kümmerten ihn ebenso wenig, also nutzte er seine Zeit fürs Fitnessstudio und Radfahren – und das sah man ihm an. Ungewollt zupfte sie an ihrer Bluse, ihre Kleidergröße hatte in den letzten Jahren nur zugelegt.

»Hallo, Thomas.« Sie hoffte, ihr Lächeln fiel natürlich aus. »Felix kommt sofort, du musst nicht lange warten.« Damit drehte sie sich um und ging zu Heide zurück.

Thomas, der ihren dezenten Hinweis, er könne bis dahin an Ort und Stelle verharren, entweder nicht verstanden hatte oder absichtlich überhörte, folgte ihr ins Wohnzimmer und begrüßte seine Ex-Schwiegermutter.

»Thomas. Was für eine Überraschung«, zirpte Heide vom Sofa und beließ die Füße, die sie bei jedem anderen Besuch sofort vom Couchtisch genommen hätte, wo sie waren. »Keine besonders schöne, aber in meinem Zustand habe ich ja so wenig Abwechslung.«

»Mama.« Sabine warf ihr einen warnenden Blick zu. Es war ein offenes Geheimnis, dass Heide ihren ehemaligen Schwiegersohn nie ins Herz geschlossen hatte. Was sie Sabine zwar erst nach der Trennung, dann aber umso leidenschaftlicher und mit erstaunlicher Ausdauer erzählt hatte.

»Ich freu mich auch, dich zu sehen«, antwortete Thomas mit leisem Sarkasmus, den Heide absichtlich nicht zur Kenntnis nahm.

»Du machst nicht echt Lasagne an dem einen Abend, an dem ich nicht da bin?«, maulte Felix, der nun aus seinem Zimmer geschlurft kam.

Thomas schnupperte. »Ach, das riecht so gut!«

»Erstens warst du diese Woche schon an drei Abenden unterwegs«, sagte Sabine. »Und zweitens würde es bei meiner Essensplanung immens helfen, wenn du mir mitteilen würdest, wann du zu deinem Vater gehst.«

Felix zuckte mit den Schultern. »Heute.«

Sabine atmete tief ein.

»Na ja, wir könnten ja vielleicht hier zu Abend essen …«, begann Thomas.

Auf gar keinen Fall, wollte Sabine protestieren.

»Wir können euch zwei Portionen eintuppern«, bot Heide großzügig an. »Für beide Seiten ein Gewinn. Ihr habt etwas zu essen. Woanders.«

»Ach komm, Oma, aufgewärmte Lasagne schmeckt doch nicht«, kam es jetzt von Felix.

Zumindest schmeckte sie frisch wirklich deutlich besser, das sah Sabine genauso. Seufzend fuhr sie sich über die Stirn.

»Ich deck den Tisch«, sagte sie dann und vermied es, ihrem Ex-Mann oder seiner ärgerlich gut gebauten Statur noch einen weiteren Blick zu schenken. Wetten, dass der Käse, den Sabine schon auf ihren Hüften sah, bei ihm kein bisschen ansetzen würde?

In der Küche atmete sie einmal tief durch. Bevor sie das Essen auf den Tisch bringen konnte, musste sie ihn erst einmal freiräumen: Ihren Arbeitslaptop brachte sie auf der Kommode im Wohnzimmer in Sicherheit, die Tageszeitung landete im Papiermüll – aus der sie sie sofort wieder herausklaubte, als ihr die Todesanzeigen auf der letzten Seite auffielen. Sie fuhr mit dem Finger die Kreuze entlang. Tatsächlich, sie hatte sich den Namen nicht eingebildet. Die größte, dick umrahmte Annonce war Frank Seethaler gewidmet:

Es trauern Richard und Jennifer Seethaler
mit Clara und Frieda

Die Beerdigung würde am Samstag stattfinden. Das war schon übermorgen! Hektisch suchte Sabine in ihrem Terminkalender. Nein, keine dringenden Erledigungen. Sie musste den Wocheneinkauf schieben, und Felix würde zu Hause bleiben müssen wegen Heide. Aber dann würde sie es einrichten können, rechtzeitig am Waldfriedhof zu sein. Schnell tippte sie eine Nachricht an Harald.

Als sie Schritte hörte, zuckte sie zusammen. Thomas stand direkt hinter ihr und sah sie lächelnd an. »Das sieht ja zum Anbeißen aus«, sagte er und meinte damit nicht die Lasagne, die noch im Ofen stand.

Sabine zählte innerlich bis zehn. Das würde ein langer Abend werden.

Auch ein blindes Huhn findet einmal ein Korn

Auch wenn die Soundanlage mit denen anderer Clubs mithalten konnte, umgab das Lovecraft nichts Legendäres. Die Nebelmaschine empfand Thilo als ein wenig oldschool, aber die Bar bot alles, was das Säuferherz begehrte. Noch hatte sich Thilo nichts bestellt.

»Hey, alles klar bei dir?«

Er kam ins Jetzt zurück. Es wurde ihm bewusst, dass Mark schon vorher etwas gefragt und er nicht reagiert hatte. Bevor er sich eine allgemeingültige Antwort überlegen konnte, schlug ihm sein Freund jedoch auf die Schulter und stürzte sich mit Melina in die Menge der Tanzwütigen.

Es war Freitagabend, und Thilo hatte die Idee mit dem Club gar nicht ansprechen müssen.

»Alter, Melina und ich, wir gehen heute ins Lovecraft«, war es aus Mark während des Abendessens in der gemeinsamen Küche herausgebrochen, bevor er sich aus der Pfanne eine weitere Portion Rührei aufs Butterbrot gekippt hatte. »Ich weiß, fünftes Rad am Wagen, drei sind einer zu viel und so … aber …«

»Klar komme ich mit.« Thilo hatte beiläufig getan, obwohl er sein Glück kaum fassen konnte. Niemals wäre er allein ins Lovecraft gegangen, um seiner Beschattungsaufgabe nachzukommen. »Was ist da heute?«

»Black Friday.«

»Dresscode?«

Mark winkte ab. »Melina überlegt sich schon den ganzen Tag, was sie anzieht, aber für uns reicht schwarzes Shirt und schwarze Jeans.«

Eine Stunde später waren sie nach einem halsbrecherischen Sprint zur Haltestelle gerade noch rechtzeitig in den Bus gesprungen, in dem Melina bereits auf sie wartete.

Und jetzt stand Thilo an der Bar und wusste nicht recht, wie er es anpacken sollte. Ein Foto der Typen hätte geholfen, aber da keins aufzutreiben war … Während der letzten zwei Tage hatte er sich keine Strategie zurechtgelegt, sondern versucht, seine Aufgabe zu ignorieren. Ein Vorgehen, das er bei bevorstehenden Prüfungen auch anwandte, und bis jetzt war das immer gut gegangen.

Erst einmal beobachten, dachte er. Umsehen, auf Feinheiten achten. Auf Interaktionen. Auf Gruppenbildung. Auf junge Männer Mitte zwanzig, die das Alphamännchen in sich spürten und zum sprichwörtlichen Schwanzvergleich ansetzten. Zumindest stellte Thilo sich so die Hehlertruppe vor.

Nach ein paar Minuten musste er jedoch feststellen, dass das Lovecraft heute voll mit solchen Typen war.

Anderer Ansatz also, nur welcher?

Er bestellte sich einen Shot, kippte ihn hinunter und sah Mark und Melina beim Tanzen zu. Normalerweise akklimatisierte er sich schon nach wenigen Minuten, aber heute fühlte er sich im Lovecraft fehl am Platz. Wie auf einer Party, zu der man ihn nicht eingeladen hatte.

Das Lovecraft lag im Keller eines ehemaligen Industriegebäudes, und Thilo wollte sich nicht vorstellen, wie die Räume bei normalem Neonlicht aussahen. Jetzt aber, in ein Feuerwerk verschiedener Farben getaucht, mit zuckenden Blitzen, die über die Tanzfläche fuhren wie Suchscheinwerfer mit Wackelkontakt, war der Club eine Augenweide. Thilo spürte dem Bass in seinem Bauch nach, schlug den Takt mit einem Fuß und nickte zum Beat. Mark imitierte einen Propeller, Melina, in schwarzer Jeansjacke, breitem Gürtel am kurzen Schottenrock, Netzstrümpfen und schwarzer Bluse, absolvierte immer die gleichen zwei Schritte und ließ dabei die langen Haare fliegen. Als der Refrain einsetzte, alle mitkreischten und Melina einen Satz zur Seite machte, gab sie den Blick auf drei junge Männer frei, die lässig an der zweiten Bar gegenüber lehnten. Baggy Trousers. Unter dem engen T-Shirt des einen zeichnete sich sogar auf die Distanz deutlich der Bizeps ab, Topfschnitt und ausrasierter Nacken vom Barbershop. Lässige Haltung, ein Finger steckte im Kragen seiner Jacke, die ihm locker über die Schulter hing. Ein leichtes Lächeln auf den Lippen. Das Alphamännchen in Reinform.

Thilo taufte ihn Edgar, seine Neugier war geweckt. Er vergewisserte sich, ob Franks Handy noch in seiner vorderen Hosentasche steckte, zog sein eigenes aus der hinteren, nahm es vor die Brust und schoss ein paar Fotos. Ohne groß darüber nachzudenken, wischte er über das Display, öffnete WhatsApp und lud die Bilder hoch: *hab sie glaub ich*, tippte er und schickte die Nachricht an Sabine.

Kaum erschienen zwei graue Häkchen, brach ihm der Schweiß aus. Warum zum Henker hatte er das getan? Er konnte es sich nicht erklären. Seine Daumen hatten sich wie ferngesteuert bewegt. Offenbar vertraute er Sabine mehr als den anderen Birdern. Oder sie löste in ihm mit ihrer mütterlichen Art so eine Art Sohn-Reflex aus. Ach du Scheiße. Kurz schloss er, peinlich berührt, die Augen.

Als er sie wieder öffnete, winkte Mark ihm zu, während sich hinter Melina noch eine junge Frau zu den drei Männern gesellt hatte. Sie sprachen nicht miteinander, tauschten nur Blicke aus. Der Durchtrainierte suchte nach etwas in seiner Jackentasche, zog ein Tütchen hervor und drückte es ihr in die Hand. Der DJ blendete zu *Something On My Mind* über, und Melina riss begeistert die Arme hoch.

sie dealen, tippte Thilo.

Oben auf dem Display erschien: *Sabine Schroll schreibt … schreibt … schreibt …*

Es dauerte eine gefühlte Ewigkeit, bis die Antwort erschien:

Sei bloß vorsichtig, Thilo. Tu nichts Unüberlegtes. Bitte, sei dir total sicher bei dem, wie du vorgehst. Lass dich auf nichts ein!!!!!!

Da hätten auch drei Worte genügt, dachte er.

In dem Moment erschien:

»Mach kein Schnitzel!!!!!!«

Er runzelte die Stirn. Dann wurde die Nachricht gelöscht. *Sabine Schroll … schreibt … schreibt … schreibt.* Endlich folgte:

»Verdammte Autokorrektur. Mach keinen Schnitzer!!!!!!«

Er schrieb: »es sind 3.«

Plötzlich kam Bewegung in die Gruppe gegenüber. Neben der jungen Frau tauchte ein Mann auf, beunruhigend groß und breit wie ein Schrank. Ein Türsteher? Sicherheitspersonal? Melina hüpfte vor Thilos Blickfeld, und neben ihr tanzte … Emily.

Thilos Magen machte einen Satz. Wo war sie plötzlich hergekommen? Mark warf ihm einen vielsagenden Blick zu, hob die Hand zum Victoryzeichen, grinste breit und wippte anzüglich mit dem Becken vor und zurück.

Thilos Handy vibrierte, er warf einen Blick darauf.

Berichte, Thilo, bitte, spann mich nicht auf die Folter, ich muss doch wissen wie es dir geht. Das ist mir wirklich wichtig, das ist uns allen wichtig!

Warum mussten alte Leute immer gleich Romane schreiben?

Er zwang sich, an Emily vorbeizuschauen, versuchte, ihre eleganten Bewegungen auf der Tanzfläche auszublenden, ihr verträumtes Lächeln, ihre halb geschlossenen Augen. Mit aller Kraft konzentrierte Thilo sich auf das Gespräch der Gruppe, das jetzt angespannter wurde. Hände fuhren in die Luft, der Edgar trat einen angriffslustigen Schritt auf den Schrank zu, den Mund weit geöffnet. Allem Anschein nach schrie er etwas. Dann sah er am Schrank vorbei, als ob er nach Verstärkung Ausschau hielt, und blickte kurz in Thilos Richtung.

Er erschrak, senkte schnell den Kopf, tippte *2L8* und schickte es an Sabine. Dann steckte er sein Smartphone weg und atmete tief durch. Als er wieder aufsah, wechselte der Blick des Durchtrainierten von ihm zum Schrank und wieder zurück. An Thilos Unterarmen stellten sich trotz der Hitze im Club die Härchen auf. Hatte Edgar an ihm vorbei oder ihn doch direkt angesehen? Jetzt grinste er auch noch. Kacke, das galt doch nicht etwa wirklich ihm? Thilo drehte sich um, suchte nach möglichen Freunden des Alphas. Aber es trieben sich derart viele Möchtegern-Rudelführer im Club herum, dass sich Thilo nicht sicher sein konnte, für wen dieser Blick bestimmt gewesen war.

Er hatte zwei Optionen: abhauen oder Haralds berühmten direkten Angriff wagen. Schwerfällig löste sich Thilo von der Theke, setzte einen Fuß mechanisch vor den anderen, ging wie ein alter Mann schleppenden Schrittes um die Tanzfläche herum, sah bewusst an der Gruppe der jungen Männer vorbei, fixierte einen Punkt an der Wand hinter ihnen. Verschwommen nahm er wahr, wie der Schrank und der Edgar sich jetzt gegenseitig schubsten, die Hände jeweils auf der Brust des anderen. Um sie herum traten alle einen Schritt zurück.

Thilo schluckte, blieb stehen. Die Typen wurden handgreiflich, sollte er jetzt nicht besser umdrehen? Franks Smartphone in seiner Hosentasche schien plötzlich eine Tonne zu wiegen, wie ein Anker zog es an ihm.

Und dann tauchte Emily vor ihm auf, leuchtete wie ein Sommertag, griff nach seinem Arm und zog ihn mit sich auf die Tanzfläche. Willenlos ließ Thilo es geschehen. In der hinteren Hosentasche vibrierte zwar Sabine, zumindest war er überzeugt davon, dass sie ihm wieder eine ihrer fürsorglichen Nachrichten geschrieben hatte, aber vor ihm vibrierte Emily, energiegeladen, zu allem bereit.

Und das war, was zählte.

»I want you to hold me, don't let me go!«, dröhnte es aus den Boxen, und Thilo, der sich jetzt neben Emily auf der Tanzfläche schüttelte, sie anstrahlte und mit ihr um die Wette hüpfte, ließ diese Zeilen in seinen Kopf eindringen. Und alles andere war mit einem Schlag zweitrangig geworden.

»Ey, du blindes Huhn!«, schrie ihm Mark ins Ohr, als er an ihm vorbeitanzte. »Endlich dein Korn gefunden, was?«

Nach dem kräht kein Hahn mehr

»Die zwei sehen immer noch nicht glücklich aus«, flüsterte Sabine Harald zu, während sie nebeneinander langsam den Eingang mit dem Rundbogen zum Waldfriedhof betraten, der vor lauter Trauergästen aus allen Nähten zu platzen schien. Thilo, der sich sichtlich unwohl fühlte, folgte ihnen. Sabine hätte ihm die Beerdigung gern erspart. Nicht nur sollte er für das Studium lernen – sie nahm sich vor, mit ihm über die Wichtigkeit eines Abschlusses zu sprechen –, auch steckte ihm bestimmt noch der gestrige Abend im Lovecraft in den Knochen. Als seine erste Nachricht über WhatsApp auf ihrem Handy eingetroffen war, hatte sie sich echte Sorgen gemacht. Mit zitternden Fingern hatte sie die Antworten getippt und sich gleichzeitig nutzlos gefühlt. Nutzlos, mit einer großen Prise Selbstvorwürfen. Was muteten sie Thilo nur zu?

Jetzt auch noch eine Beisetzung. Doch Harald hatte darauf bestanden, dass er mitkam, und Thilo zugesagt. Und als er am Friedhofseingang in schwarzer Jeans und schwarzer Jacke aufgetaucht war, hatte sie ihn vor Erleichterung umarmt. Sehr zu Thilos Missfallen. Aber seine kryptische letzte Nachricht hätte alles bedeuten können! 2L8. Was war sie erleichtert gewesen, als Thilo angeradelt gekommen war!

»Sind die das?«, wollte Thilo nun mit Blick auf das Paar am Eingang der Kapelle wissen. »Die Seethalers?«

Sabine nickte. »Geht es dir gut?« Die Frage war einfach aus ihr herausgerutscht.

»Klar.«

»Wir sind noch nicht dazugekommen, über gestern Abend zu reden. Zwei L acht? Und dann kam nichts mehr von dir, ich dachte schon …«

»Abkürzung für *too late.* Ist alles in Ordnung.«

Beruhigt nickte Sabine.

»Die Mädchen fehlen«, stellte Thilo mit einem weiteren Blick auf die Seethalers fest.

Stocksteif standen Richard und Jennifer nebeneinander, ihre beiden Töchter waren nirgends zu sehen. Sie wurden womöglich bei einer Großmutter oder zu Hause von einem Babysitter betreut.

Die Sonne schien, an den Bäumen blitzte frisches Grün, Krokusse, Gänseblümchen und Anemonen schoben sich aus der Erde. Normalerweise mochte Sabine den vor den Toren der Stadt gelegenen Waldfriedhof mit seiner friedlichen Stimmung und dem von Efeu umrankten Bogengang zur Kapelle. Alte historische Grabsteine wechselten sich mit moderneren ab. Kruzifixe, Marienstatuen, fein gehauene Jugendstil-Reliefs. Ein Ruhepol mit herrlichem Baumbestand. Doch heute war von Stille und Einkehr nicht viel zu spüren, es liefen einfach zu viele Menschen umher und schwatzten. Um ins Innere der Kapelle zu gelangen, mussten sie an Richard und Jennifer vorbei, die jetzt schon Hände schüttelten und Beileidsbekundungen entgegennahmen. Jennifer wirkte in ihrem schwarzen Rollkragenkleid mit ihrem hellen Teint beinahe durchscheinend, Richards Lippen blieben fest aufeinandergepresst. Egal, wer sein Wort an ihn richtete, er antwortete nur mit einem Nicken.

»Unser aufrichtiges Beileid«, murmelte Sabine, als sie die beiden passierten. Harald grunzte, und Thilo sagte gar nichts. Würde Richard sie auf das Handy ansprechen? War ihm sein Fehlen aufgefallen? Aber nein, sein Blick glitt teilnahmslos über sie hinweg.

In der Kapelle roch es so stark nach Weihrauch, dass Thilo zu husten begann. Es war wohl nicht die erste Beerdigung heute.

»Fuck.« Mit tränenden Augen wollte Thilo sich in die letzte Reihe quetschen, doch Harald packte ihn am Arm und zog ihn mit sich weiter nach vorn. Wohl oder übel folgte Sabine ihnen. Patschuli, dachte sie. Heide würde sich statt Weihrauch Patschuli wünschen.

»Von hinten hätten wir den besseren Überblick gehabt«, sagte Thilo, und sie musste ihm recht geben.

»Von hinten sehen wir überhaupt nichts«, sagte Harald und reckte wie zum Beweis schon sein Kinn, um die Dekoration zu mustern. Rund gebundene Kränze aus weißen Calla und Gerbera, klassische Gestecke aus rosafarbenen Lilien, Rosen und Schleierkraut und ein aus Frühlingsblumen geformter großer Schmetterling lagen vor dem erhöht stehenden Sarg, dessen Holz schwer und edel wirkte. Nicht protzig, aber alles andere als eine Armenbestattung, dachte Sabine. Was wollte Richard Seethaler damit aussagen? Dass sein Bruder ihm am Herzen lag, aber nicht so sehr, dass man es ihm als Schuldeingeständnis auslegen konnte? Sie kniff die Augen zusammen.

»Ein offener Sarg«, flüsterte Harald begeistert.

Sabine schluckte. Auch das noch.

»Sollen wir nicht vielleicht doch weiter hinten …?«, begann sie, aber Harald winkte sofort ab. Nachdem sie sich gesetzt hatten, schien er die Trauergäste zu zählen, die nach und nach die Kapelle betraten, zumindest bewegten sich seine Lippen lautlos.

»Du machst doch Fotos?«, wandte er sich plötzlich an Thilo. »Was hat deine Recherche bezüglich des Handys ergeben?«

Nervös blickte Sabine nach rechts, wo ein ungleiches Pärchen in ihrer Reihe saß, eine blonde Frau, deren Füße gerade so auf den Boden reichten, und ein an die zwei Meter messender Mann, etwa zehn Jahre älter als seine zierliche Begleitung. Aber die zwei hatten nur Augen für den Sarg vorn, so dass sie von ihrem Gespräch nichts mitbekamen. Zum Glück.

»Ja und nichts«, antwortete Thilo auf Haralds Frage. Unauffällig tat er so, als würde er eine Nachricht mit seinem Smartphone schreiben, wobei er permanent auf den Auslöser der Kamera drückte.

»Wie clever!«, flüsterte Sabine, erntete aber nur einen ungläubigen Blick dafür.

Nun hatte Sabine doch den Eindruck, die kleine Blonde sah zu ihnen hinüber. Rot geweinte Augen und ein Ausdruck wie ein weidwundes Reh. Es hätte nicht viel gefehlt, und Sabine hätte sie in den Arm genommen.

»Du hast nicht mit den Hehlern gesprochen?«, drängelte Harald.

»Nein.«

»Warum nicht?« Unzufriedenes Gebrummel. Der Forensiker beugte sich näher zu Thilo. »Ich will später Details. Aber jetzt gib mir erst einmal Franks Handy«, raunte er.

»Warum?«

Genervtes Seufzen. »Ist es geladen?«

Sabine blendete die zwei Männer aus, ihr Sohn und ihr Ex

zerrten schon genug an ihren Nerven. Was hatte das überhaupt sein sollen? Ein gemeinsames Familienessen? Thomas hatte Süßholz geraspelt, Felix kein Wort zu niemandem gesagt, und als Heide bemerkte, dass Sabine der Abend Unmengen von Kraft kostete, hatte sie nach anfänglichen Sticheleien den Mund gehalten. In dieser Beziehung konnte sie sich auf ihre Mutter verlassen – egal, was war, sobald sie spürte, dass es ihrer Tochter nicht gut ging, versuchte sie alles in ihrer Macht Stehende, um es ihr angenehmer zu gestalten. Und das trotz ihrer Krankheit, einer Krankheit, die sie früher oder später hierherführen würde, genau an diesen Ort.

»Hörst du mir überhaupt zu?«, zischte Harald ihr ins Ohr.

»Ich hör zu«, flüsterte Thilo beleidigt.

»Entschuldige.« Sabine fuhr sich über die Augen. »Ich musste an meine Mutter denken. Sie plant schon ihre Beerdigung und …«

Plötzlich sank Harald in sich zusammen. »Das tut mir leid.« Zum ersten Mal seit ihrer Bekanntschaft erlebte sie ihn nachdenklich, ohne jegliche Ungeduld. Aufmerksam sah er sie an. »Sie ist krank, richtig?«

Thilo rutschte unauffällig auf der Bank herum und wünschte sich wohl, woanders zu sein. Junge Menschen und der Tod, dachte Sabine.

»Sie wünscht sich eine Urnenbestattung zu Lynyrd Skynyrds *Free Bird*. Und viele Blumenkränze«, sagte sie zu Harald. Als er auf die Kränze vor dem Altar deutete, präzisierte sie: »In den Haaren.«

»Oh.«

»Die Organisation wird ein Albtraum werden.« Mit Tränen in den Augen rang sich Sabine ein Lächeln ab, dann schnäuzte sie sich in ein Taschentuch. Zumindest fühlte sie sich in diesem Moment als legitime Besucherin der Beerdigung.

»Du hattest was über die Seethalers gesagt?«, fragte sie nach. Ihr war so, als wäre der Name gefallen.

Mit dem Kinn zeigte Harald zur ersten Reihe, wo Jennifer Seethaler mit bebenden Schultern neben ihrem Mann saß. »Dafür, dass er nur ihr Schwager war, vergießt sie aber ganz schön viele Tränen.«

»Vielleicht ist es die Atmosphäre«, antwortete Sabine und versuchte, so unauffällig wie möglich in die Richtung zu ihrer Rechten zu nicken, wo der kleinen Blondine Tränen über die Wangen liefen. »Was willst du denn bei ihm zu Hause?«, zischte sie aufgebracht ihrem Partner zu, der nervös versuchte, sie zur Ruhe zu bringen. »Deine blöden Akten bekommst du noch früh genug zurück!« Offenbar war zumindest ihr Begleiter ein Arbeitskollege Franks gewesen.

»Manche Menschen sind nah am Wasser gebaut«, sagte auch Thilo, als die Blonde sich nun lautstark schnäuzte. »Und immerhin war sie seine Schwägerin.«

»Oder es steckt mehr dahinter.« Kryptisch wiegte Harald den Kopf. »Schuldgefühle?« Ruckartig stand er auf. »Du kommst mit«, wisperte er Sabine zu. »Du bleibst hier.« Er blickte Thilo eindringlich an. »In fünf Minuten draußen am Friedhofseingang. Fünf Minuten.«

Thilo starrte ihnen verwirrt hinterher, während Harald Sabine mit sich nach vorn zog. Die Kapelle hatte sich immer weiter gefüllt, mittlerweile befanden sich deutlich mehr Menschen im Inneren als draußen, und ein Blick auf die Uhr zeigte Sabine, dass die Trauerfeier bald beginnen würde.

»Was ist denn?« Irritiert stolperte sie nach vorn. Vor dem

Sarg hatte sich eine kleine Traube gebildet, Freunde und Familie nahmen nacheinander von Frank Abschied.

»Ein offener Sarg«, wiederholte Harald gewichtig und blickte sie an, als wäre sie ein bisschen langsam im Kopf. Was sie offenbar auch war, denn ihr dämmerte überhaupt nichts. »Gib mir einfach Deckung«, zischte Harald entnervt.

Langsam trippelten sie vorwärts, bis sie schließlich vor Frank standen. Er sah genauso aus, wie sie ihn in Erinnerung hatte. Etwas wächserner vielleicht, die dunklen Haare ausnahmsweise nicht zu einem Pferdeschwanz gebunden, sondern ausgebreitet auf dem weißen Kissen.

»Wie Schneewittchen«, meinte Harald und sah sich um, als ob er nach den Zwergen suchte.

»Harald, ich bitte dich! Armer Frank«, murmelte Sabine entsetzt und hob instinktiv die Hand, um ihm über die Wange zu streichen, ließ sie jedoch augenblicklich wieder sinken. So jung! Erst als Harald neben ihr in seiner Jackentasche nestelte, merkte sie, dass er mitnichten vorgehabt hatte, sich von Frank zu verabschieden.

»Du willst … o mein Gott, Harald!«

»Deckung.«

»Du kannst doch nicht …« Aber er konnte – und er würde. Hektisch blickte sie sich um, wahrscheinlich bildeten sich auf ihren Wangen gerade rote Flecken vor lauter Nervosität, aber bis auf Thilo schien niemand auf sie zu achten, alle waren mit sich und ihrer Trauer beschäftigt. Sabine fasste nach dem Kragen ihres aufgeknöpften Mantels, um diesen etwas weiter fallen zu lassen, und stellte sich schräg hinter Harald, ihre Handtasche so, dass sie seine linke Hand komplett verdeckte, die jetzt nach Franks Zeigefinger griff. Als Harald kurz darauf ein lautes und vernehmliches »Ha!« ausstieß, wäre sie vor Panik am liebsten geflüchtet, stattdessen hustete sie vernehmlich und zog Harald in angemessenem Tempo mit sich zum Seitenausgang der Kapelle, durch den sie so schnell wie möglich nach draußen verschwanden.

Am Friedhofseingang angekommen, wartete Thilo schon unter dem Rundbogen auf sie. »Was sollte …«, begann er, kam jedoch nicht weiter.

»Dieser Wahnsinnige hat das Handy entsperrt«, flüsterte Sabine atemlos. »Er hat Franks Finger genommen und das Smartphone und …« Sie holte Luft. So ganz konnte sie immer noch nicht glauben, was gerade passiert war. Und obwohl es sicher nicht illegal war, tote Menschen anzufassen, kam ihr Haralds Handlung verbotener vor als die Tatsache, dass sie Franks Smartphone nur in Händen hielten, weil sie es geklaut hatten.

»Du hast … Respekt, alter Mann.« Thilo schien perplex, aber nicht unbeeindruckt. Harald selbst tat so, als habe er keine Ahnung, warum Sabine so aufgebracht war.

»Kannst du die Dateien herunterladen? Schnell? Jetzt?«, fragte er und reichte Thilo Franks hell leuchtendes Telefon.

»Ich kann sie auf mein Handy übertragen«, sagte Thilo. »Wenn Frank Smart Switch hat, geht das ganz einfach über …«

»Ja, ja, Smartswitsch, super. Hauptsache, wir haben die Infos von seinem Telefon.«

Thilo tippte und wischte zuerst auf Franks Handy, dann auf seinem eigenen, das er aus der Hosentasche zog. Währenddessen blickte Sabine sich nervös um. War irgendjemandem in der Kapelle etwas aufgefallen? War ihnen jemand gefolgt? Aktuell stand außer ihnen nur eine einzige Person hier draußen, die sie vorher nicht in der Kapelle gesehen hatte: KHK Nazari. Ihn hätte sie auf keinen Fall übersehen, falls er da gewesen wäre. Dummerweise steuerte er jetzt geradewegs auf sie zu.

»Schnell, pack das Handy weg!«, flüsterte Sabine, und Thilo reagierte glücklicherweise rechtzeitig, bevor Kommissar Nazari bei ihnen ankam.

»Nanu?«, fragte er, ohne sie zu begrüßen. »Nicht bei der Trauerfeier? Wollen Sie Ihren Freund gar nicht verabschieden?«

»Natürlich«, antwortete Sabine, »aber wir gehen lieber gleich zum Grab. Die Kapelle ist voll. Und Sie?«

Während Harald sich zu all seiner bescheidenen Größe aufrichtete, lächelte Nazari, die Augen kaum sichtbar zusammengekniffen. Sabine hatte den Eindruck, er kam langsam dahinter, was sie hier taten.

»Ich dachte nur, ich spreche der Familie mein Beileid aus«, antwortete er auf ihre Frage. »Auf irgendeine Art und Weise fühlt man sich den Menschen verbunden, wenn man einmal am Unfallort war.«

Umgekehrt kam Sabine langsam dahinter, dass er wohl das Gleiche tat wie sie. Weshalb sonst sollte er samstagnachmittags um zwei zu einer Beerdigung kommen?

»Gibt es keine Fälle, die Sie lösen können?«, fragte Harald in diesem Moment auch schon. »Oder haben sie Sie am Arsch der Welt aus dem Verkehr gezogen?«

»Mich? Nein, die ziehen ganz andere Leute aus dem Verkehr.« Nazari wirkte immer noch äußerst vergnügt.

»Jennifer und Richard«, sagte Sabine. »Die sollten Sie sich genauer anschauen, die zwei verhalten sich seltsam.«

Erstaunt sah Nazari sie an. »Dann sehen wir uns wohl gleich am Grab«, antwortete er dann, steckte die Hände in die Hosentaschen und schlenderte pfeifend davon.

»Was war das denn?«, entrüstete sich Harald, kaum dass der Kommissar außer Hörweite war. »Du verrätst Ermittlungsgeheimnisse?«

Auch Thilo blickte sie vorwurfsvoll an.

»Aber … wir wollten doch, dass die Polizei in dem Fall ermittelt«, verteidigte sie sich verwirrt.

»Ja, letzte Woche wollten wir das«, betonte Harald. »Aber jetzt ermitteln wir.« Triumphierend deutete er auf Thilo und Franks Handy, das dieser wieder in der Hand hielt. »Und wir haben im Gegensatz zu Kommissar Ahnungslos schon eindeutige Ermittlungsergebnisse.«

»Haben wir das? Wir besitzen ein geklautes Smartphone und haben einen Zeitungsartikel über einen Hehler gelesen«, antwortete Sabine skeptisch.

»Wir haben sogar mehr als das«, kam es von Thilo, und seine Hand zitterte vor Aufregung, als er ihnen das Smartphone hinhielt. »Wir haben ein Mordmotiv.«

Als Katja von Sabine erfuhr, dass sich auf Franks Handy Fotos von Jennifer Seethaler mit entblößter Oberweite befanden, hätte sie fast ihr eigenes Smartphone fallen lassen.

»Nacktfotos?« Roberta protestierte, als sie sie vor Schreck etwas zu fest drückte. Das Huhn hockte auf ihrem Arm und blickte abschätzig nach unten, wo Katjas Beine in einer weiß-schwarzen, sich hin- und herbewegenden Wolke aus gackernden Hühnern standen. In dem dreißig Minuten von Traunstein entfernt gelegenen landwirtschaftlichen Familienbetrieb wollte sie mindestens zwei Gefährtinnen für Roberta aussuchen.

Jetzt aber blitzten vor ihrem inneren Auge keine traditionellen Rassehühner auf, die sich daheim in trauter Harmonie mit Roberta verlustierten, sondern Jennifer Seethalers unverhüllte Brüste.

»Nicht nur das oben, sondern auch unten ... du weißt schon«, fuhr Sabine mit unheilschwangerer Stimme fort. »Wie macht man solche Aufnahmen? Also, ich meine, rein technisch? Zu solchen Verrenkungen ...«

»Danke«, würgte Katja sie ab. »Danke, ich möchte keine Details.«

»Ich will nicht wissen, welche Fotos von Frank auf Jennifers Handy sind«, sinnierte Sabine.

Roberta gluckste leise. Vom Boden wurde der Laut mit einem explosiven Kreischen beantwortet.

»Dann konnte Thilo das Handy also entsperren«, stellte Katja fest.

»Das war Harald.«

Beeindruckt runzelte sie die Stirn, was ihre Brille nach unten rutschen ließ.

»Wo bist du?«, wollte Sabine wissen.

Katja sah sich um und schob ihr Spekuliereisen wieder an die korrekte Stelle. Pickendes Federvieh, eng zusammenstehende Tiere, die ein chorales »Brrrrrrorb!« intonierten, kurze, aufgeregte Aufschreie. Besonders ein Huhn benahm sich auffallend, auf keinen Fall würde sie ihrem Ein und Alles diese hysterische Kreischbombe aufhalsen. Insgeheim hatte Katja schon zwei Hühner ins Auge gefasst, wollte aber noch Robertas Reaktion auf sie abwarten.

»Wir müssen uns treffen«, schob Sabine jetzt nach, ohne Katjas Antwort abzuwarten.

»Heute?«

»Ich würde sagen, jetzt gleich.«

»Momentan ist es ungünstig. Wir sind nicht zu Hause.«

Einen Moment lang herrschte Stille am anderen Ende der Leitung. Sabine brauchte womöglich Zeit, die zweite Person Plural richtig einzusortieren. »Wann kannst du daheim sein?«

»Ich bin dabei, zwei weitere Hühner auszusuchen«, erklärte Katja. »Und wenn wir wieder in Nussdorf sind, kann ich Roberta auf keinen Fall mit den beiden neuen allein lassen. Ich muss die Situation erst beobachten.«

Sabine schien zu überlegen. Allerdings nicht lange. »Wir kommen zu dir.«

»Was?«

»Das ist die einfachste Lösung und die beste für alle.«

»Aber ...« Entsetzen packte Katja. Besuch! In ihrer Wohnung? »Alle?«

»Womöglich. In einer Stunde. Reicht dir das?«

»Ja. Nein. Also. Ich weiß nicht.«

»Wunderbar!«, tirilierte Sabine. »In einer Stunde bei dir in Nussdorf.«

»Knallharter Anwalt und Schürzenjäger also«, sagte Harald neunzig Minuten später und stellte seine Kaffeetasse auf den Tisch von Katjas Veranda. Mit der Hand schirmte er die Augen ab. »Deine Sicht auf die Alpen ist nicht von schlechten Eltern«, kommentierte er den Ausblick.

»Danke. Es lohnt sich manchmal, ein wenig außerhalb zu wohnen. Für die Hühner ist das auch ideal.« Denn er hatte recht, von hier aus konnte Katja bei gutem Wetter die Kampenwand sehen.

»*Eine* Schürze«, korrigierte Sabine jetzt.

»Hä?«, machte Thilo.

»Wir wissen nur von einer gejagten Schürze, also auf alle Fälle die Schürze seiner Schwägerin.«

»Könntet ihr ein wenig mehr Respekt aufbringen?«, meinte Katja, die Augen auf Roberta und ihre neuen Freundinnen gerichtet. Die drei Hennen verhielten sich zurückhaltend, noch hatte keine eine der anderen angegriffen. Das leise Glucksen und Gackern bedeuteten, dass sie miteinander kommunizierten, und Katja hätte viel für den Inhalt gegeben.

Thilo nickte zustimmend. »Jennifer ist kein Ding.«

»Nein, sie ist seine Schwägerin«, bestätigte Harald.

»Solche Dinge passieren nun mal.«

»Ach?« Harald war perplex, und auch Katja legte interessiert den Kopf schräg. Was sich hinter Thilos braver Studentenfassade wohl verbarg? »Wie auch immer. Richard Seethaler ist den beiden auf die Schliche gekommen, möglicherweise hat er sie sogar in flagranti ertappt«, fuhr Harald fort.

»Du meinst, sie haben es auf dem Baum getrieben, Richard kam dazu, ist wie Tarzan hoch und hat seinen Bruder dann runtergeschubst?«

Sabine prustete, und auch Katja konnte sich ein Grinsen nicht verkneifen.

»Dass Frank nicht vom Baum gestürzt ist, das haben wir doch schon ausgeschlossen. Er ist nicht hochgeklettert, wegen des Nests.«

Thilo nickte. »Nun müssen wir noch klären, wie er es konkret getan hat, der liebe Richard.«

»Er könnte es geplant haben«, überlegte Harald. »Vielleicht hat er von einer Affäre geahnt, hatte schon länger das Gefühl, dass seine Frau ihm untreu ist. Doch das ganze Ausmaß ist ihm erst später ins Gesicht gesprungen: Er hat auf dem Handy seiner Frau die anzüglichen Fotos von seinem Bruder entdeckt. Und dann hat er gesehen, welche Fotos sie ihm geschickt hat, und da ist er durchgedreht.«

»Und das von dir! Wie war das mit: ›Ich will Fakten!‹? Beweise brauchen wir, keine Mutmaßungen.« Sabine wickelte Katjas Lieblingswolldecke enger um sich. »Wie gehen wir also vor?«

Thilo rieb sich die Hände, als ob er frieren würde, und Katja schenkte ihm heißen Kaffee nach.

Das Wetter war plötzlich umgeschlagen, graue Wolken hatten die Sonne vertrieben, und die Temperaturen luden nicht gerade zu einem Kaffeekränzchen auf der Veranda ein. Feuchtigkeit lag in der Luft, es sah aus, als würde es bald regnen. Aber Katja musste die Hühner im Auge behalten. Außerdem fühlte sie sich unwohl, wenn sie Besuch hatte, und hier draußen konnte sie besser durchatmen. Obwohl: Harald hatte einfach eine Gartenkugel aus Glas aus ihrem Regal auf der Veranda genommen, sie stirnrunzelnd betrachtet und anschließend am falschen Platz wieder abgestellt. Tief Luft holend hatte Katja sich bemüht, die Kugel nicht an den dafür vorgesehenen Platz zurückzuschieben.

»Gibt es Kekse?«, fragte er jetzt. »Ich tunk' die gerne ein.«

Katja nickte, stand auf, ging in die Küche und holte eine Packung aus dem Schrank. Während sie die Butterkringel in eine Porzellanschüssel schüttete, durchfuhr sie ein Schrecken. Es war alles so schnell gegangen: der Anruf von Sabine, das Aussuchen der Hühner, die Rückfahrt. Dann hatte sie noch kurz die Veranda gekehrt und Kaffee gekocht. War das Hühnergehege vorschriftsgemäß geschlossen? Die Schüssel in der Hand eilte sie nach vorn zur Verandatür, wollte sich sofort vergewissern, dass die Käfigtür fest eingerastet war, da rief Thilo völlig aufgelöst: »Katja! Huhn auf der Flucht!«

Robertas Herz pumpte heftig in ihrer kleinen Brust. Da war etwas, hinter der offenen Tür ihres Zuhauses, es lag direkt vor ihr, und es war unerkundet. Sie würde es den Neuen zeigen müssen! Feuchtes Gras wiegte sich im Wind, der Garten eine Geheimschatulle, die voller Überraschungen steckte. Welche Insekten auch immer in dieser Wiese krabbelten, herumflatterten und sie fürchteten, weil sie eine Bereicherung für Robertas Speiseplan waren: Das Gefühl, den Neuen etwas bieten zu müssen, wurde übermächtig. Robertas Kopf ruckte zuerst nach links, dann nach rechts, um mehr von der Umgebung erhaschen zu können. Dabei wackelte ihr Kamm so heftig, als wolle er sich von ihrem Kopf lösen. Sie entwickelte einen Plan.

Und dann rannte sie los.

Als ihre Krallen sich ins saftige Frühlingsgrün der Halme bohrten, ein Grün, das in Robertas Augen so strahlend funkelte, als habe Katja es mit dieser Farbe angestrichen, mit der sie letztes Jahr die Küchenschränke bepinselt hatte, stieß das Huhn einen kurzen, kräftigen Laut der Freude aus. Ob Katja ahnte, mit welcher Präzision Legehennen Farben voneinander unterscheiden? In diesem Moment entdeckte sie die ersten kleinen Käfer, die gemächlich auf Blütenblättern saßen, deren Gelbtöne in Robertas Augen nahezu explodierten.

Und jetzt hatte sie sich nicht mehr im Griff. Roberta legte an Tempo zu, ihr Federkleid zitterte im Wind, probeweise machte sie einen kleinen Hüpfer, dann einen weiteren, diesmal einen größeren, schwungvoll und draufgängerisch. Geräuschvoll bahnte sie sich ihren Weg durch den mit Krabbeltieren überfüllten Garten, genoss den Wind, der angenehm durch ihr Gefieder fuhr, und kommentierte jeden Krallentritt mit munterem Gegacker.

Sie war im Himmel.

Dass außerhalb des bunten Paradieses eine Straße auf sie wartete und Katja in aller Eile auch die Gartentür nicht geschlossen hatte, ahnte Roberta dabei nicht.

Harald schnaufte. Roberta bewegte sich mit einem Affenzahn im Zickzackkurs durch den Garten, und er kam fast nicht hinterher. Er musste unbedingt etwas für seine Fitness tun, schoss ihm nicht zum ersten Mal durch den Kopf. Was war nur aus ihm geworden? Der Polizeisport fehlte ihm, er fehlte ihm wie so vieles. Wie ein geregelter Tagesablauf, wie die Gewohnheit, seine Wohnung nicht zu einem Fundbüro verkommen zu lassen, wie die Konsequenz, nicht die Schweinshaxe, sondern den Salatteller zu bestellen.

Als Einziger hatte er die Henne davonrennen sehen. Katja, die sonst immer ein Auge auf Roberta warf wie auf ihr eigenes Kind, war in der Küche gewesen. In Harald aber hatte sich nach Thilos warnendem Ruf ein Schalter umgelegt. Ein Schalter, den lange Zeit niemand betätigt hatte. Dieses verfluchte Hendl spurtete um das Haus herum, gackernd und geradewegs auf die offene Gartentür zu! Und das Haken schlagend wie Meister Lampe. Auf der dahinterliegenden Straße ratterten Traktoren vorbei – und das nicht eben langsam.

Der Schweiß trat ihm schon nach wenigen Metern aus allen

Poren. Die Jacke schlug ihm rhythmisch gegen den Oberkörper, was äußerst hinderlich war. Beim Versuch, sie im Rennen auszuziehen, strauchelte er, fing sich aber wieder, fluchte, ließ Jacke Jacke sein und konzentrierte sich weiter auf den auf und ab hüpfenden roten Kamm vor sich.

»Roberta, o mein Gott!«, hörte er Katja schreien.

Harald hielt den Blick stur geradeaus gerichtet, sah nicht über die Schulter, ob ihm inzwischen jemand folgte. Thilo zum Beispiel. Thilo, der ihn mühelos einholen, ja überholen könnte, um dieses verfluchte Huhn zu retten, das immer weiter hüpfte und flatterte und dabei kurze, fast schrille Freudenschreie ausstieß, wie es ihm schien.

Jetzt näherte er sich dem wild herumspringenden Federvieh, er bückte sich, haschte danach, griff daneben, das Huhn sprang weiter.

Kruzifix! Dieses vermaledeite Hendl!

»Bleds Rindvieh!«, schrie er. »Bleib stehen, kruzifix!«

Er holte Luft, hatte das Gefühl, seine Lunge würde nicht genügend Sauerstoff durch seinen Körper pumpen, meinte, sein Herz würde in den nächsten Sekunden den Brustkorb sprengen. Ein heldenhafter Tod wäre das. *Hühnerretter erleidet Herzinfarkt – große Trauer um ehemaligen Forensiker!* Aber so weit würde es nicht kommen. Nicht aufgeben, Harald, ermahnte er sich. Er rannte weiter, beobachtete, so wie er es früher getan hatte, und jetzt setzte sein Kriminalerinstinkt ein. Plötzlich meinte er, in den Bewegungen des Huhns ein Muster zu erkennen, rechts, links, links, dann wieder rechts –, und dann drückte sich Harald ab und machte einen Satz ins feuchte Grün.

Ein ohrenbetäubender Ton des Aufbegehrens sprengte seine Ohren, als er sich über das Huhn stülpte, vorsichtig wie ein Becher über einen Würfel. Harald hechelte, Roberta protestierte, Katja schrie, und Thilo tauchte endlich neben ihm auf.

»Das war krass, alter Mann«, meinte er.

»Danke«, krächzte Harald.

»Nice. Rettung in letzter Minute. Noch zehn Meter und …« Thilo deutete in Richtung Straße, auf der in diesem Moment drei Traktoren vorbeiknatterten.

»Ich weiß«, erwiderte Harald stöhnend. Er hörte sich an wie eine werdende Mutter zwischen zwei Wehen.

»Brauchst du einen Arzt?«

»Nein, aber vielleicht Hilfe beim Aufstehen.«

»Klar.« Thilo hielt ihm die Hand hin.

Konnte er aufstehen? Die Henne hatte sich inzwischen beruhigt und pickte jetzt unentwegt auf einige herumwuselnde Käfer ein. Dann griffen Katjas Hände nach dem Tier, eine große Brille erschien vor Haralds Gesicht, dann Augen, in denen Tränen standen. Katja warf sich neben ihn ins feuchte Gras, drückte zuerst Roberta und anschließend den tapferen Forensiker. Das Huhn ausdauernd. Ihn zaghaft und kurz. Aber von ganzem Herzen.

Irgendwie fühlte sich Harald … angekommen.

Wenig später schien es, als würde Roberta ihren neuen Freundinnen aufgeregt von ihrem Abenteuer berichten; das Gehege war korrekt gesichert, und die Vogelbeobachter saßen wieder am Tisch.

Harald, das Gesicht immer noch stark gerötet und mit Schweiß auf der Stirn, nahm zwei Kekse und warf sie in seine Tasse. »Zucker«, japste er. »Ich brauche Zucker.«

Woraufhin ihm Thilo drei volle Kaffeelöffel einrührte.

Sabine schmunzelte vor sich hin, murmelte dann »unser Held«, und Katja konnte nicht fassen, dass sie eben Harald fest an sich gedrückt hatte. Wenn auch nur ein paar Sekunden. So etwas tat sie normalerweise nicht. Aber ebenso wenig ermittelte sie in Mordfällen oder sah sich Nacktbilder auf Handys an.

»Also«, meinte Sabine schließlich. »Da wir jetzt alle wieder bei der Sache sind und mit dem Federvieh Gott sei Dank alles in Ordnung ist: Wie gehen wir weiter vor?«

Harald rieb sich den Schweiß mit dem Ärmel seiner Jacke von der Stirn. »Morgen ist Sonntag.«

»Ja und?«, hakte Thilo nach.

»Sonntag. Vogeltag. Wir werden uns die Stelle, an der wir Frank gefunden haben, noch einmal genauer ansehen«, erklärte Harald, nickte, um das Gesagte zu bekräftigen, und verschränkte dann die Arme vor der Brust.

Von hinten gackerte Roberta zustimmend.

Harald schießt den Vogel ab

Sonntag. Vogeltag.

Thilo stand vor dem Baum, unter dem sie Frank gefunden hatten, und dachte über den Begriff nach. In den USA feierte man den Tag des Vogels seit 2003 am fünften Januar. Seltsam, dass man nicht schon früher darauf gekommen war, den Vögeln einen Tag zu widmen, schließlich war der Naturschutz keine Erfindung des neuen Jahrtausends. Genauso seltsam, dass ihm das ausgerechnet heute und an dieser Stelle durch den Kopf ging. Aber das menschliche Gehirn tat so einiges, um nicht über das nachdenken zu müssen, was direkt vor ihm lag. Ebenjener Weißdorn, in dem Frank wie von einem Neuntöter aufgespießt gelegen hatte, zum Beispiel.

Allem Anschein nach dachte Katja in eine ähnliche Richtung. »Crataegus-Strauch«, murmelte sie, und ihr Atem verließ dabei in einem durchscheinenden Wölkchen ihren Mund. Dann fügte sie »Lanius collurio«, hinzu.

»Jetzt brauche ich zur Abwechslung mal Ideen«, durchbrach Harald die darauffolgende andächtige Stille. »Assoziationen. Meinungen.« Vorsichtig trat er einen Schritt vom Strauch zurück, den Feldstecher um seinen Hals hielt er dabei fest in den Händen.

Es war kurz vor sieben. Vom Vogelbeobachtungsturm aus hatte die SOKO Neuntöter gemeinsam den Weg Richtung Nest genommen, schweigend. Auch Thilo hatte sich nicht getraut zu sprechen, hatte wie die anderen jeden Vogelruf ignoriert, nicht ein einziges Mal durch den Feldstecher geschaut, keine Fotos für seine App geschossen, nur kurz nach den brütenden Braunkehlchen gesehen und sich darüber hinaus jeden Kommentar zu Haralds brandneuer Funktionsjacke verkniffen. Dunkelblau mit drei grünen Seitenstreifen. Offenkundig war irgendetwas in Grumpy erwacht. Zuerst das Huhn gestern – Respekt, dachte Thilo erneut –, jetzt Adidas Terrex. Bei Harald lief es. Womöglich hatte er abends auch noch sein Gartenhaus aufgeräumt.

»Ideen«, wiederholte Sabine jetzt. »Assoziationen. Gut, ich fange an. Wir wissen nicht, ob Frank an Ort und Stelle, also hier ...«, sie deutete auf den Weißdorn, »... getötet wurde.«

Katja nickte. »Korrekt. Wie ich schon letzte Woche bemerkt habe: Es wäre möglich, dass ihm jemand hier aufgelauert hat. Oder eben auch nicht. Allerdings ist es recht beschwerlich, einen männlichen Leichnam allein durch die Gegend zu ziehen, zu tragen, zu transportieren, habe ich recht?« Sie sah zu Harald, der nickte. »Vom Parkplatz hierher sind es mehr als fünfzig Meter.«

»Wir können mit Sicherheit ausschließen«, führte er bedächtig ihre Überlegungen fort, »dass Richard seinen Bruder im Kofferraum transportierte, ihn auslud, hierherschleppte und ablegte. Das hätte enorme Spuren hinterlassen. Spuren, die uns vor einer Woche nicht entgangen wären.«

»Und der Polizei auch nicht«, fügte Sabine hinzu.

Eine Woche. Thilo konnte nicht fassen, was innerhalb dieser Zeit alles geschehen – und wie weit er mit seinem Paper im Rückstand war. »Das heißt, die Wahrscheinlichkeit ist groß, dass er ihn an Ort und Stelle erschlagen hat«, sagte er dann, um auch etwas zu den Spekulationen beizutragen. »Mit einem Stein oder einem schweren Ast vielleicht.«

»Mit etwas, das eine Verletzung wie von einem Sturz hervorgerufen hat.« Katja rückte ihre Brille zurecht. Schließlich war auch Haralds erstes Urteil gewesen, dass es sich um einen Unfall handelte. »Und die Tatwaffe, was auch immer es war, könnte er im See versenkt oder vergraben haben. Wir haben letzten Sonntag keinen blutverschmierten dicken Ast oder dergleichen hier gefunden, nur abgebrochene größere Zweige und Triebe, alle … naturbelassen.«

»Ist er Frank nachgeschlichen oder hat er sich seinem Bruder bei der Vogelbeobachtung frühmorgens angeschlossen?«

»Die Leichenflecken, Sabine! Er war schon Stunden tot, als wir ihn gefunden haben«, sagte Harald.

»Natürlich, entschuldige. Dann hat Richard wahrscheinlich nicht einmal gelogen, als er behauptete, die Polizei habe ihn geweckt.« Sabine überlegte kurz. »Wenn er Frank weisgemacht hat, er habe gehört, es gäbe hier«, sie deutete auf das Wollgras unter ihren Füßen, das für sie wohl stellvertretend für das gesamte Moor stand, »eine Steinkauzpopulation – und die sind nachtaktiv, wie wir alle wissen –, dann wäre Frank ihm ohne Hintergedanken um zwei Uhr in der Früh ins Moor gefolgt. Und Richard könnte nach dem Mord nach Hause geeilt und ins Bett zu seiner untreuen Frau gekrochen sein, um vier Stunden später vor der Polizei an seiner Haustür einen Zusammenbruch zu markieren«, überlegte sie weiter.

»Vielleicht könntet ihr die Mädchen ausfragen?«, schlug Thilo vor. »Ob sie in der besagten Nacht etwas gehört haben. Ob der Papa aufgestanden ist. So was.« Er zuckte mit den Schultern.

Sabine riss entsetzt die Augen auf. »Die Kinder? Nein, nein«, abwehrend wedelte sie mit den Händen. »Die ziehen wir nicht in die Sache rein, auf keinen Fall.«

Jetzt redeten alle durcheinander, bis Harald schließlich in der ihm eigenen Predigergeste, die er im Gegensatz zur braunbeigen Jacke nicht abgelegt hatte, um Ruhe bat. »Ich werde das mit Sabine weiter eruieren. Wir werden noch mal hingehen müssen.«

»Eruō, ēruis, ēruit, ēruimus …«, murmelte Katja selbstvergessen. »Bringt den Seethalers dieses Mal etwas mit, wenn ihr sie noch einmal besucht«, schlug sie dann vor.

Sabine, die bis jetzt düster auf den Fundort gestarrt hatte, bekam mit einem Mal Farbe auf den Wangen. »Croissants«, überlegte sie.

»Wo sind die eigentlich?«, wollte Thilo wissen.

Sabine zuckte entschuldigend mit den Achseln. »Hab' ich vor Aufregung im Auto liegen lassen, tut mir leid. Ich bräuchte jetzt auch ganz dringend was zwischen die Zähne, das macht der Stress mit mir.« Dann hielt sie inne. »Moment, nein, wir bringen den Seethalers … wartet«, mit dem Zeigefinger massierte sie sich die Stirn, »… wir bringen ihnen etwas mit, was mit uns hier zu tun hat, also mit der Gruppe, eine Art Erinnerungsgeschenk an Franks Leidenschaft.«

»Also einen von Jennifers Schlüpfern«, entfuhr es Harald. »Zefix. Entschuldigt«, brachte er dann kleinlaut hervor, »das war unangemessen.«

Die Verwandlung dieses Mannes war erstaunlich, befand Thilo. Noch vor einer Woche hätte er den Altmännerwitz ausgetreten, bis er flach wie eine Flunder gewesen wäre.

»Eine Vogeluhr«, schlug Katja vor. »Eine dieser Wanduhren,

die zur vollen Stunde einen Vogelruf abspielt. Unser Abschiedsgeschenk an Frank, das wir seinem Bruder übergeben. Und ihr beiden habt dann den Aufhänger für weitere Fragen bezüglich Franks Touren.«

»Quidquid agis prudenter agas et respice finem.«

Alle starrten sie Harald an.

Katja fand als Erste die Sprache wieder. »Das ist korrekt. ›Was auch immer du tust, tu es klug und bedenke die Folgen.‹«

Jetzt hielt Thilo es nicht mehr länger aus. »Okay«, sagte er und sah Harald dabei fest ins Gesicht. »Was ist los mit dir? Ganz ehrlich, ich blicke da nicht mehr durch. Erst machst du einen auf Hühnerretter, dann die neue Jacke und jetzt lateinische Sprichwörter? Bist du krank? Irgendein Blutgerinnsel? Müssen wir uns Sorgen machen?«

»Das ist mir halt gerade eingefallen«, verteidigte sich Harald, dem eine leichte Röte ins Gesicht stieg. Fahrig sah er auf seine Armbanduhr, als wolle er damit zeigen, dass er alles im Griff habe. »Kam einfach so ins Gedächtnis. Von damals. Zu Schulzeiten. Diese Fabeldinger.«

»Äsop«, half Katja aus.

»Da bleibt halt doch was hängen.«

»Echt?« Thilo, der Schwierigkeiten damit hatte, sich Klein-Harald im Klassenzimmer vorzustellen, runzelte die Stirn. »Bei mir nicht.«

»Ich habe auch noch ein paar Schiller-Zitate auf Lager«, meinte Harald, schon wieder angriffslustig. »Johanna von Orleans.«

Sabine winkte ab. »Bitte nicht.«

»Ihr beiden sprecht bei den Seethalers von ›begleitet‹«, kehrte Katja jetzt wieder zum Thema zurück. »Fragt Richard, ob er seinen Bruder mal *begleitete*. Wir meinen aber in Wahrheit *hierherlockte*.«

Thilo, der den anderen bis jetzt nicht widersprochen hatte, weil er gedanklich zu sehr mit Harald beschäftigt gewesen war, schüttelte den Kopf. »Okay, können wir mal kurz zurückspulen? Ich weiß nicht. Klar, der Mann hat ein Motiv – und offensichtlich auch die Möglichkeit gehabt. Aber schießen wir uns da nicht zu früh auf einen Täter ein? Richard Seethaler als Mann, der seinen Bruder ins Moos gelockt und dort niedergeschlagen hat? Vielleicht, ja klar. Andererseits: Auf der Beerdigung kam er mir ganz normal vor.«

»Welches Verhalten erwartest du von einem Verbrecher?«, schnaubte Harald. »Dass er mit einem Schild vor der Brust herumläuft, auf dem steht: ›Ich hab's getan, weil ich es kann‹?« Mit verschränkten Armen vor der Brust stand er jetzt da, breitbeinig, den Wanst anklagend nach vorn geschoben. Der Feldstecher ruhte darauf wie auf einem Fensterbrett. »Richard hat ein Motiv, ein sehr gutes, und er besaß das Vertrauen seines Bruders.« Harald hielt inne. »Aber, da du schon davon anfängst ... Die Alternative dürfen wir natürlich nicht vergessen. Was ist denn mit den Fotos, die du im Lovecraft gemacht hast?«

Thilos Finger tasteten nach seinem Handy in der Jeanstasche, er zog es heraus, entsperrte es und suchte nach den Aufnahmen. »Es war dunkel im Club«, erklärte er. »Man sieht leider nicht so viel.« Er zeigte den anderen das Display und rief das erste der drei Fotos auf, die er an dem Abend im Lovecraft geschossen hatte.

»Bei Annie Leibowitz bist du auf keinen Fall in die Lehre gegangen«, meinte Sabine.

Thilo befürchtete schon, sie würde den anderen erzählen, dass sie die Fotos schon kannte. Und warum. Aber Sabine blieb loyal.

»Ich kann nichts erkennen außer Farbflecken«, fügte sie nur hinzu.

»Hoffentlich sind deine Vogelfotos besser«, nörgelte Harald.

»Die Schlieren kommen von der Lichtanlage«, entschuldigte sich Thilo, der nach der besten Aufnahme suchte. Er war sich vollkommen sicher, dass es ein Foto gab, auf dem die jungen Männer deutlicher zu erkennen waren. »Hier!«, rief er erfreut, vergrößerte mit Daumen und Zeigefinger einen Bildausschnitt und reichte das Smartphone herum.

»Hm. Man kann zumindest erkennen, was sie anhaben und ob sie Bart tragen oder nicht.« Harald hielt sich das Handy jetzt so nah vor die Augen, dass er in den Kragen der neuen Outdoorjacke nuschelte. »Moment«, er hielt inne und sah Thilo dann an. »Was ist das?«

»Was meinst du?« Sabine spähte ihm über die Schulter.

»Da ist ein Logo auf dem Ärmel des T-Shirts.«

Thilo stand jetzt ebenfalls hinter Harald, er überragte ihn um fast einen Kopf. »Du hast recht. Ein Firmenlogo? Das wäre natürlich ein echter Volltreffer.«

Harald ließ das Handy sinken und protestierte nicht, als Sabine es ihm abnahm. Seine Augenbrauen tanzten wieder, als er fragte: »Das ist dir im Club nicht aufgefallen?«

»Ich war … abgelenkt.«

»Ja, kann ich nachvollziehen.« Sabine hielt Thilos Smartphone jetzt so, dass alle das nächste Foto sehen konnten. Es zeigte eine verzückt dreinblickende Emily mit fliegenden Haaren auf der Tanzfläche. »Hattet ihr wenigstens Spaß?« Sabines

Tonfall war keineswegs gehässig, sondern aufrichtig. »Du hast sie doch hoffentlich später nach Hause begleitet?«

»Also ...«, begann Thilo.

»Nein?« Konsterniert drückte Sabine ihm das Smartphone in die Hand. »Das ist das A und O.«

»Ist es das?«, fragte Katja interessiert nach.

Sabines Kopf fuhr herum. »Aber natürlich.«

»Was wird das hier?«, wollte Harald verwundert wissen. »Habe ich was versäumt? Das Firmenlogo!«

»Hast du sie schon angerufen?«, wandte Sabine sich wieder an Thilo.

»Also ...«

»Zu viel ›also‹, Thilo«, rügte sie ihn. »Kein Zögern, kein Zaudern. Nicht abwarten.«

»Nicht abwarten?«, hakte Katja wieder ein. »Ich dachte immer, man könne den Fisch am Haken ruhig mal ein wenig zappeln lassen. Wenn man ihn am Haken hat ...« Sie brach leise ab.

»Nicht gut.« Sabine schüttelte den Kopf. »Initiative zeigen. Keine Zeit verstreichen lassen.«

»Worum zum Henker geht es?«, forderte Harald jetzt lautstark Antwort.

Stille. Thilo sah peinlich berührt zu Boden und spürte, dass ihn drei Augenpaare wie Laser zu durchbohren drohten. »Ich hab keinen krassen Rizz ... also kein super Charisma ... bin aber auch kein Anfänger«, begann er mit allem Selbstwert, den er in diesem Moment aufbringen konnte. »Ich weiß schon, was ich tue.« Das stimmte. Ein bisschen. Er war im Flirt-Game nicht auf den Kopf gefallen, Emily aber schien unerreichbar, und in ihrem Fall hatte er keinen Schimmer von nichts, würde sich aber niemals die Blöße geben, damit herauszurücken. Schon gar nicht vor Sabine, Harald und Katja, die während der letzten Minuten mit einer derart wissensdurstigen Miene zugehört hatten, dass es Thilo schon verdächtig erschienen war. Offenbar war er nicht der Einzige mit diesem speziellen Problem.

»Firmenlogo«, wiederholte Harald jetzt ungeduldig. »Das ist ein weiterer Ansatzpunkt, Leute. Struktur, wir brauchen Struktur! Thilo, du recherchierst das Logo, Sabine und ich statten den Seethalers erneut einen Besuch ab, und du, Katja, du könntest dich in Franks beruflichem Wirkungsbereich umsehen.«

Katja schien entsetzt. »Ich könnte doch das Logo übernehmen«, widersprach sie heiser.

»Mach ich schon«, winkte Thilo ab. »Ist sicher kein Ding.« Er hatte etwas gutzumachen, denn dass ihm der Aufdruck auf dem Shirt des Durchtrainierten im Lovecraft nicht aufgefallen war, ließ ihn dastehen wie einen Anfänger. Nicht nur, dass er der jüngste Birder der Gruppe war, jetzt hielten ihn die anderen womöglich für einen unfähigen Rookie.

»Okay.« Katja neben ihm schnaufte laut hörbar durch. »Ich werde versuchen, in Franks altes Büro reinzukommen.«

»That's the spirit«, dröhnte Harald mit hartem Akzent und schlug ihr aufmunternd auf die Schulter.

Jetzt auch noch Englisch. Thilo kam aus dem Staunen nicht mehr heraus.

Eine Schwalbe macht noch keinen Sommer

Katja hatte sich früher freigenommen. Wieder war eine Absage gekommen, sie hatte es schon anhand des Betreffs gewusst. Diesmal hatte sie die Frustration nur schwer herunterschlucken können, was nicht unbemerkt geblieben war. Roisin war aufgefallen, dass etwas nicht stimmte, und hatte ihr einen Kaffee gebracht. Die dritte Tasse. Obwohl sie nie mehr als zwei pro Tag trank, hatte Katja die hinreißende Irin dankbar angelächelt. Wie würde es werden, Roisin nicht mehr als Kollegin zu haben? Erwartete sie deshalb Absagen, weil sie sich insgeheim nicht von ihrem Büro trennen konnte? Spielte sich in ihrem Unterbewusstsein etwas ab, was die bewusste Katja nicht sortieren konnte, und die sich deshalb ein ums andere Mal vergeblich bewarb? Oder hatte sie einfach Pech?

Seufzend stand sie auf, um die leere Tasse in die Kaffeeküche zu bringen. Vielleicht war es auch der ungewohnt hohe Koffeingehalt heute, der sie so aus der Fassung brachte.

»Der Pullover steht dir super.«

Nein. Nein, es war definitiv Roisin, die sie aus der Fassung brachte. Katja blickte an sich herunter, die Merinowolle hatte sich so kuschelig angefühlt heute früh, und nach dem kühlen Nachmittag auf ihrer Veranda sowie dem kalten Sonntagmorgen im Moos wollte sie es warm haben.

»Danke«, sagte sie. Was hatte Sabine gesagt? Initiative zeigen. Sie holte Luft. »Dein Pullover ist ebenfalls … steht dir …« Roisin trug immer geschmackvolle Kleidung, fand zumindest Katja, denn sie schmiegte sich um ihre Rundungen, betonte ein Pölsterchen oder kaschierte ein anderes. »Hervorragend«, endete sie schließlich unter Roisins belustigt hochgezogenen Augenbrauen.

Das war offenbar nicht die richtige Art von Initiative. Bevor sie sich weiter blamierte, beschloss Katja, die Flucht nach vorn anzutreten – oder einfach nur die Flucht. »Entschuldige, ich habe noch einen Termin.«

Sie schulterte ihre Handtasche, schnappte sich die Jacke vom Haken und verließ das Büro, um zuerst einmal tief durchzuatmen. Dann nahm sie die Treppe nach unten und trat auf die Straße. Der frühe Feierabend war eine spontane Eingebung gewesen, als sie frustriert von der erneuten Absage in ihrem Stundenkonto die Überstunden gesehen hatte. Kurz checkte sie die Kamera-App, aber tatsächlich, Roberta schien glücklich über die Gesellschaft, und auch die anderen beiden gewöhnten sich langsam ein. Fröhlich pickten die drei Hennen selbstvergessen in ihrem Gehege vor sich hin. Welch ein friedliches Bild!

Was nun? Von Sabine und Harald noch keine Nachricht. Haralds Idee, sie solle Franks ehemaligen Kollegen auf den Zahn fühlen, lag ihr wie ein Backstein im Magen. Warum keine Recherche? Das konnte sie doch am besten, und Recherche zu Franks Fällen und ihren Hintergründen hatte sie auch schon zuverlässig geliefert.

Katja zog die Nase kraus, gab sich dann aber einen Ruck. Ja, sie hatte es vermeiden wollen, aber wenn Roberta es schaffte, sich in Gesellschaft von ihrer besten Seite zu zeigen, dann konnte es ihr selbst ebenfalls gelingen. Sie hatte es schließlich versprochen!

Angespannt, aber entschlossen ließ sie das Auto auf seinem Parkplatz stehen und nahm zu Fuß den Weg über die Bahnhofstraße zur Staatsanwaltschaft Traunstein.

Das Außenthermometer des Studentenwohnheims zeigte sechs Grad, als Thilo sein Fahrrad aus der Garage schob. Sechs Grad, da war kein Schal nötig.

Von wegen. Schon während der Fahrt zum Industriegebiet wurde es frisch, und als er sein Rennrad vor der Gebäudeecke eines Schraubenherstellers verkehrt herum aufbockte und sich scheinbar begutachtend davor kniete, pfiff Thilo der Wind eisig mitten ins Gesicht.

Er war im Dienst. Im Observationsdienst. Gab vor, sich ausgiebig mit dem komplexen Antrieb seines Rads zu beschäftigen, starrte aus nächster Nähe auf Tretlager, Ritzel und Kette. In Wirklichkeit jedoch sah er hindurch, auf die Zufahrt des Logistikunternehmens gegenüber, dessen Logo auf dem Shirt des Durchtrainierten geprangt hatte. Aus Thilos Jackentasche ragte das Objektiv seiner eingeschalteten GoPro.

Der Name des Unternehmens war ihm nicht selbst eingefallen. Die Gestaltung des Logos aber hatte in seinem Gehirn etwas angestoßen. Das Design war ihm bekannt vorgekommen, nur wollte ihm die Firma dazu nicht einfallen.

Schließlich hatte er Mark gefragt. Indirekt zumindest.

»Noel hat gemeint, er jobbt jetzt nebenher bei dieser Firma.« Er hatte Noel deshalb gewählt, weil es keine Chance gab, dass sein Mitbewohner mit diesem Kommilitonen sprechen würde. Noel war Thilos Bekannter, sie sahen sich nur während der Seminare, und Mark kannte ihn nur vom Hörensagen.

»Alter, echt jetzt? Und Morgen kommt der Weihnachtsmann oder was?« Mark lachte laut auf.

»Doch, tut er.«

»Aber nix mit Muskeln, oder? Der Lauch könnte nicht mal ’ne Ein-Kilo-Hantel heben.«

»Weiß ich nicht. Ist im Industriegebiet. Nicht der schlechteste Move, finde ich. Hätte ich ihm gar nicht zugetraut.«

»Welchem Industriegebiet?«

»Haslach, glaube ich.« Das war ein Schuss ins Blaue gewesen.

»Und welche Firma?«

»Die mit dem Flash-Logo.«

Mark überlegte nur kurz. »Ach, Krissler. Na, dann schubst er wahrscheinlich Bleistifte. Schon krass, dass die sich einfach so an DC Comics orientiert haben mit ihrem Design. Ziemlich frech.«

»Halt nur in Grün.«

»Genau. Frech. Sag ich doch. Läuft aber, der Laden, habe ich gehört.«

Krissler, also. Ein roter Kreis mit einem grünen Blitz in der Mitte.

Laut Homepage existierte das – selbstverständlich – kundenorientierte, familienfreundliche und nachhaltige Unternehmen seit vierzig Jahren, befasste sich »verantwortungsvoll« mit dem Transport von Gütern, bot auch Lagerplatz an und besaß über nahezu hundert Betriebsangehörige. Und Thilo, für den Hehlerei und Logistik zusammenpassten wie Roberta und ein Ei, hoffte jetzt, dass ihm ein ganz bestimmter dieser Angehörigen vor die Kamera stolperte.

Während für Harald natürlich die Canon die erste Wahl bezüglich Beschattung gewesen war, hatte Thilo die GoPro ins Spiel gebracht. Befestigt an seinem Rennradlenker hatte er mit der Kamera schon während etlicher Touren Videos gedreht, die er danach auf seinem Instagram-Account teilte. Die GoPro war klein, handlich, verfügte über ein Videostabilisierungsprogramm und besaß laut Hersteller ein Sichtfeld von 177 Grad. Damit konnte auch eine digitale Spiegelreflex nicht mithalten.

Sabine hatte wissend genickt und auf Haralds Nachfrage, die nicht verbal, sondern durch seine gigantischen Raupenbrauen erfolgt war, gemeint, ihr Felix wünsche sich schon lange »so ein Ding«.

»Mutti« hatte also einen Sohn. Hatte sie das schon erwähnt? Thilo wusste es nicht mehr. Aber das erklärte Sabines Verhalten so einigermaßen.

Der Wind kroch ihm in jede Pore, und er streifte die Kapuze seines Hoodies über, den er unter der Jacke trug. Danach rückte er die Kamera zurecht und linste weiter am Ritzel vorbei. Ab und an bewegte er den Reifen, indem er die Hand in die Speichen schob, drehte und ein Gesicht machte, als ob er etwas prüfe.

Fünfzehn Minuten später wurde dieses Spielchen allerdings unglaubwürdig. Mist, er hatte nicht damit gerechnet, dass es so lange dauern würde. Die mussten doch endlich mal Feierabend haben!

Durchgefroren stand er auf, jede Faser seines Körpers schien der kalte Wind versteift zu haben, und eben wollte er sich ein alternatives pantomimisches Stück ausdenken, da kam Bewegung ins gegenüberliegende Gebäude. Die Tür zum Haupteingang öffnete sich, und mehrere Männer traten heraus, von denen einer das Gesicht unter der Mütze halb vergraben hatte.

Thilo erkannte ihn erst nicht, aber dann fielen ihm der federnde Gang und die breiten Schultern auf: Das war er!

Herzlichen Glückwunsch, Alter!, dachte er bei sich. Wie viel Dusel kann man eigentlich haben?

Schnell hockte er sich wieder vor sein Ritzel, senkte den Kopf, drehte den Reifen prüfend hin und her und ließ die GoPro ihre Arbeit machen.

Während Thilo in der Einsamkeit des Industriegebiets frierend hinter seinem Fahrrad kauerte, stand Harald, die Vogeluhr unter den Arm geklemmt, neben Sabine vor der Tür des Seethaler'schen Legostein-Hauses. »Ich bekomme dann noch 4,25 Euro von jedem. Wir haben gespart, das Ding war im Angebot. Kuckuck, Zaunkönig, Rotkehlchen, Buchfink, Buntspecht, Amsel, Blaumeise, Singdrossel, Grünfink, Pirol, Kohlmeise, Nachtigall.«

Sabine nickte ungeduldig. »Sensationell, Harald. Und jetzt überlässt du mir wieder das Reden, in Ordnung?«

Fröstelnd schlug sie den Kragen ihrer Wolljacke hoch, es zog an diesem Abend wie Hechtsuppe. Eine heiße Tasse Tee käme ihr jetzt wirklich gelegen, aber konnte sie schon wieder mit derselben Nummer ins Haus fallen? Heute hatte eine Kollegin während eines Telefonats von einer neuen Software gesprochen, die den Verkaufsprozess vereinfachen würde. Der »KI-Textgenerator des Tools, ein Add-on« – und allein bei diesen Worten war Sabine schon gedanklich ausgestiegen –, erledigte stundenlanges Recherchieren und Schreiben mit einem Tastenklick. »Das ist wie Magie!«, hatte die Kollegin gesagt.

Magie. Sabine mochte keine Zauberer. Und auch keine Clowns. Jeder Zirkusbesuch mit Felix war deswegen früher zu einer Geduldsprobe geworden. Aber in diesem Moment wünschte sie sich, irgendetwas Überzeugendes per Knopfdruck zu produzieren – pardon, generieren –, das Richard Seethaler gesprächiger machte. So ein bisschen Magie käme ihr jetzt gerade gelegen.

Sie legte den Finger auf die Klingel und drückte. Und da sie fand, es sei dringend, drückte sie gleich viermal kurz hintereinander. Ihr würde schon etwas einfallen, das tat es schließlich immer. Erst heute hatte sie eine exklusive Carport-Anlage verkauft, gegen die Richard Seethalers eigene aussah wie eine verrostete Hinterhofüberdachung.

Thilo merkte auf. Kurz nachdem der Durchtrainierte aus der Tür getreten war, hielt ein dunkler Wagen vor dem Haupttor der Logistikfirma. Die Scheibe an der Fahrerseite senkte sich, eine behandschuhte Hand winkte, und das Rolltor glitt langsam, aber mit lautem Knarzen, zur Seite. Offenbar war der Mann im Auto für den Wachdienst kein Unbekannter. Als sich das Tor zur Hälfte geöffnet hatte, fuhr der Mercedes gemächlich auf den Hof. Thilo vergewisserte sich, dass die GoPro noch lief. Der Wagen hielt vor dem Durchtrainierten, der die ganze Zeit ungeduldig vor- und zurückgewippt hatte, verschluckte ihn Sekunden später – die Beifahrertür war von Thilo abgewandt –, wendete und verließ den Hof durch das noch immer geöffnete Rolltor wieder.

Wie eine Feder schnellte Thilo hoch, packte sein Rad mit

beiden Händen, drehte es mit Schmackes um, bewahrte es mit seiner Hüfte vor dem Umfallen und fummelte die Sportkamera aus der Jackentasche. Währenddessen behielt er den Mercedes im Blick, der relativ langsam davonfuhr und in wenigen Sekunden außer Sichtweite um eine Kurve biegen würde. Ohne Rücksicht auf technische Verluste rammte Thilo die Kamera in die Halterung am Lenker, schwang sich auf sein Rad und trat in die Pedale: dem schwarzen Wagen hinterher.

»Wen soll ich melden?«, fragte die grauhaarige Pförtnerin gelangweilt, nachdem Katja sich nervös erkundigt hatte, ob sie zur Staatsanwaltschaft und ins Büro von Frank Seethaler dürfte.

»Dr. Katja Sommerrain.«

Die ältere Dame am Empfang, die aussah, als ob sie schon längst im Ruhestand sein müsste, nahm einen Telefonhörer auf. Viel mehr als »hm« und »ja« und »na dann« konnte Katja durch die Scheibe nicht vernehmen. Doch schließlich legte die Frau den Hörer auf und wandte sich wieder an Katja.

»Frank Seethaler ist tot«, sagte sie vorwurfsvoll, als ob das Katjas Schuld sei.

»Oh. Wurden Sie nicht informiert?«, fragte Katja erstaunt, die gedacht hätte, dass man solche Nachrichten auch den Mitarbeitenden am Empfang überbrachte. Die Frau zuckte mit den Schultern und machte eine unbestimmte Kopfbewegung, die Katja so deutete, dass man der Frau womöglich Bescheid gesagt hatte, sie sich nur nicht wirklich dafür interessierte.

»Ich bin eine Freundin von Frank«, übernahm Katja Sabines Taktik, sich gegenüber Richard als gute Bekannte von Frank auszugeben. »Er hatte sich eine Fachpublikation ausgeliehen, die ich gern wiederhaben möchte. Sie liegt in seinem Büro.«

»Aha. Die Staatsanwaltschaft ist drüben, da müssen Sie hier einmal herumgehen.« Unbeteiligt winkte die Frau Katja durch und griff erneut zum Hörer.

Die Behördenflure erinnerten Katja an die VHS, hier reihte sich ebenfalls Gang an Gang, Tür an Tür. Immerhin gab es dadurch schon einmal ein Gefühl von Vertrautheit. Das Einzige, was die beiden Institutionen unterschied, war der Enthusiasmus, mit dem man an die Arbeit ging: War Frank ein von Ehrgeiz getriebener Staatsanwalt, dümpelten sie in der Volkshochschule mehr vor sich hin. Vielleicht war das aber auch nur ihre persönliche Ansicht, dachte Katja, weil sie sich ganz anderen Herausforderungen, nämlich denen im altphilologischen Bereich stellen wollte. Die E-Mail, dachte sie, diese vermaledeite Absage-Mail heute hatte ihr die Stimmung wirklich gründlich verdorben.

»Schlimmer wird's nicht«, sprach sie sich also Mut zu und suchte sich durch die Beschilderungen des dritten Stocks. Die Empfangsdame hatte ihr Franks Büronummer nicht mitgeteilt. Irgendwo schlug ein Fenster zu, Katja kam an den Toiletten vorbei, und gerade, als sie an einer geschlossenen Bürotür klopfen wollte, kam noch jemand aus dem Treppenhaus in den Flur geeilt.

»Kann ich Ihnen helfen?« Eine junge Frau, die Katja gerade einmal bis zur Schulter reichte, baute sich vor ihr auf. Mit blonden Stirnfransen und Stupsnase wirkte sie wie die personifizierte Niedlichkeit, doch ihr dunkelblaues Kostüm und der Aktenordner unter dem Arm verrieten, dass sie vorhatte, auf der Karriereleiter weiter voranzukommen.

»Ich suche Franks Büro.«

Schon hier kniff die Blonde misstrauisch die Augen zusammen.

»Frank Seethaler, er war …« Weiter kam Katja nicht.

»Was wollen Sie von Frank?«, fiel die Frau ihr ins Wort.

»Ich habe ihm ein Buch geliehen. Und er meinte, er habe es in sein Büro mitgenommen.«

»Sie kannten ihn?«

»Wie ich gerade sagen wollte«, Katja begann zu schwimmen und wünschte sich Sabine herbei, die das einfach besser konnte. Mit Menschen sprechen, sie um den Finger wickeln. »Frank war ein wirklich guter Freund von mir.«

»Von Ihnen?«

Es war nur minimal, aber Katja war sich sicher, dass die Art, wie die Augen der Frau sich verengten, etwas zu bedeuten hatte. Und jetzt bemerkte Katja auch die kaum sichtbare Schwellung der Lider und die gerötete Haut darunter, so als hätte sie heute schon geweint. Entweder das, oder sie litt an einem ordentlichen Heuschnupfen. Dunkel erinnerte sie sich daran, dass Sabine von einer kleinen Blondine gesprochen hatte, die bei der Beerdigung neben einem sehr großen Mann gesessen hatte.

»Wir haben zusammen …« Bevor Katja das Wort Vögel aussprach, von dem sie den Eindruck hatte, dass es nicht gut ankommen würde, unterbrach sie sich selbst. »Uns verband eine platonische, jedoch sehr innige Freundschaft«, sagte sie deswegen gestelzt. Doch was aufgrund seiner unnatürlich vorgebrachten Art eigentlich erhöhtes Misstrauen hätte hervorrufen müssen, ließ die junge Frau traurig, aber warm lächeln. Katja hatte sich vorhin also nicht getäuscht. Auch wenn sie mit

Menschen nicht gut reden konnte, ihre Beobachtungsgabe funktionierte einwandfrei.

»So ein Verlust.« Die Blonde nickte ernst, und für einen Moment wirkte es, als würde sie Katjas Hand nehmen wollen. »Er war schon was Besonderes. Ich meine, für die Staatsanwaltschaft. Eine Bereicherung.«

Da Katja nichts zu sagen wusste, sprach die Blonde weiter. »Bestimmt gilt hier auch ›Jeder für sich selbst‹, aber alle konnten sich immer sicher sein, bei ihm Rat zu bekommen …« Sie brach ab, als sich ihre Augen erneut mit Tränen füllten.

Bevor sie sich stoppen konnte, reagierte Katja aus dem Bauch heraus. »Manchmal kommt man jemandem während der Arbeit einfach näher, als man will. Ich kann da selbst ein Lied von singen.«

»Ach, wirklich?« Die junge Frau blickte neugierig auf. »Dann sind wir ja Schwestern im Geiste, nicht? Irgendwie.« Jetzt lächelte sie beinahe schon wieder. »Ich bin übrigens Annika, Franks Kollegin für Wirtschaftsstrafsachen.«

Schwestern im Geiste. Nun waren sie also schon beim Du. Das hatte Katja zwar nicht geplant, aber ihr unkontrolliertes Zurschaustellen der eigenen Emotionen hatte ihr hier wohl die Tür geöffnet. Sie überspielte ihr leichtes Unwohlsein, stellte sich vor und sagte dann: »Er hat viel von dir erzählt.«

»Oh wirklich?« Eine feine Röte zog sich über Annikas Gesicht. »Aber wie unhöflich von mir: Du wolltest in Franks Büro. Möchtest du vielleicht einen Kaffee? Es tut mir leid, dass ich vorhin so unfreundlich war. Frank und ich waren kein Paar. Dafür war er viel zu professionell. Natürlich, es gab da diese eine …« Die Röte vertiefte sich, und Katja war sich sicher, dass sie lieber keine genauen Details wissen wollte. »Jedenfalls:

Wenn ich ihn schon nicht haben konnte, dann sollte ihn auch keine andere kriegen, weißt du?« Sie öffnete eine Bürotür ganz am Ende des langen Flurs. »Das hier ist Franks. Normalerweise stellt er ausgeliehene Fachliteratur in das Regal hinter seinem Schreibtisch. Ich hole dir einen Kaffee, dann können wir ja gemeinsam danach suchen.«

Während ihre Absätze auf den Linoleumboden knallten, kramte Katja hektisch nach ihrem Smartphone. Kollegin verliebt in Frank, schrieb sie an Sabine. Drohung!

Die Tür fiel ins Schloss, und der daran aufgehängte Kranz aus Trockenblumen mit dem Schriftzug »Herzlich willkommen« erzitterte.

»Na, das ist ja mal eine Frechheit!«, empörte sich Harald und drückte das tickende Gastgeschenk fest an sich. »Der hat uns ja gar nicht zu Wort kommen lassen.«

Tatsächlich hatte Franks Bruder genau vier Dinge getan. Die Tür aufgerissen, zunächst Harald und Sabine, dann der Vogeluhr einen erbosten Blick zugeworfen und anschließend gezischt: »Schön, dass Sie bei der Beerdigung anwesend waren.« Danach hatte er die Tür zugeknallt.

Brüskiert drehte sich Sabine ohne ein Wort um, marschierte Richtung Straße, besann sich dann, machte kehrt, bog in den Garten links des Hauses ab, bückte sich und riss vier besonders leuchtende Exemplare der dort blühenden Narzissen aus dem Beet.

»Für meine Mutter«, teilte sie dem erstaunten Harald mit, als sie wieder bei ihm stand.

»Hätte die vielleicht auch Interesse an Kuckuck, Zaunkönig, Rotkehlchen, Buchfink, Buntspecht, Amsel, Blaumeise, Singdrossel, Grünfink, Pirol, Kohlmeise und Nachtigall zur vollen Stunde?«, fragte er.

»Kann man die nachts stumm schalten?«

»Von zehn bis morgens sieben machen die keinen Mucks«, antwortete er. »Du kannst auch die Batterie für den Gesang ganz rausnehmen. Die hat ein separates Fach.«

Sabine, enttäuscht und getroffen von Richard Seethalers feindseligem Gebaren, nickte. »Ich nehme sie nachher gern mit.« Ein Trostpreis, dachte sie. Die Uhr und die Narzissen. Was für ein furchtbarer Mensch.

Sie drehte sich um in der Vermutung, Richard oder seine Frau könnten durch die Gardinen spähen, aber an den Fenstern rührte sich nichts.

Ihr Handy vibrierte. Sabine zog es hervor, wischte und las stirnrunzelnd. Dann hielt sie Harald das Smartphone vor die Nase: »Kannst du das dechiffrieren? Ist von Katja.«

Haralds Augenbrauen tanzten. »Wer droht wem? Hat man Katja gedroht? Hat sie jemandem gedroht?« Er entließ ein Brummen. »Letzteres halte ich für ziemlich unwahrscheinlich«, schob er dann hinterher.

»Was auch immer das bedeuten mag«, erklärte Sabine. »Sie ist auf jeden Fall einen Schritt weiter als wir.«

Dem Wagen in der verkehrsberuhigten Zone zu folgen war für Thilo kein Problem. Das begann erst, als der Mercedes auf die Axdorfer Straße entlang der Bahngleise Richtung Traunstein einbog. Die Straße war einspurig, führte an Wohngebieten und unbebauten Grundstücken vorbei, und auch mit dem Rennrad konnte man hier ein wenig aufdrehen. Der Mercedes zischte davon wie eine Rakete. Fluchend zog Thilo das Tempo an, verließ sich komplett auf seine Muskelkraft und die federleichte Konstruktion des Rads. Jetzt musste er zeigen, ob er genug Körner in den Beinen hatte. Er schoss den Asphalt entlang, der kalte Fahrtwind schleuderte Nadeln in Thilos Gesicht. Es war nicht weit nach Traunstein – vorausgesetzt, der Mercedes war auf dem Weg dorthin und bog demnächst nicht Richtung Grabenstätt oder Chiemsee-Peripherie ab. Also schonte sich Thilo nicht für eine lange Strecke, sondern legte all seine Energie in einen Spurt, von dem er hoffte, er würde in nur wenigen Augenblicken enden. Scheiße, war der Wagen schnell! Auf der Rupertistraße meinte Thilo, er habe den Mercedes endgültig aus den Augen verloren, stieß aber nur einen Augenblick später einen Seufzer der Erleichterung aus: Das Auto hing an einer roten Ampel hinter einem Lkw fest. Thilo reduzierte sein Tempo, näherte sich der kleinen Kolonne, vorsichtig, danach zog er rechts an einem Fiat, dem letzten in der Schlange, vorbei. Langsam. Noch vier Fahrzeuge, dann würde er mit dem Mercedes gleichauf sein.

Thilo ließ den Rennradlenker los und fuhr in mäßigem Tempo freihändig weiter. Dabei drehte er die Kamera nach links, so dass sie das Innere des Mercedes erfassen würde. Dann umfasste er wieder den Unterlenker, der so tief lag, dass sich Thilo mit dem Oberkörper weit nach vorne beugen musste, das Gesicht nahezu komplett unter der Kapuze verborgen. Er traute sich nicht, nach links zu schauen. Nicht, dass der Durchtrainierte aus dem Beifahrerfenster sah und ihn erkannte.

So rollte er langsam am Mercedes vorbei.

Als er rechts neben dem Lkw an der Ampel stand, zitterten seine Arme. Sein T-Shirt unter dem Hoodie war durchgeschwitzt.

»Fuck, fuck, fuck«, flüsterte er immer wieder.

Dann wollte er nur noch weg. Weg von der Straße, weg vom Mercedes, der wie ein dunkles Monster zähnefletschend vor dem Angriff hinter ihm stand. Kurz entschlossen stieß Thilos sich ab, rollte nach rechts in eine Hauseinfahrt und fuhr so lange die schmale Zufahrt entlang, bis er außer Sichtweite der Straße war. In einer Gasse hielt er an, nahm mit zitternden Fingern die Kamera aus ihrer Halterung und sah sich das Videomaterial an. Die beiden Männer im Mercedes waren deutlich zu erkennen, genauso wie das Nummernschild.

»Das reicht dir hoffentlich, Grumpy«, murmelte er.

Möglicherweise gehörte der Wagen jemandem, dem David Fiedler wichtig war – oder der wichtig für ihn war.

Sie mussten dringend herausfinden, wem der Mercedes gehörte. Einem, der nach der Verhaftung Fiedlers seine Felle davonschwimmen sah? Einem, der dafür sorgen wollte, dass sein wichtigster Lieferant so schnell wie möglich wieder aus der Untersuchungshaft entlassen werden würde? Und der den toughen Staatsanwalt deswegen aus dem Weg geschafft hatte, um für einen weniger harten Knochen Platz zu machen?

Nachdem Annika ihre Schwärmerei für Frank zugegeben hatte, fuhren Katjas Gedanken Karussell, dabei brauchte sie für die folgende Untersuchung einen klaren Kopf. Hatte sich hier eben ein neues Motiv eröffnet? Langsam ließ sie das Handy sinken, auf dem sie gerade die Nachricht an Sabine getippt hatte, verstaute es wieder in ihrer Handtasche und sah sich in Franks Büro um. Es roch nach Staub und Akten und so, als sei schon länger nicht mehr gelüftet worden. Ansonsten war es ein typisches Behördenbüro, zweckmäßig eingerichtet mit Schreibtisch und Regalen ähnlich ihrem eigenen, das sie sich mit Roisin teilte. Nur dass Frank seines nicht hatte teilen müssen, er war der alleinige Herrscher über sein Reich gewesen. Und, ebenfalls im Gegensatz zu Roisin und ihr, hatte er dem Büro seinen eigenen Stempel aufgedrückt. Verspielte Vogelfiguren standen in den Regalen, doch das, was ihr den Atem raubte, waren die großformatigen Fotografien. Sie waren einzigartig, dachte Katja, als sie die Bilder aus dem Grabenstätter Moos betrachtete, die an der Wand hingen. Überwältigend und eindeutig – Kunst. Der Nebel, der sich an einem Wintermorgen vom Chiemsee aus durchs Moor ausbreitete, knorrige Bäume vor weiß kaltem Hintergrund … Erschrocken fuhr Katja zusammen, als sie hinter sich ein Geräusch hörte.

»Der Kaffee.« Entschuldigend blickte Annika sie von der Türschwelle aus an. Zwei Tassen in der Hand, eine mit dem Aufdruck »Die beste Mama der Welt«, eine mit dem Logo des FC Bayern München, stand sie auf der Türschwelle und zögerte, das Büro zu betreten.

»Ich war noch nicht hier drin«, gab sie schließlich zu. »Nicht seitdem …«

Was würde Sabine an ihrer Stelle antworten? Katja hegte die leise Vermutung, dass ihr Haralds Erwiderung näherlag. Sie nickte stattdessen einfach, in der Hoffnung, Annika würde es schon zu ihren Gunsten auslegen. Und tatsächlich betrat die junge Staatsanwältin jetzt in kleinen Schritten den Raum, stellte die Mama-Tasse vorsichtig auf dem mit Papieren vollgestopften Schreibtisch ab und behielt die Bayern-Tasse in der Hand, als sie sich zögerlich in einen Besuchersessel setzte.

»Ich wusste nicht, ob du Milch oder Zucker möchtest«, zirpte sie. »Da habe ich einfach beides genommen.«

Die vierte Tasse heute. Katja wollte das neu gewonnene Vertrauen nicht gleich wieder zunichtemachen, also nahm sie einen Schluck. Die junge Frau hatte es gut gemeint mit dem Zucker. Nun denn, sie hatte ohnehin nicht vorgehabt, heute noch zu schlafen, dachte Katja sarkastisch. Die doppelte Menge Koffein und dann noch ein Zuckerschock.

»Danke«, sagte sie und ignorierte Annikas einladende Geste, sich neben sie zu setzen. Ihr Blick wanderte stattdessen erneut zu den Kunstwerken an den Wänden. »Ich wusste, dass Frank fotografiert hat, aber das ist wirklich gut.«

Annika schüttelte den Kopf. »Das ist nicht von ihm, sondern von einer Künstlerin hier aus Traunstein, sie stellt momentan in einer Galerie in der Innenstadt aus. Frank hat ihre Bilder geliebt. Und seit sie seinen Bruder geheiratet hat, bekommt er wahrscheinlich auch Prozente.«

Vor Schreck verschluckte Katja sich an ihrem Kaffee und musste husten. »Die sind von Jennifer Seethaler?«, krächzte sie aufgeregt.

»Richtig, Jennifer, so heißt sie!« Annika strahlte, offenbar entzückt darüber, dass sie so hilfreich gewesen war. »Frank kannte sich hervorragend aus. Ob Kunst, Musik oder Theater, er war ein richtiger Intellektueller.«

Während Annika weitersprach, pustete Katja immer wieder auf ihren Kaffee und hoffte, die junge Frau würde sich nicht nach Katjas eigener Büroromanze erkundigen. »Du weißt ja, dass seine Lieblingsband R.E.M. war?«

»Sicher«, tat Katja, als sei das nichts Neues für sie. Sie hatte schon eine wichtige Information erfahren, vielleicht versteckte sich in dem Wortschwall über Franks Musikvorliebe ein weiterer Hinweis. Unauffällig, verdeckt vom Schreibtisch und der darauf stehenden schweren Lampe, schrieb Katja noch eine Nachricht an Sabine:

jennifer seethaler moor westentasche!

Annika schien sich an Katjas Unaufmerksamkeit nicht zu stören. Sie war mittlerweile dazu übergegangen, ihr davon zu erzählen, wie sie Frank das erste Mal begegnet war: in einer Bar. Er hatte ihr einen Drink spendiert, sie aber nicht dazu überreden können, die Nacht mit ihm zu verbringen. Und wie überrascht sie beide gewesen waren, als sich eine Woche später herausstellte, dass sie ab jetzt Kollegen sein würden.

»Das hätte man verfilmen können«, sagte Annika verträumt. »Aber weißt du, was ich mich seitdem immer gefragt habe?«

»Nein. Was?« Katja, die gerade das Bücherregal daraufhin untersuchte, ob Frank in einem der dicken Jura-Wälzer eventuell ein wichtiges Dokument versteckt hatte, reagierte deutlich zu spät.

»Was suchst du eigentlich genau?«, fragte Annika, stand auf und kam näher. »Wie lautet der Titel des Buchs, das du ihm geliehen hattest?«

War da ein misstrauischer Unterton?

Katja wurde nervös.

Diese Antwort fiel ihr zum Glück leicht, und sie musste lächeln, als sie an Thilo dachte. »Seneca. Non quia difficilia sunt non audemus, sed quia non audemus difficilia sunt.«

»Ah. Philosophie. Ja, Frank war vielseitig interessiert.« Annika selbst wollte keine Details erfahren, das war ihrer gelangweilten Stimme deutlich anzuhören.

Katja war das gewohnt. Genau genommen waren die Einzigen, die ihr zuhörten, sobald sie ins Philosophieren verfiel, Roberta und Roisin. Und Roberta, das musste sie fairerweise zugeben, wartete dabei jedes Mal auf ihren Eiweißriegel. Blieb also Roisin. Katjas Wangen fühlten sich plötzlich eine Spur heißer an, und sie konnte mit Annika mitleiden, die dem Objekt ihrer Begierde jeden Tag am Arbeitsplatz begegnet war. Einem Mann, der ganz offenkundig immer weniger Interesse an ihr gehabt hatte, zog man die Fotos der nackten Jennifer Seethaler auf seinem Handy in Betracht. Geistesabwesend betrachtete Katja eine der Vogelstatuetten, die als Buchstützen im Regal standen. Ein hübsch geformter Rabe, detailgetreuer Kopf. Corvus. Ein hochintelligentes Tier. Stellte Werkzeuge her, spielte Spiele, lernte Wörter, fand versteckte Gegenstände und erkannte sich im Spiegel.

»Ich wusste gar nicht, dass er Poe mochte«, sagte Katja nun, als sie ihn wieder zurückstellte. Die düsteren Fotos vom Moor, der Rabe als Totenvogel, wäre sie auch nur einen Funken abergläubisch, würde es sie angesichts der Symbolik im Büro des Verstorbenen schaudern.

»Er mochte eher Brandon Lee«, sagte Annika mit Blick auf die Buchstütze. »Seinetwegen habe ich *The Crow* gesehen.«

Katja biss sich auf die Zunge, um nicht in einen Monolog zur Unterscheidung von Raben und Krähen zu verfallen, der die junge Frau sicher noch mehr gelangweilt hätte als Latein. Stattdessen beschloss sie, das Thema zu wechseln. Immer noch mit den Fingern die Buchrücken nachfahrend, fragte sie: »War Frank hier eigentlich beliebt? Über seine Arbeit war er immer etwas wortkarg.«

»Also nicht bei Traunsteins Kriminellen.« Annika lachte. Dann zupfte sie am Ärmel ihres Blazers herum, dort, wo er einen kleinen Rand der darunterliegenden hellblauen Bluse zeigte. »Na ja, was heißt beliebt«, fuhr sie fort. »Niemand wird von jedem gemocht.«

Das konnte Katja enthusiastisch unterstreichen. Trotzdem war es ein Unterschied, wenn der Dozent für Englisch, dessen Unterlagen nicht vollständig waren, mit den Augen rollte, wenn Katja ihn darauf hinwies, oder wenn jemand einem unliebsamen Staatsanwalt den Schädel einschlug.

»Es gab eine Morddrohung gegen ihn, richtig? Er hat mir davon erzählt. Dieser Hehler …«

»Ach der.« Annika winkte ab. »Das ist Berufsrisiko. Kommt dauernd vor. Ich hatte auch schon eine Morddrohung in der Post.«

Jetzt wusste Katja nicht, was sie antworten sollte. Die Nonchalance, mit der Annika darüber hinwegging, dass ihr jemand den Tod gewünscht hatte, brachte sie aus der Fassung.

»Aber Hansjörg hat Frank ebenfalls gehasst. Und bei einem Kollegen ist das natürlich noch mal was ganz anderes.«

Katja nickte stumm. Hansjörg, den Nachnamen würde sie herausbekommen, zur Not konnte sie die Büroschilder auf dem Rückweg unter die Lupe nehmen. Das Gespräch mit Annika förderte einige aufregende Dinge zutage, und, um nicht erneut zum Smartphone zu greifen, begannen ihre Hände quasi von allein wieder, sich am Regal zu schaffen zu machen. Diesmal griff sie nach den Büchern im oberen Regal, die von der Zwillingsbuchstütze gehalten wurden, doch als sie den Raben zur Seite schieben wollte, gelang ihr das merkwürdigerweise nur mit Mühe. Sie hielt inne.

»Aber Hansjörg hat nicht damit gedroht, Frank umzubringen?«, versuchte sie, den Gesprächsfaden wieder aufzunehmen.

Annika zuckte mit den Schultern. »Doch, das kam in etwa hin. Er hat ihm auch mal Korruption vorgeworfen. Aber natürlich hatte das nichts zu bedeuten«, beeilte sie sich hinterherzuschieben, als sie Katjas entsetzten Blick bemerkte. »In den letzten Wochen war auch alles in Ordnung zwischen ihnen – zumindest Frank hatte immer ein Lächeln auf den Lippen, wenn er Hansjörg begegnet ist. Die Morddrohung und der Vorwurf der Bestechlichkeit«, Annika wiegte ihren Kopf, »das war beides im Eifer des Gefechts, nachdem nicht Hansjörg, sondern Frank die Beförderung bekommen hatte.« Jetzt legte sich ein ähnlich trauriges Lächeln wie zu Beginn des Gesprächs um ihren Mund. »Das zeigt, wie gut Frank war. Dass er den zehn Jahre älteren Hansjörg auf der Karriereleiter so einfach ausstechen konnte.«

Katja nickte.

»Aber er ist eben auch nicht so versiert«, erklärte Annika. »Nicht wie Frank. Frank weiß immer, wo er genau den richtigen Präzedenzfall finden konnte, der seine Meinung stützte. Ich schwöre, er kann die BGH-Urteile der letzten zwanzig Jahre auswendig.« Sie lachte.

Katja war nicht entgangen, dass Annika – im Gegensatz zu Franks Bruder, wie Sabine erzählt hatte – noch damit zu kämpfen hatte, von Frank in der Vergangenheitsform zu sprechen.

Ob das bei einem Mord aus Leidenschaft jedoch irgendeine Bedeutung besaß, bezweifelte sie.

Währenddessen erzählte die junge Staatsanwältin weitere Details aus der juristischen Praxis, und Katja, die rechte Hand an der unerklärlich schweren Buchstütze, nickte, die Gedanken zwischen Hansjörg, Sabine, Frank und Jennifer Seethaler hin und her sausend.

»Ich habe einen ganz trockenen Mund«, sagte sie plötzlich, als sich eine Lücke in Annikas Monolog ergab. »Darf ich dich vielleicht um ein Glas Wasser bitten?«

»Aber klar!«

Kaum dass Annika aus dem Raum gestöckelt war, hob Katja die schwere Buchstütze hoch. Und richtig: Darunter befand sich ein Gummi, das einen Hohlraum schützte. Einen Hohlraum, der bei diesem Exemplar offensichtlich nicht hohl war, dachte Katja grimmig und fuhr mit dem Brieföffner vom Schreibtisch unter die Gummikante, um den Verschluss zu lösen. Ein schweres, großes Schmuckstück kam zum Vorschein, ein hellblauer Stein in einer Fassung, die an einen Delfin erinnerte. Der blaue Delfin. Sie erinnerte sich genau, vom Delfin in der Zeitung und im Internet gelesen zu haben. Diverse Artikel hatten vom blauen Delfin gesprochen und der Tatsache, dass dieser blaue Delfin, immer noch verschwunden, das wichtigste Indiz im Prozess gegen den Hehler David Fiedler war.

»Es gibt also eine Kollegin, die in Frank verliebt war«, wiederholte Sabine und öffnete die Beifahrertür ihres Wagens.

Ächzend beugte sich Harald hinein, legte die Vogeluhr auf

den Sitz und schlug sich anschließend den Kopf an der Türkante an. »Kreizkruzifix«, drang es dumpf nach draußen. »Was war eigentlich so toll an dem Mann? Sein Schneewittchenhaar?«

»Ach, weißt du: Eine Schwalbe allein macht noch keinen Sommer. Aber Jennifer Seethaler und diese Kollegin …«, überlegte Sabine, »wussten die etwa voneinander?«

»Die Seethaler hat der Kollegin gedroht? Die Kollegin hat der Seethaler gedroht? Die beiden Frauen haben Frank gedroht, er solle sich für eine entscheiden?« Harald strich über seinen Wanst. »Das wäre ein Ding. So eine Rachegeschichte. Wie im Film. Diese Kaninchen-im-Kochtopf-Sache, du weißt schon.«

Allein der Gedanke an die Szene aus *Eine verhängnisvolle Affäre* mit Glenn Close in der Küche vor dem Herd ließ Sabine frösteln. »Hier geht's um Liebe … und die Seethalers haben keine Haustiere«, sagte sie dann, beinahe erleichtert, obwohl Haralds Horrorszenario sehr weit hergeholt war.

»Vielleicht hat die Rivalin eins.«

Sie sah ihn strafend an.

Er antwortete mit einem Murren. »Ich würde vorschlagen, wir treffen uns wieder in meinem Garten«, meinte er dann.

Sabine steckte den Funkschlüssel des Autos in die Tasche und öffnete den Reißverschluss ihrer Jacke, um besser einsteigen zu können. »Von mir aus schon heute Abend, das passt. Bist du mit dem Fahrrad da?«

»Steht um die Ecke.«

»Sonst hätte ich dich wieder mitnehmen können.«

»Nicht nötig. Da mir der Wettlauf mit dem durchgeknallten Hendl fast einen Herzkasper beschert hätte, hab ich beschlossen, mehr zu radeln und nicht mehr ausschließlich den Bus zu nehmen.«

»Vernünftig. Gartenarbeit soll bei gesundheitlichen Beschwerden aber auch wahre Wunder wirken.«

»Haha.« Harald grinste.

In diesem Moment hörten sie Kinderstimmen, und nur einen Wimpernschlag später sah Sabine die beiden Töchter der Seethalers um die Ecke biegen. Die Schulranzen auf den Rücken, schlenderten sie langsam Richtung Elternhaus.

»Steig ein, Tür zu und Fenster runterlassen,« zischte Harald ihr zu, der mit eingezogenem Kopf blitzschnell neben ihr auf den Beifahrersitz geplumpst war.

Sie schaltete sofort. Leise schlossen sie die Türen und senkten die Fenster, bis sie auf halbmast standen. Mucksmäuschenstill beobachteten sie die schwatzenden Kinder, die sich dem Auto gemächlich näherten. Sabine rechnete nicht damit, dass die beiden Mädchen sie erkannten, sie sahen beschäftigt aus, ins Gespräch vertieft. Tipptopp frisiert und mit leuchtenden rosafarbenen Jacken schlurften Clara und Frieda auf den Wagen zu. Harald versuchte, weiter in seinen Sitz hineinzusinken, der ihn umschloss wie eine Venusfliegenfalle ihre gut genährte Beute.

»… war ganz traurig, Frieda«, war Claras helle Stimme jetzt zu vernehmen. »Gestern in der Küche, da hat sie geweint.« Ihre Unterlippe zitterte, als ob sie selbst kurz vor einem Gefühlsausbruch stünde. »Hab so getan, als ob ich das nicht gesehen habe. Hab ich aber.«

»Ich hab auch geweint, als Papa mir erzählt hat, dass Onkel Frank tot ist«, meinte Frieda mit ernster Miene. »Und du auch.«

»Ja, aber das ist was anderes.«

»Warum?« Frieda umschloss den langen, sorgfältig geflochtenen Zopf, der über ihrer Schulter lag, mit der Hand und spielte mit der Haarspange. »Warum ist das was anderes?«

»Weil wir keine Erwachsenen sind.«

»Aber Papa sagt immer, auch Erwachsene müssen mal weinen«, betonte Frieda in erzieherischem Tonfall.

Haralds Augenbrauen zogen sich verzweifelt zusammen. Wieder entfuhr ihm ein Murren.

»Pst«, zischte Sabine.

Die beiden Mädchen hatten angehalten. Standen jetzt direkt vor dem Carport ihrer Eltern, nur ein paar Meter von Sabines Wagen entfernt.

»Mama hat sich mit Onkel Frank gestritten. Weißt du nicht mehr?«, sagte Clara jetzt. »Echt laut.«

Sabines Blick hing an Claras Lippen.

»Wo wir dieses Puzzle gemacht haben, das uns Oma geschenkt hat. Das fiese. Und du gebrüllt hast, wegen dem einen Teil«, fuhr das Mädchen fort.

In Friedas Gesicht stand der Trotz. »Hab ich gar nicht«, blaffte sie ihre Schwester an. »Du hast das versteckt, du blöde Kuh!«

Clara reckte das kleine Kinn und machte eine wegwerfende Geste, die sie sich sicher von ihren Eltern abgeschaut hatte. »Ist doch egal. Die haben sich gestritten. Schlimm. Papa war nicht da, der war arbeiten. Und danach ist Onkel Frank nicht mehr wiedergekommen.«

»Wann war das genau, ihr Gören?«, knurrte Harald leise. »Wir brauchen ein Datum.«

Sabine knuffte ihn in die Seite. Sie hatte Harald nie nach seiner Familie gefragt, nicht, ob er verheiratet war, geschieden, verwitwet oder Kinder hatte. Doch war sie sich in diesem Moment sicher, dass Harald und Nachwuchs zwei nicht zusammenpassende Bauteile ergaben.

»Das letzte Mal, als sie ihn gesehen hat«, wiederholte Clara mit Nachdruck. »Mama ist sicher traurig, weil sie ihn ausgerechnet da angeschrien hat.«

Langsam kroch Haralds Hand zum Türöffner, aber Sabine hielt ihn zurück. »Nicht«, flüsterte sie, und er erstarrte in der Bewegung. »Bleib sitzen.«

Aber die Mädchen hatten aufgehört zu sprechen. Mit der Spitze ihres Schuhs kickte Frieda ein Steinchen in die Carport-Auffahrt, dann drehte sie sich um und rannte zur Eingangstür. Nur wenige Sekunden später folgte ihr Clara. Sie klingelte, jemand öffnete, und sie verschwand mit ihrer Schwester im Haus.

Harald stieß Luft aus, die er offenbar angehalten hatte. »Wir hätten sie fragen können!«, schnaufte er.

Sabine, immer noch erstaunt darüber, wovon sie eben Zeugen geworden waren, schüttelte den Kopf. »Die Kinder? Sei nicht albern! Wir wollen keine kleinen Mädchen einschüchtern, darauf hatten wir uns doch geeinigt. Abgesehen davon ist uns wirklich nicht damit geholfen, wenn die beiden ihren Eltern erzählen, dass zwei Erwachsene aus dem Auto gesprungen wären und sie was über den verstorbenen Onkel gefragt hätten. Du kannst zwei Kinder in dem Alter nicht so überfallen, das geht einfach nicht, okay?«

Abwehrend verschränkte Harald die Arme vor dem Brustkorb.

»Wir sind auch so weitergekommen.« Sabine schlug jetzt wieder einen versöhnlichen Tonfall an. »Jennifer müssen wir auf alle Fälle im Auge behalten.«

Harald starrte aus dem Fenster, als ob er hoffte, die beiden Mädchen würden noch einmal zurückkehren. »Was für eine Bonzenkarre«, kommentierte er anschließend den Jaguar, der auf einem der drei Carportplätze vor dem Haus stand. »Das F-Modell. In der Coupé-Version. Das Ding kostet sicher um die 80 000 Euro.« Haralds Stimme erstarb.

»Eine Peniskarre«, erklärte Sabine. »Nicht der Rede wert. Dein Fahrrad hingegen ist ein nachhaltiges Statement. Und da wir gerade bei Nachhaltigkeit sind: Um wie viel Uhr treffen wir uns später in deinem ... Garten?«

Harald hatte ihre bedeutungsschwangere Pause entweder gar nicht gehört oder beschlossen, sie zu ignorieren. »In einer Stunde. Bis dahin sollten wir es alle schaffen, selbst der Herr Student.« Er entknotete seine Arme und nickte. Als er die Beifahrertür öffnete und das rechte Bein in Richtung Bürgersteig schob, knackste es. Erschrocken versteifte er sich. »So ein Mist!« Die Hand an der Einstieghilfe und mit um Vergebung bittender Miene wandte er sich um. Die ungewohnte Körperdrehung entlockte seiner Jacke ein lautes Knistern, und gleichzeitig knackste es ein weiteres Mal unter seinem Hintern. Sein Mundwinkel verzog sich, als ob er Schmerzen hätte. »Verdammt. Das ... Es ging vorhin so schnell«, entschuldigte er sich. »Ich hab nicht aufgepasst.«

»Was ...? Hast du etwa auf der Vogeluhr gesessen? Die ganze Zeit?«

»Wie ich schon sagte ...« Vorsichtig hob Harald den Hintern. »Verdammt, ja«, bestätigte er.

Höhenflug

»Ich dachte, das Huhn hat jetzt Gesellschaft.« Harald blickte Katja irritiert an, als sie mit Roberta unter dem Arm an seinem Garten ankam.

»Schon«, sagte sie und war froh, dass in diesem Augenblick Thilo derart schwungvoll neben ihnen hielt, dass der Kies nur so spritzte. Denn sonst hätte sie zugeben müssen, dass möglicherweise sie diejenige mit Trennungsangst war und nicht das Huhn. Aber sie vermisste Roberta und hatte das Gefühl, Roberta vermisste sie ebenfalls. Ja, sie genoss das Gackern und Picken mit ihren neuen Freundinnen, aber als Katja sich verabschiedet hatte, hatte Roberta so sehnsüchtig zum weißen Volvo geblickt, dass sie das Huhn kurzerhand eingepackt hatte.

»Na, du Ausreißerin«, begrüßte Thilo Roberta grinsend. »Hast du dir für heute wieder ein Work-out für Harald überlegt?«

Der Forensiker verdrehte die Augen, aber wenn sich Katja nicht täuschte, zwinkerte er Roberta verschwörerisch zu.

»Dann wären wir auch schon alle beisammen«, sagte er und klatschte in die Hände, bevor er sie den kleinen Weg entlang zu seiner Hütte führte.

Eine Thermoskanne mit vier Tassen stand auf einem blitzblank geputzten Tisch, duftende Muffins daneben, und für einen Augenblick war Katja völlig verwirrt, bis Sabine mit einem Putzlappen aus der Laube trat.

»Ach, *du* hast gebacken!«, rief Thilo, der offensichtlich ebenfalls gedacht hatte, der Weltuntergang stünde kurz bevor. Es war schon bemerkenswert genug, dass Harald seinen Griesgram zu zügeln wusste, aber dass er nun auch noch zum backenden Hausmann mutierte, wäre wirklich zu viel des Guten gewesen.

»Die sind von gestern«, klärte ihn Sabine auf.

Katja setzte sich auf einen der Stühle, die zappelnde Roberta auf dem Schoß.

Harald presste die Lippen aufeinander. »Zur Sache jetzt: Wir haben drei Punkte auf der Tagesordnung«, brach es dann doch aus ihm heraus.

Da Katja sich nicht einmischen wollte, goss sie schon einmal den Tee aus der Thermoskanne in die mitgebrachten Tassen. Für Roberta wäre eine Leine praktisch, schoss es ihr kurz durch den Kopf.

Thilo zog eine der Teetassen zu sich herüber und schnappte sich den größten Muffin. »Den habe ich mir verdient«, nuschelte er und holte dann seine GoPro hervor, um ihnen das Video zu zeigen. »Jeder Massensprint beim Radrennen ist ein Kinderspiel dagegen.«

Nachdem Thilo die Kamera an sein Notebook angeschlossen hatte, startete er die Aufnahme. Angesichts des haarsträubenden Tempos, das Thilo auf dem Rad vorlegte, sog Katja überrascht die Luft ein. Die auf dem Lenker montierte Kamera gab ihr das Gefühl, selbst auf dem Sattel zu sitzen. Für sie hatte Radfahren in erster Linie etwas mit lockerem In-die-Pedale-Treten zu tun, aber das, was sie im Film sah, vermittelte ihr etwas völlig anderes. Thilo hatte nicht einfach nur auf dem Rennrad gesessen und kräftig reingetreten, er war buchstäblich ein

Rennen gefahren. Der Bildausschnitt neigte sich, wenn er in die Kurven gegangen war, und zitterte bei größeren Unebenheiten auf der Straße. Verkehrsschilder, Gebäude, Passanten: Alles flog an ihr vorbei. Während eines Staus vor einer Ampel verlangsamte sich die Fahrgeschwindigkeit, Katja spürte, wie die Aufregung nicht nur an ihr nagte, auch die Mienen der anderen wurden gespannter. Als sie endlich alle einen Blick in den Mercedes werfen konnten, grunzte Harald zustimmend. Deutlich war der Mann am Steuer zu erkennen. Scharfes Profil, dichtes helles Haar, ausgeprägtes Kinn.

»Ich kann Standbilder ziehen«, sagte Thilo. »Ist kein Ding.«

»Das Nummernschild ist schon gut erkennbar.« Harald nickte anerkennend. »Jetzt müssen wir nur noch herausfinden, wem der schwarze Mercedes gehört.«

Roberta gackerte aufmunternd.

Sabine schnipste ihr ein paar Muffinkrümel herüber, die Katja gerade noch rechtzeitig abfangen konnte. »Kein künstlicher Zucker!«

»Wieso? Karies wird ihr ja wohl kaum zu schaffen machen«, sagte Harald. »Und fett werden ist bei dem Federvieh doch erwünscht.«

»Als ob Roberta in der Suppe landen würde«, rügte Sabine ihn.

»Diabetes ist durchaus auch eine Gefahr bei Hühnern«, sagte Katja.

»Diabetes.« Thilo nickte nachdenklich. »Dem kann aber mit Sport vorgebeugt werden. Vielleicht noch ein, zwei Challenges gegen Harald …« Der Senior nahm seine Neckerei glücklicherweise mit Humor.

»Wer ist denn bei dem bisschen Radfahren außer Puste gekommen? Wenn bei dieser GoDingens auch das Mikro eingeschaltet gewesen wäre, hätten wir dich sicher hecheln gehört«, konterte er.

»Zurück zum Thema. Haben wir eine Theorie, wer der Mann im schwarzen Mercedes sein könnte?«, brachte Sabine sie wieder auf Kurs. Sie schlang ihren rosa-orange gemusterten Schal gegen die aufziehende Kälte fester um den Hals und fuhr sich durch die blonden Haare. Die Fältchen um ihre Augen waren stärker zu sehen als sonst, und Katja fragte sich, ob sie eine anstrengende Nacht gehabt hatte. Die Krankenpflege ihrer Mutter war sicher keine einfache Sache, so eine Aufgabe stellte die Sorge um drei Hühner komplett in den Schatten.

»Ich habe vielleicht eine Idee«, begann Katja nun. Sie berichtete von ihrem Gespräch mit Annika und wie sie sein Büro in Augenschein genommen hatte. Ohne den Griff um Robertas Mitte zu lockern, legte sie mit der rechten Hand den blauen Delfin auf den Tisch, den sie in der Buchstütze entdeckt hatte. Das Schmuckstück, ein Opal, der blauschwarz schillerte, war in Silber eingefasst. »Der blaue Delfin spielt eine große Rolle im Strafprozess gegen David Fiedler«, erklärte sie. »Darauf baut die gesamte Mordanklage auf.«

»Der Einbruch bei Trachten-Lindlacher?«

Katja nickte. »Ich komme gleich auf deine Frage zurück. Frank hat sich auch früher schon Feinde gemacht, aber dieser Fall«, sie tippte auf das Schmuckstück, »birgt ganz besonders viel Sprengstoff. Der blaue Delfin hat einen Wert von etwa zwanzigtausend Euro.«

»Zwanzig …« Thilo blieb der Mund offen stehen. »Und das trägst du einfach so mit dir herum?«

»Was soll ich denn sonst damit machen? Zur Polizei bringen?«

»Auf keinen Fall!«, empörte sich Harald.

»Wir könnten Kommissar Nazari …«

»Auf *gar* keinen Fall!«

»Ich werde ihn im Safe einschließen«, versprach Katja. »Sobald ich nach Hause komme.« Sie verschwieg, dass sie keinen Safe besaß. Herr Huber besaß einen, und der Nachbar würde ihr sicher den Gefallen tun, auch ohne Fragen zu stellen. Genauso, wie er auf ihre Bitte hin eingewilligt hatte, nachmittags gegen vier Chopin auf dem Klavier zu spielen. Roberta liebte Rockmusik, aber ihre neuen Gefährtinnen bevorzugten Klassik. Da musste Katja noch eine Balance finden.

»Der blaue Delfin«, griff sie dann den Faden wieder auf, »gehörte dem Münchner Geschäftsmann Lindlacher. Ihr kennt vielleicht die Mode, Trachten in modernen Formen und Farben.«

Thilo runzelte die Stirn, Sabine nickte jedoch. »Die Porno-Dirndl!«, rief sie. »Mit dem Ausschnitt bis zum Bauchnabel.«

»Haben Dirndl das nicht immer?«, fragte Thilo verwirrt, doch eine kurze Google-Suche endete in erstaunt hochgezogenen Augenbrauen.

»Genau der.« Katja nickte. »Im vergangenen November wurde in seiner Innenstadtwohnung eingebrochen. Er hat die Einbrecher überrascht, die neben dem blauen Delfin noch Bargeld im Wert von dreitausend Euro erbeuteten, wurde gestoßen, stürzte die Treppe im Hausflur hinunter und erlag drei Tage später seinen Verletzungen. Die Spur führte zu David Fiedler, der zu dem Zeitpunkt ohnehin schon wegen Hehlerei und Einbruchsverdacht unter Beobachtung stand.«

»Unser David hat ja allerhand auf dem Kerbholz«, sagte Harald.

Sabine runzelte die Stirn. »Die Frage ist aber doch: Wie kommt der blaue Delfin in Franks Buchstütze?«

»Damit legst du den Finger in die Wunde«, bestätigte Katja. »Ich habe mir den ganzen Nachmittag den Kopf darüber zerbrochen, aber keine Lösung gefunden.«

»Was hattest du vorhin gesagt? Dass Frank sehr schnell Karriere gemacht hat, dass sein Kollege ihm Korruption vorgeworfen hat?«, hakte Thilo nach. »Was, wenn er den blauen Delfin unterschlagen hat?«

»Und zu welchem Zweck?«, fragte Harald. »Er hat David Fiedler angeklagt, als Beweisstück würde ihm der Delfin viel mehr nutzen.«

Für einen Moment schwiegen sie.

»Er war korrupt«, sinnierte Thilo. »Oder wir nehmen einfach mal an, er war korrupt. Wann würde eine Unterschlagung Sinn machen?« Er blickte sie der Reihe nach auffordernd an.

»Na«, murmelte Katja langsam, »wenn David Fiedler unschuldig wäre.«

»Aber woher hatte Frank den Delfin?« Harald klang nicht überzeugt. »Und du meinst wirklich, er würde neue Beweise zurückhalten? Frank hat einen Unschuldigen hinter Gitter bringen wollen, nur um recht zu behalten?«

»Um seine Karriere voranzutreiben.« Katja nickte. »Ich glaube, wir müssen mit seinem Kollegen sprechen. Diesem Hansjörg, von dem Annika mir berichtet hat. Die zwei waren sich nicht grün.«

»Und mit David Fiedler. Harald, kannst du uns irgendwie einen Knastbesuch arrangieren?«, fragte Thilo.

»Ich?« Der Forensiker sah sie erstaunt an.

»Du hast doch die Connections.«

Harald schnaubte. »Nazari wird sich aus Prinzip querstellen! Aus Trotz!«

Sabine tippte sich nachdenklich mit dem Zeigefinger an die Lippen. »Wir könnten ihm vielleicht einen Deal anbieten«, schlug sie vor. »Er lässt uns mit David Fiedler sprechen, und dafür bekommt er von uns eine Information.«

»Kein Wort über den Opal!« Harald war unerbittlich. »Das ist unser Ermittlungsergebnis! Übrigens«, er wandte sich an Katja, »beim nächsten Mal würde ich dich sehr bitten, Handschuhe oder zumindest ein Taschentuch zu benutzen. Dann ist unser Beweisstück zumindest noch auf Fingerabdrücke untersuchbar.«

Katja lief rot an und blickte zu Boden. Dann holte sie tief Luft. »Ich bin da reingekommen, Harald. Ohne Verdacht zu erregen. Habe einen wichtigen Hinweis gefunden und mich dabei nicht erwischen lassen.«

»Sicher. Richtig. Natürlich«, beschwichtigte der Forensiker.

»Stabile Leistung, Katja«, fügte Thilo hinzu.

»Richtig«, sagte Harald noch einmal. »Und wahrscheinlich können wir davon ausgehen, dass Frank ihn ohnehin gesäubert hat.«

Katja sah wieder auf und nickte. »Aber fürs nächste Mal merke ich es mir.« So ein Fehler durfte ihr nicht wieder passieren. Mittelalterliche Lateintexte in der Bibliothek berührte sie schließlich auch nicht ohne Handschuhe. Sie war so in Gedanken, dass sie nicht bemerkte, wie Roberta die Gelegenheit nutzte und von ihrem Schoß hopste.

Diesmal war es Thilo, der auf Zack war: Mit einer perfekten Bewegung legte er seine Hände um den Bauch des Huhns und reichte es Katja.

»Ich hätte sie nicht mitnehmen sollen«, murmelte Katja. »Sie braucht ja auch Auslauf.«

»Ich kann meinen Gartennachbarn fragen«, bot Harald an. »Der Muggenhammer züchtet Tauben. So das ganz große Ding. Verkauf nach China und in die Emirate. Eine kleine Voliere kann er sicher ruckzuck aufstellen. So wie ich den kenne, bringt er sich dafür auch handwerklich ein, wenn's sein muss.«

»Sie kann nicht fliegen.«

»Einen Freiluftkäfig dann eben.«

»Zurück zu Nazari«, nahm Sabine den Gesprächsfaden wieder auf. »Ich könnte ihn mal auf dem Revier besuchen.«

Harald, die buschigen Augenbrauen tief zusammengezogen, funkelte sie empört an.

Sabine seufzte. »Gut, dann versuchen wir es erst einmal auf unsere Tour. Über David Fiedlers Freunde?« Ihr Blick wanderte zu Thilo. »Aber du bringst dich nicht noch einmal in Gefahr, ja?«

»Ich könnte ...«

»Kommt nicht in Frage. Die Freunde übernimmt dieses Mal Harald.«

Der Angesprochene wollte protestieren, da ihm jedoch offensichtlich kein überzeugendes Gegenargument einfiel, beschäftigte er sich stattdessen mit seiner Teetasse.

»Jennifer Seethaler ist trotzdem noch nicht aus dem Schneider«, merkte Katja in die Pause hinein an. »Das Bild, das sie vom Moor geknipst hat und das in Franks Büro hängt, wurde von genau der Stelle aus fotografiert, an der wir Frank gefunden haben. Kann das ein Zufall sein? Ich dachte ...« Ihre Finger fuhren beruhigend durch Robertas Federn. »Möglicherweise hatten sie Streit? Vielleicht wollte Frank die Affäre beenden. Oder umgekehrt … Sie wollte sie beenden, bevor Richard etwas davon erfuhr, und ihr Gespräch ist eskaliert.«

»Sie hat sich vor seinem Tod auf jeden Fall mit Frank gestritten.« Sabine berichtete, wie sie und Harald die beiden Seethaler-Kinder belauscht hatten.

»Lasst es uns also noch einmal zusammenfassen.« Harald hielt seine Hand in die Höhe und zählte an den Fingern ab. »Erstens: Wir sprechen mit Franks Kollegen Hansjörg. Zweitens: Wir suchen Kontakt zu David Fiedlers Freunden. Drittens: Wir hören uns in Jennifer Seethalers Umfeld um.«

»Viertens: Wir verlieren Richard Seethaler nicht aus den Augen«, ergänzte Thilo.

»Guter Punkt.« Sabine zückte einen Notizblock. »Wir haben wohl gerade einen detektivischen Höhenflug.«

»Du willst das aufschreiben?«, fragte Thilo ungläubig.

»Die Polizei macht das doch auch immer«, verteidigte Sabine sich. »Dann können wir uns eine Ermittlungstafel erstellen. Deine Fotos draufkleben und unsere Verdächtigen auflisten.«

»Ich dachte, das wäre ein Mythos. Außerdem …« Thilo wedelte mit seinem Handy. »Es gibt Programme, Sabine. Die erledigen das alles für dich.« Er öffnete eine App, wischte ein paarmal, und auf dem kleinen Display erschien eine Mindmap mit Frank in der Mitte. Pfeile zeigten auf Jennifer und Richard Seethaler, David F. und seine Freunde. Ein weiterer Wisch, und alle Daten zum Todeszeitpunkt und Fundort wurden angezeigt, die sie bisher gesammelt hatten.

»Das ist ja …« Sprachlos vor Begeisterung blickte Sabine ihn an. Auch Harald war beeindruckt. »Junge, du hättest bei mir gleich anfangen können.«

»Das ist doch nicht der Rede wert.« Thilo winkte ab, Katja registrierte dennoch die feine Röte, die seinen Hals hinaufkroch. Und dieses Mal hatte er Harald für den »Jungen« nicht einmal gerügt.

»Das musst du mir unbedingt ausdrucken«, sagte Sabine, und jetzt zuckten Thilos Mundwinkel wieder.

»Ich kann's dir per Mail schicken«, begann er, korrigierte sich dann aber sofort: »Ich druck's dir morgen an der Uni aus.«

Harald rieb sich die Hände. »Dann haben wir doch schon einen Plan für die nächsten Tage!«

Roberta gackerte zustimmend und hieb den Schnabel in Katjas Muffin.

Vögel, die morgens singen, holt abends die Katz

»Zuletzt denken Sie bitte noch einmal bis nächsten Mittwoch über die Frage nach, was wir unter einem adiabaten System verstehen.«

Neben Thilo seufzte Mark. Sie hatten sich in die vorletzte Reihe des Vorlesungssaals gesetzt, abgeschirmt von den Klugschwätzern und Überfliegern. »Adiabat gleich thermisch isoliert, aber es erfolgt ein Austausch mechanischer Energie«, flüsterte Mark. »Wenn die Prüfungsfragen so werden, dann bin ich gerettet.«

»Wann«, fuhr die Professorin vor dem Whiteboard fort, »ist ein Prozess adiabatisch? Und formulieren Sie bitte genau, verwenden Sie keine bloßen Schlagworte. Ich will sicher sein, dass Sie alles korrekt verstanden haben. Beachten Sie die Zustandsgrößen und deren Verhalten akribisch. Stellen Sie Beispielrechnungen an. Wir sehen uns übermorgen.«

Kaum hatte sie ihren Satz beendet, schwollen ein Summen und ein Rascheln an, Taschenverschlüsse klickten, Reißverschlüsse ratschten. Alle standen auf, packten zusammen.

»Beispielrechnungen. Und akribisch«, wiederholte Thilo, fuhr grinsend sein iPad herunter, stopfte es in seinen Rucksack zu den Ausdrucken für Sabine und warf Mark einen Seitenblick zu. »So wie in hyperkorrekt. Das wird mit Sicherheit kein Multiple-Choice-Test.«

»Fuck«, stöhnte sein Freund und lehnte sich, die Arme flach auf dem Tisch liegend, zurück. »Ich hasse Thermodynamik.«

»Eine Woche Abwasch«, bot Thilo ungerührt an.

»Drei Tage«, schoss Mark sofort zurück.

»Vier. Das ist nicht verhandelbar. Außerdem ...«

»Okay, okay, vier! Aber wehe, du formulierst das nicht tiefschürfend. Außerdem darf die Baumgärtner nix merken.«

»Ich habe deinen Stil inzwischen eins a drauf und bin die Gründlichkeit in Person«, hielt Thilo dagegen, noch bevor ihm Katja in den Sinn kam. Jemanden wie sie würde er niemals in Sachen Gewissenhaftigkeit übertrumpfen können, ihre Wohnung hatte ausgesehen wie mit der Zunge gewienert. »Wenn's gut läuft«, fügte er deswegen hinzu.

Misstrauisch beugte sich Mark vor. »Das ist eine ganz miese Erpressermasche, mein Freund. Vier Tage Abwasch ist schon krass genug, was willst du denn noch?«

»Leg noch 'nen Einkauf drauf, und wir sind im Geschäft.«

Sie schlenderten langsam aus dem Saal, hatten es nicht eilig. Thermodynamik war ihre letzte Vorlesung für heute gewesen, und Thilo wollte unbedingt dem Gefühl der auf ihm lastenden Hetze und dem Abhaken einer To-do-Liste entgegensteuern. In den letzten Tagen hatte sich sein Leben in einem Affenzahn bewegt, gar nicht gut für die Work-Life-Balance. Entschleunigung war das, was er jetzt brauchte. Und wenn die nur aus einem zehnminütigen gemächlichen Gang zum Fahrradabstellplatz bestand, so war das immerhin besser als nichts.

»Bist du heute Abend da?«, wollte Mark wissen. Das klassizistische Gebäude der TH im Rücken, standen sie jetzt auf dem Stadtplatz.

Die barocke Pfarrkirche, fast so etwas wie das Wahrzeichen

Traunsteins, erhob sich über den ehemaligen Bürgerhäusern. Der Platz selbst war fast leer. Vor nicht allzu langer Zeit hatte sich Thilo noch gefragt, warum er sich ausgerechnet das verschlafene Traunstein für sein Studium ausgesucht hatte. Er hatte tatsächlich damit geliebäugelt, den Studienort zu wechseln, aber dann war Emily in sein Leben getreten. Und der Mord an seinem Vogelfreund Frank.

»Das ist ja eher selten geworden«, fuhr Mark fort. »Abends nicht da und dafür morgens mies drauf.«

»Wer morgens singt, den holt abends die Katz.« Das hatte er Sabine sagen hören.

»Hä?«

»Nicht wichtig.«

»Heute ist Serienabend. Natürlich bin ich da!«, entgegnete Thilo entrüstet.

»Löblich, denn letzte Woche hast du mir nicht die Ehre erwiesen. Ohne Nachricht abwesend.«

»Scheiße, echt?« Ja, echt. Thilo erinnerte sich: Letzten Mittwoch hatten sich die Birder zum ersten Mal in Haralds Garten getroffen. Dass er seinen Freund an diesem Tag versetzt hatte, unentschuldigt und ausgerechnet an einem Abend, der ihnen beiden normalerweise heilig war, gab ihm einen Stich. So etwas durfte nicht einreißen. Mordermittlung gut und schön, aber *The Last of Us* mit Mark, das ging über alles.

»Bei dir weiß man momentan nicht mehr so genau, was abgeht, Alter«, fuhr Mark fort. »Gestern stand ich da mit einem Topf voller Tomatensoße. Deiner Lieblingssoße. Die mit dem Veggie-Hack drin.«

»Davon war heute Morgen aber nix mehr zu sehen. Kein Wunder, dass ich dann schlecht gelaunt bin.«

»Melina ist ’ne gute Esserin«, gab Mark zu. »Und verbrennt hinterher alles wieder. Wenn du verstehst, was ich meine.« Er zwinkerte anzüglich, und Thilo musste lachen. Aber immerhin konnte sein Freund wieder Witze machen.

»Tut mir echt leid, dass ich’s verbockt hab«, murmelte er kleinlaut. »Ich mach’s wieder gut.«

»Kannst du. Gebratene Nudeln heute. Für mich mit Hühnchen. Für Melina wie immer mit Tofu. Ich kaufe ein, wie versprochen, aber du kochst. Das muss es dir wert sein.«

War es.

Sie verabschiedeten sich lachend mit einer kindischen Wiedergabe des Baymax-Fist-Bumps – Handfläche, Handrücken, Faust und Konfettiimitation (Fa-lalalalala) –, dann schlug Mark den Weg zur Sparkasse ein, während Thilo sein Rad aufschloss.

Und schließlich, gerade als er sich über den Rahmen beugte: blondes langes Haar in seinem Gesichtsfeld. Emily! Er bewegte den Kopf derart ruckartig nach oben, dass er mit ihr zusammenknallte.

»Au!« Emily hatte ihr Fahrrad zufällig neben seinem abgestellt. »Wow«, sie rieb sich die Schläfe. »Stürmisch bist du ja gar nicht.«

Da Emily nicht an der TH studierte, brachte Thilo vor lauter Verblüffung nur ein »was machst du denn hier?« heraus.

»Mir auch.« Sie verschränkte die Arme vor der Brust und betrachtete ihn skeptisch.

»Was? Ach, klar, sicher, tut mir leid. Aber ich hab dich echt nicht gesehen.« Cringe. Cringe. Cringe.

»In Gedanken noch bei geschlossenen und offenen Systemen?«

Thilos traute seinen Ohren kaum. »Du kennst dich mit Thermodynamik aus?«

Sie grinste. »Ich meinte eher dein Radschloss. Macht ’nen komplizierten Eindruck.«

»Mein Rad ist mein Auto. Mit Wegfahrsperre.«

»Verstehe ich.« Inzwischen hatte sich Emily aus ihrer vorwurfsvollen Haltung gelöst und hielt den Lenker ihres Rads locker umgriffen, während Thilo die Hände verkrampft in den Hosentaschen versenkte. »Ich habe Melina begleitet. Hatte Zeit, heute muss ich erst später anfangen. Und jetzt radele ich weiter zur Arbeit. Und du?«

»Hm?«

»Was hast du jetzt vor?«

»Du radelst nach Grabenstätt?«, fragte er zurück.

Sie nickte.

»Ich begleite dich.«

Emily sah ihn mit einer Mischung aus Verwunderung und Begeisterung an. »Liegt deine WG nicht in die andere Richtung?«

»Hat Zeit. Ich hab Kochdienst, aber das schaffe ich noch.«

»Wenn du meinst.« Sie strahlte und deutete lachend auf ihr Rad, ein gewöhnliches City-Bike mit wenigen Gängen. »Du musst dich aber beim Tempo zurückhalten.«

»Kein Thema.«

Emily absolvierte nach dem Abitur ein Freiwilliges Ökologisches Jahr beim Landratsamt Traunstein, und zwar im Referat »Naturschutz- und Waldrecht, Grünordnung«. Die dort Zuständigen betreuten das gesamte Gebiet Bayern, von den Alpen bis zu den Hügeln der Rhön, von den Mooren und Wäldern des Bayerischen Waldes bis zu den Ufern des Bodensees. Während sie in gemächlichem Tempo nebeneinander herfuhren, berichtete sie Thilo von ihren Arbeitseinsätzen, zu denen sie meistens mit dem Rad fuhr oder von einem Kollegen oder einer Kollegin mit dem Auto mitgenommen wurde.

»Und? Willst du da später weitermachen? Gebietsbetreuerin werden?« Nicht dass Thilo wusste, welche Ausbildung dafür nötig war.

»Erst mal Biologie studieren.« Emily schob im Fahren eine widerspenstige Strähne zurück unter ihre Wollmütze.

Ein Biologiestudium. Thilo schluckte. Das wurde in Traunstein nicht angeboten. Vielleicht lag ein Ortswechsel doch wieder im Bereich des Möglichen? »Dann«, er räusperte sich, irgendetwas Sperriges hatte sich in seinem Hals verfangen. »Dann hast du ja gar keine Zeit mehr fürs Lovecraft.«

»Das wird bei dir sicherlich in Kürze auch weniger auf dem Programm stehen«, gab sie zu bedenken. »Musst du nicht bald deine Projektarbeit abgeben? Viertes Semester?«

Ja, deren Beendigung schob er schon eine Weile vor sich her. Nicht, dass er noch nicht angefangen hätte, aber sein Zeitmanagement war aus Gründen erheblich durcheinandergeraten. Dennoch nahm er eine Hand vom Lenker und winkte lässig ab. »Läuft.«

»Schön. Dann sehen wir uns wieder am Wochenende dort?«

»Wo?«, hakte er nach und kam sich dabei vor wie der letzte Knecht. Aber er wurde von der Haarsträhne, die sich erneut aus Emilys Mütze befreit hatte, völlig in den Bann gezogen.

»Im Lovecraft«, sagte sie und grinste. »Dieses Mal vielleicht ohne diese selbst ernannten Alphas, das war echt unentspannt. Ich gehe in den Club, um zu tanzen und nicht um irgendwelchen Denkzwergen bei einer Schlägerei zuzuschauen.«

»Braucht niemand«, bekräftigte er.

»Die trainieren in meinem Gym«, fuhr Emily fort. »Allerdings kam es dort noch nie zu Zwischenfällen.« Thilo, der ihr Tempo mühelos mithalten konnte, wurde hellhörig. »Du kennst diese Typen aus dem Lovecraft also von dort?«

»Kennen ist übertrieben. Zwei von denen. Der eine jongliert Hanteln, macht dieses Powerzeug. Viel Gewicht, wenig Wiederholungen. Habe den auch mal mit einem Personal Trainer gesehen.«

»Den mit dem weißen Muscle-Shirt?«

Sie nickte. »Genau der. Der andere bringt seinen Hund mit. Der hockt dann brav vor den Geräten, macht keinen Mucks und wartet, bis sein Herrchen fertig ist.« Sie lachte. »Irgendwie ist das schon wieder nett.« Dann wurde sie von etwas in den Feldern, neben denen sie radelten, abgelenkt. Sie drehte den Kopf und deutete anschließend mit dem Finger auf einen aufsteigenden Segelflieger, der eben die Leine ausklinkte und weiter in den wolkenlosen blauen Himmel schwebte. »Schau, wir sind gleich beim Flugplatz. Von dort schaff ich's auch allein.« Sie hielt an, stieg ab und balancierte das Rad zwischen ihren Beinen. »Das war total süß von dir. Sollten wir öfter machen.«

Thilo nickte. Mehrmals. Wie ein Irrer. »Finde ich auch.«

Als er umdrehte und den Weg nach Traunstein in geduckter Haltung über dem Lenker zurückpreschte, triumphierte er im Stillen. Strike! Gewinn auf mehreren Ebenen. Nicht nur würde er Emily wiedertreffen – und das nicht zufällig, sondern auf ihre Initiative hin –, auch wusste er jetzt, wo die Birder den Durchtrainierten finden würden. In Emilys Gym. Und welches Gym das war, könnte ihm Melli mit Sicherheit heute Abend bei gebratenen Nudeln mit Tofu verraten.

In Gedanken stellte er sich Harald undercover im Fitnessstudio vor – mit Handtuch bewaffnet, in ausgeleierten beigen Trainingshosen und Schlabber-T-Shirt. Thilo musste derart lachen, dass er mit dem Rad ins Taumeln geriet.

»Was ist Ihre größte Sorge diesen Job betreffend?« Der Mann, der Katja gegenüber am Tisch des Konferenzraums saß, lächelte sie aufmunternd an. Er machte keinen unangenehmen Eindruck, nein, das konnte sie nicht behaupten. Die grauen Haare bedeckten nur noch die Seiten seines Kopfs, oben glänzte eine Glatze, von der Frühlingssonne schon leicht gerötet. Der Verleger höchstpersönlich nahm hier noch die Bewerbungsgespräche vor, und das tat er durchaus freundlich. Dieser eher rückwärtsgewandte Anstrich fand sich auch im Besprechungsraum selbst wieder: Außer einer Telefonanlage fehlte jeglicher technischer Hokuspokus. Der Verlagschef und dessen Inneneinrichtungsgeschmack trafen also Katjas Nerv. Nur seine Fragen, die brachten sie aus dem Konzept.

Sie hatte sich vorbereitet. Was erwarten Sie von unserem Unternehmen? Was sind Ihre Stärken und Schwächen? Selbst auf die Frage, wo sie sich in fünf Jahren sähe, hatte sie eine Antwort. Aber ihre größte Sorge?

»Da gibt es viele«, stotterte sie, und im selben Moment, in dem das letzte Wort über ihre Lippen kam, zog die Personalerin, die neben dem Verleger saß und Katja weitaus weniger sympathisch war, die Augenbrauen hoch. »Ich meine, hauptsächlich natürlich, dass ich ihn bekomme«, versuchte Katja zu retten, was zu retten war, aber ihre Antwort schien der komplett falsche Ansatz zu sein. Denn nun wanderten auch die Augenbrauen des Verlegers nach oben, und er warf seiner Mitarbeiterin im beigefarbenen Hosenanzug einen fragenden Blick zu. Beige, die Farbe, die Katja am meisten hasste, wenn man Farben überhaupt hassen konnte; wahrscheinlich sollte sie es eher als Abneigung bezeichnen. Beige jedenfalls hatte ihr noch nie Glück gebracht, und so ahnte sie schon wenige Minuten später beim unverbindlichen »wir melden uns« der Personalerin, dass sie in einigen Tagen wieder eine Nachricht aus dem Posteingang fischen würde, die eine routiniert und unpersönlich geschriebene Absage enthielt.

Ihr Lebenslauf war einwandfrei, ihre Qualifikationen hervorragend, Katja wurde durchaus hin und wieder zu Bewerbungsgesprächen eingeladen. Nur kam es einfach nie zu dem ersehnten Anruf: »Sie haben den Job.«

Sicher, die Arbeit in der VHS hatte schon Vorteile – Roisin zum Beispiel, oder nicht zum Beispiel, Roisin *war* das Beispiel, das einzige nämlich –, aber Katja sehnte sich nach einer Stelle, in der sie ihre intellektuellen Fähigkeiten ausspielen konnte. Und das mit möglichst wenigen zwischenmenschlichen Kontakten, wie eben bei einer Zeitschrift für Altertumswissenschaften oder einem Verlag mit altphilologischen Fachbüchern im Programm. Nur schien es, dass diese sie nicht wollten.

Was ist Ihre größte Sorge? Wie sollte man sich auf solche Fragen vorbereiten, die scheinbar spontan während des Gesprächs aus einem Zauberhut gezogen wurden? Katja hatte nicht die geringste Ahnung.

Roisin hätte über die Frage womöglich gelacht. Gelacht und anschließend etwas Entwaffnendes entgegnet, worauf der nette ältere Herr und die beigefarbene Dame gar nicht anders gekonnt hätten, als sie einzustellen.

So schwer es Katja fiel, es sich einzugestehen: Sie brauchte Nachhilfe.

Natürlich kam der Anruf der Schule genau in dem Moment, als Sabine einen wichtigen Kunden in der Leitung hatte. Für einen winzigen Augenblick überlegte sie, das Klingeln ihres Handys einfach zu ignorieren, aber dann siegten Muttergefühle über den Wunsch nach einem Vertragsabschluss.

»Herr Wagenbach, kann ich Sie in fünf Minuten zurückrufen?«, säuselte sie in ihr Headset und hoffte, die anderen im Großraumbüro waren so vertieft in die eigene Arbeit, dass niemand auf sie achtete. Denn natürlich kam der Anruf der Schule nicht nur während eines wichtigen Telefonats, er kam auch an ihrem einzigen Bürotag in der Woche.

»Ja, aber …«, protestierte Wagenbach, doch Sabine ließ ihn gar nicht ausreden.

»Zwei Minuten, versprochen!« Geradezu gehaucht, dann trennte sie die Verbindung.

»Schroll«, meldete sie sich mit Namen.

Wie üblich tat ihre Gesprächspartnerin das nicht: Frau Hoffenheim ging davon aus, dass man wusste, wer sie war. Die Schulleiterin des Lise-Meitner-Gymnasiums musste sich nicht vorstellen.

»Wir müssen über Felix' Fehlzeiten sprechen«, begann sie ohne Umschweife das Gespräch. »Natürlich ist ein Teenager mal krank, aber uns fehlen die Entschuldigungen zu den Tagen, an denen er nicht anwesend war. Müssen wir uns Sorgen machen?«

Sabine war klar, dass diese Frage eigentlich auf sie als Erziehungsberechtigte bezogen war. Musste sie sich Sorgen machen? Verdammt! Welche Fehlstunden? »Ich erinnere mich nicht daran, dass Felix …«

»Letzte Woche Dienstag und Mittwoch, diese Woche Montag«, unterbrach Frau Hoffenheim ungerührt. »Ein Magen-Darm-Infekt, wenn ich es richtig verstehe?«

»Der hat die ganze Familie erwischt«, murmelte Sabine, auch wenn sie keine Ahnung hatte, wovon die Frau sprach. Aber im Umgang mit Frau Hoffenheim fühlte sie sich immer an ihre eigene Schulzeit erinnert, und der erste Impuls war … leugnen. Innerlich jedoch kochte sie: Hatte sie nicht gerade eben erst mit Felix darüber gesprochen, wie wichtig die Schule war? Nicht nur, dass er sich einen feuchten Kehricht um seine Hausaufgaben scherte, jetzt schwänzte er auch gleich dreimal in zwei Wochen?

»Felix ist noch keine achtzehn Jahre alt«, fuhr Frau Hoffenheim fort. »Wir brauchen also von Ihnen als Erziehungsberechtigte, wie schon erwähnt, die Entschuldigungen.«

»Vollkommen klar, ich kümmere mich darum. Danke, Frau …« Weiter kam Sabine nicht, die Schulleiterin hatte, während sie lautstark nach ihrer Sekretärin rief, die Verbindung getrennt.

Sabine schloss die Augen, atmete tief ein und versuchte, bis zehn zu zählen. Bei vier schnaubte sie und wählte Felix' Nummer. Doch statt den Anruf entgegenzunehmen, schickte er ihr eine dieser generischen Antwort-SMS: Ich kann gerade nicht. Noch einmal zwang sie sich, Ruhe zu bewahren, und gönnte sich einen großen Schluck Tee aus der Thermoskanne, die auf ihrem Schreibtisch stand. Eine weitere Nachricht trudelte ein, diesmal per WhatsApp:

Was ist denn? Ich bin mit Papa auf dem Weg zum Spiel, er hat gesagt, das ist mit dir abgesprochen.

Das Spiel! Die Bayern spielten heute auswärts im Pokal. »Abgesprochen am Arsch«, zischte Sabine leise und funkelte in Ermangelung eines besseren Ziels ihre Thermoskanne an. Vielleicht hätte sie Heides Ratschlag annehmen und etwas Rum in den Tee geben sollen.

Obwohl Herr Wagenbach seit beinahe zehn Minuten auf ihren Rückruf wartete, öffnete sie WhatsApp erneut, um Felix' verantwortungslosem Vater eine wütende Nachricht zu schicken, dann widmete sie sich endlich ihrem erbosten Kunden.

»Herr Wagenbach!«, begrüßte sie ihn hoffentlich mitreißend genug. »Entschuldigen Sie die Unterbrechung, aber ich habe gerade ein wichtiges Preisupdate bekommen, das ich Ihnen, Herr Wagenbach, unter keinen Umständen vorenthalten darf! Was sagen Sie dazu? Fünf Prozent Rabatt, und wir beginnen gleich in zwei Wochen mit der Montage!«

Thomas also. Sabines Wut hatte seit dem Mittag nicht abgenommen, war eher größer geworden. Dem würde sie was erzählen, wenn er Felix spätabends zu Hause ablieferte. Immerhin im Job hatte sie der Sache Wagenbach zu einem Abschluss verholfen und ihrem Chef den Rabatt mit der Aussicht auf einen schnellen Vertragsabschluss schmackhaft machen können.

Erschöpft von den Ereignissen des Tages holte Sabine die

Einkäufe aus dem Auto und schlug den Kofferraum zu. Den Korb auf die Hüften gestemmt, suchte sie nach ihrem Haustürschlüssel.

Drinnen streifte sie als Erstes ihre roten Turnschuhe ab, dann runzelte sie die Stirn. War das ein Lachen gewesen? Stimmen? In der Mehrzahl? Leise lief Jefferson Airplane im Hintergrund, ihre Mutter hatte doch nicht etwa Besuch? Sabine stellte den Einkaufskorb auf dem Schuhschrank ab und spähte neugierig ins Wohnzimmer.

»Oh, wir hatten eine ganze Schar von Hühnern«, erzählte Heide gerade, die Wolldecke um die Beine gewickelt, einen Keks in der mageren Hand. »Sie lieben Kartoffelkäfer. Etwas Besseres kann dir gar nicht passieren, bau auf jeden Fall Kartoffeln an, es ist eine, wie sagt ihr jungen Leute, eine Win-Win-Situation. Du wirst die Käfer los, und die Hühner bekommen ihr Eiweiß.«

Hühner und Kartoffelkäfer. Auch wenn Sabine ihren Gast nicht sehen konnte, beschlich sie langsam eine Ahnung, wer da in ihrem Wohnzimmer auf sie warten könnte. Mal davon abgesehen, dass ihr die Stimme doch sehr bekannt vorkam. Und richtig. Die nächsten Worte lauteten: »Roberta ist ein ausnehmend kluges Huhn.«

Sabine zog ihren Mantel aus, räusperte sich, um ihr Eintreten anzukündigen, öffnete dann die Tür zum Wohnzimmer ganz und ging zur Couch.

»Katja! Was für eine Überraschung!« Das war es tatsächlich. Sabine hätte eher mit einem Anruf von Harald gerechnet. »Hast du etwas …« Im letzten Moment beherrschte sie sich, damit ihre Mutter nicht aufmerksam wurde. Bisher hatte sie Heide nichts von ihren Ermittlungen erzählt, und wenn es nach ihr ging, würde das auch so bleiben. Egal, wie alt das Kind war, eine Mutter machte sich immer Sorgen.

Doch Katja schüttelte nur den Kopf, während sie Sabine, im Mund einen Keks, undeutlich begrüßte. Sie saß im Sessel an Heides Fußende, hatte sich weit vorgebeugt und streckte jetzt den Arm Richtung Teller aus. Nur der Herrgott allein wusste, wie viele von Heides Keksen sie schon gegessen hatte.

»Mama, hast du ihr gesagt, dass …«, begann Sabine, wurde jedoch von Heide fröhlich unterbrochen: »Dass du eine ganz wunderbare Freundin hast, Kind? Aber natürlich. Nur ein bisschen Entspannung würde ihr guttun. Katja, du darfst das Leben nicht immer so ernst nehmen.« Heide beugte sich angestrengt vor und schob den Teller in Katjas Richtung.

»Du hast es ihr also nicht gesagt«, murmelte Sabine und ging in die Küche, um den Einkaufskorb auspacken. Im Vorbeigehen nahm sie den beiden Damen jedoch die Kekse weg. Nach dem Tag, den sie gehabt hatte, wäre sie sicher nicht diejenige, die Katja eröffnen würde, welche spezielle Zutat darin verbacken war. Und sie hatte keine Ahnung, wie gut Katja Heides Leckereien vertrug.

»Bist du mit dem Auto da?«, rief Sabine, während sie den Küchenschrank öffnete und die Nudelpackungen verstaute.

»Mit dem Bus.«

Na, dann war es ja gut. Trotzdem drückte Sabine auf den Knopf ihrer Kaffeemaschine, es konnte sicher nicht schaden, einen bereitzuhalten.

»Habt ihr Hunger?« Bevor noch eine der beiden antworten konnte, hatte sie schon die eingefrorene Gemüsesuppe aus dem Tiefkühlfach geholt. Heute würde sie sicher nicht mehr kochen.

Doch die zwei schienen sie nicht einmal gehört zu haben. Während der eingefrorene Suppenblock langsam auf dem Herd warm wurde, kehrte Sabine ins Wohnzimmer zurück, wo Heide gerade die Geschichte von Miracle Mike erzählte, dem Hahn aus Utah, der achtzehn Monate ohne Kopf überlebt hatte.

»Ein Großteil des Stammhirns war noch intakt«, erklärte sie gewichtig, und Katja nickte dazu. Faszination und Entsetzen gleichermaßen spiegelten sich in ihrer Miene.

»Ich wusste gar nicht, dass du so viel über Hühner weißt«, kommentierte Sabine, der das Wort »kopflos« schon gereicht hatte, um zu beschließen, dieser Geschichte ein schnelles Ende zu bereiten. Sie setzte sich in den zweiten Sessel, hob Heides Decke auf, die hinuntergerutscht war, und legte sie ihr wieder über die Beine.

»Ja, nun, ich bin auf einem Bauernhof groß geworden.« Sabines Mutter zuckte mit den Schultern.

»Das wäre was für Roberta«, sagte Katja verträumt.

»Hättest du dafür denn Zeit neben der VHS?«, fragte Sabine. Harald hatte nicht einmal genug Zeit, seinen Schrebergarten in Schuss zu halten, und der war in Pension. Gut, Katja war erheblich strukturierter als der ehemalige Forensiker. Aber gleich ein ganzer Bauernhof?

»Die VHS.« Katja lachte unsicher.

Der vorwurfsvolle Blick, den Heide Sabine daraufhin zuwarf, spielte eindeutig auf die weggenommenen Kekse an.

»Was ist mit der VHS?«

Das Thema war Katja sichtlich unangenehm. Sie rutschte in ihrem Sessel weiter nach vorn, so dass Sabine Sorge hatte, sie würde gleich kopfüber auf dem Teppich landen, dann inspizierte sie eingehend ihre kurzen und akkurat geschnittenen Fingernägel.

»Deshalb bin ich hier«, sagte sie schließlich zögerlich. »Weil ich nicht mehr bei der VHS arbeiten will.«

»Ach.« Sabine war perplex, doch im Grunde genommen hatte Katja recht. Ihre Talente, von denen Sabine schon einige entdeckt hatte, auch solche, die sich nicht auf tote Kulturen bezogen, waren dort sicher weniger gefragt. Und Katja, so sehr sie auch Struktur brauchte, lechzte geradezu nach neuen Herausforderungen – das war deutlich geworden, als sie sich ohne Zögern in die Mordermittlungen gestürzt hatte. Es war Sabine bewusst, wie sehr Katja ihre Wohlfühlzone verlassen haben musste, um sich an Franks ehemaligem Arbeitsplatz umzuhören. »Das ist eine sehr gute Idee«, murmelte sie also.

»Natürlich ist es das!«, mischte sich Heide ein. »Man muss seinen Leidenschaften folgen. Nichts anderes zählt. Ein Bauernhof also?«

»Eigentlich ein Verlag für Altertumswissenschaften. Oder ein Archiv«, antwortete Katja leise und wurde rot.

»Ganz wunderbar.« Heide nickte nachdrücklich »Altertumswissenschaften. Wird doch an allen Ecken und Enden gebraucht.«

Sie wirkte nicht so, als würde sie sich über ihren Gast lustig machen wollen, es lag also wahrscheinlich an den Keksen. Ob die ebenso für Katjas Antwort verantwortlich waren, konnte Sabine nicht feststellen, jedenfalls antwortete diese begeistert: »Genau das sage ich auch immer!«

»Was hält dich dann noch auf? Bewirb dich! Gleich morgen!«

Jetzt fiel Katja in sich zusammen. »Das habe ich schon. Ich …

Ich weiß nicht, wie man mit Menschen redet«, fuhr sie schließlich unglücklich fort.

Sabine blickte sie aufmerksam an. Der gesenkte Kopf, der unsichere Gesichtsausdruck, Katja hatte zweifelsohne was auf dem Kasten, sie musste nur noch lernen, das ihren Zeitgenossen in wenigen Worten klarzumachen.

»Meinst du?«, fragte Sabine lächelnd. »Und wie nennst du dann das, was du bei dieser Kollegin von Frank hinbekommen hast? Der du eine hilfreiche Information nach der anderen aus der Nase ziehen konntest?«

»Da war ich nicht ich selbst«, antwortete Katja zerknirscht. »Das war reine Schauspielerei.«

»Fake it till you make it. Was glaubst du, was mein Motto ist, um an einen Vertragsabschluss zu gelangen?« Plötzlich blubberte es lautstark aus der Küche, und Sabine sprang auf. »Die Suppe!«

Für Felix würde nichts mehr übrig bleiben, aber das geschah ihm ganz recht, dachte Sabine und wusste im gleichen Atemzug schon, dass sie später dennoch weich werden und ihm noch schnell ein Rührei auf Toast machen würde.

Sie nahm die zwei Teller mit Suppe und drückte der in die Küche schwankenden Katja tolldreist den dritten in die Hand, die es tatsächlich schaffte, ihn unfallfrei auf den Wohnzimmertisch zu bugsieren. Ihrer Mutter würde Sabine beim Essen helfen müssen, sie hatte mittlerweile Schwierigkeiten, den Löffel ruhig genug zu halten. Aber das schien Heide vor ihrem Gast nichts auszumachen, und Sabine war sich absolut sicher, dass von Katja kein neugieriger Blick erfolgen würde.

»Fake it till you make it«, murmelte die Altphilologin vor sich hin.

Sabine beschloss, ihr in nächster Zeit etwas unter die Arme zu greifen, was soziale Interaktionen anging. Und als sie später den Schlüssel im Schloss der Wohnungstür hörte, dachte sie, dass Felix und Thomas genau zur richtigen Zeit kamen: denn jetzt würde Katja gleich eine Live-Demonstration zum Thema zwischenmenschliche Konflikte bekommen.

Nun sei bedankt, mein lieber Schwan

»Halt! Seidenschwanz!«, rief Harald am nächsten Vormittag aus und legte die Hand auf Thilos Unterarm. Nicht zu lange, nicht zu fest, so geistesgegenwärtig war selbst er in dieser Situation. Er arbeitete an sich. Bemühte sich zumindest. Er versuchte, keine abschätzigen Bemerkungen mehr über den Dilettantismus der Jugend zu machen, deren Aufmerksamkeitsspanne einer Eintagsfliege, deren gesellschaftliche Defizite. Die anderen hatten ihm oft genug zu verstehen gegeben, dass sich das a) nicht gehörte und b) so oder so nicht stimmte.

»Bombycilla garrulus«, flüsterte der junge Gucker jetzt, der ebenfalls stehen geblieben war, und blickte dabei in Richtung der Eberesche, die vor der Eingangstreppe zum Fitnesscenter stand. Der Vogelbeerbaum trug schon die ersten Früchte, und ein starengroßer Vogel saß pickend auf einem Ast. Kompakt und rundlich, mit hellgraubraunem Gefieder, einem schicken, nach hinten gerichteten Kamm und gelbem Schwanzende.

»Ein Männchen«, flüsterte Harald. »Der schwarze Kehlfleck zur Brust ist scharf abgegrenzt.«

»Richtig. Beim Weibchen verläuft er«, stimmte Thilo zu.

»Hast du den schon für dein Sticker-Album?«

Thilo drehte den Kopf und betrachtete Harald amüsiert. »Klar. Und: Es ist eine App.«

»Sicher.« Harald nickte. »Alles ist heutzutage eine App.«

»Nicht alles. Aber fast alles. Ein Work-out zum Beispiel sollte man schon noch selbst machen. Auch wenn eine App dir dabei helfen kann, es korrekt zu tun.« Thilos reckte das Kinn in Richtung Eingangstür. »Bist du bereit, die Muskeln spielen zu lassen?«

»Muskeln?« Harald, der in diesem Moment nichts lieber getan hätte, als den Seidenschwanz dabei zu beobachten, wie er sich an den Vogelbeeren zu schaffen machte, zwang sich trotzdem zu einem Nicken, hielt aber dann in der Bewegung inne und schüttelte stattdessen den Kopf. Das breite Grinsen von Thilo beantwortete er mit einem Grunzen. »Ich werde dort drin keine Gewichte stemmen«, stellte er anschließend in aller Deutlichkeit fest. »Ich dachte eher an ein Laufband. Gemütliches Tempo.«

»Ein Spaziergang also.«

»Korrekt. Nur drinnen halt.«

»Vielleicht finden wir eins mit Fensterblick zum Vogelbeerbaum.«

»Hätte ich nix dagegen.«

»Ich versuche, das zu arrangieren.« Thilo stiefelte los und nahm die erste Stufe der Eingangstreppe. »Wo Sabine doch darauf bestanden hat, dass du auf alle Fälle bei der Kontaktaufnahme dabei sein musst.« Als er Harald die Tür zum Gym aufhielt, seufzte er. »Verwechselt sie mich eigentlich mit ihrem Sohn? Du weißt schon, dieses Mütterliche, das sie so an sich hat.«

Mit eingezogenem Bauch schob sich Harald an ihm vorbei ins Foyer. »Wenn das so ist, dann bist du daran nicht ganz unschuldig«, sagte er, den Blick misstrauisch auf den Anmeldungsbereich gerichtet. Eine junge Brünette mit Pferdeschwanz und einer Figur wie aus einem Jane-Fonda-Aerobic-Video strahlte ihn mit einem atemberaubenden Scheinwerferlächeln an. »Himmelherrgott, worauf habe ich mich da eingelassen«, murmelte er.

»Was meinst du damit? Mit dem Ich-bin-selbst-schuld?«, kam es von Thilo.

»SMS-Nachrichten?«

»Sabine hat es also erzählt.«

»Hat sie.«

»Es war keine SMS. Ich hab ihr im Lovecraft 'ne WhatsApp geschickt.«

»Von mir aus. Nachrichten eben.«

»Es war eine Notsituation.«

»Es war spontan«, stellte Harald klar. »Eine spontane Handlung. An eine SOKO-Person deines Vertrauens.« In diesem Satz lag kein Vorwurf, es war eine pure Feststellung. Harald selbst war heilfroh, dass Thilo nicht ihn kontaktiert hatte. Erstens hätte er sein Handy vermutlich gar nicht angehabt, und zweitens: Wie hätte er reagiert, falls doch? Muffig. Abweisend. So wie immer eben. Auch das war keine Schuldzuweisung, das warf sich Harald nicht selbst vor. Es war ebenfalls eine reine Feststellung. Ja, sicher, er arbeitete an sich, was aber doch nicht bedeutete, dass er sich selbst komplett verleugnete, Kruzifix! Alles in Maßen. Er war immer noch er und wollte das auch bleiben. Abgesehen von seiner Wampe. Harald blickte an sich hinunter, und als er wieder hochschaute, blickte er in die großen Augen der Jane-Fonda-Hupfdohle. Schnell sah er woandershin.

Mit weltgewandter Sicherheit steuerte Thilo den Empfang an, während Harald im Vorraum stehen blieb und versuchte, sich unsichtbar zu machen. Von seiner Position aus konnte man nicht in den Übungsraum sehen, oder wie auch immer der Saal hieß, in dem die Foltergeräte standen. Laut dieser Emily sollte David Fiedlers Freund heute auf alle Fälle hier trainieren, und Harald hoffte, dass der Mann schon da war und er und Thilo die Sache zügig hinter sich brächten, um dann ebenso zügig wieder das Weite zu suchen. Nicht auszudenken, wenn ihn jemand in aller Seelenruhe an sämtlichen Geräten einweisen würde!

Doch genau das schien zu passieren, denn jetzt näherten sich eine schlanke junge Blondine und ihr männliches Pendant in einer Art sportlichem Schlenderschritt. Barbie trug zur Trainingshose ein Bustier, das ihre Bauchmuskeln freilegte, Ken schien es ein wenig züchtiger zu bevorzugen. Sein T-Shirt klebte ihm nicht am Leib, dafür entblößten seine kurzen Hosen durchtrainierte Beine.

»Herr Niederbuchner?« Barbie hatte ein ebenso entwaffnendes Lächeln wie ihre Thekenkollegin.

Da Harald plötzlich keinen Ton herausbrachte, nicht einmal ein zustimmendes Grunzen, nickte er nur.

»Ihr Enkel meinte, Sie würden sehr gerne einmal das Laufband ausprobieren?«

Jetzt fand Harald die Sprache wieder. »Mein …?«

»Das ist ein ganz, ganz prima Einstieg in Ihre persönliche physische Entwicklung, Herr Niederbuchner. Eine ganz, ganz prima Wahl.« Ihr Zahnpastalächeln erstarb auch während des Sprechens nicht.

Harald nickte mechanisch.

»Ich habe coole Motivationstipps für Sie, die ganze Zeit über«, übernahm nun Ken wortgewandt das Ruder. »Und dass Sie mit Ihrem Enkel kommen, das ist so ein krasser Move von dem Ehrenmann, das gibt Gym-Motivation! Wir haben auch eine Partner-Card im Angebot, falls Sie sich dazu entschließen, nach dem Probetraining weiterzumachen.«

Wieder nickte Harald. Thilos Grinsen hinter Barbies Rücken wurde immer breiter.

»Was geht ab, Herr Niederbuchner?« Ken riss die muskulösen Arme hoch. »Erst Laufband und dann Athletiktraining, Sie werden sehen, das macht was mit Ihnen! Verdauung, Lunge, Gewicht, Psyche: Alles wird besser werden! Safe!«

»Safe«, wiederholte Harald. Und dann schob er doch noch ein tiefes Grunzen hinterher.

Zwanzig Minuten später stapfte Harald ungelenk auf der Lauffläche eines Assault Fitness AirRunners. Auch wenn er das Englische nicht fließend beherrschte, was »Assault« bedeutete, war klar. Auf der einen Seite war es Harald absolut schleierhaft, wie man ein Gerät, dass der Steigerung des Wohlbefindens dienen sollte, so vermarkten konnte. Auf der anderen Seite war dieses Folterinstrument unter seinen Füßen in der Tat ein Angriff. Auf seine Würde.

Das Band war auf fünf Kilometer pro Stunde eingestellt, was sich für Harald zunächst wenig angehört hatte, sich aber in seiner Unveränderbarkeit immer mehr wie eine Hürde anfühlte. Nichts wünschte sich Harald sehnlicher, als stehen bleiben zu können, sich umzusehen, mit der Schuhspitze in einem Dreckloch auf dem Waldweg zu bohren, die Natur zu betrachten, den Regen zu ignorieren, sich bei einem aufkommenden Wind die Mütze festzuhalten. Stattdessen bewegte er sich wie der Hamster im Rad, immer gleich, wie ein Roboter. Links, rechts, links, rechts ... links, zwo, drei, vier.

Ken, der eigentlich Patrick hieß, hatte ihn kurz eingewiesen, während der ersten Minuten die »Bodywerte« überwacht und war dann mit einem G.I.-Joe-Typ zur nächsten Pumpstation flaniert. Und der Vogelbeerbaum hinter der Scheibe war inzwischen verwaist. Keine Spur mehr vom Seidenschwanz.

Suchend sah sich Harald nach Thilo um. Normalerweise wäre er dafür stehen geblieben, aber da das nun mal nicht ging, drehte er vorsichtig Kopf und Oberkörper und versuchte, dabei nicht aus dem Gleichgewicht zu kommen. Schließlich entdeckte er den jungen Gucker an einem Rudergerät. Im Gegensatz zu Haralds eigenen wirkten Thilos Bewegungen wie aus einem Guss, er verschmolz mit der Maschine unter sich. Sein aus der Stirn gegelter Haarschopf, sein entspannter Gesichtsausdruck, sein schlanker Körper: ein auf dem Wasser dahingleitender Haubentaucher, stromlinienförmig und elegant.

Haralds Elefantentritt geriet aus dem Takt, fast wäre er gestrauchelt, er sah wieder nach vorn, fixierte den Vogelbeerbaum, fing sich, verfluchte sich selbst mit einem tiefen Brummen. So war das eben, dachte er. Im Alter lässt alles nach. Wusste er das nicht ganz genau? Und auch bei Thilo würde alles nachlassen, bei Ken, bei G.I. Joe, bei Barbie und Jane Fonda an der Theke. Der Lauf der Zeit. Verfall, Abbau. Den man hinauszögern konnte, aber nun mal nicht bis in alle Ewigkeit.

Himmelherrgott, jetzt reiß dich zusammen, du bist nicht hier, um dich selbst zu bemitleiden und anderen deine Zipperlein an den Hals zu wünschen! Vor allem nicht Thilo.

Plötzlich ein Husten. Das Husten eines jungen Vogelguckers.

Wieder spähte Harald in Thilos Richtung, der immer noch haubentauchergleich auf einem unsichtbaren Fluss dahinglitt. In seinem Gesicht allerdings las Harald jetzt ein ganzes Register von Alarmzeichen ab. Er drehte den Kopf zur anderen Seite – und da standen sie. Gleich zwei. Der Typ mit dem Logo-Shirt und sein Kumpel aus dem Club, zwischen ihnen ein Hund. Der Clubkumpel schien gute Beziehungen zu Jane Fonda zu haben, wenn er seine Töle hierherbringen durfte. Harald hatte die vage Vermutung, dass der Bullterrier bedrohlich wirken sollte, doch durch die heraushängende Zunge und den konstant wedelnden Schwanz wirkte er, als könne er keiner Fliege etwas zuleide tun. Er riss seinen Blick von dem Tier los und betrachtete wieder die Männer. Der Logo-Mann war größer, als er auf den Kameraaufnahmen gewirkt hatte. Kantiges Kinn, selbstbewusster Blick, Frisur wie aus dem Katalog. Sein Freund hielt eine Hantel in der Hand, eine ziemlich schwer aussehende Hantel. Mit der man einen Kopf zerplatzen lassen konnte wie einen aus dem dritten Stock auf den Asphalt aufschlagenden Kürbis. Diesen Typ ordnete Harald in die Bedrohungsstufe 1 ein, er durfte Thilo nicht das kleinste Haar krümmen. Nicht das allerkleinste. Harald spannte die Muskeln an, spürte, wie er während des Laufens die Fäuste ballte. Er würde zuschlagen, wenn es sein musste.

Thilo hielt mit den Ruderbewegungen inne und erhob sich langsam. Als Harald ihm mit vielsagenden Blicken und einem Kinnrecken in Richtung Hanteln mitteilte, er würde jetzt ebenfalls absteigen – auch wenn er keinen Schimmer hatte, wie er das bei laufendem Band bewerkstelligen sollte –, schüttelte Thilo leicht den Kopf.

Nach kurzem Überlegen bestätigte Harald mit einem Blinzeln. Nun gut. Beobachtete er erst einmal. Wenn es brenzlig würde, wenn sich die Körpersprache von Logo- oder Hantel-Mann in irgendeiner Form Richtung Angriff – Assault, dachte er, haha – veränderte, würde er sofort vom Band abspringen und eingreifen. In diesem Moment war er hundertprozentig davon überzeugt, dass er das bei einer akuten Gefahrensituation hinbekäme wie ein junger, ungestümer Rehbock. Der Hund würde kein Problem darstellen, schließlich war Harald auch mit Roberta fertiggeworden.

Er stapfte weiter, sein Herz pumpte mit einem Mal heftiger, er ließ Fiedlers Freund nicht aus den Augen, und jetzt erschien auch Thilo im Blickfeld. Erstaunlich lässig stellte er sich an das Hantelset, nahm eine, prüfte deren Gewicht, legte sie zurück, nahm eine andere. Und dann drehte er Harald den Rücken zu. An der Art, wie sich Thilo bewegte, schlussfolgerte Harald, dass er ein Gespräch mit Fiedlers Freund aufnahm, dessen Augen sich jetzt weiteten. Der Hantel-Typ neben ihm schürzte misstrauisch die Lippen.

»Herrgott, Junge, jetzt dreh dich doch so, dass ich dein Gesicht sehen kann«, knurrte Harald, aber Thilo schien entweder nicht daran zu denken, oder er wollte Harald von den zwei jungen Männern abschirmen.

»Alles fit, Herr Niederbuchner?«

Er fuhr herum, schwankte, streckte die Hände nach den Griffen des Laufbands aus und umklammerte sie. »Safe«, quetschte er hervor.

Patrick grinste von einem Ohr zum anderen. »Sollen wir die Geschwindigkeit ein wenig erhöhen?«

»Nein. Aber könnten Sie Kies unter meinen Füßen einbauen? Rindenmulch? Waldboden? Irgendwas anderes als … das hier?«

»Tut mir leid. Ich werde Ihre Wünsche gerne an den Hersteller weiterleiten.«

In diesem Moment vergaß Harald sogar, dass sich Thilo womöglich in Gefahr bringen konnte. Verarschte ihn Patrick gerade?

Der Trainer zwinkerte ihm zu und entfernte sich mit hochgerecktem Daumen wieder in Richtung Pumpstation, nachdem er einen kurzen Blick auf das Laufbanddisplay geworfen hatte.

Tapfer marschierte Harald weiter. Drehte den Oberkörper wieder und ließ die beiden jungen Männer am Hantelset nicht aus den Augen. Der Hanteltyp hob jetzt das Gewicht an, wollte offenbar den Macker demonstrieren, sein Bizeps spannte sich, Adern krochen über seinen Oberarm wie kleine Schlangen unter der Haut. David Fiedlers Freund hingegen wirkte nicht ganz so bedrohlich, aber er betrachtete Thilo mit einer Mischung aus Angespanntheit und Verwirrung, offenbar brachte ihn der junge Vogelgucker doch ein wenig aus dem Konzept. Als Thilo jetzt einen kleinen Schritt zurückwich, wurde Harald unruhig. Doch bevor er den Absprung vom Laufband im Geiste durchgehen konnte, machte Thilo wieder einen Schritt nach vorn. Harald atmete auf. Nie im Leben hatte er sich vorgestellt, dass die Marcel-Marceau-Vorstellung, die sich ungefähr zehn Meter von ihm entfernt abspielte, ihn derart schlauchen könnte. Sein Herzschlag hatte sich während der letzten Minuten noch einen Tick mehr beschleunigt, und wahrscheinlich dauerte es nicht mehr lang, bis das Laufband ein Warnsignal von sich gab, dessen Eichelhäher-Gekreische Patrick aus seinen Nikes kippen lassen würde.

Als David Fiedlers Freund sich ein wenig in Thilos Richtung vorbeugte und der junge Vogelgucker unruhig auf den Zehen wippte, vergaß Harald beinahe zu atmen. Doch dann geschah etwas äußerst Unerwartetes: Thilo legte seine Hantel zurück, Fiedlers Freund nickte langsam und gewichtig – und dann fuhren die Hände der beiden jungen Männer in die Luft und vollführten eine Art seltsames Ritual, das Harald an Klatschspiele aus seiner Kindheit erinnerte. Nur eben nicht: »Bei Müllers hat's gebrannt, -brannt, -brannt, da bin ich hingerannt, -rannt, -rannt«, sondern eins dieser Yo-Bro-Was-geht-ab-Rituale, die Harald schon immer ein Rätsel gewesen ware. Anschließend drehte sich Thilo um, lächelte wissend und schlenderte in Richtung Laufband. Das tat er dermaßen langsam, dass Haralds Herz vor Aufregung stolperte, was den Fitness AirRunner aber nicht zu stören schien. Allem Anschein nach benötigte es schon einen ausgewachsenen Herzinfarkt, um das Gerät in Alarmzustand zu versetzen.

»Was ist passiert?«, keuchte Harald, als Thilo endlich neben ihm stand.

»Leider nicht viel.« Der junge Vogelgucker schien es zu genießen, ihn auf die Folter zu spannen. Er warf einen langen Blick auf den Vogelbeerbaum, dann sah er wieder zu ihm.

Harald meinte, vor Ungeduld explodieren zu müssen. »Nicht viel? Das sah aber anders aus«, bellte er.

»Ich hab ein wenig mit Jannik geplaudert, aber das meiste der Konversation kam wohl von mir.«

»Jannik ist der Logo-Mann? Der Freund von Fiedler?«

Thilo nickte.

»Und wie heißt dieser Hanteltyp aus dem Prospekt?«

»Weiß ich nicht.«

»Hast du es schon vergessen? Informationen, Fakten!« Die Sohlen von Haralds alten Adidas-Turnschuhen klatschten auf das Laufband. »Ich will Klartext, Junge!«

»Ich weiß nicht, wie der Typ heißt.« Thilos Finger schwebte über dem Display. Gefährlich nahe bei der Geschwindigkeitseinstellung. »Und der Name ist Thilo, alter Mann.«

»Heilige Mutter Gottes, du genießt das wirklich, oder? Und nimm den verdammten Finger da weg!«

»Hör mal …«, Thilo gehorchte und drehte sich vorsichtig zu den beiden jungen Männern, die immer noch am Hantelset standen. Dann wandte er sich wieder Harald zu. »Ich hab ihm erzählt, ich studiere BWL im vierten Semester und würde mich für eine Arbeit in Recht für den Fall Fiedler interessieren. Wegen lokalem Bezug und so.«

»In BWL beschäftigt man sich mit Strafrecht?«, fragte Harald schnaufend. »Und bei dieser Einleitung wurde er nicht misstrauisch?«

»Misstrauisch? Der fühlte sich total gestreichelt, okay? Mein Löwe, mein Bär.«

»Was?«

»Manneskraft und Ego, Harald. Das ist alles, was den interessiert. Protzen, nicht kleckern, oder wie das bei euch Boomern heißt.«

»Klotzen«, korrigierte Harald.

»Same. Also, weiter im Text. Er hat sich nicht aus der Reserve locken lassen. Hat seinen Bruddah aber immer wieder kurz angeschaut.«

»Mr-Hantel-Man ist sein Bruder?«

Thilo verdrehte die Augen.

»Sprich nicht immer in der Sprache deines Stamms mit mir, Thilo Gretzki!«

»Ich hatte den Eindruck, Jannik stand unter Druck, okay?«

»Kapiert. Wir bleiben an ihm dran. Eurem Abklatschen nach

zu urteilen ist er dir ja nicht feindlich gesinnt.« Inzwischen waren die beiden jungen Männer zur nächsten Station gelaufen, der Hund folgte ihnen brav. Sie schienen keinen Argwohn zu hegen, aber konnte man sich da wirklich sicher sein? Harald war es nicht, also fügte er hinzu: »Aber zuerst kümmere ich mich um das Autokennzeichen, und hier halten wir mal 'ne Weile die Füße still. Sonst wird's auffällig.«

»Du nutzt deine alten Kontakte?«

Harald nickte.

»No front, aber das wolltest du doch vermeiden.«

»Ich kann 'nen Hebel ansetzen.« Haralds Brauen hoben sich vielsagend.

Interessiert sah Thilo ihn an. »'nen Hebel ansetzen. Klingt gut.« Ein gefährliches Koboldlächeln schlich sich auf sein Gesicht, und seine Hand näherte sich erneut dem Display. »Hebel ansetzen. Genau.« Er ließ einen Finger mehrmals schnell hintereinander niedersausen.

Entsetzt stellte Harald fest, dass das Laufband sofort reagierte. Sein verzweifelter Blick schoss zur Anzeige: neun Stundenkilometer. Keine Zeit mehr, selbst etwas an den Einstellungen vorzunehmen – das Band war schon zu schnell –, also sah er sich Hilfe suchend nach Patrick um, der aber nirgends zu sehen war. Der Schweiß schoss Harald mit einem Mal wie ein Sturzbach von der Stirn. »Thilo …«, schnaufte er bittend.

»Auf dein' Nacken, Harald.«

»Was?« Harald schwirrte der Kopf, das Tempo, die blinkende Frequenz seines Pulses auf der Anzeige, das Gefühl, als alter Mann völlig alleingelassen zu werden von der Jugend, der Jugend, in die er sich doch vorgenommen hatte, sein Vertrauen zu setzen, die Konzentration auf die Abläufe der Bewegungen, die seine Füße machten ... all das ließ sein Gehirn schier explodieren.

»War nur Spaß«, hörte er dann Thilos besorgte Stimme wie durch einen Nebel, und wie aus einem Albtraum erwachend stöhnte Harald auf. »›Auf deinen Nacken‹ heißt so viel wie: Du zahlst das hier. Aber wir teilen uns die Kosten für das Probetraining natürlich«, meinte der junge Haubentaucher jetzt. »Vorausgesetzt, du kratzt mir hier nicht ab.«

Ein rettender Finger drückte eine Taste. Das Laufband kam langsam zum Stehen, und der Ton, den Harald vor Erleichterung ausstieß, glich einem Quietschen.

»Danke«, presste er zwischen zwei hektischen Atemzügen heraus.

»Hör mal, alter Mann, ich lass dich doch nicht hängen. Für wen hältst du mich?« Dann betrachtete Thilo ihn ernst. Musterte seinen roten Kopf, die Schweißflecken unter seinen Achseln und die feuchten Strähnen, die ihm in die Stirn hingen. »Aber im Ernst: Das war eine recht besorgniserregende Show. Du solltest wirklich über mehr Sport nachdenken.«

So wie Harald und Thilo ihren Teil des Deals einhielten – Kontaktaufnahme mit David Fiedlers Freunden –, kam Sabine dem ihren nach: Kontaktaufnahme mit Franks ehemaligem Kollegen.

Peinlich genau hatte sie dafür das Amtsblatt durchforstet und Katja parallel die Homepage des Gerichts. Schließlich waren sie fündig geworden: Der Staatsanwalt Hansjörg Fischbacher würde heute die Anklage in einem Fahrerfluchtprozess vertreten. Die Sitzung war für vier Stunden anberaumt, es würde also unweigerlich eine Pause geben – die optimale Gelegenheit, mit ihm über Frank zu sprechen, fand Sabine. Sie wickelte sich den violetten Schal fester um den Hals, der Wind pfiff heute unangenehm aus Osten, trotz der Sonne war es eisig kalt. Aber die klare Luft roch nach Frühling, und die Spatzen in den Hecken zwitscherten und piepten um die Wette. Nicht mehr lange, schienen sie ihr zuzurufen, nicht mehr lange, und es ist Sommer.

Das Traunsteiner Amtsgericht war schon von außen enttäuschend und von innen noch langweiliger, fand Sabine, die sich nur Sekunden vor Prozessbeginn in den Gerichtssaal quetschte. Sie hatte etwas wie in *Zeugin der Anklage* erwartet, den sie erst neulich in einer Wiederholung auf 3sat gesehen hatte: Holzbänke, Perücken, einen Zeugenstand, der an die Kanzel in der Kirche erinnerte, und einen Richter, der mit seinem Hammer über allem thronte.

Die Realität aber war deutlich nüchterner: Als handelsüblicher Tagungsraum verströmte der Sitzungssaal des Gerichts eher Langeweile denn Ehrfurcht. Immerhin waren Richter, Verteidiger und Staatsanwalt mit langen schwarzen Roben bekleidet, und diesbezüglich zufrieden wollte Sabine sich gerade in ihrem Stuhl zurücklehnen, als ihr plötzlich auffiel, dass sie den Staatsanwalt durchaus kannte. Mit einem Allerweltsgesicht geschlagen – oder gesegnet, wie man es nahm –, hatte sie diesen Hansjörg auf dem Foto, das bei Katjas Recherchen aufgetaucht war, nicht erkannt. Aber jetzt, da der Mann in voller Größe an einem Tisch neben dem des Richters seine Akte sortierte, wurde ihr bewusst, wo sie ihn schon einmal gesehen hatte. Unauffällig blickte sie sich um, dann zog sie ihr Handy hervor und schoss so nebenbei und beiläufig ein Foto, wie Thilo das auf der Beerdigung getan hatte. Außer ihr selbst befand sich eine ganze Schulklasse im Raum, und die lärmenden Teenager hatten die volle Aufmerksamkeit der Vorsitzenden Richterin, einer kurzhaarigen Brünetten, die durch die Brille, die sie bis auf ihre Nasenspitze heruntergeschoben hatte, an Barbara Salesch erinnerte.

Ja, sie wurde besser in technischen Dingen, dachte Sabine stolz, als sie das Bild an Harald schickte.

Erinnerst du dich noch an die Beerdigung?, tippte sie.

Der Mann neben uns, der in Franks Wohnung wollte. Weshalb? Was hat er dort gesucht? Das ist höchst verdächtig!

Sie las sich die Nachricht durch, dachte an Thilo und löschte die Hälfte. Dann dachte sie an Harald und tippte es erneut ein. Als sie den neugierigen Blick einer bunthaarigen Schülerin bemerkte, steckte sie schnell das Handy weg. Das Mädchen mit den grünen, blauen und lila Strähnen im Haar zwinkerte ihr zu, bevor sie sich nach vorn drehte, um den Eröffnungsworten der Richterin zu lauschen.

Barbara Salesch begrüßte die Anwesenden, erinnerte daran, dass keine Aufnahmen gemacht werden durften, wozu Sabine ernst nickte. Das bunthaarige Mädchen grinste. Sabine warf ihr einen verschwörerischen Blick zu, den sie erwiderte.

Äußerlich unbeeindruckt wandte Sabine sich dem Prozess zu, der sich vor ihnen entfaltete: Dem Angeklagten, einem übermüdet wirkenden Familienvater um die fünfzig, wurde vorgeworfen, im letzten Dezember, glühweinselig vom Weihnachtsmarkt, zunächst ein Verkehrsschild und anschließend den Zaun auf der nachbarlichen Weide Richtung Chieming gerammt zu haben, wodurch einige Schafe aufgescheucht worden waren. Zwei entkamen, ein drittes erlitt einen Herzinfarkt. Daraufhin war der Tatverdächtige laut Hansjörg von der Unfallstelle geflüchtet, konnte aber am nächsten Tag ausfindig gemacht werden, wobei der Fahrer den Beamten mit einer enormen Restalkoholfahne die Tür geöffnet hatte.

Während die Anklageschrift verlesen wurde, kicherten die Teenager. Deren Lehrerin, die beinahe ebenso müde wirkte wie der Angeklagte, schien nicht die Energie zu haben, sie zu maßregeln, und so übernahm Barbara Salesch es, die Jugendlichen über den Rand ihrer Brille hinweg streng anzufunkeln.

Nachdem Sabine eine ermüdende Stunde später zum dritten Mal auf die Uhr geblickt hatte, musste sie sich eingestehen, dass die Fälle der Fernsehrichterin deutlich interessanter waren. Hansjörg und die Polizei hatten akribisch ermittelt, die Lackspuren am Zaun mit denen des Autos verglichen, jedes kleinste Indiz gefunden, archiviert und ins Tatgeschehen eingeordnet. Die Schafe hatten zwar durchaus das Potenzial, eine Schlagzeile zu werden, der Rest der Verhandlung zog sich jedoch unter all den zitierten Verstößen gegen die Straßenverkehrsordnung in die Länge, was sowohl Sabine als auch die Jugendlichen nur mäßig interessierte. Mit diesen Dingen hatte Frank sich tagtäglich beschäftigt, dachte sie und unterdrückte ein Gähnen, kein Wunder, dass er in der wunderbaren Welt der Vögel Erholung gesucht hatte! Und auch kein Wunder, dass er mit Hansjörg auf Kriegsfuß stand: Der andere Staatsanwalt hatte etwas Weinerliches an sich, seine Stimme allein klang nach einem Jammern, zusammengenommen mit seinem Beharren auf den kleinsten Details verkörperte er den Prototyp eines Beamten. Hansjörg war ein Korinthenkacker. Katja war zwar auch pingelig, aber dabei deutlich sanfter.

Als Sabine schließlich zum vierten Mal auf ihre Armbanduhr schielte, berief die Richterin eine Pause ein. Endlich!

Sofort war Sabine hellwach. Mit Argusaugen folgte sie dem groß gewachsenen Staatsanwalt, der zunächst seine Akten sortierte, sie sich unter den Arm klemmte und anschließend den Raum verließ.

Ihre Chance!

Sabine schnappte sich Handtasche, Mantel und Schal und flitzte hinterher. Um Unauffälligkeit musste sie sich keine Gedanken machen, die Schulklasse lärmte lautstark, die Teenager liefen durcheinander. Barbara Salesch am Richtertisch massierte sich die Schläfen. Sabine hatte aufrichtiges Mitleid mit der armen Frau, die noch einen zweiten und möglicherweise dritten Teil dieser Verhandlung durchzustehen hatte. Wenn alles glattlief, konnte Sabine hingegen gleich nach Hause gehen.

Durch den Pulk von Jugendlichen bekam sie gerade noch Hansjörg zu sehen, der den Flur hinuntereilte und in der Herrentoilette verschwand. Gut, da konnte er ihr nicht entwischen. So beiläufig wie möglich stellte sie sich neben den WCs auf und scrollte in ihrem Handy. Harald hatte ihr noch nicht geantwortet, möglicherweise war sein Smartphone überhaupt nicht angeschaltet. Kurz überkam Sabine das Gefühl, beobachtet zu werden, doch als sie den Kopf hob, konnte sie in ihrer Nähe nur das Mädchen mit den bunten Haaren entdecken, die aber in ein Gespräch mit ihrer Freundin vertieft schien.

Die Toilettentür wurde geöffnet, und bevor Hansjörg einen weiteren Schritt tun konnte, stürzte Sabine auf ihn zu.

»Herr Fischbacher«, sagte sie erfreut. Da er immer noch – oder wieder – seine Akte unter dem Arm trug, konnte er sich nicht dagegen wehren, dass sie seine Rechte ergriff. Dabei verhedderte sie sich in seiner Robe – das tat ihrem Auftritt aber keinen Abbruch, wie sie fand, schließlich war es nicht schlimm, wenn er sie unterschätzte, eher im Gegenteil. Während der Verhandlung hatte sie beschlossen, ihren ursprünglichen Plan zu verwerfen. Sie musste hier sprichwörtlich den Bullen bei den Hörnern packen – zu risikoreich wäre es, wenn sich Hansjörg an sie erinnerte. Und wenn sie an Haralds peinliche Aktion am offenen Grab dachte, war das nicht einmal so unwahrscheinlich.

»Wir haben uns bei Franks Beerdigung getroffen«, sagte sie deshalb. »Eine schreckliche Sache, nicht wahr? Wir sind sehr froh, dass auch seine Kollegen gekommen sind, um ihr Beileid auszudrücken. Frank hätte es zu schätzen gewusst.«

»Es war mir ein Anliegen.« Hansjörg nickte ernst.

Oh, du Heuchler, dachte Sabine, aber das konnte sie auch. »Wir werden Frank alle schrecklich vermissen. Ich stelle gerade ein Erinnerungsbüchlein zusammen. Wollen Sie mir nicht auch etwas aus Ihrer Sicht erzählen?«

»Ungern, Frau …?«

»Schroll. Sabine Schroll.« Das hätte Harald gefallen, dachte sie amüsiert. Wie Bond, James Bond. »Eine gute Freundin von Frank.«

Hansjörg blickte umständlich auf die AppleWatch an seinem Handgelenk. »Ich muss jetzt auch wieder. Die Verhandlung geht in ein paar Minuten weiter. Habe ich Sie nicht gerade auch im Sitzungssaal gesehen?«

»Der Geschädigte ist ein entfernter Verwandter von mir.«

»Tja dann …« Hansjörg wollte mit einem Nicken an ihr vorbei, aber so leicht ließ Sabine sich nicht abwimmeln.

»Wollen Sie mir deshalb nichts erzählen, weil Sie Ihren Willen gekriegt haben?«, überrumpelte sie ihn mit ihren nächsten Worten. »Frank ist tot.«

»Was …«, stotterte der Staatsanwalt, fing sich jedoch augenblicklich wieder. Nein, jemanden, der tagein, tagaus mit Kriminellen zu tun hatte, brachte so leicht nichts aus dem Konzept. »Frank und ich hatten unsere Differenzen, die jedoch längst nicht so gravierend waren, wie manche Leute gern den Anschein erwecken möchten.«

»Das freut mich ungemein zu hören, Herr Fischbacher.« Auch Sabine konnte Contenance bewahren. »Sagen Sie, müssen Sie eigentlich noch einmal in Franks Wohnung? Ich bin von Richard damit betraut worden, mich um den Nachlass zu kümmern.« Wenn Hansjörgs Verhältnis zu den Seethalers so frostig war, wie Sabine vermutete, würde er diese Lüge niemals nachprüfen können. »Sie können mir gern sagen, welche Akten Sie benötigen, und ich suche sie Ihnen dann heraus.«

»Das wird nicht nötig sein.« Er presste sich ein Lächeln ab. »Frank hatte sie mir per Hauspost zukommen lassen, sie sind also längst wieder bei mir.«

»Wunderbar!« Dieser Mann war aalglatt, sie hatte alle Mühe, das Gespräch am Laufen zu halten. Erneut trat er einen Schritt zur Seite, um an ihr vorbeizukommen, erneut zog sie nach und stellte sich ihm wieder in den Weg.

»Herr Fischbacher, ich weiß, dass Sie Frank gehasst haben«, sagte sie ruhig. »Und es ist kein Zufall, dass er jetzt tot ist.«

»Ging es nicht um ein nettes Erinnerungsbüchlein? Und jetzt stehen Sie hier und drohen mir?« Hansjörg zog die Augenbrauen wütend in die Höhe.

»Herr Staatsanwalt!«, rief in diesem Moment Barbara Salesch, die in der Tür des Sitzungssaals stand. Sabine hatte gar nicht bemerkt, dass es auf dem Flur mittlerweile ruhig geworden war. Alle saßen wohl wieder auf ihren Plätzen, nur die Anklage fehlte noch.

Ohne sie eines weiteren Blickes zu würdigen, zog Hansjörg an ihr vorbei. Doch plötzlich schien er es sich anders überlegt zu haben und drehte sich noch einmal um.

»Sie waren eine Freundin, zumindest das will ich Ihnen mal glauben. Sie wollen Gewissheit? Nun gut. Wenn ich Sie wäre, würde ich mir die Schwägerin genauer ansehen«, sagte er. »Frank und ich hatten ein Gespräch vereinbart, eine Aussprache. Doch als ich zu ihm ins Büro kam, war er am Telefon in einen heftigen Streit mit Jennifer Seethaler verwickelt. Es war ziemlich eindeutig, dass sie damit drohte, sich umzubringen.«

Mit angehaltenem Atem hatte Sabine zugehört. »Wann war das?«, fragte sie.

»Vor genau zwei Wochen.«

An Franks Todestag. Sabine schlug die Hand vor den Mund, während Hansjörg die wenigen Meter zum Sitzungssaal zurücklegte. Barbara Salesch wartete nicht auf Sabine, sondern schloss die Tür hinter ihm.

Jennifer Seethaler hatte gedroht, sich umzubringen. Weshalb? Frank musste die Affäre beendet haben. Hatten nicht auch die beiden Mädchen der Seethalers bedrückt von einem Streit erzählt? Hatte Jennifer am Ende nicht sich selbst, sondern ihren Ex-Freund umgebracht?

Aufgewühlt zog Sabine ihr Handy hervor, um eine ausführliche Nachricht zu tippen. An Katja diesmal, sie brauchte dringend eine Antwort. Kurz bevor sie *Liebe Grüße Sabine* schreiben konnte, spürte sie einen Luftzug hinter sich. Als sie sich umdrehte, kam das Mädchen mit den bunten Haaren gerade aus dem Damen-WC.

»Der Fischbacher ist mein Stiefvater«, sagte sie im Vorbeigehen. »Wenn Sie was brauchen, was ihn in die Scheiße reitet, ich bin für jede Aussage zu haben.«

Perplex ließ Sabine ihr Smartphone sinken.

Die Kriminalpolizeiinspektion in Traunstein lag – wie bemuttert von der nahe liegenden Caritas, der katholischen Kirche Heilig Kreuz und unter der Fürsorge der Traunsteiner Kliniken – im Norden der Stadt. Nach der wechselhaften Nutzung der ehemaligen Kasernen waren der Kriminaldauerdienst und das Kommissariat erst seit rund fünfzehn Jahren dort anzutreffen. Nazaris Büro lag im ersten Stock, und Harald stand unschlüssig davor.

Er hatte sich nach dem Training mit schmerzenden Gliedern durch den Tag gequält, insgesamt vier große Tassen Kaffee getrunken und drei Leberkassemmeln verdrückt, was seinem Blutdruck sicherlich nicht guttat. Aber zumindest hatte Harald kein Herzrasen mehr oder sonstige Anzeichen eines bevorstehenden Zusammenbruchs. Um der Wahrheit die Ehre zu geben, hatte ihm das Laufbandtraining schon gutgetan, auch wenn er jetzt jeden Muskel spürte. Die letzten Augenblicke auf dem Gerät wären zwar fast auch zu seinen letzten geworden, aber das war den Umständen geschuldet gewesen, denn Thilos niedersausender Finger würde bei einem Solo-Training nicht das Problem sein. Harald dachte ernsthaft über eine Mitgliedschaft im Fitnessstudio ... im »Gym« nach, und das war der eine Punkt gewesen, der ihn nicht hatte schlafen lassen. Vor seinem geistigen Auge hatte er sich im Sportfachgeschäft vor den Schuhregalen gesehen, eng anliegende Trainingshosen anprobiert, sich in wurstpellenartige Shirts aus zweifelhaftem Material gezwängt. Dass er sich in diese Art Uniform presste, durfte auf keinen Fall passieren. Würde nicht passieren. Alte Turnschuhe und Schlabberkleidung. Das war sein ... »Style«. Dennoch war ihm immer noch ein wenig unheimlich bei dem Gedanken, dass er sich wirklich vorstellen konnte, bei Jane Fonda an der Theke eine Mitgliedschaft abzuschließen.

Nun quälte er sich mit der Entscheidung, bei Nazari anzuklopfen. Kurz vor Haralds Rückzug in den Ruhestand hatte Zaid Nazari seinen Dienst im KDD in München aufgenommen, damals noch als Kriminalkommissar. Ein verdammt charmanter, verdammt selbstbewusster junger Mann, Mitte zwanzig, mit Lust auf Karriere, der schnell Freundschaften geschlossen hatte. Nicht mit Harald, nein, Harald war keiner, der Kumpaneien etwas abgewinnen konnte. Harald war aber auch keiner, der anderen nur deswegen einen Gefallen tat, um im Gegenzug irgendwann selbst mal einen einfordern zu können. Was bei Nazari durchaus zwei- oder dreimal vorgekommen war, wie der Münchner Flurfunk damals getrötet hatte. Der »Hebel«, den Harald Thilo gegenüber erwähnt hatte, lag ihm schwer im Magen.

Warum machst du dir Sorgen?, fragte er sich jetzt. Gleiches mit Gleichem, oder so in die Richtung. Es wird schon funktionieren.

Dann aber fiel ihm der dritte Grund für sein Hinauszögern des Treffens mit dem Kriminalhauptkommissar wieder ein.

Zaid Nazaris stärkste Waffe war die Sprache. Außenstehende stellten sich die Arbeit bei der Kriminalpolizei wie in Fernsehkrimis vor, aber die Kommunikation nach außen und die im Team war fast der wichtigste Bestandteil des Jobs. Ein Punkt, der Harald in der Forensik – ein Sammelbegriff für alles, was die Analyse und die Rekonstruktion eines Falls anging – in die Laboranalytik getrieben hatte. Was er den Vogelguckern gegenüber ein wenig anders dargestellt hatte. Aber an Tatorten war Harald nur am Anfang seiner Tätigkeit zugegen gewesen.

Auch Nazaris Spürnase betreffend war er Sabine, Thilo und Katja gegenüber nicht aufrichtig gewesen. Harald hatte Zaid Nazari als einen äußerst erfolgsversessenen Kriminalbeamten erlebt, und dass Nazari sich wegen eines Karrieresprungs aus der Hauptstadt ins idyllische Chiemgau hatte versetzen lassen, passte.

Er holte tief Luft und klopfte an die Tür zu Nazaris Büro. Nach einem »Ja, bitte!« trat Harald ein und blickte in das erstaunte Gesicht des Kriminalhauptkommissars, der hinter einem Schreibtisch saß. Dann klimperte Nazari weiter auf der Tastatur seines Notebooks.

»Servus«, grüßte Harald derweil, eloquent wie immer.

Nazari nahm die Finger vom Keyboard, sah auf und legte los. Redegewandt und nicht ohne ironische Spitzen wunderte er sich über das Erscheinen des ehemaligen Kollegen und endete mit einem: »Ist Ihnen langweilig?«

»Das ist mir beileibe nicht«, bemühte sich Harald, der vor dem Schreibtisch stand, um eine geschliffene Antwort bemüht. »Jedoch benötige ich eine Information. Wie geht es Ihrem Finger?«

Nazari lächelte und lehnte sich zurück. »Die Zuckerdose der

Seethalers konnte mir nichts anhaben, wie Sie sehen. Das Pflaster ist schon seit ein paar Tagen weg.«

»Schön.« Harald trat von einem Fuß auf den anderen. »Sehr erfreulich.«

»Herr Niederbuchner …«, begann Nazari ungeduldig und sah dabei auf seine Armbanduhr.

»Mein Anliegen«, fiel ihm Harald ins Wort. »Um es kurz zu machen …« Bei diesen Worten zog er den Ausdruck des Standbilds aus der Jackentasche, den Thilo für ihn angefertigt hatte. »Ich will wissen, wer in diesem Wagen sitzt.« Sein dicker Finger deutete auf die Innenaufnahme des schwarzen Mercedes, den die GoPro festgehalten hatte.

Einen Augenblick lang schaute Nazari nur verdutzt drein. Dann fragte er: »Haben Sie jetzt den Humor für sich entdeckt?«

»Mitnichten.«

»Mitnichten, aha. Und was verleitet Sie zu der Annahme, dass ich Ihnen helfe? Was Sie von mir verlangen, ist ein absolutes No-Go, und das wissen Sie sehr gut. Wie kommen Sie auf die absurde Idee, ich würde mit dieser Info herausrücken können?«

Jetzt kam er, der Hebel. Erneut holte Harald tief Luft, fixierte für einen kurzen Moment seine Schuhspitzen und strich sich in einer behutsamen Geste über den ausladenden Bauch. Dann sah er Nazari an, lächelte und hoffte, dass dieses Lächeln auch seine Augen erreichte. »Haben Sie noch Kontakt zu Kamhuber?«

Augenblicklich versteifte sich sein Gegenüber. Und gab keine Antwort.

»Benjamin Kamhuber«, half Harald nach. »Sie beide waren doch unzertrennlich damals.«

»Habe ich«, antwortete Nazari knapp. Er nahm einen Stift von seinem Schreibtisch, ließ ihn zwischen den Fingern kreisen und legte ihn wieder zurück.

»Geht es ihm gut?«

»Ja.«

»Freut mich.«

»Schön.«

»Hätte anders laufen können.«

Wieder schwieg Nazari.

»Hätte anders laufen müssen«, fuhr Harald fort.

»Niederbuchner, wohin soll das führen?«

Harald grunzte. »Jetzt stellen Sie sich nicht dumm, Nazari, das passt nicht zu Ihnen«, stieß er ungehalten hervor. »Eine von einem Beamten aus Unfähigkeit kontaminierte Probe, die man wegschmeißen konnte. Und der Täter läuft deswegen immer noch frei herum. Das war eine echte Scheißaktion, die uns alle den Kopf hätte kosten können. Und Kamhuber hat die Schuld dafür nicht auf sich genommen.« Das hatte nämlich Harald getan. Weil er Mitleid mit dem jungen Mann hatte und er selbst kurz vor der Rente stand. Nach jahrzehntelangem Dienst ohne Fehl und Tadel. Haralds Vorgesetzter hatte diesen unerwarteten, absolut unentschuldbaren Fehler der verunreinigten Probe, die einen gesamten Strafprozess zunichtegemacht hatte, mit vor Erschütterung offenem Mund zur Kenntnis genommen. Danach war Harald damit bestraft worden, in der hintersten Ecke des Labors bis zu seinem Ausscheiden aus dem Dienst Reagenzgläser in Schüttler zu stecken. Was er nicht schlimm gefunden hatte.

»Benjamin hatte gerade den Bachelor gemacht«, sagte Nazari. »Das Studium für den gehobenen Dienst bei der Kriminalpolizei bereitet einen vor. Neu im Job zu sein entschuldigt gar nichts. Dass Kamhuber weiter Karriere machen konnte, hat er mir zu verdanken. Wo ist der Junge denn jetzt gelandet?«

»Im Drogendezernat.«

»Wie schön. Da wollen Sie doch sicher, dass Ihrem besten Freund weiterhin eine steile Karriere zuteil wird. Hat er Familie?«

»Geben Sie mir das Foto«, knurrte Nazari.

Harald reichte es ihm. Der Kriminalhauptkommissar legte es, ohne einen Blick darauf zu werfen, auf seinen Schreibtisch.

»Wer fährt diesen Wagen? Also: Wer sitzt hinter dem Steuer, und wer ist der Halter?«

Ungeduldig strich sich Nazari über den akkurat gestutzten Vollbart. »Den Namen des Halters können Sie beim Zentralen Fahrzeugregister erfragen. Kostet fünf Euro.«

»Ich hätte gerne alle Informationen umsonst und schneller. Halter, Fahrer, Insassen.«

Nazari seufzte. »Schon kapiert. Wie schnell?«

»Bis Montag.«

Als er die Tür zu Nazaris Büro schloss, konnte Harald ein breites Grinsen nicht unterdrücken. Beschwingt nahm er die Treppe nach unten. Aus diesem Duell war er eindeutig als Sieger hervorgegangen. »Heureka«, würde Katja jetzt sicher sagen.

Bald wären sie einen Schritt weiter.

Kann es das Meer stören, wenn der Spatz hineinpisst?

Als adiabates System bezeichnet man ein thermisch perfekt isoliertes System. Also ein System, das mit seiner Umgebung keine Wärme austauschen kann.

Unter einem adiabaten System versteht man ein thermisch perfekt isoliertes System. Ein System also, das keine Wärme mit seiner Umgebung austauschen kann.

Thilo hatte es drauf. Zwei Essays zum adiabaten System, und das ohne jeden Verdacht, dass Mark und er voneinander abgeschrieben hätten. Zufrieden verließ er nach dem Abschicken der Hausarbeiten die Uni, und noch zufriedener stellte er sich zehn Minuten später beim Bäcker an der Kaffeetheke an. Das Mädchen ganz vorn in der Schlange hätte er auch im Dämmerlicht nur an der Silhouette ihres blonden Pferdeschwanzes erkannt. Gerade diskutierte Emily mit der Bäckereifachverkäuferin, dass sie ihren Coffee to go bitte gern im eigenen Thermosbecher mitnehmen würde statt »in der üblichen Umweltsünde«. Thilo grinste. Offenbar jedoch war die Bäckerin nicht gewillt, dem Gesundheitsamt auch nur den geringsten Anlass zu geben, einen Bruch in den Hygieneregeln zu sehen, weshalb sie entschieden verneinte. Emilys Gesten wurden ausladender, ihre Stimme etwas höher, und Thilo hätte dem Schauspiel ewig weiter zusehen können. Endlich kamen die beiden Frauen zu einer Einigung, Emily stellte ihren Becher mittig auf die Theke und die Verkäuferin goss den Kaffee aus einer Kanne hinein. Beide hatten ihr Gesicht gewahrt, und stolz zog seine Naturschützerin mit ihrer Beute weiter.

»Und wieder eine Schildkröte gerettet«, raunte Thilo ihr von der Seite zu, als sie sich durch die Wartenden manövrierte. Sie blickte auf und musste laut lachen, als sie ihn erkannte. »Du hast das mitbekommen?« Bildete er es sich ein, oder färbten sich ihre Wangen dunkler? »Tut mir leid, aber ist doch wahr.«

»Na klar.« Er nickte. Wenn es um Emily und ihre Leidenschaften ging, stand er zu hundert Prozent hinter dem Anliegen. »Ich glaube, aufgrund deiner Hartnäckigkeit führen sie auch endlich Hafermilch.«

»Die bestellst du auch?« Ihre Augen leuchteten.

Was hatte Sabine gleich gesagt? Gelegenheiten ergreifen. Carpe diem, hörte er Katjas Stimme in seinem Kopf. Solch eine günstige Gelegenheit hatte sich mit Emily selten ergeben.

»Hast du noch was vor?«, fragte er, nachdem er seinen eigenen Kaffee, leider im umweltschädlichen Pappbecher, bestellt hatte. »Sonst könnten wir vielleicht noch 'ne Runde drehen? Ich habe gerade eben meine Hausarbeit abgeschlossen und hätte mir eine Belohnung verdient.«

Sie blickte auf die Uhr. »Seit zwei Minuten Feierabend.« Jetzt strahlte sie ihn an. »Also, ich komme gern mit.«

»Super. Vielleicht könnten wir eine Karte der Traunsteiner Bäcker erstellen. Wer hat Hafermilch, wer gibt Kaffee in mitgebrachte Becher? Bonuspunkte für Biobrot und so weiter.«

Erneut lachte Emily, und Thilo spürte beinahe, wie er zwei Zentimeter in die Höhe wuchs. Soeben hatte er seinen eigenen

Rekord geschlagen und sie innerhalb von drei Minuten zweimal zum Lachen gebracht.

»Bist du mit dem Rad da?«, fragte er. Doch sie verneinte, und so ließ auch er seines an der Uni stehen, das konnte er später immer noch holen. Es war ja auch um einiges netter, neben Emily herzuschlendern ... vertrauter.

»Was war das für eine Hausarbeit, die du schreiben musstest?«, fragte sie und schlürfte im Gehen ihren Kaffee. Nicht nur Hafermilch, sie hatte auch Zucker hineingetan, das war ihm aufgefallen. Also war Emily trotz Gym und der Tatsache, dass sie vegan lebte, keine komplette Gesundheitsfanatikerin. Auch wenn er bei Emily so ziemlich alles in Kauf genommen hätte, fand er das doch sehr sympathisch.

»Thermodynamik.«

»Oh, da stöhnt Melina auch immer!«

»Ja, es ist auch nicht Marks Lieblingsfach.«

Und damit hatten sie ein neues Gesprächsthema: Die frisch entflammte Leidenschaft zwischen ihrer Freundin und seinem Mitbewohner. Es wirkte verschwörerisch, wie sie sich darüber austauschten, dass Melina neuerdings alte Filme schaute, während Mark den Algorithmus seiner Spotify-Playlist mit Songs von Miley Cyrus verwirrte. Emilys Haare wehten im Wind, und ein Spaziergang durch Traunstein, ja, die Stadt selbst, war Thilo noch nie so idyllisch vorgekommen.

Bis plötzlich quietschend ein Auto neben ihnen zum Stehen kam und Jennifer Seethaler heraussprang. Für einen Moment dachte Thilo, sie hätte ihn erkannt, aber dann hastete sie nur an ihnen vorbei und verschwand im nächstgelegenen Ladenlokal. Eine Galerie, und zwar die Galerie, von der Katja gesprochen hatte. Jetzt fielen Thilo auch die Bilder auf, die in der Schaufensterauslage ausgestellt waren: großformatige Naturaufnahmen rund um den Chiemsee, das musste Jennifer Seethalers Ausstellung sein! War heute die Vernissage oder wie man das nannte? Es schienen einige Menschen im Ausstellungsraum zu warten. Thilo warf einen Blick zum Auto, das bis oben hin mit Kartons und Kisten vollgepackt war, und fasste einen Entschluss. Carpe diem und so.

Er stupste Emily ganz leicht mit dem Ellenbogen an. »Hast du Lust auf Kunst?«

Überrascht sah sie erst ihn an, dann das bunte Schaufenster. »Warum nicht? Aber ich wusste gar nicht, dass du dich mit so was auskennst.«

»Tu ich nicht.« Er grinste sie an, bevor er die drei Stufen zum Galerieeingang vorausging. »Du darfst mir gerne alles erzählen, was du weißt.« Nun erinnerte er sich an Harald und hielt die Tür für Emily auf. Grumpy wäre sicher stolz auf ihn. Oder auch nicht. Harald mit einer Frau, das konnte er sich beim besten Willen nicht vorstellen.

Als sie die Galerie betraten, wurde Thilo sich seines Kapuzenpullovers bewusst. Schals waren in, wie er feststellte. Doch dann hatte er keine Zeit mehr, sich über sein Outfit Gedanken zu machen. Gleich das erste Foto zeigte das Grabenstätter Moos im Großformat.

»Schau mal, mein Arbeitsplatz!«, flüsterte Emily ihm zu und knuffte ihn spielerisch in die Seite. Sie stand so nah bei ihm, dass sich ihre Arme berührten, und da die anderen Besucher der Galerie – alle im Übrigen deutlich älter als sie beide – offenbar auch als Pärchen vor den Bildern standen, nahm er kurz entschlossen Emilys Hand. Da sie sich enger an ihn drückte, verbuchte er das als Win und stieß leise den Atem aus, den er bei der Aktion angehalten hatte. Gelegenheiten ergreifen, Sabine wieder. So muttimäßig, wie sie immer tat, war sie gar nicht, sie hatte es flirttechnisch ziemlich drauf, musste Thilo zugeben. Ungeahnte Fähigkeiten steckten unter der Oberfläche der Birder, dachte er, als er Emily von Bild zu Bild führte. Er konnte dabei gar nicht mehr aufhören zu lächeln. Und es wurde schwierig, nebenher zu lauschen, was Jennifer Seethaler, die zwei Bilder entfernt bei einer Frau in ihrem Alter stand, so erzählte. Denn er wollte sich doch eigentlich komplett und ganz auf Emily konzentrieren.

»Die sind wirklich toll«, sagte sie gerade. »Ist das da die Künstlerin?«, fragte sie dann und nickte in Richtung Franks Schwägerin. Jennifer gestikulierte jetzt, weit ausholend mit roten Wangen, die Bluse oben falsch geknöpft, mit der Galeristin. Zumindest vermutete Thilo, dass es die Galeristin war, die dort neben Jennifer stand. Der asymmetrische Haarschnitt, in den sie ihre dunklen Haare gebracht hatte, sprach eine deutliche Sprache, fand er. Ebenso wie die burgunderrote Frackjacke, die sie über einem Rüschenhemd trug. Sie hielt zwei Gläser Sekt in der Hand, von der sie den Inhalt des einen hinunterkippte und das andere ihrer Künstlerfreundin hinhielt.

»Nun beruhig dich erst einmal«, konnte Thilo verstehen, als sie etwas näher heranrückten, um das nächste Bild zu betrachten. Ebenfalls das Grabenstätter Moos, dieses Mal jedoch aus der Vogelperspektive. Jennifer Seethaler musste eine Drohne besitzen.

»Cool«, kommentierte Emily das großformatige Foto, während die Galeristin erneut die Sektgläser füllte. »Das ist doch nicht das Ende der Welt«, hörte Thilo sie sagen.

»Nein, nur das Ende meiner Ehe.« Jennifer lachte freudlos.

Thilo registrierte, wie Emily die Augenbrauen hob.

»Call to action«, flüsterte er ihr zu. »Mit ihren nächsten Bildern wird sie berühmt. Da steckt Liebeskummer drin.«

Emily kicherte und hielt sich schnell die Hand vor den Mund. War ja auch unpassend, sich im Angesicht von Jennifer Seethalers Unglück zu amüsieren. Er hätte ihr sagen können, dass sie kein Mitleid mit der Künstlerin zu haben brauchte, die schließlich ihren Mann mit seinem Bruder betrogen hatte. Aber es erschien ihm etwas zu kompliziert – und vor allem suspekt –, ihr die ganze Geschichte zu erzählen.

»Und wo willst du jetzt wohnen?«, fragte die Galeristin nun.

Jennifer zuckte mit den Schultern. »Ich dachte, ich ziehe für den Moment erst einmal zurück zu meinen Eltern. Die obere Etage steht ja frei, da ist auch Platz für die Mädchen.«

»Wie ist es denn herausgekommen?«, fragte die Galeristin plötzlich, und Thilos Ohren wurden noch größer. Ihre Vermutung schien also korrekt gewesen zu sein: Jennifers Affäre hatte zum Ende ihrer Ehe geführt. Auch zu Franks Ende?

»Schau mal, der Säbelschnäbler!« Emily deutete auf ein Foto auf der anderen Seite der Galerie. »Den kenne ich auch.«

»*Recurvirostra avosetta*«. Thilo nickte. Säbelschnäbler hatte er ebenfalls schon öfter vor der Linse gehabt.

»Oh wow, du weißt den lateinischen Namen?«

»Ich …« Er fuhr sich durch die Haare. Wie ein Nerd hatte er auf Emily eigentlich nicht wirken wollen. »Manchmal geh ich birden«, sagte er dann in, wie er hoffte, lässigem Tonfall.

»Ins Grabenstätter Moos?« Begeistert blickte sie ihn an. »Meinst du, ich kann mal mitkommen?«

Damit hatte er nicht gerechnet. »Klar, willst du … ich mein, nächste Woche Samstag? Es wird aber sehr früh sein«, warnte er sie.

»Ich bin noch keine Studentin, ich muss jeden Morgen früh raus.« Lachend knuffte sie ihn erneut in die Seite.

Und einfach so hatten sie ein Date. Thilo versuchte, sich seine Freude nicht zu deutlich anmerken zu lassen.

»Aber was den Säbelschnäbler auf dem Foto angeht ..., ich meine genau den«, sagte Emily dann.

Er runzelte die Stirn, und sie zog ihn mit sich zu dem Bild. Widerstrebend, weil er nun Jennifer und die Galeristin nicht mehr hören konnte, folgte Thilo ihr. Doch als er sie dann von der Seite betrachtete, die Augen leuchtend und ein Lächeln auf den Lippen, da war ihm der Fall plötzlich schnurzpiepegal. »Sieh mal, die schwarze Maserung seiner Schwanzfedern.«

Tatsächlich, das Schwarz, das üblicherweise in einem glatten Schwung ins Weiß überging, ergab ein unebenes Muster. Das war ihm bisher gar nicht aufgefallen. Zu Hause würde er seine Fotos durchgehen, es hatte etwas Romantisches zu wissen, dass Emily und er denselben Säbelschnäbler beobachtet hatten. Nächste Woche vielleicht sogar genau diesen Vogel gemeinsam entdecken würden.

»Die Fotos gefallen mir wirklich wahnsinnig gut«, wiederholte Emily, und Thilo warf einen unauffälligen Blick auf das Preisschild. Nope. Keine Chance, ihr zum Geburtstag eine Freude zu machen, absolut außerhalb seiner Preisklasse. Aber vielleicht konnte er, wenn er ein Weitwinkelobjektiv nutzte, das Moos ähnlich einfangen wie Jennifer. Er war kein Künstler, und es war ihm bewusst, dass sie noch mal ein anderes Auge für Komposition hatte als er. Aber mit etwas Übung ... Er legte den Kopf schräg.

»Ihr beide habt ja noch gar nichts zu trinken«, hörte er plötzlich jemanden hinter ihnen sagen. Als sie sich umdrehten, bot die Galeristin ihnen zwei Gläser Sekt an. So aus der Nähe und mit einem Lächeln im Gesicht wirkte sie nicht mehr ganz so steif. Offenbar war sie sich durch die Haare gefahren, denn eine Strähne lockerte die Helmfrisur auf. Thilo blickte über ihre Schulter, doch Jennifer war nirgends mehr zu entdecken. Und wenn schon, dachte er, griff nach der angebotenen Sektflöte und stieß mit Emily an.

»Auf unser erstes Date«, flüsterte sie ihm ins Ohr.

Das warme Gefühl, das sich in ihm ausbreitete, kam nicht nur vom Alkohol.

»Moment.« Haralds Augenbrauen zuckten irritiert. »Du hast Fischbacher vorgeworfen, schuld an Franks Tod zu sein?«

Es war Sonntag, und nach dem Vogelbeobachten waren sie in Haralds Garten weitergezogen. Seit einigen Minuten tauschten sie sich aus. Mehrmals hatte Katja bei Thilos Gym-Bericht ein Lachen unterdrücken müssen, und erstaunlicherweise war selbst Harald ein Schmunzeln über seine sonst so verkniffene Miene geglitten. Sabines Bericht aber hatte Katja ebenso schockiert wie Harald. Und selbst Thilos Gesicht bestand aus einem alarmierten Ausrufezeichen.

»Du bist doch derjenige, der den Begriff ›Frontalangriff‹ benutzt hat!«

»Situationsangemessen. Situationsangemessen. Heilige Mutter Gottes, Sabine!«

»Was, wenn der Mann wirklich unser Täter ist?«, warf Katja

leise ein. »Mit dieser direkten Konfrontation hast du dich möglicherweise ...«

»Genug jetzt!« Mit einer resoluten Geste wischte Sabine den Einwand beiseite. Katjas nicht beendeter Satz schien sie dennoch ein wenig aus dem Gleichgewicht zu bringen, denn sie biss sich auf die Unterlippe, lehnte sich in Haralds Gartenstuhl zurück und sah angestrengt in die Ferne. Es war kurz vor Mittag, und das frische Grün der Schrebergärten schillerte.

Der Blick vom Vogelbeobachtungsturm ins Schilf hinein war an diesem Morgen bezaubernd gewesen. Während die Sonne ihren Weg nach oben genommen hatte, war zuerst der betörende Gesang eines Blaukehlchenmännchens zu ihnen auf den Turm gedrungen. Gesehen hatten sie es wegen des Windes nicht, denn bei solchem Wetter suchten die meisten Vögel Schutz im Dickicht des Schilfs. Gehört hatten sie neben den üblichen Verdächtigen außerdem einige Rohrammern, den Feldschwirl, den Karminsgimpel und den Rohrschwirl. Alles Sumpf- und Teichrohrsänger, die sich gesanglich ins Zeug gelegt hatten. *Locustella naevia, Carpodacus erythrinus, Locustella luscinioides.*

»Im Mittelalter glaubte man, Gott habe die Welt im Frühling erschaffen und den Menschen im April.« Katja hatte das dringende Bedürfnis, von der momentan stark angespannten Situation abzulenken. Sabine hatte dem Staatsanwalt gedroht, anders konnte man es einfach nicht bezeichnen! Was eignete sich also besser für einen Kurswechsel im Gespräch als historische Fakten? An sie konnte man sich anlehnen. Sich an ihnen festhalten.

Zumindest Thilo sprang sofort auf ihren Versuch an. »Echt?«, fragte er auffallend interessiert.

»Der Frühling ist eine magische Jahreszeit«, fuhr Katja dankbar fort und ignorierte Haralds entgeisterten Blick. »Das erste Grün, die ersten Farben. Das Leben beginnt neu.«

»Oder es endet«, schnaubte er.

»Auf jeden Fall kannten die Menschen damals den Klimawandel noch nicht«, sagte Thilo schnell. »Ich krieg seit ein paar Jahren schon Ende Januar Heuschnupfen.«

»Danke, aber das sind nicht die Fakten, die uns gerade interessieren sollten, bei aller Liebe«, grunzte Harald. »Zurück zum Thema, bitte.«

»Zumindest habe ich Wichtiges erfahren: Jennifer Seethaler wollte sich das Leben nehmen«, unterbrach Sabine Katjas Ablenkungsmanöver, beugte sich seufzend vor und stützte die Ellenbogen auf die Knie. »Aber okay«, fügte sie dann mit gesenktem Kopf hinzu. »Ihr habt recht. Ich habe vielleicht einen Fehler gemacht.«

»Kann es das Meer stören, wenn der Spatz hineinpisst?«

Sabine schnellte hoch und schnippte begeistert mit den Fingern. »Genau, Katja!« Ihre Stimme kippte vor Erleichterung. »Der Mann ist Staatsanwalt und ein Ausbund an Selbstbewusstsein, so ein kleiner Vorwurf von mir wird ihn nicht kratzen.«

Harald ächzte. »Ein kleiner Vorwurf?«

Ein weiterer Moment, um für Ablenkung zu sorgen, urteilte Katja. »Seht mal, wie wohl sich Roberta fühlt. Der Käfig deines Nachbarn ist eine Wucht.«

Harald blinzelte hinsichtlich des Themenwechsels irritiert, nickte dann aber. »Hat er doch gern gemacht, der Anton.«

»Kann ich seinen Tauben irgendein Spezialfutter kaufen, als Ausgleich?«

»Ich werde ihn mal fragen, die fressen aber so ganz besonderes Zeug. Je nach Sportsaison bekommen sie andere Mischungen. Dagegen ist Roberta anspruchslos.«

Alle beobachteten jetzt das Huhn, das in ständiger Bewegung im Gras herumpickte, scharrte und den Schnabel in die Fressschale steckte. Kein alarmierendes Gackern, kein lautes Krähen. Roberta war glücklich in ihrem brandneuen Reich und vermisste offenbar selbst die WG-Genossinnen nicht. Ab und zu reckte sie den Kopf in den Himmel, um Anton Muggenhammers Tauben zu beobachten, die ihre Kreise über der Gartenanlage zogen. Laut Harald handelte es sich dabei aber nicht um die hoch dotierten und preisgekrönten Tauben, die hielt sein Nachbar woanders.

»Warum haben wir das nicht schon früher gemacht?«, fragte Sabine plötzlich. »Sonntags nach dem Turm?« Sie griff zu ihrer mitgebrachten Thermoskanne, die auf einem kleinen Tisch neben den Gartenstühlen stand, und schenkte allen Kaffee nach.

Es dampfte, als die tiefbraune Flüssigkeit in den Becher strömte, ihr Duft ließ Katja kurz wohlig einatmen. Frisch geröstete Bohnen hatte Sabine gesagt. Schokolade, Vanilletöne und ausgeprägte Kakaoaromen.

»Haben wir doch, mehr oder weniger. Du hattest immer Croissants dabei«, meinte Thilo.

»Das ist nicht das Gleiche.«

»Ich wusste nicht mal, wie du heißt«, knurrte Harald.

»Warum nicht? Warum haben wir uns einander nicht alle gleich vorgestellt?«

»Distanzzonen?«, schlug Thilo vor.

In diesem Moment kündigte knirschender Kies eilige Schritte

an. Harald schälte sich aus dem Stuhl und spähte über die Hecke. »Der Anton ist das nicht, der stapft anders«, brummte er. Er nahm den Feldstecher und hielt ihn vor die Augen. Dann reckte er sich noch ein wenig mehr, stellte sich auf die Zehenspitzen, um nur einen Lidschlag später mit einem »Sakradi!« in sich zusammenzufallen. Offenbar wollte er von jenseits der Hecke nicht gesehen werden.

Nur einen Augenblick danach kam Richard Seethaler in Sicht. Mit versteinerter Miene stapfte er auf Haralds Gartentörchen zu, öffnete es derart schwungvoll, dass es beinahe aus den Angeln gerissen wurde, und brüllte: »Wir müssen reden!«

»Punisher im Anmarsch«, murmelte Thilo, der nun ebenfalls aufstand. »Woher weiß der, wo dein Garten ist? Der sieht krass angepisst aus.« Dann schien ihm etwas einzufallen. »Ach ja. Hatte ich vergessen, vorhin zu erwähnen. Seine Jennifer ist ausgezogen. Gestern.«

Sechs Augenpaare starrten ihn an.

»Woher weißt du …? Sie hat ihn verlassen?«, fragte Katja erstaunt. Aber diese Information erklärte zumindest den wutentbrannten Schritt Seethalers, seine starr an der Seite herabhängenden Arme, die rastlos zuckenden Finger und die zusammengepressten Lippen. In Richards Augen stand Mordlust. Seit zwei Wochen ermittelte die SOKO Neuntöter jetzt in Sachen Frank und hatte sich dabei schon so manchen Feind gemacht. Offenbar auch Richard Seethaler. Katja schluckte. Fake it, dachte sie. Und lächelte.

»Herr Seethaler«, rief sie unter Aufbringung ihrer gesamten Schauspielkunst erfreut aus. »Was für eine Überraschung! Wir haben Kaffee und Kekse!«

Sabine warf ihr einen erstaunten Blick zu, dann hob sie stillschweigend den Daumen. Ihre Lippen formten ein unhörbares »Wow«.

Harald schnalzte mit der Zunge. »Koffein und Zucker braucht der Mann nun wirklich nicht mehr.«

»*Si vis pacem, para bellum*«, murmelte Thilo, der angesichts Seethalers kriegslüsternem Auftreten vorsichtshalber zwei Schritte zurücktrat.

»Wenn du Frieden willst, bereite Krieg vor«, wisperte Katja überrascht. »Cicero. Du?«

»Marvel«, entgegnete Thilo. »Das Totenkopf-Shirt mit dem Punisher-Motto würde Seethaler jetzt richtig gut stehen.«

Franks Bruder hielt sich nicht mit Höflichkeitsfloskeln auf, sondern legte postwendend los. Zwei Armlängen von der Gruppe entfernt stand er da und schnauzte sie an: »Es ist alles Ihre Schuld! Alles! Wer sind Sie eigentlich?«

»Na, Franks Vogelgucker«, erklärte Harald. »Vogelbeobachter«, sagte Katja gleichzeitig, und Thilo meinte: »Birder halt.«

»Hatte ich Ihnen nicht meine Visitenkarte gegeben?«, fragte Sabine.

»Eine scheiß Visitenkarte?«, polterte Seethaler. »Was soll mir diese scheiß Visitenkarte sagen?«

»Den scheiß Namen und die scheiß Telefonnummer?«, schlug Thilo vor.

Katja gluckste. Und auch Seethalers Mund verzog sich zu einem Grinsen, nur aus einem anderen Grund. »Sie haben recht«, gab er zu. »Hat mich zu diesem hochherrschaftlichen Anwesen geführt.« Demonstrativ sah er sich in Haralds Garten um. »Ein wahres Prachtstück der britischen Gartenkunst.« Als er Sabines fragende Miene sah, fügte er hinzu: »Ihre Mutter hat mir den Namen der Schrebergartenanlage genannt. Dann habe ich mich durchgefragt … Niederbuchner.«

»Sie waren bei mir zu Hause?«, stieß Sabine entsetzt aus.

»Sie waren doch auch bei mir! Seit Sie sich in mein Haus geschwindelt haben, gerät alles aus den Fugen. Alles!«, rief er. Eine Weile stand er stumm da, reglos, starrte an der Gruppe vorbei, ohne zu blinzeln.

Sein mit einem Mal entrückter Blick machte Katja Sorgen. Entweder er würde in den nächsten Sekunden zusammenbrechen oder tätlich werden.

»Herr Seethaler«, begann Sabine mit ruhiger Stimme. »Sie haben uns in Ihr Haus gebeten. Wir haben Anteil am Tod Ihres Bruders genommen. Tun wir immer noch«, verbesserte sie sich und zeigte mit der Hand auf Thilos freien Stuhl. »Wollen Sie sich nicht setzen?«

»Absolut nicht.«

»Ich würde mir wünschen, wir könnten uns unterhalten.«

»Tun wir.«

»Gepflegt unterhalten.«

»Ich habe kein Interesse an neuen Ausflüchten und Lügen Ihrerseits. Sie haben mir meine Frage nicht beantwortet: Wer sind Sie?«

»Wir sind einmal die Woche mit Frank im Grabenstätter Moos unterwegs gewesen«, erklärte Sabine geduldig. »Jeden Sonntag. Wir hatten ein gemeinsames Hobby. Und Frank hat das glücklich gemacht.« Sie sah in die Runde, und Katja nickte bekräftigend.

Ja, es hatte Frank glücklich gemacht. Oder zumindest hatte es ihm ein paar Stunden Ablenkung geschenkt. Stunden des Vergessens. Stunden, in denen der Alltag weit weg war. Stunden in einer Parallelwelt. Ein Gefühl, das Katja selbst kannte, schätzte und nicht mehr missen wollte. »Auftanken«, sagte sie.

»Genau. Sehr wichtig in dieser gspinnerten Welt«, stimmte Harald zu. Er saß wieder in seinem Stuhl, die Hände über dem Bauch verschränkt, und betrachtete Richard eingehend.

Katja fragte sich, ob er eine innere Liste abhakte, auf Verhaltensauffälligkeiten oder andere Anzeichen bei Seethaler achtete, die ihm Hinweise gaben. Auf etwas, das eine bestimmte Kriminalitätstheorie bestätigte. Einige wenige Verbrecher mochten ausschließlich von ihrer Vernunft geleitet werden und darauf aus sein, den eigenen Nutzen zu maximieren. Den größten Anteil eines Verbrechensmotivs aber machten persönliche und soziale Gründe aus. Veranlagung ... Das Bild ihres Vaters schoss Katja durch den Kopf. Wie er beim Abendessen den Tisch deckte, als würde er im Buckingham Palace für die Queen arbeiten. Manchmal hatte er sogar ein Lineal benutzt, um Messer und Gabel korrekt auszurichten. Tja, mit Veranlagung kannte sie sich aus.

Sie vertrieb den Gedanken und konzentrierte sich auf die gegenwärtige Situation. Harald betrachtete den ungebetenen Gast weiterhin mit zusammengekniffenen Augen.

Seethalers Blick wurde von Sekunde zu Sekunde stechender. »Vogelbeobachter, Birder. Klar«, brach es aus ihm heraus. Dann lachte er bedrückt. »Die Sache mit der Zuckerdose ...« Abschätzig stieß er einen schnaubenden Laut aus. »Ich war in Trauer, geschockt, habe es nicht gleich verstanden, was für eine Schmierenkomödie Sie da abziehen. Aber dann, als ich gemerkt habe, was Sie im Sinn hatten ...« Kurz presste er die Lippen zusammen, bevor er hervorstieß: »Geben Sie mir das Handy meines Bruders. Jetzt!«

Katja konnte es nicht verhindern: Auch sie sah sofort zu Harald, dessen Hände weiterhin entspannt auf seinem Bauch ruhten. Der ehemalige Forensiker zuckte mit keiner Miene. Aber Seethaler, dem nicht entging, wer im Besitz des Smartphones sein musste, trat einen Schritt vor, bis seine Schuhspitzen fast die von Harald berührten. »Das Handy«, forderte er erneut. Die Sonne hinter seinem Rücken ließ die dunklen Ringe unter seinen Augen fast schwarz wirken. »Geben Sie mir das Smartphone meines Bruders. Sie haben es entwendet. Und ich werde es mir zurückholen.« Jetzt griff er in die eigene Hosentasche und zückte sein Telefon. »Notfalls mit Unterstützung der Polizei.«

»Ich bin die Polizei«, erwiderte Harald ungerührt.

»Sie … Was?« Seethalers Züge entgleisten. Mit dieser Wendung schien er nicht gerechnet zu haben. Dann aber erinnerte er sich offenbar daran, dass Nazari Haralds Namen gewusst hatte, denn er nahm abrupt eine lockerere Haltung an, alle Wut schien von ihm abzufallen. »Sie … ermitteln also. Sie denken, dass … mein Bruder …« Seethaler geriet ins Stocken, er holte Luft, trat einen Schritt zurück, dann wieder einen vor, zog Thilos Stuhl heran und setzte sich langsam. Er legte sein Handy auf einem Knie ab und strich sich mit den Händen über die unrasierten Wangen. »Ist diese Vermutung etwa gerechtfertigt?«, krächzte er schließlich. »Haben Sie Franks Handy entsperren können?«

Die vier Vogelfreunde schwiegen.

»Haben Sie?«, bohrte Seethaler nach.

Jetzt wagte sich Katja vor. »Was glauben Sie, darauf zu finden?«

»Frank und Jenny hatten eine Affäre. Sie wussten nicht, dass mir das klar war.« Er sprach jetzt schnell, fast atemlos, sein Blick rückte wieder in die Ferne. »Aber es war offensichtlich, Frank und ich hatten uns nicht mehr viel zu sagen, aber trotzdem tauchte er häufig bei uns auf, vor allem, wenn ich nicht da war. Ich habe nämlich seinen Wagen mehrere Male wegfahren sehen, als ich früher heimkam, unerwartet; und als ich ihn darauf ansprach, schob er meine Töchter vor; er wolle sie sehen, sie seien ja schließlich seine Nichten. Was für ein Heuchler!« Wieder verkrampfte er, nahm sein Smartphone in die Hände und knetete es mit den Fingern. Dann setzte er zu einem Satz an. Schloss den Mund jedoch wieder. Eine Weile schien er um Worte zu ringen und gab dann schließlich zu: »Ich weiß, wie das klingt.«

»Wie ein Geständnis«, meinte Harald. »Ist es eins?«

Vehement schüttelte Seethaler den Kopf. »Frank war ein Womanizer.« Er sah erst zu Sabine, dann zu Katja. Offenbar versuchte er einzuschätzen, ob sein Bruder auch die beiden Frauen bezirzt haben könnte. »Jenny war nicht sein einziger … Betthase.« Plötzlich richtete er sich auf, drückte das Kreuz durch. »Und auch wenn sie den Eindruck einer stillen, beherrschten Person macht: Meine Frau ist nicht auf den Kopf gefallen, sie durchschaut Menschen recht schnell, und sie wird … eifersüchtig und handelt instinktiv so, wie es ihrer Meinung nach effektiv und konsequent ist. Aus dem Bauch heraus. Sie ist impulsiv.«

»Sie beschuldigen jetzt also Ihre Frau des Mordes an Ihrem Bruder?«

»Das habe ich nicht gesagt.«

»Ich fand, Ihre Worte waren recht eindeutig.«

»Sie ist ausgezogen.«

»Das ist uns bekannt.«

»Sie hat meine Töchter mitgenommen.«

»Die gemeinsamen Töchter, auch das wissen wir.«

»Weil ich ihr die Affäre vorgeworfen habe.«

»Aber nicht den Mord?«

»Bis vor zwei Minuten bin ich überhaupt nicht auf diese furchtbare Idee gekommen!«, heulte Seethaler auf. »Aber Sie haben ja offenbar einen Grund zu ermitteln.« Er sah Harald an. »Haben Sie doch? Was ist auf Franks Handy? Sie haben es sicher entsperren können, Sie müssen es mir sagen!«

Katja schwankte. War Seethaler zu trauen? Oder spielte er nur mit ihnen? Wollte er den Verdacht von sich ab- und auf seine Frau lenken, die ihn ja sowieso verlassen und die Töchter mitgenommen hatte? Sie sah zu Thilo, der vor ihr stand und sich nachdenklich durch die Haare strich. Und dann zu Harald hinüber, dessen Raupenbrauen angestrengt zuckten. Sabine aber hatte offenbar beschlossen, Franks Bruder zu glauben. Beherzt griff sie zur Thermoskanne, schenkte Kaffee in eine Tasse, platzierte einen Keks auf den Unterteller und drückte Seethaler das Ensemble in die Hand. Bevor sie jedoch etwas sagte, warf sie Harald einen fragenden Blick zu. Und erst nachdem dieser zustimmend und mit bebendem Doppelkinn genickt hatte, sagte sie an Franks Bruder gewandt: »Bitte schön. Vielleicht wollen Sie sich erst mal stärken, bevor wir Ihnen Ihre Fragen beantworten?«

»Und dann hätten wir auch noch ein paar an Sie«, fügte Harald mit Ermittlerstimme hinzu, die keinen Widerspruch duldete.

Die Möwen sehen alle aus, als ob sie Emma hießen

Letztlich hatte Heide sich vor drei Monaten doch für die Chemotherapie entschieden. Palliativ, eine Heilung war nicht möglich, aber die Ärzte sprachen zumindest von einem Aufschub und mit etwas Glück vielleicht sogar von einem vollständigen Wachstumsstillstand des Tumors. Trotzdem hatte Heide zunächst die Lippen aufeinandergepresst, als man ihr die Behandlung vorgeschlagen hatte. Sie wollte nichts von »diesem Unsinn« hören. Doch Sabines Beharrlichkeit und die stumme Bitte in Felix' Augen hatten Heide schließlich umdenken lassen.

Und so saß Sabine an diesem Nachmittag zum vierten Mal in der Onkologie, ein Buch in Händen, von dem sie bisher nicht einen einzigen Satz mitbekommen hatte. Es ging um Liebe, vermutete sie jedenfalls aufgrund des rosaroten Covers. Thomas hatte ihr das Buch zu Weihnachten geschenkt, und seither fragte sie sich, weshalb. Ihr Ex-Mann selbst fasste Bücher nicht an, die drei kümmerlichen Exemplare, die in einem Regal in seinem Wohnzimmer standen, waren allesamt ungelesen. Sabine klappte den Roman zu, steckte ihn in ihre Handtasche und stand auf, um sich ein wenig die Beine zu vertreten.

Heide vertrug die Chemo gut, wie die Ärzte sagten, dennoch beinhaltete »gut« Übelkeit, zeitweise Erbrechen und eine bleierne Müdigkeit. Für den Abend hatte Sabine wieder eine leichte

Gemüsesuppe vorbereitet und hoffte, Heide würde sie bei sich behalten können.

Seufzend rieb Sabine sich die Nasenwurzel und blickte auf den Baum, der vor dem Fenster aufragte. Ein Ahorn, dessen Blätter sich leicht im Wind wiegten. Eine Blaumeise saß auf einem der oberen Äste und schien das Schaukeln zu genießen. Sabine konnte sich genau an ihren ersten unmittelbaren Kontakt mit einem Vogel erinnern. Es war an der Nordsee gewesen, auf einem Kutter, mit dem sie und ihre Eltern zu einer Hallig getuckert waren. Eine Möwe hatte ihr im Bruchteil einer Sekunde das Brötchen aus der Hand geschnappt und sich davongemacht. Noch heute erinnerte sich Sabine an das Gefühl, als der Flügel ihre Wange gestreift hatte. Eine federleichte Berührung, zärtlich und doch kraftvoll zugleich. Eine Ohrfeige und doch auch keine. Heide hatte damals gelacht, sofort eine frische Semmel aus ihrer Tasche geholt und Morgenstern zitiert.

»Die Möwen sehen alle aus, als ob sie Emma hießen«, murmelte Sabine gedankenverloren. »Sie tragen weißen Flaus und sind mit Schrot zu schießen. Ich schieße keine Möwen tot, ich lass sie lieber leben – und füttere sie mit Roggenbrot und rötlichen Zibeben.«

Die Bewegung der Meise auf dem Zweig hatte etwas Meditatives, und während Sabine den sich wiegenden Zweigen mit dem Blick folgte, ebbte ihre Sorge um Heide nach und nach ab.

»Ihre Mutter ist bei uns in den besten Händen.«

Sie hatte gar nicht gehört, wie der Arzt neben sie getreten war und nun mit einem Kaffeebecher in der Hand in Richtung Ahorn nickte. »Der rettet mir jeden Sommer meine Mittagspausen. Wussten Sie, dass Hausärzte in Japan Waldbaden auf Rezept verschreiben?«

Lächelnd drehte Sabine sich zu ihm. »Ich gehe jeden Sonntag ins Grabenstätter Moos. Zählt das auch?«

»Hauptsache Natur.«

»Übrigens weiß ich es. Dass meine Mutter bei Ihnen in den besten Händen ist«, fügte sie hinzu. »Es ist nur …« Sie holte tief Luft, während sie die Finger ineinander verschränkte. »Es ist hart.«

Erneut nickte er, verständnisvoll und ein bisschen traurig. »Sie wird gleich wieder bei Ihnen sein.« Dann legte er ihr für einen Moment die Hand auf die Schulter. »Vergessen Sie über die ganze Sache sich selbst nicht«, sagte er sanft. »Das Grabenstätter Moos ist ein Anfang.«

Eine Krankenpflegerin rief ihn vom anderen Ende des Flurs, und er entschuldigte sich.

»Danke!«, rief Sabine ihm hinterher und meinte es auch so.

Dann drehte sie sich erneut zum Ahorn. Ja, das Grabenstätter Moos gab ihr Kraft, trotz des frühen Aufstehens fühlte sie sich danach immer wie neu geboren. Die frische Luft, das Vogelgezwitscher, die Ruhe … Aber mittlerweile war da noch mehr: Die anderen Vogelbeobachter und sie, Thilo, Harald und Katja, hatten zuerst eine Zweckgemeinschaft gebildet, die sich zu einer Freundschaft gewandelt hatte. Sabine freute sich, wenn sie eine Nachricht von Thilo auf ihrem Handy vorfand, wenn Harald, grummelig wie er war, bei ihr anrief, um sie zu einem chaotischen Hausbesuch einzuladen, oder wenn Katja unangekündigt bei ihr zu Hause auf dem Sofa saß. Sie musste lächeln. Neben ihrem Beruf, der Ehe, ihrem Sohn und später Heide hatte sie es nicht geschafft, viele Freundschaften aufrechtzuerhalten. Hatte es nicht geschafft, Zeit dafür zu finden. Nun, dachte sie gerührt, es sah so aus, als hätten die Freundschaften sie gefunden. Die anderen Vogelgucker taten ihr gut, und zwar so sehr, dass nicht nur Thomas, sondern selbst Felix neulich kommentiert hatte, wie glücklich sie aussah, wie zufrieden.

Und jetzt musste sie doch tatsächlich Tränen der Rührung wegblinzeln. Sabine beschloss, sich am Automaten der Cafeteria doch einen Kaffee zu holen, auch wenn es eigentlich schon etwas spät dafür war. Aber sie wollte nachdenken, und dazu brauchte sie Koffein. Wie weit waren sie in ihrem Fall?

Jennifer hatte kein Alibi, so viel hatte Seethaler ihnen im Garten verraten. Sie war entgegen ihrer Aussage bei der Polizei keineswegs den ganzen Abend zu Hause gewesen. Aus Liebe – oder gab es noch andere Beweggründe? – hatte er ihr Alibi bestätigt, doch in Wirklichkeit hatte er keine Ahnung, was Jennifer getrieben hatte. Womöglich im Moor bei Frank? Nur, wie sollten sie das beweisen?

Den Plastikbecher in der Hand machte Sabine sich auf den Weg zurück zur Onkologie. Jennifer beschatten? Sie knabberte auf ihrer Unterlippe. Als ihr Smartphone klingelte, zuckte sie zusammen. Ein Hoch auf lauwarmen Automatenkaffee, dachte sie sarkastisch, bei einem selbst aufgebrühten hätte sie nun wahrscheinlich vor Schmerzen geflucht.

»Das hat ja ewig gedauert«, brummte Harald, als sie endlich seinen Anruf entgegennahm. »Wir müssen uns treffen. Heute Abend um sieben bei mir im Garten.«

»Das wird nicht gehen.«

»Warum?«

Sabine zögerte. »Meine Mutter. Sie ist gerade in Behandlung, und heute Abend wird sie sehr schwach sein. Ich muss mich um sie kümmern, wir …« Sie merkte, dass sie immer schneller sprach, und brach ab.

Harald schwieg.

»Vielleicht morgen …«

In diesem Augenblick wurde Heide von einer Pflegerin auf den Flur geleitet, und Sabine sagte hastig: »Tut mir leid, ich muss los.« Schnell ließ sie ihr Telefon zurück in die Handtasche gleiten.

»Vielen Dank, ich übernehme ab hier.« Sie lächelte der Pflegerin zu und hakte Heide unter. »Es ist nicht weit, wir haben ja direkt vor der Tür geparkt.« Behutsam tätschelte sie ihrer Mutter die Hand und fragte nicht, wie es ihr ging, der glasige Blick sprach Bände. Alles würde gut werden. Heute und morgen würde es Heide erfahrungsgemäß noch elend gehen, aber danach wurde es Schritt für Schritt besser. Und mit ein bisschen Glück würde Felix auch in diesem Jahr noch ein Weihnachtsgeschenk von Oma unter dem Baum vorfinden. Erneut traten Tränen in Sabines Augen, und sie flüsterte: »Ich bin so froh, dass du der Chemo zugestimmt hast.«

Gemeinsam schafften sie es nach Hause, wo sie Heide sanft in ihr Bett half. »Mach ein bisschen die Augen zu«, sagte sie und strich ihr über die Wange. Ihre Mutter nickte schwach. Sabine zog die Tür hinter sich zu und hoffte, Heide würde wirklich für ein oder zwei Stündchen schlafen. In der Zwischenzeit konnte Sabine bügeln und das Abendessen vorbereiten.

Und dann musste sie auch Harald zurückrufen, hoffentlich war er nicht sauer. Doch als sie ihr Smartphone aus der Handtasche zog, hatte sie eine Nachricht von Thilo:

19 Uhr Zoom. Treffen im virtuellen Raum, du bist bei deiner Mutter und bei uns.

Es folgte ein irrsinnig langer Link und Instruktionen, wie sie dem Meeting beitreten konnte.

Ja, dachte Sabine gerührt, als sie das Handy zur Seite legte. Sie hatten sich gefunden.

Harald hatte die Vogelguckerei erst als Pensionär entdeckt. Das Fernglas lag auf dem Fensterbrett in der Küche, von wo aus er den besten Blick auf eine große Linde hatte, in der Jahr für Jahr Türkentauben nisteten. Bei jedem Wetter ging er morgens eine Viertelstunde auf den Balkon, eine Tasse Kaffee in der Hand, um einfach nur dazustehen und zu beobachten. Eine Ausgabe von *Was fliegt denn da* von 1974 lag stets vor ihm auf einem Tischchen. Seit einigen Jahren ging er kaum einen Tag aus dem Haus, ohne automatisch in den Himmel zu schauen oder auf Vogellaute zu horchen. Auf dem Rad hielt er oft an, um Bussarde beim Anflug auf ihre Beute zu betrachten. Harald war kein Experte, er konnte keine lateinischen Bezeichnungen herunterspulen wie Katja. Er erstellte keine Listen, sammelte keine selbst geschossenen Fotos und führte auch kein Hobbyornithologen-Tagebuch. Er war einfach gern an der frischen Luft. Hatte bemerkt, dass das schnelle Scannen einer Gegend, das rasche Erfassen eines Vogels – des Gefieders, der Zeichnung, des Körperbaus – seine Augen schärfte, und festgestellt, dass sich ihm der Rest der Natur über das Beobachten von Vögeln öffnete. Richtig warm ums Herz war es ihm geworden, als er endlich von der Warteliste der Schrebergartenbewerber auf die Besitzerliste gerutscht war.

Aber wie die anderen Gucker erfüllte es ihn mit Sorge, dass

einige Vogelarten verstummt oder zumindest seltener als früher zu hören waren. Dass der Himmel leerer wurde. Immerhin, sein Schrebergartenstammtisch teilte diese Beobachtung, beim Fantreffen des Fußballvereins SBC Traunstein – Haralds andere Leidenschaft – hingegen ging es eher um den Verlauf der ersten Landesligasaison. Gezwitscher war für die Anhänger des Lokalvereins Hintergrundmusik während eines Spaziergangs, Getriller kam aus der Schiedsrichterpfeife.

Nachdem er Sabine angerufen hatte, klappte Harald den Stuhl zusammen und lehnte ihn an die Wand des Gartenhäuschens. Sabine hatte sich auch im Inneren der Hütte ausgetobt. Der Tisch war wie leer gefegt, Tetrapaks und Getränkeflaschen standen militärisch aufgereiht darunter, und die Konservendosen fand er im Hängeschrank. In diesem Moment beschloss er mit zuckenden Augenbrauen, Sabine jedes weitere Eindringen in seine Privatsphäre zu untersagen. Er war zweiundsiebzig, ausgewachsen, entscheidungsbefugt und verlangte den entsprechenden Respekt. Er konnte sein Zimmer allein aufräumen, den Garten eigenhändig pflegen –, wenn ihm danach war. Niemand musste ihm sagen, was wo zu stehen, was wie hochzuwachsen hatte und was wann geschnitten werden musste. All das erinnerte ihn unangenehm an die letzten sechsundneunzig Monate seiner siebenundzwanzig Jahre andauernden Ehe, die vor siebzehn Jahren geschieden wurde. Die Zeit der zwischenmenschlichen Abkühlung rechnete Harald gern in Monate um, da sie dadurch zermürbender klang und er wie ein Überlebenskünstler.

Zumindest hatte Sabine nichts mit Gisela gemein. Gar nichts. Gottlob. Sabine war in Ordnung – abgesehen von ihrem oft distanzlosen Verhalten, was Harald in Sabines Beruf im Verkauf begründet sah. Kein Schimmer, ob er damit richtig lag, aber es war auch nicht sein Bier, die Ursachen dieser Grenzen ignorierenden Manier zu ergründen. Doch hatte Sabines Charaktereigenschaft die Gruppe in ihren Ermittlungen weitergebracht, das gab Harald vorbehaltlos zu.

Er steckte seine Pranken in die ausgebeulten Hosentaschen und stellte sich hinter die Küchenzeile an das Hüttenfenster. Die Tür zum Garten stand immer noch offen, gut ein Dutzend Vogelstimmen drangen ins Innere. Amseln, Rotkehlchen, Meisen. Und eine weitere Stimme, die Harald schon einige Tage nicht mehr gehört hatte: die vom Muggenhammer Anton.

»Harry?«

»Bin drinnen!«

»Griaß di.« Anton Muggenhammer entsprach ganz und gar nicht dem Stereotyp eines Menschen dieses Namens. Er war hager, hochgewachsen und trug weder Lederhosen, noch hielt er eine Mass Bier in der Hand. Stattdessen streckte er Harald eine Limo entgegen. »Duaschd?«

»Danke, ich habe schon zu viel Flüssiges intus.«

»Prostata?« Muggenhammer grinste. »Häufige Samenergüsse im mittleren Alter zwischen vierzig und fünfundsiebzig Jahren sollen das Risiko für Krebs in dieser Körperregion senken.«

»Das sind ja spannende Neuigkeiten.«

»Seh' ich auch so.« Muggenhammer schnappte sich mit der freien Hand Haralds zusammengeklappten Stuhl und entfaltete ihn mit Hilfe des Knies.

»Wie geht's Lindbergh?«, erkundigte sich Harald.

Die Taube war Muggenhammers bestgehüteter Schatz. Der Langstreckenvogel brachte ihm bei deutschen Wettbewerben jedes Mal Preisgelder um die vierzigtausend Euro ein, im Ausland wurden die Erstplatzierten gar mit siebenstelligen Summen belohnt. In Südafrika hatte der König letztes Jahr bei einem Wettbewerb rund dreitausend andere Tauben ins Gefieder gesteckt und die Distanz von fünfhundert Kilometern in acht Flugstunden absolviert. Muggenhammer war mit einer Million Euro zurückgekehrt! Inzwischen war der Mann in Traunstein ein V.I.P., und vor seiner Taubenzuchtanlage stiegen Scheichs und chinesische Milliardäre aus ihren Limousinen, um einen Blick auf die beste Langstreckentaube des Landes zu erhaschen. Und zu versuchen, sie Muggenhammer abzukaufen. Der sich jeder Offerte bis dato aber vehement verweigert hatte.

»Danke der Nachfrage. Lindbergh geht's gut. Hab' schon wieder ein Angebot für ihn bekommen.«

Haralds Brauen zuckten. »Wie viel war's diesmal?«

»Eins Komma drei.«

Millionen natürlich. Harald schnalzte mit der Zunge. »Leckstmiamarsch!«

»Aus Taiwan.« Muggenhammer streckte die Beine aus.

»Für Wettbewerbe?«

»Für die Zucht. Große Voliere, 'ne hübsche Taubendame und dann viel Nachwuchs.«

»Könnt' mir Schlimmeres vorstellen.«

»Du und Nachwuchs?«

»Abgesehen davon.«

»Dasiehgst. Außerdem: Der Lindbergh will fliegen.« Muggenhammer grinste. »Und ich das Preisgeld. Und züchten tu ich eh selbst. Aber man hört, du bewegst dich in letzter Zeit auch auf großem Fuß.« Sein Grinsen wurde breiter. »Ja, musst nicht so schau'n! Jaguar, sag' ich nur! Erzähl!«

»Ich hab' keinen Jaguar. Gibt nix Neues.«

»Lügenbeutel. Die Karre mag nicht deine sein, aber bei dir gibt's eine Sause nach der anderen.«

»Sagt wer?«

»Die Schützinger.«

Harald, den Hintern an die Küchenzeile gelehnt, nahm die Hände aus den Taschen und verschränkte die Arme. »Soso. Was macht die gerade, den Rasen vertikutieren?«

»Schon längst erledigt. Momentan treibt sie ihre Dahlien vor. Also …« Der Taubenzüchter setzte die Limo an die Lippen und nahm einen großen Schluck. Dann stellte er die Flaschen neben sich auf den Boden. »Erzähl, bittschön.«

Bevor Harald sich überlegen konnte, mit welcher erfundenen Kleinigkeit sich sein Schrebergartenfreund zufriedengeben könnte, sprach Muggenhammer weiter. »Vor allem würde mich interessieren, woher du Leute kennst, die so einen Pinkel-Hobel fahren? Mit so feinen Schnöseln gibst du dich doch gar nicht ab.«

Harald grunzte. Muggenhammer selbst investierte das Vermögen, das er mit seinen Renntauben verdiente, in Wertpapiere. Sein Spezi war ansonsten auf dem Boden geblieben, fuhr einen gebraucht gekauften SUV und besaß ein bescheidenes Haus in der Peripherie. Sein Geld arbeitete für ihn. Er arbeitete mit Tauben.

»Hat denn die Schützinger nicht gesehen, wer ausgestiegen ist?«, fragte Harald.

»Logisch. Irgendein spinnerter Uhu, der sie gefragt hat, wo dein Garten ist.«

Richard also. »Ach der. Hat sich verlaufen«, meinte Harald.

»Soso. Verlaufen.«

»Kommt vor, Anton.«

»Sicher.« Muggenhammer nahm die Flasche vom Boden und prostete Harald zu. »So wie der andere?«

»Welcher andere?«

»Am gleichen Tag stand noch einer vor deiner Gartentür. So einer mit Schmalz. Kein Hirnschmalz, wenn du weißt, was ich meine.«

Langsam löste sich Haralds Hintern von der Küchenzeile. »Wie sah der aus?«, fragte er alarmiert.

»Jung. So wie die halt aussehen heute. Ist mit großem Abstand hinter euch Vogelscheuchen her.«

»Er ist uns gefolgt?«

Nach einem weiteren Schluck aus seiner Limoflasche nickte der Züchter.

»Wann genau, weißt du noch die Uhrzeit?«

Muggenhammer zuckte mit den knochigen Schultern. »Keine Ahnung. Ich war gerade auf dem Weg zu meinem Wagen, da habe ich ihn hinter euch herschleichen sehen. Hab mir nix dabei gedacht. Könnt' ja auch ein Neuzugang sein.«

»Ein Neuzugang?«

»Na, für deine Gruppe. Die Vogelbeobachter. Der feine Pinkel, ist der auch einer? Ihr seid mir 'ne illustre Truppe!« Muggenhammer lachte meckernd.

Harald schwieg, stieß sich von der Küchenzeile ab, ging zum Tisch, zog einen Stuhl zu sich und ließ sich darauf sinken. Offenbar war Jannik ihnen gefolgt. Unter Umständen schon seit dem Parkplatz vor dem Vogelbeobachtungsturm? Mit zusammengezogenen Brauen überlegte Harald weiter. Dort war ihm nichts Ungewöhnliches aufgefallen. Thilo und er waren wie immer mit dem Rad zurückgefahren und hatten keinen Verfolger bemerkt. Ein weiteres Rad, das in die gleiche Richtung fuhr, wäre ihnen aufgefallen. Und ein Auto sowieso. Thilo hatte sich Haralds Tempo angepasst, und er war nun mal keine Wiedergeburt von Rudi Altig.

»Geht's dir gut?«, erkundigte sich Muggenhammer vorsichtig. »Wenn deine Blase drückt, tu dir keinen Zwang an, in deinem Garten hat's etliche Büsche. Auf mich musst du keine Rücksicht nehmen. Die sehen jetzt fei schee aus. Also, die Büsche. Host die g'trimmt?«

»Hm«, machte Harald.

Auch Sabine und Katja hatten nicht davon gesprochen, dass ihnen jemand mit dem Auto zur Schrebergartenanlage gefolgt wäre. Egal, wie Jannik – wenn es denn Jannik gewesen war – es bewerkstelligt hatte, er hatte sich ziemlich geschickt darin angestellt.

Gedankenverloren stand Harald auf und griff zu einem Apfel, der mit anderem Obst in einer Schüssel lag. Nichts davon kam ihm bekannt vor. Weder das Obst, noch die Schüssel. Sabine, mal wieder, mutmaßte er.

»Harry?« Muggenhammer klang mit einem Mal besorgt. Die Tatsache, dass sein Freund freiwillig Vitamine zu sich nahm, musste in ihm alle Alarmglocken gleichzeitig läuten lassen.

Harald räusperte sich. »Alles in Ordnung.«

»Sicher?«

»Logisch. Was hat er dann gemacht? Der potenzielle Neuzugang?«

»Ich hab mich nicht darum gekümmert, ehrlich gesagt. Er ist rumgestanden, hat sich nicht in den Garten getraut. Ich hab das nicht wirklich beobachtet.« Muggenhammer kniff die Augen zusammen. »Hätt ich sollen?«

»Nein, nein«, beruhigte ihn Harald. »Das war wahrscheinlich ein Freund von Thilo.«

»Das ist der junge Spritzer?«

»Genau der.« Wieder räusperte sich Harald. Es war Zeit für einen Themenwechsel. Über Antons Informationen konnte er auch noch später Mutmaßungen anstellen. »Danke übrigens für die Voliere. Roberta findet sie ziemlich gut, glaube ich.«

»Ist das die Dame oder das Hendl?«

Harald lachte. »Das Hendl.«

»Dann richte der Dame schöne Grüße aus: Ich hab's gern gemacht.«

»Sie will Lindbergh einen Futtersack spendieren.«

Muggenhammer riss die Augen auf. »Oha! Naaaaaa, das soll sie lassen, das ist ein anspruchsvoller Geck. Schick sie mal zu mir rüber, ich hab noch irgendwo 'nen Kasten Schnitzelbaumer in der Hütte stehen.«

»Der ist sicher schon übers Verfallsdatum.«

»Zucker, Salz, Bier … wird alles nicht schlecht. Ich kann mich nicht beduselt um meine Vögel kümmern, und wenn der Kasten mal endlich wegkommt, wäre mir das recht.«

»Zeig ihr lieber mal das wertvolle Gefieder, das in deinem Profibau auf der Stange hockt«, schlug Harald vor und steckte die Hand in seine Jackentasche. Seit einigen Sekunden vibrierte sein Handy, das er nach dem Telefonat mit Sabine nicht ausgeschaltet hatte. Er zog es heraus. Thilo hatte versucht, ihn zu erreichen.

Ruf mich an, alter Mann, las Harald.

Heute Abend in Zoom, und ich hab 'ne Idee.

»Hast du 'ne Ahnung, wo das Zoom ist?«, fragte er seinen Spezi. Mit hilfloser Miene betrachtete er die zwei Sätze auf dem Display.

Muggenhammer legte den Kopf in den Nacken und stieß wieder sein meckerndes Lachen aus. »Das Zoom! Naaa, das ist kein Ort. Zoomen, Harald. Klar. Mach ich fast täglich. Ohne diese Onlinetools kann ich meine Geschäfte nicht betreiben. Meinst du, ich telefoniere mit den Arabischen Emiraten? Mit China, Südafrika? Oder ich schick 'ne Taube?« Laut prustend winkte Muggenhammer ab und nuckelte dann wieder an seiner Limo. Als er über den Rand der Flasche in das konsternierte Gesicht seines Kumpels sah, fügte er lässig hinzu: »Piece of cake, wie man heutzutage sagt. Kriegst selbst du hin, Harry.«

»Wie viel soll ich reinwerfen?« Mark stand am Herd, den Eierkarton in der Hand. Vor ihm sprudelte heißes Wasser, Dampf stieg auf und kroch an die Decke. Die alte Dunstabzugshaube der WG-Küche arbeitete nur noch auf Sparflamme. »Für jeden drei? Sind noch sechs in der Schachtel.« Doch bevor Thilo antworten konnte, entschied er selbst. »Sechs ist gut. Zahl des menschlichen Geistes. Irgend so ein Yoga-Ding. Hat mir Melina erzählt.« Vorsichtig ließ Mark das erste Ei von einem Löffel in den Topf gleiten. »Kann nicht schaden, wenn unser Geist beim Abendessen upgegradet wird.«

»Melina macht Yoga?« Thilo hätte ihr eher irgendeine Kampfsportart zugetraut. Krav Maga. Jiu-Jitsu. Judo.

»Anscheinend.«

»Anscheinend?«

»Ich hab nicht nachgefragt, okay? Wie weit bist du mit der Avocadocreme?«

Thilo warf einen Blick auf sein Handy und scrollte mit dem Ringfinger der linken Hand, seinem einzig sauberen, das Rezept nach unten. »Fehlt noch Magerquark.« Quark einzurühren klang wenigstens easy. Das Entsteinen der Avocado hatte ihn nämlich den letzten Nerv gekostet: Entweder hatte sich der Löffel in die Schale gebohrt, oder er war abgerutscht und hatte das Fruchtfleisch über die halbe Arbeitsplatte katapultiert.

»Haben wir nicht. Ich hab dafür den High Protein vorgesehen, nimm den.« Mark gab das vierte Ei in den Topf. »Erzähl mir von deinem Vogelfreund. Haaaarald.« Er zog den Namen in die Länge. »Wer heißt denn Harald?« Den Löffel mit dem nächsten Ei über dem Topf balancierend, sah er gespannt auf das sprudelnde Wasser, als ob er auf den geeigneten Moment für den Abwurf wartete.

»Na, der Lesch, zum Beispiel. Harald Lesch von Terra-X. Der erklärt dir auch Thermodynamik.«

Thilos Vorschlag, Harald in die WG zu bitten, damit sie gemeinsam zoomen könnten, war derart spontan aus ihm herausgerutscht, dass es ihn selbst gewundert hatte. Auf der anderen Seite war diese Einladung natürlich logisch. Harald hatte zugegeben, mit einem Videocall – er hatte es »Bildtelefonat« genannt – nicht klarzukommen, Sabines Mutter litt unter der Chemo und brauchte Ruhe, und Katja … Okay, Harald und Roberta waren sich nähergekommen. Dennoch war es Thilo nicht entgangen, dass Katja den Ex-Forensiker bei sich in der Wohnung mit Adleraugen beschattet hatte. Alle Objekte, nach denen seine Pranken gegriffen hatten, waren von ihr anschließend an ihren ursprünglichen Platz zurückgestellt worden.

Schon wenige Millimeter Abweichung in der Regalordnung schienen Katja aus dem Konzept zu bringen. Nein: Harald in Katjas Wohnung, das ging gar nicht.

Mark war, was Gäste anging – auch hinsichtlich jener, die er nicht kannte –, komplett tiefenentspannt. Doch hatte Thilo aus anderen Gründen ein wenig Zweifel, was den kommenden Besuch anging. Haralds ausladende Fülle in seinem kleinen WG-Zimmer ... Auf alle Fälle würde es eng werden.

Ihm fiel auf, dass er noch nicht auf die erste Frage seines Freundes geantwortet hatte. »Harald ist ein wenig ...« Den High-Protein-Quark in der Hand brach er ab und überlegte. Tja, was war Harald? Schließlich stimmte der erste Eindruck, den Thilo sich von ihm gemacht hatte, nicht mehr mit dem jetzigen überein. Trotzdem, so absolut pflegeleicht war der Rentner nicht. »Verhaltenskreativ«, beendete Thilo seinen Satz.

»Kein Thema«, meinte Mark abgeklärt. »Was genau? ADHS? ADS? Bipolar, Boderline, depressiv, autisti ...?« Die Türklingel unterbrach seine Aufzählung. »Ich gehe«, bot er nach einem Blick auf Thilos avocadoverschmierte Hände an. »Außer, du machst dann die Klinke sauber. Letztes Ei drin, sieben Minuten, Timer ist gestellt.«

»Alles klar.« Thilo warf einen Blick auf die Küchenuhr. Sieben Minuten. Parallel das Brot toasten und den Schnittlauch schneiden. Den Quark würzen. Zu Abend gegessen hätten sie in fünfzehn Minuten. Perfektes Timing, bis Harald eintreffen würde. Falls Melina jetzt unangekündigt auftauchte: Brot hatten sie genügend da, die Avocado-Eier-Quark-Masse ließ sich auch durch drei teilen. Thilo wusch sich die Hände in der Spüle, öffnete die Flasche mit dem Zitronensaft, und während er konzentriert einige Tropfen über der Quarkmasse verteilte, hörte er Mark aus dem Flur zurückkommen.

»Brendan Gleeson in kurz steht vor der Tür und behauptet, er heißt Niederbuchner.«

Ruckartig sah Thilo auf. »Scheiße, er ist zu früh.« Gleichzeitig wurde ihm zum ersten Mal klar, dass Harald tatsächlich eine außerordentlich große Ähnlichkeit mit dem irischen Charakterdarsteller hatte, auch wenn der sicherlich zwei Köpfe größer war.

»No shit, Sherlock.« Mark grinste. »Das wird ein interessanter Abend. Der Typ ist älter als mein Dad. Stell noch 'nen Teller raus, Brendan isst mit.«

Sabine sah müde aus, fand Thilo. Das war nicht die »Lass-mich-mal-ran-Sabine«, die er bis jetzt kannte. Wie Katja hielt sie sich an einer Tasse fest. In beiden Fällen vermutete Thilo Tee.

Vor ihm und Harald hingegen standen zwei Bierflaschen auf dem ein Meter zwanzig langen Schreibtisch. Wie erwartet, ging es eng zu. Harald war auf dem Küchenstuhl etwas nach hinten gerückt, damit Thilo, ohne sich das Schultergelenk auszukugeln, mit der Maus hantieren konnte.

Die Konversation während des Abendessens hatte hauptsächlich Thilo bestritten. Zunächst waren Vorlesungen an der Uni das beherrschende Thema gewesen. Harald hatte mit der Gabel argwöhnisch das geröstete Vollkornbrot mit dem hausgemachten Avocado-Ei-Aufstrich auf dem Teller hin- und hergeschoben. Womöglich hatte er das im Jura, Chronozän oder wann auch immer Harald klein gewesen war, mit seinem Spinat ebenso getan. Mark hatte das Schauspiel in vollen Zügen genossen und nach einem von Haralds Grunzern erklärt, der

Kauf einer Avocado sei ökologisch natürlich nicht sinnvoll, aber das sei der einer Banane auch nicht. Harald hatte wieder gebrummt, dieses Mal in einer belustigten Variante.

Das war das Zeichen für Thilo gewesen einzugreifen. Er hatte ausgeholt, den Magnesium-, Kalium- und Eisengehalt der Frucht gelobt, die sich deswegen ausgezeichnet als Sportmahlzeit eigne. Eine Weile hatte er mit Mark über »Frucht« oder »Gemüse« debattiert, nach kurzem Gegoogle herausgefunden, dass »Beere« der exakte Begriff war. Harald hatte fleißig an seiner Fitnessnahrung herumgesäbelt und das Brot ohne Murren vertilgt.

»Nazari hat Folgendes herausgefunden«, begann Harald jetzt, nachdem sie sich alle über ihre Bildschirme begrüßt hatten.

Doch bevor er weitersprechen konnte, unterbrach Katja ihn mit einer Frage nach Heides Gesundheitszustand.

Sabine brachte ein kleines Lächeln zustande. »Schwach, aber sie sieht sich gerade zum hundertsten Mal *Harold und Maude* auf DVD an.«

»Den mag ich auch.«

»Ich nicht«, stellte Harald fest. »Depri-Kino. Bist du sicher, dass das der richtige Film für deine Mutter ist?«

Katja sah wütend in die Kamera, und allen war klar, dass dieser Blick nur für ihn gedacht war.

»Ja, also wie gesagt, weiter im Text«, sagte Harald daraufhin schnell. »Der Fahrer des schwarzen Mercedes ist ein gewisser Ernst-Dieter Rader.«

»Ernst-Dieter?« Katja hob die Augenbrauen. »Im Ernst?«

»Im Ernst.« Harald räusperte sich. »Also, Ernst-Dieter ist fünfundfünfzig Jahre alt, hat einen zwanzigjährigen Sohn und ist Inhaber des Logistikunternehmens, das Thilo beobachtet hat.«

»Aber das heißt doch Krissler«, warf Thilo ein.

»Hat keine Bedeutung«, erklärte Harald. »Rader ist dort mit viel Diridari 2008 eingestiegen. Ihr erinnert euch: Die Kombination aus Kredit- und Wirtschaftskrise kam in dem Jahr massiv in der Transport- und Logistikbranche an«.

Die drei anderen nickten mechanisch, aber es war klar: Niemand entsann sich.

»Mauteinführung 2005, Weltwirtschaftskrise 2008«, führte Harald aus. »Letzteres die Folge des spekulativ aufgeblähten Immobilienmarkts in den USA. Die Kombination aus allem hat Krissler fast das Genick gebrochen.«

»Und er hat die Firma gerettet?«

»Heiland Rader hat sie gerettet«, bestätigte Harald.

»Heißt er nicht Ernst-Dieter?« Sabine wirkte verwirrt, und Thilo dachte erneut, wie enorm sie momentan unter Stress stehen musste, wenn ihr sogar Haralds offensichtlicher Scherz entging.

»Rader hat also was auf dem Kerbholz?«, fragte Katja.

Harald fasste in eine der vielen Taschen seiner Popelineweste, zog ein kleines Notizbuch heraus, hielt es sich nah vor die Augen und blätterte darin. »O ja. Nazari sprach von … Moment … mehreren Verstößen gegen das Arbeitnehmerentsende- und Arbeitnehmerüberlassungsgesetz, Vorenthaltung von Sozialversicherungsbeiträgen, illegaler Aufenthalt«, las er laut vor. »Rader wurde in den letzten Jahren mehrmals zu Geldstrafen verurteilt.«

»Gefängnis?«

Harald schüttelte den Kopf.

»Ich fasse zusammen«, sagte Katja. »Fiedler verkauft in seinem Shisha-Laden Hehlerware. Einer von Fiedlers Freunden wird von Rader vor dessen Firma mit dem Auto abgeholt. Rader ist nachweislich kein gesetzestreuer Mensch, faire Arbeitsbedingungen und Entlohnung scheren ihn einen Kehricht.«

»Scheint so«, stimmte Sabine zu.

»Um den genauen Zusammenhang hier zu ergründen, sollten wir mit Fiedler persönlich sprechen«, überlegte Katja weiter. Gedankenverloren drehte sie die Tasse in ihren Händen so, dass das Motiv von der Kamera erfasst wurde. Thilo unterdrückte ein Lachen, als er die beiden Hühner aus dem Animationsfilm *Hennen rennen* sah. »Du hast doch Kommissar Nazari jetzt erfolgreich bearbeitet«, fuhr Katja zu Harald gewandt fort. »Keine Ahnung, wie du das gemacht hast, aber er scheint zu spuren. Kannst du nicht noch einmal deinen Einfluss geltend machen? Damit er dir einen Besuchstermin im Gefängnis verschafft?«

Bei dem Wort »Einfluss« leuchteten Haralds Augen stolz. Dennoch schüttelte er skeptisch den Kopf. »Schwierig«, grunzte er.

»Versuch es einfach«, bat Katja.

»Tu mein Bestes.«

»Was ist mit diesem Jannik? Hat Nazari zu ihm auch etwas?«

Harald schüttelte den Kopf. »Nur eine Kleinigkeit vor einigen Jahren, das fiel noch unters Jugendstrafrecht. Daher keine Akteneinsicht.«

»Aber er hat auch was auf dem Kerbholz«, sagte Thilo. »Das könnte schon noch relevant werden.«

»Wer auch noch relevant werden könnte, ist Jennifer Seethaler, nicht wahr? Die sollten wir nicht vergessen.«

Das war ein wichtiger Einwand von Sabine, und die drei anderen nickten unisono.

»Absolut richtig«, sagte Katja dann. »Jennifer behalten wir natürlich auch schön im Blick. Vor allem nach dem, was uns ihr Gespons berichtet hat.« Als sie Thilos erhobene Augenbrauen sah, berichtigte sie sich. »›Ehemann‹, wollte ich sagen. »Spōnsus, lateinisch für ›Verlobter‹. Wurde im Frühneuhochdeutschen im 15. Jahrhundert als ›gespons‹ für ›Bräutigam‹ verwendet.«

»Gibt es etwas, was du nicht weißt?«, blaffte es links von Thilo, worauf er schnell erwiderte: »Zurück zu Jennifer!«

»Jennifer ist eifersüchtig«, dachte Sabine laut nach. »Kollegin Annika hat Frank aber vielleicht auch nicht von der Bettkante geschubst.« Sie zuckte mit den Schultern. »Sollen wir noch mal bei Annika nachhaken?«

Harald, die Bierflasche in der Hand, schüttelte den Kopf. »Halte ich für nicht zielführend.«

»Was dann?«

»Dieser Regenbogen.« Harald setzte die Flasche an den Mund und nahm einen großen Schluck. Danach hielt er inne, schien forschend in sich hineinzuhorchen. Seine Wampe machte einen kleinen Hüpfer. Dann hatte er sich wieder im Griff. »Das Mädchen, das mit dir Kontakt aufgenommen hat, Sabine.«

»Die Tochter von Fischbacher?«

»Genau. Ruf die doch mal an.« Jetzt konnte sich Harald nicht mehr zurückhalten, einen dermaßen lauten Rülpser hatte Thilo noch nie gehört.

»Respekt, alter Mann!«

Flieg nicht zu hoch, mein kleiner Freund

Als Sabine das Café betrat, musste sie eine Weile suchen, bevor sie Antonia entdeckte. Das kleine Lokal war insgesamt schlicht gehalten, kein Plüsch, kein Schnickschnack. Die Wände dunkelblau, mehr oder weniger die gleiche Farbe, mit der sich die Hälfte der Gäste die Haare gefärbt hatte. Hansjörgs Stieftochter fiel hier nicht weiter auf, aber Sabine kam sich vor wie der bunte Hund. In jeder Hinsicht von gestern: langweilig und alt. Mit einem Mal fühlte sie sich in ihrem farbenfrohen Lieblingspullover nicht hip genug, ihre Jeans war nicht schwarz, schon gar nicht verwaschen, und ihre Stiefeletten waren eindeutig zu altmodisch. Jede Person in diesem Raum musste sie für eine überbesorgte Mutter halten, die sich hier dreist nach ihrem Nachwuchs umsah. Zumindest das mit der besorgten Mutter traf zu, gestand Sabine sich ein, nur dass es nicht um Antonia ging. Schon den ganzen Tag fragte Sabine sich, ob Felix heute die Schulbank gedrückt oder sich wieder einmal anderswo herumgetrieben hatte.

Da entdeckte sie das Mädchen. Antonia hob die Hand, winkte verhalten und lächelte dabei, was Sabine ihr angesichts der anwesenden Gleichaltrigen hoch anrechnete. Offenbar war ihr ein Treffen mit einer Frau, die ihre Mutter sein könnte, nicht peinlich.

Sabine machte sich auf den Weg, steuerte an einem Billardtisch und der Theke vorbei und bildete sich dabei ein, von den jugendlichen Gästen angestarrt zu werden.

»Sie haben hergefunden«, stellte Antonia fest. In diesem Satz lag nichts Herablassendes, kein »Es gibt Google-Maps, aber wissen Sie überhaupt, wie man das bedient?«.

Sabine hatte das viel zu kleine Icon nicht auf dem Smartphone suchen wollen, sie war einfach Antonias Beschreibung gefolgt und hatte sich auf den letzten Metern durchgefragt. Vorsichtig setzte sie sich auf den zweiten Hocker und vermisste jetzt schon eine Lehne. Da es keine ordentliche Möglichkeit gab, Tasche oder Jacke unterzubringen, ließ sich Sabine auf ihrem Kurzmantel nieder und klemmte den Filz-Shopper auf dem schwarzen Linoleum zwischen ihren Füßen ein. »Klar. War nicht schwer«, flunkerte sie. »Was trinkst du?«

»Hot Tea Punch. Der ist alkoholfrei.«

Sabine bestellte das Gleiche. »Danke, dass du in ein Treffen eingewilligt hast«, sagte sie zu Antonia, nachdem die Kellnerin, die aussah, als würde sie – wie ihre Gäste – noch zur Schule gehen, abgerauscht war.

»Logisch. Ich hab's Ihnen doch angeboten.«

»Stimmt. Warum, wenn ich fragen darf?«

»Er ist ein Arsch.« Antonia rührte mit dem Löffel in ihrem Tee, trieb eine Limettenscheibe im Glas herum. »Und so, wie Sie mich gerade angucken, können Sie da nicht widersprechen.«

»Ich kenne deinen Vater eigentlich nicht.«

»*Stief*vater.«

»Richtig. Wie gesagt: Ich kenne ihn nicht, habe ihn im Gericht zum ersten Mal getroffen.«

»Der Eindruck war aber … nachhaltig, oder?«

»Hat in der Tat einen hartnäckig anhaltenden Effekt.«

Die Bedienung kehrte an den Tisch zurück, und Sabine nahm dankend den Punsch in Empfang. Eine Schwade Zimt waberte ihr entgegen.

»Nicht, dass er gewalttätig wäre oder so was. Er ist einfach nur …« Antonia brach ab.

»… ein Arsch.«

Die junge Frau nickte. »Ich hab' gehört, was Sie ihn gefragt haben. Die Tür zum Damenklo schließt nicht mehr richtig.«

Sabine grinste. »Nachlässig so was.«

»Der Hausmeister hat das wohl übersehen.«

»Das muss es sein.«

»Es ging um seinen Kollegen.«

»Frank Seethaler, genau. Ein Freund von mir.«

»Der Name sagt mir was, ich hab' die Einladung zur Beerdigung auf dem Küchentisch gesehen.«

»Die Trauerkarte«, verbesserte Sabine automatisch, zuckte aber sogleich entschuldigend mit den Achseln. »Sorry. ›Einladung‹, das klingt so nach Kindergeburtstag.«

»Whatever.«

Das klang jetzt wiederum ganz nach Thilo.

»Er wollte zuerst nicht gehen.«

»Ach?«

»Hat deswegen lange mit jemandem telefoniert.«

»Wahrscheinlich mit einem Kollegen oder einer Kollegin. Fiel denn der Name Annika?« Das war ein Schuss ins Blaue, aber da Sabine die Namen der anderen Beschäftigten nicht kannte, blieb nur die junge Staatsanwältin übrig.

»Nein, die war's nicht. Ich weiß nicht, wen er angerufen hat. Aber es war ein langes Gespräch.«

»Hm.« Sabine nahm einen Schluck Punsch und verzog gleich darauf überrascht das Gesicht. »Das ist ja scharf«, stöhnte sie.

»Ist ein wenig Chili drin.«

»Ein wenig?«

»Soll Erkältungen vorbeugen.«

Auch das klang nicht naseweis, sondern nach einer simplen Tatsache.

Sabine, der durch die Würze des Tees Hitze durch den Körper schoss, legte auch ihren Schal auf den Hocker. Wenn das so weiterging, würde sie sich bald fühlen wie die Prinzessin auf der Erbse. Der zweite Schluck Punsch brannte schon nicht mehr. Stattdessen trat das angenehme Zitronenaroma in den Vordergrund. »Hat was«, gab sie zu. Dann versuchte sie, sich auf dem unbequemen Hocker zu entspannen. »Kannst du dich an Einzelheiten des Gesprächs erinnern?«

»Es ging um Geld.«

»Wirklich?« Sabine legte die Unterarme auf die Tischplatte und beugte sich gespannt vor. »Faszinierend.«

»Fand ich auch. Finde ich immer noch. Und das ist etwas, auf das Hansjörg privat echt steht. Auf Kohle.«

Sabine schwieg. Und wartete. Sie hatte das Gefühl, dass Antonia jetzt in Fahrt kommen würde, dass das der Anfang von etwas war.

»Karriere, Kohle, Statussymbole. Der ganze Shit. Der typische Gönnjamin. Mit dem kann man nicht diskutieren, vor allem nicht über Umweltaspekte, den Klimawandel, über das, was wir tun müssen.«

Sabine nickte.

»Für den ist Klimaschutz 'ne Zumutung. Weil das ja Geld kostet. Viel Geld. Sein Geld. Klimawandel ist 'ne Erfindung von strickenden Jutetaschennerds, die den Rest der Menschheit quälen wollen. Als ich auf 'ner Fridays-for-Future-Demo war, hat er gelacht. Gelacht hat der Sack!«

Wieder nickte Sabine. Sie war zwar nicht hier, um sich über die Veränderung des Klimas zu unterhalten, auch waren Klimawandelleugner nicht automatisch Mörder oder … Gönnjamins. Aber wenn Antonia sich einer Wildfremden so deutlich öffnete, dann würde womöglich etwas ans Licht kommen, das mit Frank in direktem Zusammenhang stand.

»Meine Mutter ist auch so ein strickender Jutetaschennerd«, sagte sie und war sich dabei durchaus bewusst, dass die große Einkaufstasche zwischen ihren Füßen ebenfalls aus nachhaltigem Material war.

»Dann verstehen Sie ja, auf was ich hinauswill.«

»Absolut. Hansjörg ist ein Arsch.«

Antonia grinste. »Sie sind krass drauf.«

»Sieht mein Sohn nicht so.«

»No front. Wird sich ändern.«

Sabine seufzte. »Dein Wort in Gottes Gehörgang.«

»Es ging, wie gesagt, um Geld«, nahm Antonia den Faden wieder auf. »Und es hat sich so angehört, als habe er Kohle für etwas bekommen, was er nicht getan hat.« Sie hielt inne. »Nein, das kam nicht richtig rüber. Wie soll ich das anders sagen?« Sie legte den Kopf schief, schien zu überlegen. »Es gab wohl eine Abmachung, mein Stiefvater hat dafür Geld bekommen, und dann hat sich herausgestellt, dass er es verschissen hat.«

»Er hat die Abmachung nicht eingehalten?«, übersetzte Sabine.

Antonias Finger schoss vor. »Genau. Genau so. Nicht eingehalten oder irgendwas ist schiefgelaufen.«

»Und du hattest den Eindruck, das alles stand in Zusammenhang mit Frank Seethaler?«

»Hatte ich. Und es klang nach einem privaten Gespräch. Nichts Berufliches, verstehen Sie? Da würde er ganz anders klingen. Different vibes.«

Nachdenklich nickte Sabine. »Das sind tierisch coole Infos«, versuchte sie sich dann in Jugendsprech. »Der Punsch geht auf alle Fälle auf mich. Willst du noch einen?«

Antonia strahlte. »Ehrenfrau! Aber bitte sagen Sie nie wieder ›tierisch cool‹.«

Zwei Ananas-Holunder-Punsch später stand Sabine vor dem Café und kramte ihr Handy aus der Tasche. Inzwischen verabschiedete sich die Sonne am Horizont. Der Rest des Nachmittags war schnell und angenehm mit Smalltalk verflogen. Antonia joggte, zeichnete und hörte viel Musik, hing mit Freunden ab und ging wie Thilo ins Lovecraft. Auch mal bis ein Uhr in der Nacht, da sie einen der Rausschmeißer dort persönlich kannte. Ihre Eltern schien es nicht übermäßig zu interessieren, dass ihre noch nicht ganz sechzehn Jahre alte Tochter nach Mitternacht noch unterwegs war. Die Finger der jungen Frau waren die ganze Zeit über das Smartphone gehuscht, ohne dass ihre Erzählungen ins Stocken geraten waren.

Für die Jugend kein Grund, sich zu entschuldigen, dachte Sabine, den Blick auf das eigene Handy gerichtet. Diese Generation fuhr mehrspurig, ohne es für Unfreundlichkeit zu halten. Sabine fühlte sich dadurch nicht zurückgesetzt, denn Antonia hatte der SOKO Neuntöter ein weiteres Puzzleteil zur Lösung des Falls beigesteuert.

Sie tippte Katjas Nummer ein und lauschte dem Freizeichen.

Es dauerte ungewöhnlich lange, bis das Gespräch angenommen wurde, und Sabine wollte gerade auflegen, als es in der Leitung knackte.

»Ja?«

Sabine zuckte zusammen, Katja hatte das Wort praktisch herausgeschrien. War sie in Schwierigkeiten? Dann aber vernahm sie im Hintergrund das Klappern von Geschirr, Stimmengewirr und das Klingen von Gläsern, die aneinandergestoßen wurden. »Störe ich?«

»Nein.«

Ja und nein. Das war sogar für Katja äußerst kurz angebunden.

»Ich komme gerade von einem Treffen mit Antonia.«

Stille.

»Hansjörgs Tochter«, erklärte Sabine.

Immer noch Stille.

»Bist du noch da?«

»Ja.«

»Kannst du gerade nicht reden? Bist du beschäftigt?«

»Quid vesper ferat, incertum est.«

»Ah, ich verstehe«, sagte Sabine, die gar nichts verstand. »Ich mach's kurz: Hansjörg hat möglicherweise enormen Dreck am Stecken, es scheint, als ob er illegale Sachen dreht und Geld dafür nimmt.«

»Korrupt?«

»So nennt man das wohl.«

»Stark.«

»Bist du betrunken?«

»Bist du böse?«

»Weil du dir gerade die Kante gibst? Ähm … nein …«

»Super, wir sprechen uns morgen.« Und weg war Katja.

Das war nun jetzt gar nicht die Reaktion, die Sabine erwartet hatte. Stirnrunzelnd betrachtete sie ihr Handy und tippte dann Haralds Nummer ein. Von ihm würde sie zwar nur ein Grummeln erhalten, aber dafür ein anerkennendes.

Katja steckte das Handy in ihren kleinen Lederrucksack zurück. Jetzt war nicht die Zeit für Ermittlungen oder konspirative Treffen. Jetzt war die Zeit, eigene Chancen zu ergreifen und Träume wahr werden zu lassen – oder es zumindest zu versuchen.

Sie warf Roisin einen entschuldigenden Blick zu. »Tut mir leid wegen des Anrufs, war nicht wichtig.«

Roisin winkte ab und fuhr mit der glanzvollen Imitation des Kollegen aus der Verwaltung fort, den sie heute in den Ruhestand verabschiedet hatten. Inklusive des stieren Blickes seiner Bordeauxbulldogge. Dann griff sie nach ihrem Rotweinglas und prostete Katja zu. »Das sollten wir öfters machen. Lockert das langweilige Tagesgeschäft auf, findest du nicht?«

Katja nickte begeistert. Sie konnte immer noch nicht glauben, dass sie hier saß, gemeinsam mit Roisin in einem Lokal, und sich vollaufen ließ. Ebenso wenig konnte sie begreifen, dass sie deren Vorschlag, den Tag gemeinsam nach der Verabschiedungsfeier ausklingen zu lassen, überhaupt angenommen hatte. Insgeheim fürchtete sie, da stecke etwas Schlimmes dahinter. Dass Roisin auch gehen und aus Katjas Leben verschwinden würde. Für immer. Ein neuer Job, und tschüss. *Quid vesper ferat, incertum est. Was der Abend bringt, ist ungewiss.* Sagte schon Titus Livius, der langweilige Tugendbold.

Aber war es nicht Katja selbst, die nach einem neuen Job suchte? Warum tat sie das noch gleich? Der Grund dafür wollte ihr mit einem Mal nicht mehr einfallen.

»Glaubst du, Roberta ist mir böse, dass ich spät nach Hause kommen werde?«, fragte sie mit schwerer Zunge.

Roisins Busen drückte gegen die Resopalplatte, als sie sich verschwörerisch vorbeugte. »Die Frage ist eher: Wird sie mitbekommen, dass du einen ... wie sagt man ... in der Krone hast?«

»Habe ich nicht!«

»Hast du doch!«, kicherte die Irin. »*You're hammered, dear!*«

»Ich trinke eben nicht oft.«

»Du willst sagen, dass du niemals trinkst. Und bitte komm mir jetzt nicht mit Vergleichen zwischen Deutschland und Irland und diesem Pub-Guinness-Whisky-Last-Call-Mist. Es gibt auch durchaus Iren, die nicht in einer Tour saufen.« Sie lehnte sich wieder zurück.

»Das habe ich damit nicht gemeint.«

»Gut.« Roisin nahm einen weiteren Schluck und stellte das Glas ab. »Ich muss nämlich selbst aufpassen, damit ich dich nachher unfallfrei zum Taxi bringen kann.«

»Ich gehe davon aus, dass ich das noch alleine schaffen werde!«, entrüstete sich Katja, wobei ihr allerdings die durchaus angenehme Vorstellung, von Roisin dorthingebracht zu werden, nicht aus dem Kopf ging.

»Was du nicht sagst!« Die Irin hob die Hand. »Noch zwei von denen, *love*«, schrie sie der Kellnerin zu. »Nein, Katja. Keine Widerrede. Eine Runde noch. Die geht auf mich, und die wird noch getrunken. *Till the last drop.*«

Wieder nickte Katja. Ihr Kopf war mit Gaze gefüllt, ihre Gedanken drehten sich im Kreis, und die Hand-Augen-Koordination ließ zu wünschen übrig, als sie nach ihrem Glas griff.

Später versuchten die beiden Frauen, mit Hilfe von Darjeeling wieder klarer zu sehen.

»Brauchst du mich morgen noch weiter bei der Vorbereitung des Vortrags?« Roisin wollte den dampfenden Tee an ihre Lippen setzen, zuckte aber zurück und pustete stattdessen in die Tasse. »Ich dachte, dass ich vielleicht sonst früher gehen und etwas herumstrollen könnte.«

Da ihre Kollegin sonst niemals englische Begriffe ins Deutsche übertrug, schob Katja diese entzückende Bereicherung auf den Alkohol. Strollen. Das klang so viel besser als »schlendern« oder »bummeln.« Besonders »bummeln« war ihrer Meinung nach ein enorm dämliches Wort. Es klang nach Verspätung, Laissez-faire und verschleppten To-dos – alles Dinge, die sie zutiefst verabscheute. »Strollen« hingegen sollte in den Duden aufgenommen werden.

»Lieb, dass du fragst, aber geh ruhig früher.« Hatte sie das gerade gesagt? »Lieb, dass du fragst?« *Lieb?*

Roisin schien das nicht zu merken oder zu bewerten. »Sehr gut.« Die Teetasse tanzte in ihrer Hand, und als sie die Lippen erneut an den Rand setzte, tröpfelte ihr ein wenig Flüssigkeit aufs Kinn. Nachlässig wischte sie mit dem Handrücken darüber.

Katja reichte ihr eine Serviette. Roisin betrachtete grübelnd das Stück Stoff in ihrer Hand, betupfte sich dann kurz das Kinn und gab es zurück. Akkurat faltete Katja die schmutzige Seite der Serviette nach innen – was sie mehr Zeit kostete als sonst – und legte sie neben ihren Unterteller. Danach sah sie hoch, mitten in Roisins grinsendes Gesicht.

»Tut mir leid, ich bin sehr … übergenau.«

»*I'm fully aware of that.* Ich komme schließlich jeden Tag in den … *the true promise*?«

»In den Genuss«, half Katja zögernd aus. »Du findest das also schlimm?«

»Nein, das war nicht abwertend gemeint. Das ist völlig in Ordnung. Wie so vieles an dir.«

Wie so vieles an dir. Katjas Herz hämmerte sich beinahe aus ihrem Brustkorb.

»Du hast außerdem ein großes Multitasking-Talent. Kannst problemlos zwei Vögel mit einer Klappe schlagen.«

Trotz ihrer Herzrhythmusstörungen lachte Katja. »Fliegen.«

»Was?«

»Du erschlägst Fliegen mit einer Klappe.«

»Bei uns sind es Vögel.«

»Ich weiß, bei uns nicht.«

»Okay, die wären auch zu groß für eine Klappe. Wir nehmen zum Erschlagen nämlich einen Stein. Oje, ich hoffe, ich habe dich nicht … weil Roberta …«

Grinsend winkte Katja ab. »So einen großen Stein würdest du gar nicht finden.«

Die beiden Frauen prusteten los. Zwischen der Besorgnis, im Lokal Aufsehen zu erregen, und dem kostbaren Augenblick der gemeinsamen Ausgelassenheit beobachtete Katja, wie sich Roisin eine Haarsträhne hinter das Ohr schob. Diese Bewegung brachte sie abermals durcheinander. Und gleichzeitig genoss sie die Geste so sehr, dass sie sich wünschte, sie könne sie sich als einen Kurzfilm immer und immer wieder anschauen.

Wenig später traten die beiden Frauen leicht schwankend ins

Freie. Roisin reckte die Nase in die Nachtluft, und Katja zitterte kurz, als sich ihre Kollegin wie selbstverständlich unterhakte, um gemeinsam mit ihr die Straße zu überqueren. Die Irin hüpfte über einen Gullydeckel und zog Katja übermütig mit sich.

Es tat gut, aus dem überfüllten Lokal herauszukommen. Die Temperatur um die Uhrzeit war aber so weit gesunken, dass Katja ohne ihren Mantel gefröstelt hätte. Die Gaze hinter ihrer Stirn wurde jetzt zwar ein wenig durchlässiger, aber geordnetes Denken fiel ihr trotzdem schwer. Roisins Körper spürte Katja mit einer derartigen Präsenz, dass sie das Gefühl hatte, sie müsste sich sofort losreißen und davonstürmen. Oder Roisin küssen. Dann fiel ihr ein, dass sie das alles nicht zum ersten Mal dachte. Noch einmal verstopfte ein Gespinst ihre Gehirngänge, und sie klammerte sich instinktiv fester an Roisin, damit sie auf dem unebenen Kopfsteinpflaster nicht hinschlug. Deren Busen drückte an ihren.

Dum spiro, spero. Solange ich atme, hoffe ich. Cicero mal wieder. Die Erkenntnis schälte sich endlich aus dem Wirrwarr von Katjas Empfindungen heraus.

Dum spiro, spero.

Im Taxi drückte sich Katja an die Wagentür und achtete darauf, dass ihr linkes Knie nicht das rechte von Roisin berührte. Sie fürchtete, ihr würde sonst die Luft wegbleiben, sie hatte schon jetzt Probleme damit, normal zu atmen. Der gemeinsame Abend, der Alkohol, das alles war irre. Und der Zustand der Verliebtheit kam noch obendrauf. Liebende waren ein Fall für die Klapsmühle. Das Innere, die Seele, was auch immer da involviert war, gab sich unbeständig. Zerbrechlich. Schon allein, dass das Wort »Verliebtheit« aus drei Silben bestand, suggerierte eine gewisse Schwäche, es schien, als würde es leicht auseinanderbrechen können. »Liebe« hingegen, ein zweisilbiger Begriff, besaß eine festere Struktur. Aber »Love«, das saß, das hielt wie frisch zementiert. Gott, sie musste echt blau wie ein Veilchen sein, um so einen Unfug zu denken.

Aber es war nun mal so, dass sie sich fühlte, als stände sie auf hoher See an Deck eines schwankenden Schiffs. Und das hatte nichts mit dem Genuss von drei Gläsern Rotwein auf fast leeren Magen zu tun, sondern alles mit dem leicht zerbrechlichen dreisilbigen Wort »Verliebtheit«. Katja hoffte aus tiefstem Herzen, dass Ver-liebt-heit bald in die stabile Lie-be übergehen würde. Und wenn die irische Rose dann ihrerseits Love verspüren würde, dann könnte absolut nichts mehr schiefgehen. Dafür musste Katja sich Roisin gegenüber erst einmal öffnen, hatte aber nicht den leisesten Schimmer, ob sie das tun und wie sie das tun würde.

»Ich muss dir etwas beichten«, unterbrach Roisin mit einem Mal die Stille im Taxi.

»Ja?« Katja schwebte zwischen Erwartung und Enttäuschung. Würde Roisin den Job wechseln? Heiraten? Was, wenn sie schwanger war? Scheiße. Schwangerschaft.

»Ich kann keine Vögel auseinanderhalten. Am Gesang zum Beispiel.«

Vor Erleichterung hätte Katja am liebsten laut geseufzt. Stattdessen lachte sie.

»Ist das lustig?«

»Irgendwie schon. Warum beichtest du mir das?«

»Weil ich weiß, dass Birding deine Leidenschaft ist.«

Sie wusste es und respektierte es! Hatte das etwas zu bedeuten? Erwarte nicht zu viel, ermahnte Katja sich. *Flieg nicht zu hoch, mein kleiner Freund.* Meine Güte, der Alkohol trieb ihren Geist wirklich in seltsame Richtungen. Zuerst philosophierte sie über die Anzahl von Wortsilben und jetzt auch noch Nicole.

»Vögel beobachten. Das tust du doch, nicht?«

Katja nickte. »Stell dein Licht nicht unter den Scheffel. Du kannst mit Sicherheit zehn verschiedene Vogelgesänge identifizieren.«

»Never!«

»Ente?«

»Das ist leicht.«

»Ist trotzdem ein Vogel. Huhn.«

»Aber …«

»Kuckuck.«

»*You're pulling my leg!*«

Katja lachte. »Absolut nicht! Weißt du, dass man den Kuckuck auch ›Studentenvogel‹ nennt? Weil ihn Biologiestudenten schon im ersten Semester identifizieren können.«

»Wenn sie es nicht könnten, hätten sie in dem Studiengang aber auch nichts verloren.« Roisin zählte demonstrativ mit den Fingern. »Drei. Wir sind erst bei drei.«

»Specht.«

»Der klopft.«

»Okay, er ist ein Perkussionist, aber das zählt auch. Eule. Krähe. Möwe. Taube. Schon acht Vögel.«

»Ich hätte nie vermutet, dass ich so gut bin.« Roisin lachte. »Elstern erkenne ich auch.«

»Amseln?«

»Vielleicht.«

»Also, dann sind wir bei ›vielleicht‹ zehn.«

»Beeindruckend. Ich bin ein Genie!«

»Ich hatte nichts anderes erwartet.«

»Aber du kannst diese Gesänge sicher alle nachahmen«, meinte Roisin. »Und aus einem Chor von Vögeln einzelne heraushören.«

»Ein Vogellied ist deutlich komplexer, als man denkt.« Katja war jetzt in Fahrt, bei diesem Thema brauchte sie nicht nüchtern zu sein, das steckte unauslöschlich in ihr. »Wenn man zum Beispiel den Gesang eines Zaunkönigs verlangsamt abspielt ...«

»Ihn also unters Mikroskop legt?«

»Sehr guter Vergleich! Wenn man das tut, stellt man fest, dass der Zaunkönig in jedem Lied, das – sagen wir – um die acht Sekunden dauert, einhundertunddrei Töne singt. Das sind siebenhundertvierzig Noten pro Minute!«

»Wow!«

»Und die Ornithologen nehmen an, dass Vögel diese Töne voneinander unterscheiden können, im Gegensatz zu uns. Man hat den Ruf einer Schwarzkehl-Nachtschwalbe verlangsamt abgespielt und festgestellt, dass er aus fünf Tönen besteht und nicht, wie angenommen, aus drei. Und das dann mit dem Ruf der Spottdrossel verglichen, die eine Nachtschwalbe nachahmte: auch fünf Töne! Sie kann es also durchaus hören, wir aber nicht! Ist das nicht ...« Plötzlich brach Katja ab. »Ich rede zu viel.«

»Es ist sehr ungewöhnlich, das muss ich zugeben.« Roisin strahlte über das ganze Gesicht.

»Das ist der Wein. Es tut mir echt leid, ich habe nicht vor, dich zu langweilen.«

»Unsinn. Erzähl mir mehr davon.« Roisin drehte sich zu Katja, soweit es der Gurt zuließ. »Erzähl mir mehr über das Lied der Schwarzkehl-Nachtschwalbe.« Als sie zu ihrer Tasche griff, streifte ihre Hand Katjas Finger.

Stromstoß.

»Also«, begann Katja, völlig aus dem Konzept gebracht. »Die Schwarzkehl-Nachtschwalbe …«

Roisin legte die Tasche wieder neben sich. Verbunden mit einer weiteren Berührung.

Großbrand.

»Dieser Vogel …«, setzte Katja erneut an, doch da wurde sie abgelenkt. Das Taxi hatte vor einer roten Ampel gehalten, und ein junger Mann eilte über den Fußgängerüberweg. Trotz der einsetzenden Dämmerung konnte Katja ihn genau erkennen. Es war Jannik.

Schlagartig war sie wieder nüchtern, die SOKO Neuntöter trat in Katjas Bewusstsein. Wohin wollte Jannik? Was, wenn sein Ziel wichtig war, ausschlaggebend für den Fall? Was, wenn es ein Versäumnis war, sich darüber keine Klarheit zu verschaffen? Was, wenn das alles mit Sabines Anruf zu tun hatte, den sie so rüde abgewürgt hatte?

Ihre Hand kroch zum Türöffner.

»Roisin«, sagte sie. »Es tut mir leid, aber mir ist was Wichtiges eingefallen.« Sie betrachtete ihre Kollegin, nahm deren erhitzte Wangen, das leichte Lächeln und die Erwartung in den strahlend blauen Augen wahr, die im Moment durch den Alkohol ein wenig kleiner zu sein schienen als sonst. Die Entscheidung, jetzt auszusteigen, fiel Katja unendlich schwer.

»Du gehst?«, fragte ihre Kollegin. »Hier? Du steigst hier aus? Warum? Warum ausgerechnet jetzt?«

»Es tut mir so leid. So sehr. Es ist nicht deine Schuld. Ich zahl dir morgen das Geld für das Taxi zurück und erkläre alles. Versprochen.« Mit diesen Worten öffnete Katja die Tür, taumelte aus dem Taxi und sah gerade noch, wie Jannik um die nächste Häuserecke bog.

Wahrscheinlich sollte er mehr für die Uni tun. Heute im Seminar hatte er, statt zuzuhören, eine Mindmap erstellt. Alle ihre Verdächtigen, die Verbindungen, mögliche Motive und Gelegenheiten. Ganz zu schweigen von Alibis.

»Das ist aber nicht Thermodynamik«, hatte Mark geflüstert, und Thilo hatte die App schnell geschlossen.

Ihm war klargeworden, wie viel ihnen noch fehlte. Was genau wussten sie zum Beispiel über Jennifer und Richard Seethalers Alibis? Richard hatte behauptet, seine Frau habe keins –, nur dass Seethaler selbst nun auch ohne dastand.

»Kommst du mit zum Kicken?«, hatte Mark ihn im Anschluss an die letzte Vorlesung des Tages gefragt. Eigentlich hätte Thilo die Bewegung gut gebrauchen können, aber dennoch hatte er den Kopf geschüttelt.

»Muss noch mal in die Bib.«

Was er sich da erhofft hatte? Zumindest gab es in der Für-Dummies-Reihe nichts zu Polizeiarbeit, musste er enttäuscht feststellen. Womöglich war es doch das Beste, Harald zu fragen. Vielleicht konnte er ihnen an einem der nächsten Wochenenden einen Crashkurs in den Grundlagen des Ermittelns geben. Thilo war ein visueller Typ, er brauchte etwas vor Augen, etwas wie diese Tafeln mit den Verdächtigenfotos, die sie in Krimiserien immer erstellten. Ja, er war ein digitaler Mensch, aber im Fall Neuntöter wären Stellwände, Pinnwände, Glaswände, auf Tafeln gekritzelte Vermerke oder Whiteboards echt nicht übel. Seine App genügte ihm als kriminalistisches Mapping nicht mehr. Auf der anderen Seite war ihre WG nicht Quantico und seine Bude kein FBI-Besprechungsraum, dafür war sie zu winzig. Thilos absoluter Traum wäre ein Schaubild à la *Homeland.* Clare Danes jagte darin islamistische Terroristen, und die Serie zeigte mehr als einmal ihre viel Platz beanspruchenden Übersichten: an der Wand ihres Zimmers arrangierte Notizen, die wichtigsten Passagen wild umkringelt und farbig markiert. So eine Art Regenbogen in allen Farben nach dem Brainstorming.

Um den Sport nachzuholen, ging er schließlich doch noch ins Gym – in sein eigenes, ohne Gefahr zu laufen, Jannik oder seinem Kumpel mit dem dusseligen Hund zu begegnen. Dort konnte er sich nach Herzenslust verausgaben.

Frisch geduscht und noch immer ein wenig außer Atem kam er um kurz vor neun zu Hause an. Es war stockfinster, die Straßenlaterne vor ihrem Haus immer noch nicht repariert worden. Seit zwei Wochen musste er die Taschenlampe seines Handys anstellen, um sein Fahrrad abzuschließen. So viel zur deutschen Gründlichkeit, dachte er. Vielleicht sollten die Typen von den Stadtwerken bei Katja in Nachhilfe gehen.

Die Straße war komplett leer, außer ihm schien um diese Uhrzeit an einem Montagabend niemand mehr unterwegs zu sein. Deshalb zuckte er kurz zusammen, als sich plötzlich ein Schatten aus einem Hauseingang schälte. Sei nicht albern, schalt er sich. Doch der Schatten hielt genau auf ihn zu. Beschleunigte seine Schritte, und Thilo, das Fahrradschloss noch in der Hand, erkannte plötzlich Jannik. Jannik aus dem Lovecraft. Jannik aus dem Gym, Jannik, der mit einem Unbekannten in einem verdächtig wirkenden Wagen gesessen hatte und den er beschattet hatte. Was wollte der hier? Wie hatte er überhaupt rausbekommen, wo Thilo wohnte? Das konnte nichts Gutes bedeuten.

Den Bruchteil einer Sekunde – er zögerte ihn zu lang hinaus. Fight or flight war nicht mehr drin. Es gab nur noch fight.

Die Schultern so aufrecht wie möglich stellte er sich Jannik entgegen und sah sich nach etwas um, das er als Waffe benutzen konnte. Aber er war kein Schläger, zu spät fiel ihm das dicke Fahrradschloss in seiner Hand ein. Da hatte ihn Jannik mit seinem muskulösen Körper schon unsanft gegen die Hauswand gedrängt. Breitbeinig stand er vor Thilo, beide Hände auf dessen Schultern.

»Ich muss mit dir reden!«

Wenn man den Gegner nicht mit Masse beeindrucken konnte, musste man schnell sein. Wendig. Thilo holte Luft, zog sein Knie nach oben, und im selben Augenblick, in dem Jannik verdutzt zusammenbrach, duckte sich Thilo weg. Beinahe gab ihm das Keuchen, das Jannik ausstieß, ein Gefühl von Befriedigung. Doch dann beschloss er, die Beine in die Hand zu nehmen.

»Hey!«, krächzte Jannik. »Ich will … reden!«

Thilo blieb stehen. Jetzt war er es, der verdutzt guckte. Doch Jannik wirkte plötzlich harmlos und jämmerlich und erinnerte Thilo, um genau zu sein, an die Englische Bulldogge seines Freundes.

Jetzt rappelte Jannik sich mühsam auf, wobei er sich die Weichteile hielt. »Fuck … ich wollt keinen Beef, Mann!«, stieß er schließlich zwischen zwei tiefen Atemzügen aus.

»Du hast dich angeschlichen und mich bedrängt! Was blieb mir übrig?«

»Angeschlichen? For real? Ich wollt' nicht, dass du abhaust, Alter.«

Thilo schwieg.

»Du stellst doch Fragen, hörst dich um. Mit diesem Alman, der im Gym mit dabei war. Und … ich hätte da vielleicht was für dich.«

Thilo biss sich auf die Lippe. Immer noch niemand auf der Straße zu sehen, nirgends brannte ein Licht in den Fenstern im Erdgeschoss. Was jedoch brannte, war die Neugier in ihm. Möglicherweise hatte er sich deshalb so schnell von den anderen dazu überreden lassen, im Fall des toten Franks Nachforschungen anzustellen.

»Na gut.« Er griff das Fahrradschloss, mit dem nur im allerhöchsten Notfall zuschlagen würde, fester. »Rede.«

Jannik trat näher, verringerte den Abstand zwischen ihnen. Keine Drohgebärde, sondern eine Vorsichtsmaßnahme. Er wollte offenbar nicht laut sprechen müssen. »Es geht um David. Du weißt ja Bescheid. Wegen deiner Studienarbeit oder was auch immer.«

Richtig. Er hatte Jannik im Gym erzählt, er studiere BWL und würde sich für den Fall Fiedler interessieren. »Er ist dein bester Kumpel.« Mit abwartendem Blick betrachtete Thilo den anderen.

»Genau.« Jannik schluckte. »Und deshalb bin ich hier. Du bist doch ein Ehrenmann, und ich dachte, vielleicht kannst du uns helfen.« Er lächelte schief. »Oder?«

»Okay, klar.« Thilo hatte keine Ahnung, wovon der Kerl sprach.

»Okay, klar«, wiederholte Jannik seine Worte. Dann straffte er die Schultern. »David ist unschuldig. Er war's nicht.«

»War was nicht?« Der Mord an Frank? Nein, Thilo nahm an, dass eine Gefängniszelle ein hinreichendes Alibi darstellte. Was nicht bedeutete, dass er den Mord nicht angeordnet haben könnte.

»Der fucking Delfin. Hör zu.« Hastig blickte Jannik sich um. Er schien sich vergewissern zu wollen, dass ihnen niemand zuhörte. Dann trat er einen weiteren Schritt auf Thilo zu. »Er hat mit dem wilden Typen zusammengearbeitet.«

»Mit *wem*?«

»Na, dem Staatsanwalt. Frank Seethaler. Sie wollten die Hintermänner aufdecken.« Er sprach jetzt schnell, so als wollte er möglichst viel loswerden, bevor Thilo ihn erneut unterbrach. »David hat diesen Typen nicht zusammengeschlagen. Hat nicht eingebrochen. Dieser scheiß Delfin ... ich mein', sind die for real? Kein Plan, Mann, wer das Ding geklaut hat! David jedenfalls nicht. Der war an dem Abend bei mir, er kann den Bruch nicht gemacht haben.« Jannik hob die Hände, beschwörend. Offensichtlich wollte er, dass Thilo ihm glaubte. Nur weshalb sollte er das tun?

»Die meisten, die geschnappt werden, beteuern ihre Unschuld«, sagte er deshalb auch skeptisch. Nicht, dass es bei ihm anders gewesen wäre, damals, in der Grundschule, als der Fußball in die Fensterscheibe der Nachbarn geflogen war. »Und wieso hast du ihm kein Alibi gegeben, wenn er den ganzen Abend mit dir zusammen war?«

Jannik blickte zur Seite. So war das also. Sie hatten »diesen Bruch« nicht begangen, aber irgendwas anderes Illegales unternommen. Na gut, das war Thilo egal, ihm war Frank wichtig.

»Der Delfin ...«, begann er, doch Jannik unterbrach ihn.

»Den hatten wir doch nie! Bruder, safe nicht! Wegen dieser

ganzen Scheiße brauchen wir dich jetzt. Seethaler kann uns nicht mehr äh beraten, aber du kennst dich doch aus! Gamechanger, okay?«

»Womit kenne ich mich aus?«

»Na, Ordnung. Recht. Gesetz, der ganze Shit. Frank hat nämlich mit David zusammengearbeitet. Mit David und …« Jannik schluckte. »Mit mir.«

Schwirrte Thilos Kopf schon von den ganzen vorherigen Informationen, so ließ dieser Satz seine Gedanken Saltos schlagen.

»Was hast du gemacht?«

»Bin ein bisschen an Rader drangeblieben. Hab den Kontakt gehalten. Ihn ausgeforscht. Kronzeuge, weißt du.« Bei diesen Worten legte sich Jannik in die Brust.

»Okay.«

»Wir wollten David da rausholen. Das hat Seethaler versprochen. Und ich hab noch gesagt, kannst dem Staatsanwalt genauso wenig trauen wie den Bullen. Aber …« Anerkennend verzog er den Mund. »Er hat uns gesagt, er hat was. Er hat was, und er kriegt David frei. Nur dann …«

Jannik zuckte mit den Schultern, und Thilo wusste, was er ihm sagen wollte: Nur dann war Frank tödlich »verunglückt«. Und konnte David Fiedlers Unschuld nicht mehr beweisen.

»Weißt du, was er hatte?«, fragte Thilo. »Und was ist mit Rader? Glaubt ihr, dass er es war?«

Jetzt zog Jannik die Nase kraus. »Halb-halb«, sagte er.

»Halb-halb? Was soll das denn heißen?«

»Bruder, ich … ich krieg' noch 'n Burn-out von der ganzen Scheiße. Hab mir einiges davon zusammengereimt«, gab er schließlich zu. »David hat gesagt, je weniger ich weiß, desto besser.«

»Okay.« Das konnte Thilo sogar verstehen, er war sich auch nicht sicher, ob er Jannik mehr anvertrauen würde als das Hundefutter für die Englische Bulldogge. Trotzdem: Das, was er hier erzählte, stellte alles auf den Kopf, was sie bisher vermutet hatten. »Das ist wirklich crazy«, murmelte Thilo gedankenverloren.

Über das unverhoffte Lob strahlte der große Jannik über beide Backen. »Du bist dabei?«, fragte er. »Bester Mann.« Jetzt huschte so etwas wie Wärme über sein Gesicht, und offensichtlich war er selbst fast genauso überrascht von seinem plötzlichen Gefühlsausbruch wie Thilo, als er Anstalten machte, ihn zu umarmen.

Die Abendfrische hatte Katja so weit wachgerüttelt, dass sie mit Jannik Schritt gehalten hatte, auch wenn dieser Schritt ab und an leicht aus dem Rhythmus geraten war. Kein einziges Mal hatte sich der junge Mann umgesehen, war mit tief ins Gesicht gezogenem Hoodie die Straße entlanggeeilt und immer weiter in Richtung Bahnhof gelaufen. Schließlich war er in die Rosenheimer Straße abgebogen, und Katja hatte geahnt, wo ihre Reise enden würde.

Jetzt kauerte sie seit einigen Minuten hinter einer Konifere, die breit genug war, um sie komplett abzuschirmen, und beobachtete durch eine Lücke zwischen den Zweigen das Geschehen vor dem Haus, in dem Thilo mit seinem Studienfreund in einer WG hauste. »Wohnte«, verbesserte sie sich. Thilo war gewiss ein Ordnungsliebhaber, so wie er Haralds Gartenhaus-Fundbüro kommentiert hatte.

Als Jannik den jungen Vogelbeobachter bedrängt und ihn an die Mauer gepresst hatte, war ihr beinahe das Herz stehen geblieben. Kurz hatte sie sich überlegt einzugreifen, dann aber einen Seufzer der Erleichterung ausgestoßen, als Thilo Fiedlers Freund das Knie in die Kronjuwelen gerammt hatte. Nicht allzu kräftig, wie es schien, aber es hatte gereicht, um Jannik aus dem Konzept und auf Abstand zu bringen.

Jetzt sprachen die beiden miteinander. Thilo wirkte verwirrt und ein wenig überfordert, Jannik schien seine Worte wie ein Maschinengewehr abzufeuern. Leider konnte Katja keinen Ton der Unterhaltung hören, dafür kauerte sie zu weit weg. Sie richtete sich ein wenig auf, darauf bedacht, dass die Konifere sie weiterhin verdeckte, und spähte in den Vorgarten auf der Suche nach einem näher gelegenen Sichtschutz. Wenn sie die hochhackigen Schuhe auszöge, die sie heute – aus ihr mit einem Mal unerfindlichen Gründen – aus dem Schrank geholt hatte, würde sie schnell und lautlos von einem Versteck zum anderen rennen können. Ohne die beiden jungen Männer aus den Augen zu lassen, beugte sie sich hinunter und löste die Riemchen des linken Schuhs.

Als sich eine Hand auf ihre Schulter legte, hätte sie beinahe laut aufgeschrien. Heftig atmend fuhr sie herum. Sie war bereit, sich gegen einen von Janniks Freunden, möglicherweise sogar Rader selbst, zu verteidigen und hob die geballte Faust –, nur um sie einen Lidschlag später verwundert wieder sinken zu lassen.

»Roisin?«

»Du kannst dich nicht einfach so davonstehlen«, flüsterte die Irin.

»Ich stehle mich nirgendwohin.«

Roisin schnalzte mit der Zunge und vollführte eine ausladende Bewegung, zu ausladend für die Ausmaße der Konifere; und da Katja befürchtete, entdeckt zu werden, zog sie die Kollegin näher zu sich. »Psst!«, machte sie.

»Wir verstecken uns hinter einem Busch …«

»*Coniferopsida.*«

»Einem Busch«, wiederholte Roisin. »Und du beobachtest zwei junge Männer, die sich unterhalten.«

Jannik wedelte nun wild mit den Armen, um seinen Worten eine gewisse Dringlichkeit zu verleihen.

»Es ist anders, als es aussieht«, meinte Katja und ging wieder in die Hocke.

Roisin tat es ihr gleich. »Wirklich? Wie anders?«

»Ich kenne den mit der Frisur eines *Podiceps cristatus*. Haubentaucher.«

»Und woher kennst du den Haubentaucher? Und warum stehst du dann jetzt nicht bei den beiden und tauschst Nettigkeiten aus?«

»Er heißt Thilo.« Katja löste den Blick vom Hauseingang und sah Roisin an. »Ich … Wir … Ich kann dir jetzt nicht alles erklären, aber du musst mir glauben, dass ich nichts Böses im Sinn habe. Im Gegenteil.«

Mit einem Mal wechselte Roisins Miene von vorwurfsvoll zu verschmitzt. »*The secret agent.*«

»So was in der Art.«

»Na, auf die Erklärung bin ich gespannt.«

»Pssst jetzt!«

»Gib mir nur noch ein Stichwort.«

»Vögel.«

»Es geht um Vögel?«

»Pssst!«

Der Abstand der beiden jungen Männer verringerte sich, als Jannik auf Thilo zutrat. Selbst im fahlen Schein der Außenbeleuchtung war gut zu erkennen, wie ihr Haubentaucher das Fahrradschloss fester umfasste.

»Er fühlt sich bedroht«, flüsterte Roisin. »*As clear as fu…* sorry *day.*«

Ja, danach sah es aus.

Die beiden sprachen weiter. Thilos Mund bewegte sich immer nur kurz. Knappe Antworten auf lange Anschuldigungen, vermutete Katja. Oder ausschweifende Drohungen. Jannik sah kurz zur Seite, als ob er Unterstützung erwarten würde, wirkte plötzlich leicht angespannt. Katja war sicher, dass es da noch irgendwo Verstärkung gab, die bald eintreffen würde. Fahrig löste sie die Riemchen ihres rechten Schuhs.

»Du wirst doch nicht …?«, zischte Roisin.

»Du bleibst auf alle Fälle hier. Keine Bewegung, verstehst du?«

Roisin protestierte nicht.

Jetzt trat Jannik mit ausgestreckten Armen auf den völlig überrumpelten Thilo zu –, und Katja stürmte schreiend aus ihrer Deckung.

»Thilo!«, kreischte eine Frau. Und dann ein Fluchen. Ungläubig drehte Thilo sich um. Katja, nur auf Strümpfen und ganz offensichtlich komplett dicht, stürmte auf ihn zu. Oder, besser gesagt, auf sein Gegenüber. Jannik warf einen Blick auf die Furie, die ihm entgegenstolperte, und nahm Reißaus.

»Katja«, sagte Thilo langsam, als die Philologin außer Atem

neben ihm zum Stehen kam. »Ich hatte alles im Griff.« Er zwickte sich mit Daumen und Zeigefinger in den Nasenrücken und sah sie kopfschüttelnd an. »Aber danke. Ich weiß deinen Einsatz zu schätzen.«

Sie nickte zufrieden.

»Wir brauchen ein Meeting«, sagte er. »Am besten sofort.« Er schien zu überlegen. »Sag mal, dieser Delfin … Liegt der noch in deinem Safe?«

»Moment mal, bitte nicht alle durcheinander und gleichzeitig. Das ist ja wie in der Kindertagesstätte hier«, sagte Harald zwanzig Minuten später, ließ sich in seinen hellbraunen Fernsehsessel plumpsen und gähnte anschließend ausgiebig.

»Jugendherberge wäre passender«, entgegnete Sabine, die keine Ahnung hatte, woher ausgerechnet Harald wissen wollte, wie es in einer Kita zuging. »In Anbetracht deiner Aufmachung.« Schon als er die Tür zu seiner Wohnung geöffnet hatte, war ihr Blick wie festgetackert auf seinem Pyjama hängen geblieben. Auch jetzt konnte sie ihre Augen nur schwer davon lösen. Tapetenmuster, dachte sie. Harald sah in der Tat aus wie ein 1979 aus dem Schlaf gerissener Herbergsvater. Unfrisiert, in ausgetretenen Pantoffeln und mit einem Schlafanzug, dessen Muster Katja wohl ebenfalls Tränen in die Augen trieb, denn sie blinzelte öfter als nötig. Womöglich hatte das aber schlicht damit zu tun, dass der ehemalige Forensiker um kurz nach neun Uhr abends schon im Bett gelegen hatte. Heide tat das, dachte Sabine, ja, vielleicht, manchmal. Und das hatte auch seine sehr guten Gründe.

»Tri tra trullalla«, zitierte Harald müde. »Ich hab übrigens noch gelesen.«

»Lügner.«

»Ihr hättet vorher anrufen können.«

»Die Situation erforderte schnelles Handeln, und deine Wohnung liegt zwischen Thilos und Sabines«, meinte Katja. »Unser Taxi kam fixer als gedacht.«

»Alles ging sehr zackig«, bestätigte Thilo.

»Dann dürft ihr euch auch nicht über meinen Aufzug beschweren«, sagte Harald. »Und … wer waren Sie noch mal?«, wollte er dann von Roisin wissen, die so geduldig vor der altmodischen Wohnzimmerschrankwand stand, als warte sie auf den nächsten Bus.

»Das ist meine Kollegin, die mir heute Abend eine große Hilfe war«, erwiderte Katja.

»Im Genuss von alkoholischen Getränken?«

»Wir sind nüchtern.«

»Sieht eher so aus, als müssten Sie sich an meiner Schrankwand anlehnen, damit Sie nicht umfallen«, meinte Harald, aber dann winkte er ab. »Sind Sie etwa eingeweiht?«

»Nein, Harald«, antwortete Katja für Roisin. »Noch nicht.«

»So einen aufregenden Abend hatte ich schon lange nicht mehr«, sagte ihre Kollegin strahlend. »Und gegen halb neun dachte ich, *more exciting* kann es gar nicht werden.«

Haralds Augenbrauen tanzten interessiert, als sie Katja zuzwinkerte. Nur mit Mühe schien er den Blick von den beiden Frauen abwenden zu können. Schließlich wandte er sich an Sabine. »Machst du bitte mal Tee?«

Gerade eben hatte sie noch ihre Handtasche auf die Couch legen wollen, doch jetzt stemmte sie anklagend die Hände in die Hüften. »Sag mal, geht's noch? Bin ich deine Haushälterin?«

Drei Augenpaare bestätigten, dass das durchaus im Bereich des Möglichen läge.

»Ich erledige das«, bot Roisin an. »Dann könnt ihr offen sprechen.«

»Roisin, du ...«, begann Katja.

»Nein.« Die Irin hob beschwichtigend die Hände. »Tee ist, wie wir alle wissen, eine unserer Inselspezialitäten.«

Sabine war sich nicht sicher, ob das ironisch gemeint war, aber Harald erklärte: »Danke. Die Beutel sind in der Dose im Regal. Da, wo ›Tee‹ draufsteht.«

»Klingt logisch.«

Während sich Roisin in der kleinen Küche am Wasserkocher zu schaffen machte, fasste Thilo noch einmal zusammen, was Jannik ihm erzählt hatte.

»Frank hat Fiedler nicht verurteilen, sondern, im Gegenteil, freisprechen wollen?«, fragte Harald ungläubig, nachdem Thilo seinen Bericht beendet hatte, der Katjas heldinnenhaften Einsatz über den grünen Klee lobte.

Auch Sabine konnte das nicht recht fassen. Diese Information war genauso verwirrend wie Haralds Schlafanzugmuster.

»Sie haben zusammengearbeitet. Behauptet zumindest Jannik.«

»Na, der kann uns viel erzählen.« Sabine kniff die Augen zusammen. »Hatte er einen Beweis dafür?«

»Warum sollte er zu mir kommen und mich anlügen? Was bringt ihm das?«

»Weil wir ihm und seinem Chef, diesem Rader, zu dicht auf

den Fersen waren.« Harald reckte wie Lehrer Lämpel den Zeigefinger in die Luft. »Was ist eigentlich mit dem Delfin?«, fragte er dann.

»Der Delfin? Den hat doch der Huber«, antwortete Katja. »Das habe ich Thilo vorhin auch schon gesagt. Das Juwel ist in Sicherheit.«

Sabine hatte zwar nur eine sehr blasse Ahnung, wer »der Huber« war, und auch Harald schien nicht genau zu wissen, wem Katja das Schmuckstück anvertraut hatte, aber dass dieser Delfin eine entscheidende Rolle spielte, das wurde immer deutlicher.

Roisin, die in diesem Moment mit einem Tablett ins Wohnzimmer zurückkam, nickte nachdrücklich, anscheinend war der Begriff »Delfin« das Einzige, was sie von dem Gespräch bisher verstanden hatte. »Jannik sagt, David hat ihn nicht gestohlen«, meinte sie.

»Frank hat ihn aber ganz offensichtlich besessen«, sagte Harald nachdenklich. Dass die Irin über den Delfin Bescheid wusste, störte ihn offenbar auch nicht. Im Gegenteil: Es schien so, als habe er Katjas Kollegin plötzlich als eine von ihnen akzeptiert. Vielleicht war er aber auch nur zu müde, um sich aufzuregen.

»Also hat Jannik gelogen.«

»Warum?« Thilo setzte sich aufs Sofa. Seine Augenbrauen bewegten sich in diesem Moment beinahe genauso wild wie sonst die von Harald. »Du sagst, wir waren Jannik und Rader zu dicht auf den Fersen. Wir sind den beiden bisher nicht auf die Pelle gerückt, von einem kleinen Gespräch unter Gym-Buddys abgesehen. Jannik hat mir ja gerade eben gestanden, dass Rader krumme Dinger dreht.«

»Hm.« Sabine nickte. »Vielleicht wollte er nur von sich ablenken?«

»Kleiner Fisch«, brummte Harald mit einer wegwerfenden Handbewegung. »Wer hat Jannik schon auf dem Radar?«

Haralds Einwand stimmte, und damit waren sie wieder bei Thilos erstem Punkt: »Er hat also die Wahrheit gesagt.«

Katja legte den Kopf schräg, nahm eine der Tassen vom Tablett und griff nach dem Tetrapak mit Milch. »Nehmen wir diese Hypothese mal als gegeben an.«

»Okay.« Thilo beugte den Oberkörper vor und legte die Handflächen aneinander. »Jannik sagt also die Wahrheit: Frank wollte David helfen. Dann ist es doch am wahrscheinlichsten, dass derjenige ihn umbringen wollte, dem sie damit auf den Schlips getreten sind.«

»Rader.« Sabine nickte. Mit leicht zitternden Fingern griff sie zu ihrer Tasse und legte die Hände darum. Abwesend nahm sie den ersten Schluck und ignorierte, dass ihr der Tee zu stark und zu heiß war.

»Wie kommen wir also an den heran?«, fragte Thilo.

Roisin, deren Augen während der letzten Augenblicke immer größer geworden waren, hob wie in der Schule die Hand. »Entschuldigt, ich weiß, ich gehöre nicht zum Kreis der Birder, aber ... dieser Rader klingt nach einem unangenehmen Menschen. Wollt ihr nicht lieber die Polizei einschalten?«

»Sie hat recht«, sagte Sabine. »Der ist uns eine Nummer zu groß. Das sollten wir Nazari überlassen.«

»Apropos, mit dem habe ich morgen einen Termin. Wegen David Fiedler«, warf Harald ein.

»Krass. Das passt. Dann können wir gleich prüfen, ob seine Aussage mit der von Jannik übereinstimmt«, überlegte Thilo.

Nun meldete Roisin sich plötzlich wieder: »Was ist denn jetzt mit dem Delfin? Der scheint wichtig zu sein, oder?«

»Richtig«, sagte Sabine. Sie kamen hier viel zu oft vom Thema ab. »Wenn David den Einbruch nicht begangen hat und Frank auf seiner Seite stand: Weshalb war er dann überhaupt im Besitz dieses teuren Schmuckstücks? Er wollte ihn allem Anschein nach bei der Verhandlung einsetzen. Aber eben nicht, wie wir zuerst dachten, um David zu belasten, sondern um ihn zu entlasten. Meine Schlussfolgerung ist die: Frank hat den wahren Täter gekannt.« Mit einem leichten Gefühl des Triumphs sah sie in die Runde. »Rader!«

»Aber wieso dann nicht die Polizei rufen?«, fragte Katja. »Wieso den Delfin in einer Buchstütze verstecken? Wieso ein Beweismittel … verschwinden lassen?«

Weil er korrupt war, hatten sie ursprünglich gedacht. Und erst in diesem Augenblick fiel Sabine auf, dass diese These durchaus auch mit David Fiedlers Unschuld vereinbar war. Aber jetzt schien alles anders, jetzt stand Frank auf Davids Seite.

»Vielleicht, weil er illegal darangekommen ist?« Thilo zog die Nase kraus.

»Frank hat den Delfin geklaut?«, fragte Katja empört.

»Nein. Nein. Aber vielleicht hat Frank ihn von einem Hehler? Eben nicht von David, aber einem … anderen? Ich weiß es doch auch nicht.« Thilo schüttelte betrübt den Kopf.

Aber die Frage, woher Frank diesen Delfin hatte, war entscheidend. Es würde sie zum wahren Täter führen.

Zwei Hähne auf dem Mist vertragen sich nicht

Als Harald am darauffolgenden Vormittag Nazaris Büro betrat, hatte er das Gefühl, er befände sich in einer Zeitschleife. Wieder sah Nazari nur kurz auf, um dann weiter auf der Tastatur seines Notebooks zu klimpern, wieder grüßte Harald kurz angebunden »Servus«, und wieder übernahm anschließend Nazari die Konversation mit einem Schwall eloquenter Nichtigkeiten.

Doch dieses Mal endeten sie mit der Frage: »Was verschafft mir erneut die Ehre?« Bei diesen Worten verzog Nazari den Mund, als hätte er Schmerzen.

Harald konnte es ihm nicht verdenken. Bei seinem letzten Besuch hatte er den Kommissar unter Druck gesetzt und ihm gleichzeitig versprochen, ihn nicht weiter zu belästigen.

»Ich habe was für Sie.« Unaufgefordert setzte Harald sich auf den Stuhl vor dem Schreibtisch. Er konnte nicht erneut mit Forderungen kommen, er hatte beschlossen, Sabines Ratschlag anzunehmen und mit der Polizei zusammenzuarbeiten. Auf seine Weise.

Der Kommissar blickte ihn skeptisch an.

»Ein Vögelchen hat mir gezwitschert, dass David Fiedler unschuldig ist.« Nun ja, zumindest, was diese eine Sache mit dem Einbruch betraf. Der Rest ging Harald nichts an. »Ein Bauernopfer, um die Hintermänner zu schützen.«

»Ein Vögelchen, ja?«

»Was soll ich sagen.« Harald breitete seine Hände aus. »Ich bin schließlich, wie sagen die jungen Leute, Birdwatcher.«

»Erstaunlich, was man dabei nicht alles so lernt«, bemerkte Nazari trocken. Die Tatsache, dass er ein Notizbuch unter einem Stapel Papiere hervorkramte, verriet jedoch sein Interesse.

Harald wartete, bis er einen Kugelschreiber bereithielt, dann ließ er seine größte Bombe platzen. »Frank Seethaler hat die Hintermänner auf die Bühne zerren wollen.«

Nazari, der schon zum Schreiben angesetzt hatte, hielt in der Bewegung inne.

»Na, wenn das kein Mordmotiv ist?« Harald feixte zufrieden.

Langsam legte Nazari den Stift zur Seite und blickte ihn an. »Was wollen Sie?«, fragte er.

»Ihnen helfen.«

»Aus der Güte Ihres Herzens.«

»Eine Hand wäscht die andere.«

Der Kommissar kniff die Augen zusammen.

»Na gut«, gab Harald schließlich zu. »Ich dachte, vielleicht könnten Sie mir mit einem Besuch bei Fiedler unter die Arme greifen.«

»Sie wollen in die JVA?«

»Sagen wir so.« Harald beugte sich vor, bis ihm sein Bauch in die Quere kam. »Sie haben doch sicher ebenfalls großes Interesse daran, die Wahrheit herauszufinden. Wer hat den Fiedler eigentlich eingebuchtet? Kennen Sie den Kollegen? Na, ist ja auch egal. Wir beide wollen wissen, was wirklich passiert ist. Die Frage ist nur: Redet Fiedler mit einem Bullen wie Ihnen, wenn Sie zu ihm gehen?«

Nazari schnaubte. »Aber mit einem ehemaligen Forensiker?«

»Mit einem pensionierten Forensiker. Das werden wir ja dann sehen, nicht wahr?«

Nazari taxierte ihn, und Harald wusste, er wollte ihn nur zappeln lassen. Na gut, er hoffte, Nazari wollte ihn nur zappeln lassen.

Schließlich rieb der Kommissar seinen akkurat gestutzten Bart und sagte: »In Ordnung.« Er griff zu einer Karte, die in einem Stapel neben seinem Computerbildschirm lag. »Das ist Fiedlers Anwalt. Wir gehen hin und wieder mal ein Bier trinken. Melden Sie sich in einer halben Stunde bei ihm, dann habe ich ihn ins Bild gesetzt. Er verschafft Ihnen Ihren Besuch.«

Hatte er es doch gewusst. Harald versuchte, ein allzu breites Grinsen zu unterdrücken.

»Ich brauch Ihre Quelle, Niederbuchner«, sagte Nazari.

»Tut mir leid.« Er schüttelte den Kopf.

»Wenn das stimmt, was Sie erzählen …« Jetzt war es Nazari, der sich vorbeugte. »Dann ist Frank Seethaler womöglich tatsächlich nicht durch einen Unfall gestorben«, sagte er eindringlich.

Harald verkniff sich einen ironischen Kommentar, denn Nazari hatte den Anruf bei Fiedlers Anwalt noch nicht getätigt. Stattdessen griff er das Offensichtliche auf: »Sie glauben doch auch schon länger, dass an der Sache was faul ist.«

Erneut rieb sich Nazari das Kinn. »In Seethalers Umfeld tummeln sich die Mordmotive, so etwas habe ich lange nicht gesehen«, brummte er schließlich. »Das heißt nicht, ich untersuche den Fall. Es ist schließlich keiner.«

»Natürlich nicht. Das haben Sie ja noch am Tatort festgestellt«, antwortete Harald süffisant. Bei solch einer Steilvorlage konnte er einfach nicht den Mund halten.

Nazari ging nicht darauf ein. »Freitag«, sagte er. »Freitagfrüh will ich Sie hier wieder sehen und alles über diese Fiedler-Sache erfahren.«

»Aye-Aye.« Spöttisch salutierte Harald, was der Kommissar mit einem amüsierten Schnauben quittierte.

Als Harald, die Visitenkarte des Rechtsanwalts in der Hand, draußen vor Nazaris Bürotür stand und den Kommissar schon eine Nummer wählen hörte, überlegte er, ob er vielleicht noch eine weitere Person zu einem Besuch bei Fiedler würde hineinschleusen können. Sabine brachte jeden zum Reden, sogar wenn es sich um einen maulfaulen Kriminellen handelte.

Die Justizvollzugsanstalt Traunstein, die auch als Untersuchungsgefängnis fungierte, lag direkt neben der Sparkasse. Harald hatte einmal gelesen, dass man das berühmt-berüchtigte Gefängnis Alcatraz absichtlich in der Bucht von San Francisco gebaut hatte, um den Insassen jeden Tag den Blick auf die Freiheit zu geben, die so nah und doch unerreichbar schien. Aber eine Sparkassenfassade, so fand Harald, setzte dem Blick aus einem Gefängnisfenster doch irgendwie die Krone auf.

Es war Donnerstag. Gemeinsam mit Sabine stand er vor der geschlossenen Stahltür der JVA und wartete darauf, dass David Fiedlers Anwalt eintraf, damit sie eingelassen werden würden.

»Für die Lagebesprechung später«, flüsterte Harald und deutete in Richtung eines Cafés.

Doch bevor Sabine antworten konnte, stakste ein langer,

dürrer Mann mit abstehenden Ohren auf sie zu. Die blonden Haare waren einmal zu einer modischen Frisur geschnitten worden, das musste aber schon eine ganze Weile her sein.

»Sie sind Herr Niederbuchner?«, kam der Anwalt gleich zum Wesentlichen. »Hauptkommissar Nazari hat mich informiert. Mein Name ist Kaltenecker, ich vertrete David Fiedler«, stellte der Mann sich dann vor.

»Sehr angenehm! Wissen Sie, wir wollen David ja ebenso helfen wie Sie.« Nicht nur, dass sie ihren Kriminellen schon beim Vornamen nannte, Sabine war wieder ihr fröhliches, vor Worten übersprudelndes Selbst. Harald fragte sich, ob es ihrer Mutter besser ging, und dann fragte er sich, seit wann er sich Gedanken um den Gesundheitszustand anderer Leute Eltern machte. Sabine färbte ab. Er wusste nur nicht, ob er darüber grummeln oder es einfach als sein neues Ich akzeptieren sollte.

Der Lange nahm Sabines Ausbruch freudig zur Kenntnis und klingelte dann an der Stahltür, die von einem Vollzugsbeamten geöffnet wurde.

»Meine Assistenten«, stellte er Harald und Sabine vor.

»Gleich zwei auf einmal.« Der Beamte war nicht begeistert, überließ es aber anderen, dem Besuch zuzustimmen. Dafür werde ich nicht bezahlt, sagte sein Gesichtsausdruck laut und deutlich, und er öffnete die Tür zum Hof.

Während sie zum Gebäude hinüberliefen, fiel es Harald schwer, mit dem Lulatsch Kaltenecker Schritt zu halten.

»Ist das aufregend«, flüsterte Sabine, die sich rechts und links umschaute, obwohl es rein gar nichts zu sehen gab außer einer grauen Mauer und einem großen Gebäude mit vergitterten Fenstern. Wenn es wenigstens auf einer Insel in der Bucht von San Francisco liegen würde …

»Die Zellen in Alcatraz waren nicht einmal vier Quadratmeter groß«, informierte er Sabine. »Bett, Toilette und Waschbecken.«

»Wieso Alcatraz?«

»Na, da denkt man doch automatisch dran, wenn man über so einen Hof läuft, oder nicht? Robben Island, Stuttgart-Stammheim, Newgate, San Quentin und eben auch Alcatraz. Angeblich ist nie jemandem erfolgreich die Flucht gelungen. Sagen die offiziellen Quellen.«

»Nein, nein, nein, Clint Eastwood!«, empörte sich Sabine, die ihre Filmklassiker zu kennen schien.

»Außer Clint Eastwood«, räumte Harald ein. »Der in Wirklichkeit übrigens Frank Morris hieß und höchstwahrscheinlich ertrunken ist. Das Schlauchboot ist in Fetzen angespült worden.«

»Aber die Leichen sind nie gefunden worden«, widersprach sie. »Und es existiert eine Fotografie aus Brasilien.«

»Vielleicht könnten Sie etwas weniger von Ausbrüchen sprechen, während ich Sie in ein Gefängnis hineinschleuse«, sagte Kaltenecker und drehte sich zu ihnen um. Allem Anschein nach hörten seine großen Ohren auch gut.

»Entschuldigung«, beeilte Sabine sich zu sagen, als wären sie in der Schule.

»Hmpf.« Harald steckte die Hände in die Hosentaschen. Traunstein war nicht Alcatraz, David Fiedler war nicht Clint Eastwood – oder Frank Morris. Das wusste er als Forensiker nur allzu gut: Wie wenig Superverbrecher – oder im Fall von Frank Morris Superausbrecher – es doch in Wirklichkeit gab. Das perfekte Verbrechen, wenn er das schon hörte, nein, Harald hatte immer Spuren gefunden. Wenn er sein Equipment dabeigehabt hätte, vor zwei Wochen, als sie Frank gefunden hatten, dann säße auch dessen Mörder schon hinter Schloss und Riegel.

Nun, jetzt eben auf diese Weise, die, das musste er sich eingestehen, gar nicht uninteressant war.

Mittlerweile waren sie am Eingang angelangt, und Kaltenecker zeigte erneut den Ausweis vor, deutete auf Sabine und Harald und sprach von seinen Assistenten.

»Herr Rechtsanwalt«, der Schließer war eindeutig genervter als sein Kollege. Mit Ringen unter den Augen und fettig glänzenden Haaren wirkte der Mann übernächtigt und übellaunig, er schien keinen guten Tag zu haben. Während sie wie am Flughafen durch einen Metalldetektor durchgehen mussten, piepste es. Natürlich hatte Sabine ihren Schlüssel in der Hosentasche vergessen, so dass sie wie eine aufgescheuchte Roberta die Prozedur ein zweites Mal versuchte. Dieses Mal mit Erfolg, aber der Wärter schüttelte trotzdem unwillig den Kopf.

»Sie kennen die Vorschriften«, sagte er zu Kaltenecker. »Und das sollen Assistenten sein?«, fragte er dann mit skeptischem Blick.

»Forensik«, stellte Harald sich knapp vor, während er seinen Ausweis hervorkramte.

»Wir brauchen eine neue Strategie«, erläuterte Sabine. »Der Staatsanwalt, Frank Seethaler, ist tot. Schreckliche Geschichte, Sie haben sicher davon gehört?« Sie holte nicht einmal Luft, bevor sie weitersprach. »Und jetzt soll Hansjörg Fischbacher übernehmen, haben wir gehört. Ja, Gerüchte, Gerüchte«, sie hielt entschuldigend die Hände in die Höhe, »aber wenn das stimmt, dann müssen wir unsere Verteidigung komplett neu aufbauen. Sie kennen den Fischbacher ja sicher, Sie kennen sich ja überhaupt aus im System.« Bewundernd sah sie den Schließer an.

Der Vollzugsbeamte runzelte die Stirn, überrumpelt von dem Wortschwall. Kaltenecker schien es ähnlich zu gehen, der blickte nur von Sabine zu Harald und zurück.

»Rudi!« Ein zweiter Gefängniswärter, dieser aber mit gestriegelten Haaren und einer Uniform, in die pingelig Bundfalten gebügelt worden waren, kam durch eine schwere Metalltür auf sie zu. Mit einem jovialen Grinsen klopfte er seinem Kollegen auf die Schulter. »Nun lass doch mal fünfe grade sein, der Mann macht doch auch nur seinen Job.«

»Zu dritt«, gab Rudi unwirsch zurück.

Der Fünfe-Grade-Sein-Lasser, dessen Rede für Harald im Gegensatz zu seinem akkuraten Auftreten zu stehen schien, zuckte gleichgültig mit den Schultern. »Was sollen sie schon anstellen?«, sagte er dann, gab ihnen ihre Ausweise zurück und winkte sie unter dem missbilligenden Blick seines Kollegen durch zum Besuchsraum. Dort mussten sie ihre Jacken abgegeben, dann durften sie den nüchternen Saal betreten.

»Puh«, gab Sabine leise von sich, ob vor Erleichterung, dass sie passieren durften, oder weil der Besuchersaal so karg wirkte, konnte Harald nicht sagen.

»Hinten rechts das Privatzimmer für den Herrn Rechtsanwalt.« Der blonde Schließer grinste. »Mein Kollege hat's nicht so gemeint, wir stehen doch alle auf der gleichen Seite hier.«

Kaltenecker nickte unverbindlich, doch als sie durch die Tür des verglasten Besuchsraum getreten waren, konnte er sich eine Bemerkung nicht verkneifen. »Von wegen«, schnaubte er. »Ich versuche alles, um die Leute hier herauszubekommen. Wenn's nach mir ginge, wären er und sein Kollege arbeitslos.«

»Dafür scheinen Sie sich aber mit Nazari gut zu verstehen«,

bemerkte Harald. Der KHK stand schließlich ebenfalls auf der anderen Seite.

Kaltenecker winkte amüsiert ab. »Was soll ich sagen? Einmal schwach geworden und Billard gespielt, da wird man den Mann plötzlich nicht mehr los.«

»Was passiert jetzt eigentlich?«, fragte Sabine, die von ihrem Gespräch kaum etwas mitbekommen hatte, so angespannt, wie sie sich umsah. »Diese dicken Türen, das macht mich ganz nervös.«

»Ja nun.« Kaltenecker fuhr sich durch die unordentliche Frisur und setzte sich an den Tisch, um seinen Aktenordner aufschnappen zu lassen. Genau vier Stühle befanden sich im Raum, Harald ließ sich auf einen zweiten nieder. »Wir dürfen mit David Fiedler allein sprechen, als Anwalt habe ich ein Recht darauf, unser Schließer-Freund wird also den Raum nicht betreten, solange es keine Probleme gibt. Zusehen werden sie uns natürlich.« Er nickte in Richtung Glasfront.

»Um sicherzugehen, dass wir keine Feile hineinschmuggeln«, sagte Sabine und nickte.

»Damit werden Sie bei den modernen Türen nicht weit kommen, aber das Prinzip haben Sie verstanden.«

In diesem Moment hörten sie auch schon Bewegung auf dem Flur, schließlich wurde die Tür geöffnet, und ein junger Mann in Jogginghose und T-Shirt trat ein. David Fiedler hatte schlechte Laune, das war deutlich zu sehen. Unrasiert und mit finsterem Blick ließ er sich auf den Stuhl Kaltenecker gegenüber fallen. Die Beine ausgestreckt, die Arme vor der Brust verschränkt, schrie alles an ihm Trotz und Abwehr. Wie alt mochte Fiedler sein? Nicht viel älter als Thilo, höchstens zwei, drei Jahre. Wie unterschiedlich doch ihr beider Leben verlaufen war.

»Herr Fiedler, wie geht's Ihnen?«, begann Kaltenecker das Gespräch.

»Wie soll's mir gehen? Scheiße geht's mir. Der Seethaler ist tot, und jetzt sind Sie meine einzige Hoffnung. Ein Pflichtverteidiger, na herzlichen Glückwunsch, auf wie viele Jahre soll ich mich einstellen? Zehn?«

Oha. Haralds Augenbrauen schossen nach oben.

»Deshalb sind wir heute hier«, grätschte Sabine dazwischen, während Kaltenecker noch auf der Suche nach einer Antwort seine Papiere glättete. »Wir hoffen auf einen Freispruch.«

Fiedler lachte höhnisch. »Ach? Und wer sind Sie? Seine Hellseherin?« Er deutete auf Kaltenecker, der Sabine einen säuerlichen Blick zuwarf. »Sie haben ja noch gar nicht aus meiner Hand gelesen.«

»Wir arbeiteten mit Frank Seethaler zusammen«, erwiderte Sabine, die ihre Nervosität offensichtlich überwunden hatte.

Harald fand, dass das durchaus der Wahrheit entsprach, Kaltenecker hingegen blinzelte verzweifelt. Womöglich bereute er schon jetzt, Nazari einen Gefallen getan zu haben.

»Wollen Sie denn nicht hier raus?«, fuhr Sabine fort. »Das können wir einrichten, aber dafür brauchen wir Ihre Hilfe, David.« Sie schob ihre Hand über den Tisch zu ihm hinüber. Jetzt übernahm ihr mütterlicher Instinkt. »Trinken Sie genug? Essen Sie gut? Sie sehen so blass aus! Wir würden die Befragung gern in unserem Sinne durchführen, danke«, wandte sie sich mit Bestimmtheit an den verdutzten Kaltenecker, bevor sie wieder Fiedler ansah. »Wir wissen, dass Sie unschuldig sind, David.«

»Was?«

»Jannik hat es uns erzählt.«

»Der soll sein verdammtes Maul halten!«, fuhr der junge Mann wütend auf.

»Er hat es gut gemeint«, mischte sich Harald ein. »Wir untersuchen den Mord an Frank Seethaler und brauchen nur noch ein paar Informationen von dir.«

»Mord? An Seethaler?« Fiedler blickte von einem zur anderen, bevor er sich anklagend an Kaltenecker wandte. »Ich dachte, es geht hier um mich!«

»Und ich dachte, Seethaler hatte einen Unfall. Irren ist menschlich.« Kaltenecker zuckte ermattet die Achseln.

»David.« Sabines Stimme war warm, aber fest, ihr Blick suchte seinen. »Wir vermuten, dass die gleiche Person, die Ihnen den Einbruch anhängen will, Frank auf dem Gewissen hat.«

»Der Staatsanwalt ist wirklich um die Ecke gebracht worden?« Fiedler musste diese Information erst verdauen.

»Ihr habt zusammengearbeitet, richtig?«, hakte Harald nach, der Fiedlers Bestürzung ausnutzen wollte, um ihm ein paar schnelle Informationen zu entlocken, bevor der junge Mann wieder dichtmachte. »Ihr wolltet diejenigen auffliegen lassen, die dahinterstecken.«

»Rader«, antwortete Fiedler automatisch, es schien nicht, als würde er wirklich erfassen, was er da sagte. »Jannik ist noch an ihm dran. Aber der Staatsanwalt ...« Er holte tief Luft und fuhr sich durch die Haare. Dabei verrieten seine zitternden Finger, dass er alles andere als cool war, sondern hauptsächlich besorgt. »Ich hab diesen Trachtentypen nicht umgebracht, ich war nicht mal in seiner scheiß Wohnung«, sagte er jetzt aufgebracht. »Und ich hab keinen Bock mehr, mir Ihren Bullshit anzuhören!«

»Ein winziges bisschen leiser, Herr Fiedler, wenn wir keine Zuhörer haben wollen.« Kaltenecker blickte ostentativ zur Glasscheibe, hinter der die zwei Schließer standen und sich unterhielten.

»Ist mir scheißegal, wer das alles mitkriegt!«, regte Fiedler sich auf. »Sie sind doch hierhergekommen, um mir auf den Sack zu gehen!«

»Wie oft bekommen Sie Besuch, David?«, fragte Sabine plötzlich.

Harald seufzte. Schwierig, mit dieser Frau ein gradliniges Gespräch zustande zu bringen.

»Drei Stunden im Monat. Ausgenommen meine Besuche natürlich, oder die von Staatsanwalt Seethaler«, sagte Kaltenecker und kritzelte gleichmütig etwas auf seine Dokumentenmappe. Dass der Anwalt Sabines Abwege auch noch unterstützte!

»Was genau haben Sie mit dem Staatsanwalt besprochen?«, versuchte Harald das Gespräch wieder in die richtige Bahn zu bringen.

Doch erneut ging Sabine dazwischen: »Drei Stunden im Monat?«, empörte sie sich. »Kein Wunder, dass der Junge durcheinander ist! Er muss doch Kontakt zu seiner Familie haben, seine Mutter ist sicher schier außer sich vor Sorge.«

»Meine Mutter hat mich enterbt.«

»Können wir jetzt bitte zurückkommen auf den Grund unseres Besuchs?«, polterte Harald. Die Gesichter der Wachmänner hinter der Scheibe drehten sich zu ihnen. Schnell hob er die Hände zum Zeichen, dass alles in Ordnung war.

»Sabine, Kruzifix, kannst du vielleicht morgen deine Petition für längere Besuchszeiten starten und dich heute noch einmal auf unseren Fall konzentrieren?«, zischte er.

»Also, ich wär für beides.« Fiedler blickte sie nun deutlich wacher an und kratzte sich am Hals. »Ich unterschreib Ihnen auch die Petition.« Beinahe zeigte sich so etwas wie ein Lächeln auf seinem Gesicht. »Was das Essen und Trinken angeht: Versuchen Sie hier mal, 'n Bier aufzutreiben, da bekommen Sie eher ein Schuldeingeständnis von den Insassen. Und das kriegen Sie heute auch von mir. Also, kein Geständnis, ich bin unschuldig. Aber eine Aussage. Mit allen Informationen. Wenn Sie das mit der Petition durchziehen.«

»Deal«, beteuerte Sabine.

»Ehrenfrau.« Er zog seine Jogginghose zurecht, dann setzte er sich aufrecht hin und erzählte ihnen schnell und leise alles, was er wusste. Viel mehr, als sie von Jannik erfahren hatten, kam nicht hinzu, aber die Tatsache, dass Fiedler die Schilderung seines Kumpels bestätigte, räumte bei Harald jeglichen Zweifel aus, dass Jannik sie angelogen haben könnte. So gut hätten die zwei sich nicht abstimmen können. David Fiedler hatte den Überfall auf Trachten-Lindlacher nicht begangen und war somit sowohl unschuldig an dessen Tod als auch an der Entwendung des Delfins.

»Der Staatsanwalt hat mir geglaubt. Später. Also, erst mal nicht«, gab der junge Mann zu. »Erst hat er mich vor der Presse als üblen Schläger dargestellt, Wiederholungstäter und so. Dabei bin ich safe kein Krimineller!«

Sabine nickte nachdrücklich.

»Manchmal bring ich Leute zusammen.« Er hob erst die eine Hand, dann die andere, als ob er etwas abwiegen würde. »Die einen, die was kaufen wollen, und die anderen, die was verkaufen wollen. Business.«

Hehlerei und Drogengeschäfte, übersetzte Harald still.

»Und Raders Aufträge halt.« Er zuckte mit den Schultern. »Wenn er seinen Sohn nicht einsetzen kann. Max ist noch dümmer als Jannik, wenn der es schafft, sich morgens die Schuhe zuzubinden, kannst du ihm gratulieren. Ansonsten cornert der nur, … rumlungern, wie Sie sagen würden. Der kriegt einfach nix auf die Reihe. Ach, ja, außer scheiß Gewichte stemmen.«

Raders Sohn. Harald kniff die Augen zusammen. »Geht der etwa auch in dasselbe Gym wie Jannik?«

»Ja, hat ständig seinen Köter dabei. Der ist auch nicht schlauer als er, aber dabei wenigstens ganz cute, im Gegensatz zu Max.« Er lachte verächtlich.

»Frank wollte Rader auffliegen lassen«, wiederholte Sabine leise, sie schien sich im Geiste Notizen zu machen. Wahrscheinlich wäre es von ihr weitsichtiger gewesen, wie Kaltenecker einen Notizblock mitzunehmen. Harald hingegen war stolz auf sein Elefantengedächtnis. Notizblöcke waren was für Anfänger.

»Der Auftrag für den Einbruch beim Lindlacher kam also auch von Rader?«, hakte Harald noch einmal nach.

»Genau.« David nickte. »Aber ich war anderweitig beschäftigt. Da gab es einen Interessenten für … ist ja auch egal, wofür. Wenn ich irgendwann groß ins Business einsteigen will, muss ich mich selbständig machen. Meine eigenen Dinger einfädeln.«

»Also haben Sie Rader abgesagt«, schlussfolgerte Harald.

Fiedler nickte.

»Und er hat jemand anderen gefunden für den Einbruch, und zwar jemanden, der nicht besonders zimperlich war«, wollte Harald wissen.

»Bevor Sie fragen, ich weiß nicht, wen.«

Das wäre in der Tat Haralds nächste Frage gewesen. »Könnte Raders Sohn Max den verübt haben?«

»Möglich ist alles.« David zuckte mit den Schultern. »Rader hat noch ein paar Leute am Start. Vielleicht war es auch gar nicht Rader, vielleicht war es alles Zufall.«

An Zufälle glaubte Harald nicht, schon gar nicht, wenn Frank das Beweisstück aus dem Einbruch in einer Buchstütze in seinem Regal versteckte.

»Sie sagten, der Staatsanwalt wäre dann auf Ihrer Seite gewesen«, kam Sabine noch einmal darauf zurück.

»Eines Tages kam er hier hereingeschneit, so wie Sie. Ich dachte, er will mir einen Deal vorschlagen. Oder mich fertigmachen. Aber plötzlich sagt er mir, er weiß, dass ich unschuldig wäre. Er hätte den Beweis.«

»Welchen?«

»Weiß ich nicht, er sagte nur, er wäre ihm …« Fiedler zog seine Augenbrauen zusammen, während er über die Wortwahl nachdachte. »Er wäre ihm sozusagen frei Haus geliefert worden. Und dann hat er gelacht. Ich konnte nichts damit anfangen.«

Harald ebenso wenig, und dem verwirrten Gesichtsausdruck von Sabine nach zu schließen, sie auch nicht.

Kaltenecker tippte sich nachdenklich mit seinem Kugelschreiber ans Kinn. »Wissen Sie, worauf er angespielt haben könnte?«

»Keinen blassen Schimmer.«

Harald wusste nicht, ober er dem jungen Mann das abnehmen sollte.

»Der Beweis, könnte das der Delfin gewesen sein?«, fragte er weiter. »Das Schmuckstück, das angeblich beim Einbruch geraubt wurde?«

»Das Teil habe ich nicht. Hatte ich nie. Die Polizei hat alles durchsucht, meine Wohnung, meinen Shisha-Store ...«, antwortete Fiedler.

»Genau. Und wenn Frank den Schmuck nun woanders gefunden hat ... beim wahren Täter, wusste er, dass du unschuldig warst«, spann Sabine den gedanklichen Faden weiter.

Die Frage war bloß, wer war der wahre Täter? Rader selbst? Und wie kam Frank an Gegenstände in dessen Besitz?

»Wenn das Ding im Rahmen der Ermittlungen gefunden worden wäre, hätten wir das in der Zeitung gelesen«, sagte auch Kaltenecker. »Wie ich meinen werten Herrn Kollegen der Staatsgewalt kenne, wollte er kurz vor seinem Schlussplädoyer wie ein Zauberer das weiße Kaninchen aus dem Hut ziehen. Der große Auftritt wäre ihm gewiss gewesen.«

»Rader hat den Delfin sicher nicht verkauft.« Entschlossen schüttelte David den Kopf. »Das war heiße Ware nach meiner Festnahme, viel zu riskant. Das heißt, der Staatsanwalt hat sich das Ding illegal besorgt. Aber wo?« Fiedler war nicht auf den Kopf gefallen, jetzt, wo er bereit war, mit ihnen zusammenzuarbeiten, wurde seine schnelle Auffassungsgabe deutlich.

»Er wird auf jeden Fall irgendwo den Beweis gespeichert oder abgelegt haben, woher er das Schmuckstück hat. Sag mal, Sabine, auf seinem Handy war kein Bild vom Delfin?«

Sie verneinte.

»Sie haben Seethalers Handy?« Kaltenecker sah sie erstaunt an, hielt dann eine Hand in die Höhe. »Ich will's gar nicht wissen, hab' auch nichts gehört.«

Hochzufrieden sah David Fiedler ihn an. »Wie ist denn jetzt

die Strategie für meine Verteidigung?« Mit dem Daumen deutete er auf Sabine. »Die hat schon was auf dem Kasten, oder?«

»Wenn Sie beide Frank Seethalers Plan zu Ende bringen und Rader auffliegen lassen, sind Sie, Herr Fiedler, aus dem Schneider.« Kaltenecker klappte seine Akte zu, klickte die Kugelschreibermine wieder zurück und stand auf.

Sabine sah Harald an. »Das haben wir fest vor.«

»Seethaler ist dabei draufgegangen«, sagte Fiedler plötzlich. »Seien Sie vorsichtig.«

»Ach Gottchen, wer hat schon einen Rentner und eine neugierige Mutti auf dem Schirm?« Sabine lachte und stand dann ebenfalls auf. Rudi, der übellaunige Dienst-nach-Vorschrift-Wachmann, der mitbekommen hatte, dass sie sich verabschiedeten, betrat den Raum. Sein Kollege war verschwunden.

»Darf ich Herrn Fiedler umarmen?«, fragte Sabine.

»Darf ich Sie durchsuchen?«, war die Antwort.

Empört stapfte Sabine aus dem Besucherraum, Harald und Kaltenecker folgten, während der Wachmann Fiedler in die entgegengesetzte Richtung begleitete.

»Vergessen Sie die Petition nicht!«, rief David hinter ihnen her.

»Wird gleich morgen erledigt!«, versprach Sabine und winkte wie wild.

»Reicht dir ein Problemkind nicht? Musst du noch ein zweites adoptieren?«, fragte Harald. Als er ihren verletzten Gesichtsausdruck sah, wünschte er sich, doch öfter einmal nachzudenken, bevor er etwas von sich gab. »Entschuldigung«, sagte er linkisch. »Kein Problemkind. Das war dumm von mir.«

Ein schwaches Lächeln zeigte sich. »Welches?«, fragte sie.

Er grinste. »Beide nicht.«

»Man atmet hier irgendwie freier«, sagte Sabine, als sie wieder draußen auf der Straße standen und das Tor sich hinter ihnen geschlossen hatte.

Zunächst wollte Harald einen Witz machen, aber dann nickte er einfach nur – er spürte es auch.

»Hören Sie«, wandte Kaltenecker sich an sie beide. »Ich weiß nicht, was Sie vorhaben, aber Rader klingt mir nach einem Mann, den selbst ich durchaus hinter Gittern sehen würde. Ich wünsche Ihnen viel Erfolg. Und seien Sie vorsichtig.« Mit einer knappen Geste verabschiedete er sich.

»Grüßen Sie Nazari von uns«, sagte Harald.

»Und vielen Dank für alles!«, rief Sabine. »Wir melden uns wieder bei Ihnen.«

Ob Kaltenecker den letzten Satz nicht mehr gehört hatte oder so tat, als hätte er ihn nicht gehört, wusste Harald nicht. Er jedenfalls freute sich jetzt auf seine Belohnung: ein schönes Stück Torte vom Café in der nächsten Straße. Die einzige wichtige Entscheidung, die ihm heute noch bevorstand, war: Schwarzwälder Kirsch oder Eierlikör.

Sei eine Taube, scheiß drauf

Sabine neigte nicht zur Panik, aber als der silberne Audi ihr auch in die nächste Querstraße folgte, verspürte sie ein Ziehen im Magen, begleitet von dem dringenden Bedürfnis, sofort Harald zu alarmieren. Es war offensichtlich, dass dieser Wagen sich nicht abschütteln ließ. Er fuhr nicht zu dicht auf, ließ sich nicht zu weit zurückfallen. Die Strecke, die Sabine inzwischen von der JVA nach Hause nahm, glich einem Labyrinth: links, rechts, links, rechts – soweit es die Einbahnstraßenregelung eben zuließ –, aber der Wagen blieb die ganze Zeit an ihr dran. Als sie die Landstraße nach Erlstätt nahm und das Ortsschild passierte, bog sie ab und fuhr weiter nach Wolkersdorf anstatt nach Chieming. Sie wollte ihren Verfolger nicht bis vor die eigene Haustür führen, sondern so lange durch die Gegend fahren, bis es dem Jäger hinter ihr zu stumpfsinnig wurde.

Aber der Audi verschwand nicht. Ihr Verfolger war geduldig, und sie konnte es ihm nicht verdenken. Harrte sie nicht selbst oft ewig auf dem Vogelbeobachtungsturm mit dem Feldstecher vor den Augen aus?

Im Rückspiegel konnte sie zwei Personen sehen, nicht auszuschließen, dass im Fond weitere saßen. Gesichtszüge vermochte sie nicht zu erkennen. Rader? Eher seine Handlanger, nahm Sabine an, er selbst würde sich die Hände nicht schmutzig machen. Oder etwa doch? Im Prinzip war diese Frage im

Moment aber zweitrangig: Bei dem Raubüberfall, bei dem »Bruch«, war Delfin-Besitzer und Trachtenikone Lindlacher getötet worden. Er war tot, ebenso wie Frank – und Sabine wollte auf keinen Fall die Dritte im Bund derer sein, die die Radieschen von unten betrachteten.

Ihr Fuß hieb fester aufs Gaspedal, gleich anschließend reduzierte sie die Geschwindigkeit jedoch wieder. Es ergab wenig Sinn, mit halsbrecherischem Tempo über die Straße zu brettern, denn der Wagen würde ihr trotzdem weiter folgen. Sie war nicht Vin Diesel, bei hohem Tempo flatterten ihre Nerven, die ihres Verfolgers ziemlich sicher nicht.

Doch Sabine war langsam am Ende ihrer Kräfte. Inzwischen spürte sie, wie sich der Schweiß unter ihren Achseln und auf ihren Handflächen sammelte.

Als sie ein weiteres Mal in den Rückspiegel sah, war der silberfarbene Audi plötzlich verschwunden. Verwirrt drehte sie den Kopf, Schulterblick nach links und nach rechts, aber sie war allein auf der Straße. Das erleichterte Stöhnen, das sie daraufhin ausstieß, kam sogar ihr selbst lauter vor als der Schrei eines Zapfenglöckners. Katja hätte jetzt natürlich den lateinischen Namen des Vogels parat, und natürlich die genaue Dezibelzahl seines Rufs. Einhundert? Mehr? Der Zapfenglöckner schrie so laut, wie die Sirene eines Krankenwagens plärrte.

Sie bog in den nächsten Waldweg ein, schaltete den Motor aus und blieb eine Weile reglos hinter dem Steuer sitzen. Ausatmen. Einatmen. Durch die Nase ein, durch den Mund aus. Allmählich hörten ihre Hände auf zu zittern, und nach einer Minute war sie so weit, dass sie das Handy aus ihrer Handtasche auf dem Beifahrersitz kramen konnte.

»Niederbuchner.«

Augenblicklich fühlte sie sich besser. Haralds Stimme klang wie die eines Bären. Eines gelassenen Bären, eines heldenhaften Bären, eines Bären, der es mit allen und allem aufnehmen würde, um Sabine beizustehen.

»Ich brauche deine Hilfe. Ich stehe irgendwo zwischen Wolkersdorf und Erlstätt.«

»Du stehst? Hattest du eine Panne? Und: warum ausgerechnet dort? Das ist die völlig falsche Richtung.«

Sabine konnte Haralds Fragezeichen tanzende Augenbrauen förmlich vor sich sehen. »Es ist ... Ich glaube, ich wurde verfolgt. Nein«, verbesserte sie sich, »ich wurde wirklich verfolgt. Und in der Aufregung bin ich einfach weitergefahren, wollte nicht zu mir nach Hause, verstehst du?« Sie presste die Lippen aufeinander. Schluckte. Zwang sich wieder zur Ruhe. Einatmen. Ausatmen.

Stille in der Leitung. Dann sagte Harald langsam: »Du wurdest verfolgt?«

Sabine nickte und begriff, dass Harald das nicht sehen konnte. »Ja«, bestätigte sie. »Ein Audi. Silbern. Das Kennzeichen konnte ich nicht genau entziffern, aber ein Traunsteiner Kennzeichen. Auch weiß ich nicht, wer darin saß. Aber mindestens zwei Personen. Fahrer und Beifahrer.«

»Jetzt ist der Audi weg?«

»Ja. Es sieht so aus, als hätte ich ihn abgehängt.« Sabine wusste nicht, wo das geschehen war, aber der Wagen war nicht mehr da, und das allein zählte.

»Sehr gut gemacht.« Harald grunzte anerkennend. »Sehr gut.«

»Danke. Was soll ich jetzt tun?«

»Fahr weiter bis nach Wolkersdorf.«

»Was mache ich dort?«

»Dort gehst du in die Kaffeerösterei, probierst dich durch die Sorten und beruhigst dich. Oder du gehst woandershin, wo du auf keinen Fall allein bist. Sag mir, wo, und ich hole dich von dort ab.«

»Das würdest du tun?«

»Natürlich.« Seine Stimme wurde noch bäriger. »Du bekommst das alles hin. Sabine, du hast Eier in der Hose, das hast du doch eben wieder bewiesen. Ich beeile mich.«

Eier in der Hose. Für diese medizinische Ungenauigkeit hätte Katja sicher ebenso eine Berichtigung parat, womöglich auch eine lateinische. Dann fiel Sabine ein, dass Harald mit dem Fahrrad ewig in die Ortschaft brauchen würde. »Mit dem Rad? Meinst du nicht, es wäre besser in dieser Situation …?«

»Ich habe ein Auto, das wird nur nicht mehr so oft bewegt.«

Wieder nickte Sabine. »Da bin ich sehr erleichtert«, sagte sie.

»Geht zack, zack. Ich bin in fünfzehn Minuten dort.«

»Das klingt gut.« Sie atmete erneut tief durch.

»Siehst du den Wagen jetzt? Ist er wieder da? Stehst du oder fährst du?«

Sie warf einen langen Blick auf die vor ihr liegende Straße. Völlige Leere in beiden Richtungen. »Ich stehe momentan auf einer Art Feld-, Wald- und Wiesenwegeinmündung. Und: Nein, er ist nicht zu sehen.«

»Wir treffen uns trotzdem. Fahr erst mal nicht nach Hause.«

»Okay. Danke.«

»Keine Ursache. Ois isi. Bis gleich.«

»Bis gleich, Harald.«

Das wird, wiederholte Sabine in Gedanken und drückte erleichtert den Startknopf des Motors. Befreit sah sie nach links, dann nach rechts, setzte den Blinker und ließ den Wagen langsam wieder auf die Straße rollen. Auf Harald, den Brummbär, war eben Verlass. Wer hätte das gedacht? Vor zwei Wochen? Sie sicherlich nicht. Ihre Atmung ging wieder normal, sie streckte die Hand aus, um das Radio anzuschalten, suchte nach ihrem Lieblingssender und drehte die Lautstärke hoch.

Sie war nicht einmal einen Kilometer auf der verwaisten Bundesstraße weitergefahren, da schoss der Audi von rechts aus einem uneinsichtigen Feldweg, driftete über den Asphalt und kam direkt vor ihr quer zum Stehen. Ausweichen konnte sie nicht mehr.

Sabine knallte den Fuß auf die Bremse, spürte, wie der Gurt schmerzhaft in ihren Brustkorb schnitt, fühlte den Ruck, der durch ihren Oberkörper ging, als sie nach vorn geschleudert wurde und mit der Nase gegen das Lenkrad knallte.

Scheiß Airbag, war alles, was sie dachte. Warum hat sich der scheiß Airbag nicht geöffnet?

Harald, der gar nicht dazu gekommen war, seine Regenjacke auszuziehen, angelte den Autoschlüssel aus einer angeknacksten Porzellanschale. Er hatte versucht, am Telefon unbeschwert zu klingen, davon war er aber meilenweit entfernt. Er machte sich Sorgen. Der Besuch bei Fiedler war nicht unbemerkt geblieben, womöglich hatte Rader einen Kontakt in der JVA. Kriminalistische Machenschaften hinter Gittern, in die Justizbeamte involviert waren: keine Seltenheit, das wusste er. Unter nahezu 40 000 Beamten im Strafvollzug gab es natürlich auch schwarze Schafe. Funktionierende Lieferketten, über die

Drogen, Zigaretten, Alkohol oder anderes in den Zellen verteilt wurde, Schutzgelderpressungen und Späher, die Augen und Ohren offen hielten, um Neuigkeiten nach außen weiterzuleiten. An die, die am besten dafür zahlten.

Und Harald war sich sicher, dass Rader das tat. Gut zahlen.

Er tippte auf das Wachpersonal. Der blonde Adabei, der so kumpelig getan hatte. Würde ihn nicht wundern, wenn der sich kaufen ließe.

Als die Wohnungstür hinter Harald ins Schloss fiel und er schon den Fuß auf die erste Stufe des Treppenhauses gesetzt hatte, hielt er inne. Machte kehrt, schloss wieder auf, hängte sich seinen Feldstecher um, warf dem Stück Eierlikörtorte einen kurzen schmachtvollen Blick zu und zog die Tür hinter sich wieder zu. Dann kramte er nach seinem Handy, überlegte kurz, steckte es aber dann wieder ein. Nein, kein Grund, die anderen jetzt schon narrisch zu machen. Zuerst würde er sich allein um die Sache kümmern, Sabine nachfahren, in Wolkersdorf treffen und sie anschließend nach Hause begleiten. Wenn sie wollte, würde er eine Weile bleiben und die Straße vor der Wohnung vom Fenster aus beobachten.

Er eilte ins Erdgeschoss hinunter. Womöglich hatte Sabine sich getäuscht. Der Audi war letzten Endes nicht mehr zu sehen gewesen. Konnte ein Zufall gewesen sein, mehr nicht. Der Wagen hatte denselben Weg gehabt. Kam schon mal vor.

Auf dem Gehweg musste Harald kurz nach seinem Renault fahnden, so lange hatte er ihn schon nicht mehr bewegt. Suchend lief er einige Meter die Straße auf und ab, bis er ihn letztlich entdeckte. Mit dem Jackenärmel wischte er feuchte Blätter von der Motorhaube und begutachtete danach den Taubenkot auf der Karosserie. Womöglich konnte er sich etwas darauf einbilden, dass sich die Vögel ausgerechnet über seiner alten Karre entleerten. Sei eine Taube, scheiß drauf. Er schloss den Wagen auf, stieg ein, drehte den Zündschlüssel, und der Renault kehrte keuchend ins Leben zurück.

Als sie unter den Schultern gepackt und unsanft aus der offenen Fahrertür gezerrt wurde, kam Sabine wieder zu sich. Sie konnte nicht lange bewusstlos gewesen sein, brauchte aber eine Weile, um sich zu orientieren. Ihr Schädel brummte, die Sicht war verschwommen, und ihr Nasenbein pochte. Sie wollte sich wehren, fand aber nicht die Kraft dazu.

Vor ihrem Gesichtsfeld bewegten sich Farben: das Blau einer Jeans, das Kaki einer Baumwollhose, weiße Turnschuhe, schwarze Timberlands. Das Grau des Asphalts. Ihr Körper schwankte, und sie wusste nicht, ob sie sich aus eigenen Stücken nicht auf den Beinen halten konnte oder wie ein Paket herumgereicht wurde. Denn immer noch griffen Hände nach ihr.

»Mach den Kofferraum auf!«, bellte eine dunkle Stimme.

»Schon längst erledigt«, antwortete eine andere.

Dieser kurze Wortwechsel ließ Sabine sofort klarer sehen. Sie würde sich nicht in den Kofferraum sperren lassen! Aber was konnte sie tun? Ihnen Geld anbieten? Würde das irgendetwas bringen? Würden sie dann nicht weitersuchen, nach Wertgegenständen oder Ausweisen? Gab sie ihnen damit nicht eine Chance, die Sache noch auszudehnen? Bevor sie sie dann sowieso einsperrten? Mal davon abgesehen, dass sie fast kein Bargeld dabeihatte. Das Nächste, was Sabine durch den pochenden

Kopf schoss, war die Erkenntnis, dass Entführungen oft nicht aufgeklärt wurden. Oder zu spät. Nachdem das Opfer schon tot war. Zumindest meinte sie, sich an True-Crime-Sendungen zu erinnern, die das berichtet hatten. Und einige der Entführten waren nie mehr wieder aufgetaucht. Verschwunden. Für immer. Kofferraum bedeutete Kidnapping. Sonnenklar. Obacht geben, länger leben. Nach dem Telefonat mit Harald hatte sie sich in Sicherheit gewiegt. Ein ganz furchtbarer Fehler.

Sie hob langsam den Kopf und versuchte, in die Gesichter ihrer Entführer zu sehen, aber sofort packte sie ein abscheulicher Schwindel, verbunden mit Übelkeit. Trotzdem meinte sie eine erkennbare Unruhe, die von ihren Kidnappern ausging, zu spüren. Die beiden Männer redeten durcheinander, fielen sich gegenseitig ins Wort, als hätten sie die Abläufe ihres weiteren Vorgehens nicht abgesprochen.

War das ihre Chance? War das jetzt der Moment, in dem sie das Ruder herumreißen musste?

Zuzüglich der Schmerzen, die der Unfall verursacht hatte, zeigte ihr Körper alle klassischen Anzeichen von Angst: ein Frösteln, das ihr über das Rückgrat lief, Gänsehaut, die sich auf ihren Unterarmen bildete, die kribbelnde Kopfhaut.

Aber sie war bereit, das alles zu ignorieren.

Sabine schlug um sich, wild und blind. Spürte erst einen Schlag in die Rippen, dann einen weiteren in die Seite, als die Entführer sich ebenfalls wehrten, aber sie prügelte mit geballten Fäusten weiter und schrie dabei. Als die beiden Männer ein wenig zurückwichen und eine kleine Lücke zwischen ihnen entstand, stieß sie hindurch wie ein Rugbyspieler durch feindliche Linien und rannte, so schnell sie konnte, die Straße entlang.

Sie kam nicht weit. Ein Schlag auf den Hinterkopf stoppte sie, und ihre Knie gaben nach.

Harald sah den Audi schon von weitem. Er sah auch, wie zwei Männer Sabine zum offen stehenden Kofferraum schleppten und sie hineinbugsierten. Er sah, dass sie sich nicht wehrte. Nicht wehren konnte. Und er gab Gas.

Doch das kurze Aufheulen seines alten Motors hatte die Aufmerksamkeit der Kidnapper auf sich gezogen. Eilig schlossen sie den Kofferraum, rannten um das Auto herum, stiegen ein und fuhren los.

»Brunzkachln!« Wütend schlug Harald mit den Handflächen aufs Lenkrad. »Dreckskerle!«

Schon bald musste er einsehen, dass seine Rostlaube gegen die Limousine, die ein imposantes Tempo vorlegte, auf Dauer keine Chance hatte. Ein Glücksfall wäre jetzt eine Polizeikontrolle, die am Rand der Bundesstraße mit einer Laserpistole lauerte, dachte er. Inzwischen hatten sie die kleinen Straßen verlassen, die Entführer fuhren jetzt um Traunstein herum Richtung Salzburg. Aber das Glück ließ Harald in dieser Hinsicht im Stich. Keine Kontrolle weit und breit. In anderer Hinsicht war es ihm allerdings hold, denn der Audi bog vor Teisendorf links auf eine schmale Straße ein, die zunächst über Felder führte und sich anschließend durch ein angrenzendes Waldstück schlängelte. Harald reduzierte das Tempo, ließ sich ein wenig zurückfallen, so dass er nicht im Rückspiegel auffiel. Die Tachonadel zitterte, und für einen kleinen Moment befürchtete Harald, der Renault könne hier und jetzt sterben. Zum ersten Mal verfluchte er, dass er das Auto nicht schon längst gegen ein neueres Modell eingetauscht hatte. Eine Tachonadel! Thilo würde sich totlachen. Ein Navigationsgerät könnte er im Moment auch gut gebrauchen, um zu sehen, wohin das Sträßchen genau führte. Er würde sich von dem jungen Hüpfer zeigen lassen müssen, wie er so etwas mit seinem Handy hinbekam. Seit über zehn Jahren hatte er sich vom Fortschritt abhängen lassen, und in diesem Moment schwor sich Harald, nie wieder abschätzig über digitale Unterstützung zu sprechen.

Langsam fuhr er die Straße entlang. Auch wenn ihm klar war, dass der Audi kein Traktorengerumpel von sich gab – im Gegensatz zum Renault –, kurbelte er das Fenster hinunter, um nach Motorengeräuschen zu lauschen. Bei einer Abzweigung nahm er instinktiv den Weg, der weiter in den Wald hineinführte. Als die Bewaldung schließlich lichter wurde und ein Feld mit Solarkollektoren in Sicht kam, wusste Harald plötzlich, wo er sich befand. Er ging vom Gas und schlich mit zehn Stundenkilometern weiter.

Nur wenige Minuten später entdeckte er den Audi am Wegesrand. Er parkte schätzungsweise hundert Meter mit ausgeschaltetem Motor vor ihm. Harald stellte den Renault hinter einer Hecke ab, stieg aus und beschloss, dass jetzt der richtige Zeitpunkt gekommen war, um Verstärkung anzufordern.

Emily stieß Laute aus, die dem eines Gartenrotschwanzes nicht unähnlich waren. Während der letzten Minuten hatte sich Thilo an ihr hochgeknabbert und war inzwischen beim Schlüsselbein und dem Träger des BHs angelangt. Das Klingeln des

Handys brachte ihn nur kurz aus dem Konzept, Emily schien es gar nicht zu hören. Seine Jeans hing über einer Stuhllehne, das Smartphone darin war für ihn ohnehin momentan unerreichbar, mal abgesehen davon, dass es Thilo komplett am Arsch vorbeiging, wer da anrief.

Emily hatte nach der Vorlesung auf ihn gewartet, gemeinsam waren sie zum Haus ihrer Eltern geradelt, wo sie ihn in ihr unabhängiges Reich geführt hatte: eine kleine Einliegerwohnung, komplett eingerichtet mit Küche, Bad und einem Schlaf-Wohnbereich.

In diesem lagen sie seit geraumer Zeit auf dem ausziehbaren Sofa, und das eine hatte zum anderen geführt.

Emilys Lied des Gartenrotschwanzes wechselte jetzt in den dringlichen kurzen Ruf einer Nachtigall. Das Handy fing zum dritten Mal an zu klingeln.

»Scheiße.« Fluchend tauchte Thilo unter dem blonden Wasserfall aus Emilys Haaren auf.

»Hm?«

»Das fucking Handy.«

»Lass es doch ...« Sie zog ihn wieder zu sich.

»Das klingelt ungewöhnlich lange.« Er richtete sich auf der Couch auf. »Sorry. Das klingt echt dringend.«

»Das ist es hier auch.« Sie grinste, war ihm wohl nicht wirklich böse.

»Ich beeil' mich, versprochen.« Thilo ging zum Stuhl und fingerte das Smartphone aus der Jeanstasche.

Es war Harald. Wahrscheinlich wollte er seinen Bericht über die JVA loswerden. Ausgerechnet jetzt. Andererseits war es nicht typisch für ihn, bei Pillepalle hartnäckig immer wieder anzurufen.

»Ich geh' kurz ran, okay?«

»Aber nur ganz kurz.« Emily schob ihr Haar über den Kopf, so dass es über die Sofalehne fiel, hakte einen Daumen unter den BH-Träger, hob ihn an und ließ ihn kichernd zurückschnellen.

Zunächst noch abgelenkt von dieser Darbietung bekam Thilo erst nicht mit, was Harald ihm zu sagen hatte, dann aber ging ihm peu à peu auf, dass der absolute Katastrophenfall eingetreten war.

»Verarschst du mich?« Er ließ sich wie ein alter Mann auf den Stuhl sinken.

»Natürlich nicht! Das Auto der Kidnapper steht am Rand der Photovoltaik-Anlage in Neukirchen-Teisendorf. Ich hab den Kofferraum gecheckt, geklopft, es kam keine Reaktion, das heißt, sie haben Sabine rausgeholt.«

»Sie war im Kofferraum?« Thilo versagte beinahe die Stimme.

»Haben sie einfach reingeschmissen, die Dreckskerle, ich konnte nicht rechtzeitig eingreifen. Aber die kriegen wir, worauf du einen lassen kannst. Ich schaue mich hier vorsichtig um. Hast du ein Auto? Wenn wir erst noch ein Taxiunternehmen aufmachen, wo der eine den anderen abholt, dauert das alles viel zu lang, ich brauche dich jetzt. So schnell wie möglich. Nazari habe ich auch schon kontaktiert, aber auf den allein will ich mich nicht verlassen müssen.«

»Welche Photovoltaik-Anlage?«

»Heilige Mutter Gottes Thilo, die auf dem ehemaligen Bundeswehrgelände, die …«

»Kenn' ich nicht, ich brauch' deine Koordinaten.«

»Bin ich ein scheiß Satellit?«

»Du nicht aber, dein …«

»Handy«, vervollständigte Harald den Satz, der erstaunlicherweise sofort begriff, worauf Thilo hinauswollte. »Und wie …?«

»Du musst Google Maps aufrufen, ich erklär' dir alles.«

»Ich weiß, wo die Anlage ist«, rief Emily dazwischen. »Die Projektierer wollten was für ihr Image und die Biodiversität tun, meine Kolleginnen haben dort Nisthilfen für Vögel aufgehängt.« Sie hatte sich aufgesetzt, griff schon nach ihrem Shirt. »Lass dir aber trotzdem die Koordinaten geben. Das ist 'ne große Fläche, er könnte überall stehen.«

Irritiert nickte Thilo, denn er hatte noch nicht mit ihr über die SOKO gesprochen, sondern wollte sich damit Zeit lassen und genau planen, wann und wie er mit dem Fakt herausrücken sollte, dass die Birder in einem Mordfall ermittelten. Aber für Emily schien es nicht wichtig zu sein, um welche Art Notfall es sich handelte, es reichte ihr zu wissen, dass Thilo dringend von A nach B musste.

Während sie sich anzog, gab er Harald Anweisungen, erklärte ihm, wie er mit Google Maps seinen Standort ermittelte, und bat ihn anschließend, die Koordinaten zu schicken. Gleichzeitig überlegte er sich, ob die Entführer Sabine nach dem JVA-Besuch abgepasst hatten. So musste es gewesen sein. Sie und Harald waren auf was gestoßen, vielleicht hatte Fiedler geplaudert, wichtige Hinweise geliefert. Wie Harald davongekommen war, das würde er später noch erfahren, jetzt galt es nur, dafür zu sorgen, dass Sabine nichts geschah.

»Ich hab' ein Auto«, sagte Emily in eine von Thilos Sprechpausen hinein. »Und die Kameradrohne von der Arbeit habe ich auch hier. Brauchst du die?«

»Eine Drohne! Ehrenfrau!« Er nickte, voller Zuversicht, versprach Harald, so schnell wie möglich bei ihm zu sein, und während er mit der einen Hand das Gespräch beendete, warf er mit der anderen einen Kuss in Emilys Richtung. »Gibst du mir die Schlüssel? Ich bringe den Wagen heil wieder zurück.«

»Das geht nicht.«

»Ich hatte noch nie einen Unfall.« Thilo sah sich um, entdeckte seine Turnschuhe unter dem Sofa und bückte sich. Er sah auf. »Es ist wirklich dringend, Emily.«

»Der Wagen gehört meiner Mum. Das heißt: Ich fahre.«

»Emily …«

»In diesem Punkt diskutiere ich nicht. Ich kenne die PV-Anlage. Mein Auto, meine Drohne. Ich fahre.«

Irgendjemand hatte die Musik in hirnspaltender Lautstärke aufgedreht. Sabine, durchgeschüttelt von der Fahrt im Kofferraum, jeder Nerv empfindsam wie bei einer Zahnbehandlung, die Knochen wie neu arrangiert, der Kopf ein einziges Hämmern, kämpfte gegen eine aufsteigende Übelkeit an.

Nachdem ihre zwei Kidnapper sie mitten im Wald aus dem Auto gezerrt hatten, war sie über einen Trampelpfad zu einer Hütte gezogen worden. Sie war mitgetaumelt, jeder Schritt ein einziger Schmerz, die Beine von der Fötusstellung im Kofferraum wie abgestorben. Das Innere der Hütte war kahl, außer einem Stuhl gab es keine Möbel. Der Boden bestand aus festgetretener Erde, alles sah nach selbst gezimmertem Schuppen aus.

Auf diesem einen Stuhl saß sie jetzt, die Hände hinter der Lehne gefesselt, und betete still, dass dem Bluetooth-Lautsprecher, der an der Wand vor ihr stand, bald der Saft ausgehen würde. Selbst wenn sie die Hände zu Fäusten ballte, gruben sich die Kabelbinder in ihre Haut. Ihre Blase war kurz vor dem Platzen, die Bluse klebte ihr schweißnass am Körper. Sie wünschte, sie könnte kurz auf die Toilette gehen, duschen und ein wenig schlafen. Dann würde sie sich auch wieder anstandslos fesseln lassen, hier auf diesem Stuhl.

Als das Getrommel und Gebrüll endlich verstummten, keuchte sie erleichtert auf.

»Dem Himmel sei Dank.«

Nur wenige Augenblicke später begann die Tortur von neuem. Ihre Entführer jedoch waren nirgends zu sehen.

In Guantánamo hatte man die Insassen mit der Erkennungsmelodie der Sesamstraße gefoltert. Raders Leute hatten eine Musikrichtung gewählt, bei dem die Performer ihre Gitarren quälten und wie das Tier aus der Muppet-Show auf das Schlagzeug eindroschen. Der ohrenbetäubende Krach drang mit Sicherheit weit bis nach draußen, was bedeutete, dass die Hütte abgelegen liegen musste.

Sabine zerrte an ihren Fesseln. Sie schnitten schmerzhaft in ihre Handgelenke, worauf sie ihre Bemühungen bald aufgab. Gern hätte sie ihre Nase betastet. Ob sie gebrochen war?

Sie konzentrierte sich auf ihr Gefängnis, scannte die Wände und den Boden auf der Suche nach etwas, was ihr bei der Flucht behilflich wäre. Ein vergessenes Werkzeug, ein scharfer Gegenstand, etwas, mit dem sie zuschlagen könnte. Wenn sie ihre Hände freibekäme. Nichts.

Das Smartphone hatte man ihr abgenommen, bevor man sie in den Kofferraum geworfen hatte. Als der Deckel nach der holprigen Tour wieder aufgesprungen war, hatte sie zum ersten Mal in die Gesichter ihrer Entführer gesehen. Ein unscheinbarer Blonder mit Allerweltsgesicht und ein Dunkelhaariger mit einem dieser dichten Magnum-Schnauzer, wie sie einmal vor fünfundzwanzig Jahren in Mode gewesen waren. Weder der eine noch der andere hatten eine Maske getragen: ein beunruhigendes Zeichen dafür, dass sie sich keinerlei Sorgen darüber machten, ob Sabine sie im Nachhinein beschreiben oder identifizieren könnte.

Noch würde Heide sie nicht vermissen. Sabine hatte ihr gesagt, sie käme später heim, aber nicht zu spät, um ihr noch ins Bett helfen zu können. Felix war zu Hause, um nach seiner Großmutter zu sehen. Zumindest hoffte Sabine das.

War Harald inzwischen in der Kaffeerösterei angekommen? Suchte er nach ihrem Wagen am Straßenrand? Falls er versuchte, sie telefonisch zu erreichen, würde es ihn irritieren, wenn sich jedes Mal die Mailbox meldete? Sabine versuchte, die Nerven zu behalten und sich darauf zu verlassen, dass Harald wusste, was er tat. Dass er mit so einer Situation Erfahrung hatte, dass er sie nicht im Stich ließ.

Endlich verstummte die Musik. Das Percussion-Geklöppel dröhnte noch eine Weile in Sabines Ohren nach, und so hörte sie die herantretenden Schritte zunächst nicht, registrierte erst, dass sich ihr jemand näherte, als die Person fast vor ihr stand.

Sie erkannte ihn sofort wieder. Scharfes Profil, dichtes helles Haar, ausgeprägtes Kinn – es war Rader.

Emily fuhr, als ob sie für die Playstation-Meisterschaft in Gran Tourismo trainieren würde. Hinter jeder Kreuzung erwartete Thilo eine Streife, die sie aus dem Verkehr ziehen, einen Passanten, der sie anzeigen würde. Als sie Traunstein am Kreisverkehr verließen und auf die B304 einbogen, war er fast erleichtert. Freie Bahn.

Auf dem Navi beobachtete er, wie sich der rote Pfeil, der ihr Auto symbolisierte, der schwarz-weiß karierten Zielflagge näherte. Haralds Koordinaten hätten sie in etwas weniger als zehn Minuten erreicht.

In nüchternen Worten briefte Thilo Emily und erzählte, womit sich die Birder während der letzten zwei Wochen beschäftigt hatten. Ab und zu wurden ihre Augen größer, ihre Miene aber zeigte, dass sie ihm glaubte und nicht dachte, er wolle aufschneiden oder sie verarschen. Nach seinem Bericht sagte sie erst mal nichts, so lange, dass Thilo schon Sorge hatte, sie würde bei der nächsten Gelegenheit wenden und wieder in die Innenstadt zurückfahren. Aber nichts dergleichen geschah.

»Es kann brenzlig werden«, sagte er, während er beobachtete, wie der rote Pfeil auf dem Navi weiter über die Landkarte kroch. »Ich mag Sabine, ich mag sie sehr, aber ich muss dir ehrlich sagen, dass ich Probleme damit habe, mich in eine Schusslinie zu werfen. Das ist Sache der Polizei.«

»Hm.«

»War das ein zustimmendes ›Hm‹?«

Emilys Finger klopften auf das Lenkrad. »Was, wenn dieser Nazari mit seinen Leuten nicht rechtzeitig eintrifft? Was, wenn es nötig wird, sich in eine lebensgefährliche Situation zu begeben? Es ist ein ausziehbarer Radschlüssel im Kofferraum, den nehmen wir mit.«

»Was, wenn du zu viele Cop-Serien siehst?«

Sie warf ihm einen schnellen Blick zu. »Thilo, die Frau ist entführt worden!«

Er schloss kurz die Augen. Presste die Lippen aufeinander. »Ich weiß.«

»Und du hast eben gesagt, dass Nazari sich bis jetzt nicht in diesen Fall eingemischt hat, weil er glaubt, dass das gar kein Fall ist.«

»Zumindest hat er Harald und Sabine kurzfristig den Termin in der JVA ermöglicht«, gab Thilo zu bedenken. »Was ja bedeutet, dass er unsere Vermutungen nicht mehr als Bullshit abtut. Und es ist inzwischen mehr als nur eine Vermutung.«

»Okay. Du hast eben aber auch gesagt, dass Harald den Typen kennt.«

»Und?«

»Vielleicht hat Harald ihn einfach nur genervt.«

Ja, Harald konnte nerven. Aber Thilo glaubte nicht, dass das der Grund für Nazaris Kooperation gewesen war. »Angenommen, du bist Kommissarin«, sagte er. »Und jemand, mit dem du früher zusammengearbeitet hast, den du also von der Arbeit recht gut kennst, erzählt dir von Kidnapping … dann glaubst du ihm doch erst mal, oder?«

»Eigentlich schon«, sagte Emily. »Ich meine, das ist ja nicht so wie: ›Ich hab gesehen, wie der Typ bei Rot über die Ampel gefahren ist‹.«

»Genau«, bestätigte Thilo. »Nazari kommt.« Der Pfeil näherte sich jetzt einem kleinen Weg, auf dem die Route weiter verlief. »Du musst gleich abbiegen.«

»Weiß ich.« Emily atmete tief durch und sagte: »Ich bin nicht sauer oder so was. Ich kenne die anderen ja auch gar nicht, weiß nicht, wie die ticken. Ich will nur einfach alle Möglichkeiten abwägen. Wir sollten doch auf sämtliche Situationen vorbereitet sein, oder?«

Obwohl Thilo die Nervosität inzwischen in allen Fingerspitzen saß und ihm mit jedem gefahrenen Meter flauer im Magen wurde, musste er lachen. »Du würdest echt super zum Team passen. Der Satz hätte auch von Sabine oder Katja stammen können.«

Emily setzte den Blinker und lenkte den Wagen auf den Weg, der weiter über die Felder in den Wald verlief. »Bin ich denn jetzt nicht im Team?«

Thilo drückte ihre Hand, die locker auf dem Schalthebel lag. Emilys Finger waren entspannt, ihre Handflächen trocken. Sie hatte echt die Ruhe weg.

»Doch«, sagte er. »Bist du.«

Sie erwiderte den Druck seiner Finger. »Wir nehmen den Radschlüssel mit.« Dann reckte sie das Kinn. Auch von weitem waren die in der Sonne glänzenden Paneele gut sichtbar. »Da vorne ist der Solarpark.«

Und das … War das Harald? Der da neben der uralten Karre stand?

Harald wedelte hektisch mit den Armen. Das war sonst überhaupt nicht seine Art, aber jetzt zählte jede Minute. Dennoch wäre ein Zeichen, sich zu beeilen, nicht nötig gewesen, denn der Wagen kam mit einer derartigen Geschwindigkeit herangerauscht, dass selbst ein den Weg querender Vogel Strauß mit Höchstgeschwindigkeit keine Chance gehabt hätte. Kies spritzte, als das Auto Stoßstange an Stoßstange hinter dem Renault hielt.

»Ich war nicht erfolgreich.« Harald redete schon, bevor Thilo überhaupt ausgestiegen war, weswegen er den Satz wiederholte, als sie sich gegenüberstanden. Er deutete auf die beiden Objektive des Feldstechers, der um seinen Hals hing. »Bin in den Wald hineingelaufen, habe nach Spuren gesucht«, fügte er anschließend hinzu. »Es ist zu trocken, keine Schuhabdrücke, nichts. Und Dinge wie abgeknickte Zweige könnten von jedem Ausflügler stammen. Wenn wir nicht genau wissen, wohin wir gehen müssen, wird das ein ziemlich aussichtsloses Unterfangen.« Jetzt erst nahm er Thilos Begleitung wahr, die eine verblüffende Ähnlichkeit mit der jungen Stevie Nicks hatte.

»Ich bin Emily.« Sie ging auf ihn zu und streckte ihm die Hand hin. »Harald, nicht? Thilo war gerade bei mir, als du angerufen hast.«

Harald, der sich nur Sekundenbruchteile darüber wunderte, warum er geduzt wurde, schüttelte ihre Hand. »Grias di«, brummte er. Die SOKO schien sich in ein Auffangbecken für alle möglichen Bekannten zu verwandeln, fehlte nur noch, dass Katja mit Roisin aufkreuzte.

Mit schnellen Schritten umrundete Emily den Wagen und öffnete den Kofferraum.

»Wir haben eine Kamera-Drohne dabei«, erklärte Thilo.

Haralds Raupenbrauen zuckten erst begeistert, schossen aber dann alarmiert in die Höhe, als Thilo nach einer Waffe fragte.

»Was meinst du mit einer Waffe?«, hakte Harald nach.

»Na, so was?« Emily reckte den Radschlüssel in die Luft. »Du hast das doch sicher auch im Wagen.«

»Jetzt hört auf mit den Fisimatenten. Wir greifen nicht mit Waffen ein.«

»Dann nenn' es eben Selbstverteidigung.« Ohne Aufhebens drückte Emily ihm das Werkzeug in die Hand und stellte anschließend die Drohne auf den Kühler des Renaults.

Während sie alles vorbereitete, berichtete Harald ausführlicher von dem, was sich in den letzten Stunden ereignet hatte, inklusive seiner Vermutung, dass einer der Wärter in der JVA für Rader arbeitete. »Rader ist unser Mann«, schloss er. »Es ist nicht sicher, ob er den Besitzer des Delfins eigenhändig umgebracht hat, aber Rader hat das Ding gedreht, und Fiedler war es auf keinen Fall. Frank war da an was wirklich Wichtigem dran, und wenn er nicht so ein sakrisch großes Ego gehabt hätte …«, dann hätte er seine Beweisführung gemeinsam mit anderen erarbeitet und die Polizei miteinbezogen, schloss Harald in Gedanken. Das hatte doch sogar er getan: Nazari informiert. Wo auch immer der jetzt kruzifixnochamol steckte.

Harald lief vorneweg, die beiden jungen Leute folgten ihm auf dem asphaltierten Weg. Als sie an dem Wagen der Kidnapper vorbeikamen, sagte er: »Ich habe alle relevanten Informationen bezüglich des Autos schon an den Kommissar weitergegeben.«

»Wann kommt der denn?«, wollte Emily wissen. »Kann ja nicht sein, dass wir schneller sind als er!«

Harald grunzte nur und marschierte weiter. Sie verließen die schmale Straße und gingen durch knöchelhohes Gras Richtung Waldrand. Die Nachmittagssonne ließ ihre Schatten gen Osten fallen und gab Feldstecher, Drohne und Radschlüssel in ihren Händen bizarre Formen. Wie Außerirdische zogen ihre Silhouetten weiter über das Gras, bis der Wald sie fast verschluckte.

»Ab hier wird's schwierig mit der Drohne«, sagte Emily. »Lasst mich mal eben einen ersten Erkundungsflug machen.«

Sie stellte das kleine Gerät mit den vier Rotoren ab und betrachtete die Steuerung, die an einem Band um ihren Hals hing. Gespannt trat Harald zu ihr, und auch Thilo kam näher, um einen guten Blick auf das Display zu haben, auf der gleich die Aufnahmen erscheinen würden.

»Die ist registriert, nehme ich an? Und haftpflichtversichert?«

»Würde es dich stören, Harald, wenn nicht?«

»Nein.« Die Antwort platzte regelrecht aus ihm heraus. »Gefahr im Verzug.«

Mit einem fast schon putzigen Surren hob die Mini-Drohne ab und brummte ins Blau des Himmels.

»Der Kompass ist natürlich kalibriert, ich habe das Ding schon oft eingesetzt, es hält sauber die Position«, sagte Emily.

Das Gerät schwebte jetzt über den Fichten am Waldrand, auf dem Display zeigte sich die Live-Ansicht von oben. Das Bild war stabil, flackerte nicht.

»Dreh mal eine Runde«, bat Harald. »Versuche, ein Gebiet vollständig abzudecken. Was ist da für ein Objektiv verbaut?«

»Sehr lichtstark, mit Weitwinkel und Zoom. Ich hab Saft für ungefähr eine halbe Stunde.«

Thilo stieß einen Seufzer aus. »Gott, ich hoffe, dass wir die Zeit nicht brauchen werden.«

Zweimal ließ Emily die Drohne fliegen. Beide Male sahen sie nichts außer den Wipfeln von Bäumen.

»Die sind echt braun«, klagte Emily. »Fuck, der Wald sieht nicht gesund aus.«

»Sabine sieht sicher auch nicht mehr lang gesund aus, wenn wir nicht bald eine Spur haben«, brummte Harald.

Doch beim dritten Einsatz blitzte etwas durch die Wipfel. Länglich und dunkelrot. Ein Dach. Emily zoomte heran, Thilo bestimmte die Position der Hütte auf dem Navi seines Smartphones, und Harald stieß einen triumphierenden Laut aus, als sein Zeigefinger darauf niedersauste.

»Dort ist sie. Sabine. Ich kann es spüren. Glaubt mir!«

Emily holte die Drohne zurück und verstaute sie gemeinsam mit der Fernsteuerung in ihrem Rucksack. Ohne auf sie zu warten, eilten Harald und Thilo voran, in den Wald hinein. Noch vor einem Tag hätten sie beim Ruf des Rotfußfalken die Feldstecher erwartungsvoll an die Augen gehoben, jetzt aber schenkten sie weder dem »kju kju kju« noch Emilys »Moment! Wartet! Ich hab's doch gleich!« ihre Aufmerksamkeit.

Raders süffisantes Lächeln machte Sabine wütender als alles andere, und all ihr Kummer verblasste, dass sie Heide und Felix nie wiedersehen würde. Alle Sorgen, alles, was nach ihrem möglichen Ableben mit ihrer Familie geschehen würde, waren aus ihrem Gehirn wie wegradiert. Alle angstvollen Überlegungen, was Rader mit ihr anstellten würde: wie weggeblasen.

Sabine war einfach nur stinksauer.

»Ist das etwa Ihr Musikgeschmack?«, fragte sie. »Der ist wirklich beschissen.«

Kurz zuckte Rader irritiert mit einem Mundwinkel, dann hatte er sich wieder im Griff. »Frau Schroll, ich bin beeindruckt. Ganz schön großes Mundwerk in dieser Situation.« Die Hände hatte er in die Hosentaschen gesteckt, einen Fuß vor den anderen gestellt. Er trug ein Jackett, das sogar im trüben Licht der Hütte teuer aussah. Ganz der lässige Geschäftsmann.

»Finden Sie? Sie meinen also, dass ich den Mund halten soll? Wie ein braves Weibchen?«

»Für so etwas halte ich Sie nun wirklich nicht.« Er verlagerte das Gewicht auf das andere Bein und hob das kantige Kinn.

»Wollen Sie sich nicht setzen?«, fragte Sabine. Auf der einen Seite legte sie es aus einem Grund, der ihr momentan selbst nicht klar war, darauf an, ihn zu provozieren; auf der anderen war es recht unbequem, ständig hochzuschauen, um ihm ins Gesicht sehen zu können.

»Finden Sie es denn unhöflich, wenn ich stehe?«

»Absolut.«

»Das tut mir furchtbar leid. Aber wir brauchen hier nicht lange, außerdem haben wir nur einen Stuhl, und den haben wir Ihnen angeboten. Gastfreundschaft geht mir über alles.«

»Ganz der Gentleman.«

»So sieht's aus. Ich habe nur einige Fragen.«

»Ach, und danach darf ich einfach so in den Wald hinausspazieren?«

»Einfach so … Das würde ich nicht sagen.«

Nach diesen Worten schlug die Angst in Sabine heftig zu. Genauso heftig unterdrückte sie sie.

»Was hat Fiedler Ihnen erzählt?« Raders Miene blieb unverändert, aber Sabine, die genau hinsah, merkte, dass sie nicht die Einzige war, die vor Anspannung nahezu platzte. Er wirkte steif, wie abwesend, als ob er seine Körperhaltung peinlich genau kontrollierte. Aber in ihm brodelte es, er ähnelte einem in die Ecke gedrängten Tier kurz vor dem Angriffssprung.

»Er hat uns den wahren Täter genannt«, improvisierte sie.

»Durch die Kooperation mit seinem Staatsanwalt ist Fiedler an wichtige Informationen bezüglich des Mords an Lindlacher gekommen.« Als Rader kurz zwinkerte, fügte sie hinzu: »Dass David mit Herrn Seethaler intensiv daran arbeitete freizukommen, wissen Sie ja.«

Keine Antwort.

Sabine beschloss, noch eine Schippe draufzulegen. »Ich habe Familie, das ist Ihnen sicher ebenfalls bekannt.«

»Und?« Er klang desinteressiert. »Wollen Sie von mir so eine Art Versicherung, dass ihr nichts geschieht?«

»Ich war noch nicht fertig.« Sie sah ihm fest in die Augen. Versuchte, all ihre Kraft in diesen Blick zu legen. »Meine Familie ist mein ganzer Stolz. Mein Sohn macht mich glücklich, egal, was er anrichtet.« Das war ein wenig geflunkert, denn die Fehlzeiten in der Schule machten sie immer noch rasend, aber … Wenn sie hier heil herauskäme, würde sie Felix und Thomas das alles verzeihen. »Ich weiß, er wird seinen Weg gehen. Einen guten Weg. Denn ich kann ihm vertrauen. Verstehen Sie?«

Raders Augen sagten, dass er sehr gut verstand. Dass Sabine auf seinen eigenen Sohn anspielte.

»Sie plappern ziemlich viel. Und alles, was Sie sagen, ist bisher nicht von Belang.« Er wurde lauter. »Beantworten Sie meine Frage.«

»Es interessiert Sie nicht, dass Ihr Sohn nicht in Ihre Fußstapfen treten kann? Wo Ihnen ein Nachfolger doch so wichtig ist? Eine Person aus Ihrer Familie, der Sie die Geschäfte überlassen können? Ohne zu zögern? Max ist Ihr einziger Sohn, er wäre *der* Kandidat, aber er ist …« Sabine machte eine Pause, zog sie unnötig in die Länge, beobachtete fast genüsslich, wie Raders Salzsäulenstellung sich löste, er sich leicht abwandte und seine Hände die Hosentaschen ausbeulten, weil er sie zu Fäusten ballte. Dann beendete sie den Satz, obwohl sie wusste, dass es Rader wie eine Abrissbirne in den Magen treffen würde: »Eine Enttäuschung. Ein echtes Weichei.«

Rader wirbelte zu ihr herum. Sein Gesicht vor Wut verzerrt.

Sie lächelte ihn an. Und es tat verdammt gut.

Sabine las jetzt in ihm wie in einem Buch. Rader wollte seine Emotionen abschalten, aber es gelang ihm nicht. Sie hatte den Nagel auf den Kopf getroffen. Einen unzuverlässigen, desinteressierten Sohn wie Max zu haben war für jemanden wie Rader eine furchtbare Strafe. Es nagte an ihm, juckte ihn am ganzen Körper. Aber er konnte nichts dagegen tun, außer ihn von allen Geschäften fernzuhalten oder das Chaos aufzuräumen, das Max hinterlassen hatte.

Raders Lippen zitterten, aber er schwieg.

»Ihre Geschäfte werden irgendwann einmal außerhalb Ihrer Familie abgewickelt werden. Sie werden nicht mehr involviert sein, keinen Einfluss darauf haben. Alles, was Sie aufgebaut haben, wird eine Person übernehmen, die nicht Ihr Fleisch und Blut ist.« Für Sabine kein Beinbruch, für einen Menschen wie Rader eine Katastrophe. »Max war es, nicht?«, fragte Sabine. »Er hat Lindlacher getötet. Er hat alles versaut. Und David Fiedler büßt jetzt dafür.« Das war ein weiterer Schuss ins Blaue, denn dafür, ob Max Lindlacher wirklich getötet hatte, gab es nicht den kleinsten Beweis.

In diesem Moment jedoch, in dem Sabine es aussprach, erschien es ihr völlig plausibel. Geradezu logisch. Raders Sohn hatte den Einbruch verbockt, ihn komplett entgleisen lassen, und David war von Rader zum Sündenbock gemacht worden. »Sie wollten Ihren Sohn schützen. Ein enttäuschter Vater, der seinen Zögling nicht bestrafen kann und der ihm darüber hinaus noch die Konsequenzen für seinen Fehltritt ersparen will.« Sie kam ins Stocken. Überlegte. »Wissen Sie, das kann ich durchaus verstehen«, sagte sie dann.

»Dafür gibt es nicht den geringsten Beweis«, entgegnete Rader und versuchte, süffisant zu klingen, doch sie konnte seine Nervosität, seine Verzweiflung beinahe fassbar spüren. Und da fiel es ihr wie Schuppen von den Augen. Nein, eine wichtige Sache hatte sie übersehen.

»Doch natürlich gibt es einen Beweis«, sagte sie. »Den Delfin. Max hat keine Handschuhe benutzt, nicht wahr? Max' Fingerabdrücke sind darauf zu finden.« Mit einem Mal wurde ihr kalt. »Deshalb haben Sie Frank beseitigen lassen. Deshalb ist David im Gefängnis, Frank auf dem Friedhof – es ging immer nur um Ihren Sohn.«

Raders Gesicht war inzwischen rot vor Wut.

»Woher wussten Sie, dass Frank regelmäßig ins Moor geht? Haben Sie ihn auch observiert?« So wie sie selbst? Sie erinnerte sich an die silberne Limousine, die ihr gefolgt war. »Nur, dass Sie meinen Tod nicht als Unfall tarnen können.« Sie zerrte an ihren Fesseln.

Rader presste seine Lippen aufeinander, und Sabine wappnete sich für alles. Sie hatte keine Waffe an ihm entdeckt, was nicht bedeutete, dass er keine trug. Sie hatte seine zwei Handlanger nicht gesehen, was nicht bedeutete, dass sie außer Rufweite waren.

Aber Ernst-Dieter Rader wandte sich nur langsam von ihr ab, tippte etwas in sein Smartphone und sagte: »Wir sind noch nicht fertig, Frau Schroll. Noch lange nicht. Aber ich habe Zeit. Sie auch? Denken Sie über meine Frage nach.«

Nein, dachte Sabine. Ich habe keine Zeit. Ich muss pinkeln, möchte weg von hier, heim, mich auf dem Sofa einkuscheln und mit Heide irgendeine billige Seifenoper ansehen, in dem sich die Hauptdarstellerin in einen behaarten Naturburschen verguckt und dann gemeinsam mit ihm bei Kerzenlicht zu irgendeiner Schmonzette mitsingt.

Kaum hatte sie den Gedanken zu Ende gebracht, begann das infernalische Getöse, das einige Menschen Musik nannten, von neuem. Offenbar hatte Rader vorhin die Nachricht versendet, dass man die Audio-Folter wieder fortsetzen solle.

Langsam schlenderte er auf die Tür zu, öffnete sie, ein Lichtstrahl fiel in die Hütte, und er war verschwunden.

Bevor sie sahen, dass Rader aus der Tür kam und das wahnwitzige Schlagzeugsolo aus der Hütte bis zu ihrer Position dröhnte, hatte Thilo gedacht, sie würden sie stürmen müssen, um an die Kidnapper heranzukommen. Nazari war immer noch nicht aufgetaucht.

Wie eine eingesperrte Raubkatze schritt Rader jetzt die Hütte entlang, machte an der Ecke kehrt und ging wieder zur Ausgangsposition zurück. Das bestialische Getrommel schien ihn nicht zu stören.

»Das macht er jetzt schon zum dritten Mal«, flüsterte Emily. »Ich würde sagen, das ist kein gutes Zeichen. Er ist angespannt.«

»Ich denke eher das Gegenteil«, entgegnete Thilo. »Dieses

Hin- und Hertigern bedeutet, dass es für ihn nicht nach Plan läuft.«

»Sabine muckt auf«, vermutete Harald. »Rader zieht 'ne ganz schöne Lädschn.«

»Das ist ja wohl *nicht* gut«, beharrte Emily auf ihrer Meinung. »Denn sie sollte ihn nicht reizen, oder?«

»Sabine ist 'ne Dampfplauderin, wahrscheinlich bluten Rader beide Ohren. Von der Musik scheint er sich ja nicht beeindrucken zu lassen.«

»Musik?« Haralds Augenbrauen hoben sich.

»Das ist gar nicht gut«, wiederholte Emily.

Harald zückte sein Handy. »Wo bleibt Nazari? Sacklzement! Könnte er von der anderen Seite kommen?« Umständlich zoomte er die Landkarte auf und hielt Thilo sein Telefon unter die Nase. »Schaust du mal?«

Thilo vergrößerte den Bildausschnitt mit zwei Fingern. »Ist durchaus möglich.« Auch von Norden führten Sträßchen an die dort gelegene Randzone des Walds.

»Wir sollten uns verteilen«, meinte Emily. »So, dass wir alle Seiten der Hütte im Blick haben.«

»Wir sollten uns diese Watschnfresse vornehmen. Und zwar, bevor sie wieder in die Hütte geht. Bei dem Lärm hört er uns gar nicht kommen.«

Die beiden jungen Leute starrten Harald an.

»Was guckt ihr denn so?«, grunzte er. »So eine Gelegenheit bekommen wir nie wieder.«

»Und wie bitte sollen wir das tun?«

»Er ist allein.« Harald deutete gen Hütte.

»Ja, aber wer weiß wie lange? Die anderen Typen sind entweder noch in der Hütte oder nicht weit weg.«

»Wo ist denn dein Einsatzwille geblieben, Emily?«, fragte Harald säuerlich.

»Okay, jetzt schaltet mal bitte einen Gang runter, denn wir müssen hier alle an einem Strang ziehen«, sagte Thilo. »Angenommen, wir können ihn überwältigen. Was dann? Nehmen wir ihn als Geisel? Tauschen wir ihn gegen Sabine?« Was für eine komplett absurde Idee! »Also, ich würde vorschlagen …«

Aber Harald verließ schon seine Deckung. Augenblicklich zog Emily ihn wieder zurück.

»Lass uns das bitte im Detail überlegen«, bat sie. »Wir können nicht einfach losrennen.«

»Da drin sitzt Sabine!«, zischte Harald. »Wer weiß, was sie ihr angetan haben. Sie kommt um vor Angst!« Wieder stand er auf, und dieses Mal hielt ihn keiner zurück.

»Nun dann«, meinte Thilo achselzuckend, schnappte sich den Radschlüssel und folgte ihm.

Sabine, immer noch auf hundertachtzig, versuchte derweil zum vierten Mal, größere Kiesel in der vagen Hoffnung gegen die Bluetooth-Box zu kicken, das Gerät damit zum Schweigen zu bringen. Da man ihr nur die Hände gefesselt hatte, konnte sie mit der Spitze ihres Schuhs die Steine in Position rollen, so weit wie möglich ausholen und schießen. Beim Fußball mit Felix hatte sie immer ausgezeichnet getroffen. Gut, das lag zehn Jahre zurück, aber eingeübte Bewegungen verlernte man ja bekanntlich nicht. Der Lautsprecher zeigte sich allerdings nicht beeindruckt von ihren Ballkünsten.

Es hatte keinen Zweck, sie musste es mutiger angehen. Der

festgetrampelte Boden der Hütte war zwar uneben, senkte und hob sich leicht, aber in dieser Situation war alles einen Versuch wert. Sabine drückte sich mit beiden Füßen ab und versuchte gleichzeitig, sich samt dem Stuhl nach vorne zu bewegen. Als ihr das einige Zentimeter gelang, schoss Adrenalin durch ihren Körper. Es klappte! Sie würde es so lange durchziehen, bis sie die Tür der Hütte erreicht, die Klinke mit dem Fuß heruntergedrückt und ins Freie gehopst war. An das Vorgehen danach wollte sie noch nicht denken. Auch nicht daran, was passierte, wenn Rader oder einer seiner Leute sie entdecken würde. Sie vermutete sie alle vor oder im Umkreis der Hütte, aber sie musste jetzt einfach etwas unternehmen!

Ihr bei jedem Hopser ausgestoßenes Ächzen wurde von dem Getöse aus dem Lautsprecher übertönt. Die ersten vier Bewegungen gelangen ihr olympiareif, doch bei der fünften bohrten sich die zwei vorderen Stuhlbeine in die unebene Erde und blieben stecken. Sabine verlor das Gleichgewicht und konnte nicht vermeiden, dass sie nach vorn kippte. Geistesgegenwärtig drehte sie den Kopf, um das Gesicht und vor allem ihre angeknackste Nase zu schützen, aber der Schmerz des Aufpralls nahm ihr trotzdem den Atem, und ihre Blase durchlief ein Blitz.

»Scheiße«, stöhnte sie.

Die Fesseln saßen immer noch bombenfest. Nachdem sie sich so weit als möglich auf die Seite gerollt hatte, fühlte sie, wie sich etwas in ihr anstaute. Etwas von ihr Besitz nahm. Etwas Schreckliches. Keine Wut, sondern abgrundtiefe Verzweiflung und das Gefühl von Verlassenheit. Tränen liefen ihr über das Gesicht, sie begann zu schluchzen und ließ schließlich ihrer Resignation freien Lauf. Alles war egal. Alles.

Einige Augenblicke weinte Sabine hemmungslos. Doch dann brach Licht in die Hütte, und die Sonne schien Sabine mitten ins Gesicht. In einer Mischung aus Entsetzen und Neugier blinzelte sie die Tränen weg und schluckte einen Schluchzer hinunter. Die Tür hatte sich geöffnet, und Rader taumelte mit verwirrter Miene herein, stolperte und schlug der Länge nach so neben Sabine hin, dass sie von ihrer Position aus nur noch seine teuren Schuhe sehen konnte. Kein Mucks kam von ihm, offenbar war er bewusstlos.

Völlig verwirrt versuchte Sabine, in ihrem Kopf zu ordnen, was eben geschehen war. Hatte Rader sich mit seinen Kumpanen angelegt? War eine andere Partei auf dem Bildschirm erschienen, möglicherweise Raders Konkurrenz?

Als ausgetretene braune Halbschuhe vor ihrem Gesichtsfeld erschienen, schossen Botenstoffe der Freude durch sie hindurch wie ein Schnellzug. Vor Überraschung bekam sie keinen Ton heraus, aber mit einem Mal sah die Welt wieder rosig aus. Oder eben beige-braun.

Harald war gekommen.

Zuvor hatte Thilo staunend beobachtet, wie Harald Rader grob am Hinterkopf gepackt und dessen Schädel mit einem beeindruckenden Wumms zweimal gegen die Hüttenwand gedonnert hatte. Der Unternehmer hatte sich zwar noch aufrecht halten können, ruderte dabei hilflos mit den Armen und sah Harald mehr irritiert als wütend ins Gesicht. Dann ein weiterer Rumms, als Haralds Pranken sich um Raders Schultern legten und ihn mit dem Rücken gegen die Hütte pressten. Unterlegt vom rhythmischen Hämmern, das aus der Hütte dröhnte, kam das Ganze einer Szene aus einem Tarantino-Film recht nah.

»Der teure Anzug von dem Typen wird ganz schön dreckig«, wisperte Emily, und Thilo dachte, dass ihn die Abgebrühtheit seiner Freundin in diesem Moment fast mehr aus dem Konzept brachte als die beiden Männer, die jetzt verbissen miteinander rangen, bis Harald seinen Gegner so hart gegen die Tür der Hütte schubste, dass sie aufsprang.

Rader schwankte rückwärts hinein, Harald mit erhobener Faust hinterher … und dann waren sie verschwunden.

»Das war …«

»… krass«, vollendete Emily Thilos Satz. »Hättest du ihm das zugetraut? Ich meine, wie alt ist der? Hundertfünfzig?«

Sie hatten sich inzwischen so verschanzt, dass sie neben dem Eingang der Hütte auch Raders nichts ahnende Mithelfer im Blick behalten konnten, was sich als nicht weiter schwierig herausstellte. Der Mann mit dem Schnauzer stand breitbeinig vor einem Baum, der andere, eindeutig Raders Sohn Max, zog lässig an einer Zigarette.

»Guck dir den Arsch an. Der raucht doch echt mitten im Wald«, presste Emily hervor.

»Lass uns lieber überlegen, wie wir weiter vorgehen.« Denn jetzt, so dachte Thilo, war der ideale Zeitpunkt gekommen, um etwas zu unternehmen. Er wiederholte Haralds Angriffsbewegungen vor seinem geistigen Auge, um ein Gefühl für die Abläufe zu bekommen. »Wir dürfen damit nicht zu fest zuschlagen«, raunte er Emily dann zu und hob dabei den Radschlüssel. »Ich will ihm nicht langfristig den Schädel demolieren.«

Aber sie schien ihn nicht gehört zu haben, denn in diesem

Moment packte sie Thilos Arm und drückte so sehr zu, dass er kurz aufstöhnte. »Da drüben!«, zischte sie. »Da ist noch einer.«

Mit zusammengekniffenen Augen folgte er ihrem ausgestreckten Finger. Hinter einem Baumstamm, nicht weit von den beiden Männern entfernt, war eine Bewegung zu erahnen, und als er genauer hinsah, meinte Thilo eine dunkel gekleidete Gestalt zu sehen. Harald hatte nur von drei Männern berichtet, aber natürlich war nicht auszuschließen, dass in der Hütte vorher weitere Personen gewartet hatten, die jetzt die Umgebung sicherten. Bei dem Gedanken, dass Sabine sich gegen eine ganze Armee von Entführern hatte wehren müssen, schluckte Thilo. Was jetzt? Sie saßen hier wie auf einem Präsentierteller, wenn noch mehr von Raders Männern unterwegs waren. »Scheiße«, flüsterte er. »Was machen wir jetzt? Wir können doch nicht abhauen!«

Doch kaum hatte Thilo den Satz beendet, konnte er deutlich den Schriftzug in Versalien auf der Jacke des Mannes lesen, der sich jetzt aus der Deckung wagte und bedächtig einen Schritt vortrat. Erleichtert atmete er aus.

»Polizei.« Emily klang beinahe fröhlich. »Das wurde aber auch Zeit. Ist das Nazari?«

Modisch gestutzter Bart, perfekt getrimmte Frisur, konzentrierter Blick aus dunklen Augen. Ja, das war er.

Allem Anschein nach hatte sich der Kriminalkommissar der Hütte tatsächlich von der anderen Seite genähert. Jetzt hob er kurz die Hand und winkte, worauf ein Kollege seine Deckung aufgab und an die Seite seines Vorgesetzten huschte. Nazari schien mit ihm zu sprechen, ab und zu nickte der Beamte neben ihm und machte dann unvermittelt wie auf Kommando einen

Satz nach vorn. Schließlich huschte Nazari neben ihn, hielt seinen Ausweis über den Kopf und brüllte: »Kriminalpolizei!«

Emily seufzte. Ob vor Erleichterung oder Begeisterung, als Zugabe zu Haralds Performance noch einen veritablen Polizeieinsatz geboten zu bekommen, konnte Thilo nicht sagen. Er wusste nur, dass er sich selbst nie so erlöst gefühlt hatte. Mit einem Mal lockerte sich der Knoten in seinem Magen, er atmete tief durch und beobachtete gespannt das Geschehen.

Schnauzbart, der gerade zu pinkeln begonnen hatte, sah Nazari zuerst. Für einen winzigen Augenblick schienen Sabines Entführer wie erstarrt, dann aber kam Bewegung in die Männer. Schnauzbart markierte kurz die Schuhe seines Kollegen, als er sich hektisch daran machte, den Hosenstall zu schließen, während Max die Zigarette aus dem erschlafften Mundwinkel glitt und auf dem nassen Waldboden landete. Sekunden später nahmen die beiden die Beine in die Hand. Wie Hasen auf der Treibjagd stoben sie in den Wald, und erst als sich hinter den Bäumen weitere Beamte lösten, um ihnen den Weg abzuschneiden, begriff Thilo, dass Nazari das halbe Dezernat von Traunstein für diesen Einsatz einbestellt haben musste.

Der Schnauzer stolperte, taumelte und fiel einem der Beamten geradewegs vor die Füße. Max schaffte es einige Meter weiter, bevor ihn Nazari selbst mit einem gezielten Hechtsprung zu Boden riss.

»Beeindruckend. Selbst in der B-Note ohne Abzug«, meinte Emily. »Wie aufregend!« Dann zog sie den überraschten Thilo zu sich und presste ihre Lippen auf seine.

Gleichzeitig erstarb die Musik in der Hütte.

Sabine rieb sich die Handgelenke, die Harald eben von den Kabelbindern befreit hatte.

»Gott, das tut so gut«, flüsterte sie. Mit dem Ärmel ihrer Bluse wischte sie sich über die triefende Nasenspitze. »Harald, ich …«

»Gern geschehen.« Er konnte gerade alles ertragen, aber keine weinende Sabine, die ihm ihr Herz ausschüttete und ewige Dankbarkeit schwor. Das würde er mit Sicherheit nicht verkraften und vor ihr die Contenance verlieren. »Wir sind ein Team, das hast du doch nicht vergessen?« Nachdem er den Bluetooth-Lautsprecher ausgeschaltet hatte, hörte Harald anstatt des Schlagzeugsolos sein eigenes Herz hämmern. Seine Faust schmerzte, durch seinen rechten Oberarm schien sich bei jeder Bewegung ein Pfeil zu treiben. Offenbar hatte er sich irgendetwas gezerrt. Ansonsten ging es ihm körperlich überraschend gut, was er aber mit dem Adrenalinkick in Verbindung brachte, den ihm die Prügelei mit Rader beschert hatte. Wenn der erst mal abklang, würde er Sternchen und graue Nebelschwaden sehen, während sein Kreislauf in die Knie ging. Er klappte sein Taschenmesser zusammen und steckte es wieder in die Hosentasche.

Mit zitternden Knien stand Sabine auf, versetzte erst dem Stuhl und dann dem immer noch bewusstlosen Rader einen Tritt. »Wichser!«, zischte sie und drehte sich dann zu Harald. »Wehe, du verrätst jemandem, dass ich das gesagt habe!«

Abwehrend hob er die Hände. »Kein Wort.«

»Gut.« Sie richtete den Stuhl auf, schien zu überlegen, ob sie sich wieder daraufsetzen sollte, unterließ es aber. »Was machen wir mit dem?« Böse starrte sie Raders regungslosen Körper an. »Wir sollten ihn fesseln.«

»Sollten wir.« Harald nickte. »Aber womit?«

»Und es wird auffallen, dass die Musik aus ist.«

»Willst du, dass ich sie wieder anmache?«

»Untersteh' dich!«

Die Türklinke bewegte sich, und in Harald schrillten alle Alarmglocken. Er hatte keine Ahnung, wie die Situation außerhalb der Hütte aussah. Wusste nicht, ob Thilo und Emily in Sicherheit waren, hatte keinen Schimmer, wo sie sich in diesem Moment aufhielten. Aus diesem Grund musste er einfach mit allem rechnen. Sowohl mit Thilo und Emily, die ihm zur Hilfe eilten, als auch mit Raders Kumpanen, denen womöglich das plötzliche Verstummen des Lautsprechers aufgefallen war und die der Sache auf den Grund gehen wollten.

Harald ignorierte die Schmerzen in Hand und Arm. Er musste durchhalten, nur noch ein paar Minuten. Auch wenn Sabine den Eindruck machte, als würde sie jede Person, die ihren Fuß über die Schwelle der Hütte setzte, eigenhändig in Stücke reißen, sie brauchte seine Unterstützung. Nicht nur ihre blasse Hautfarbe machte ihm Sorgen, die zitternden Finger, die dunkelroten Flecken an ihren Handgelenken, ihre gekrümmte Haltung und ihre verweinten Augen taten ein Übriges.

Harald war zu allem bereit, als er aus der Hocke aufstand und erneut sein Messer zückte. Sekunden später sank er erleichtert zurück, als er die Person erkannte, die die Hütte betrat.

»Niederbuchner, langsam, langsam!«

Ehe sich der besorgte Nazari auf ihn stürzen konnte, wehrte Harald jede Hilfe mit erhobenen Händen ab. »Mir geht's gut.« Still deutete er mit dem Kinn auf die zitternde Sabine neben sich. »Aber rufen Sie für Frau Schroll hier bitte einen Rettungswagen.«

»Der ist schon unterwegs.«

»Ich brauche keinen Krankenwagen!«, stellte Sabine laut und deutlich klar. »Was ich aber jetzt aber sofort brauche, dringend, wirklich verflucht dringend … und zwar so scheiß-dringend wie noch niemals zuvor, ist …«

»Frau Schroll«, begann Nazari, der ihre Reizbarkeit offenbar für Auswirkungen der Stresssituation hielt. »Bitte beruhigen Sie sich. Die Situation ist unter Kontrolle, Sie kö …«

»Nix ist unter Kontrolle! Ich brauch eine verdammte Toilette!«

Das Leben wäre nur halb so nett, wenn keiner einen Vogel hätt

Kunststoff knirschte gegen Kunststoff.

Erschrocken trat Katja auf die Bremse, dieses vermaledeite Ausparken. Hatte sie etwa ... Sie drehte den Kopf, ließ die Scheibe herunter und spähte vorsichtig ins trübe Dunkelgrau, um festzustellen, dass sie den Spiegel des Nachbarautos tatsächlich erwischt hatte.

Wieder einmal.

»Roberta, irgendwann mache ich noch mal einen Kurs.« Nur das, was jetzt folgte, war neu. Katja spürte die Unruhe in der Magengegend herumflattern, in ihrem Hinterkopf klopfen. Doch statt in aufgeregten Aktionismus zu verfallen, zog sie die Handbremse an und stellte den Motor aus. »Es ist noch zu früh, um zu klingeln«, sagte sie bestimmt und suchte im Handschuhfach nach Stift und Zettel. Roberta gackerte zustimmend. Sie wollte Herrn Huber die Nachricht zukommen lassen, doch gerade, als sie den Briefkasten geöffnet hatte, ging im oberen Stockwerk das Licht an, und ihr Nachbar höchstpersönlich erschien im Fenster. Die ungekämmten Haare wie immer ein eindrucksvoller Hennenkamm.

»Herr Huber, ich wollte Sie nicht aufwecken!« Stolz winkte Katja mit ihrem Zettel.

Selbst aus der Entfernung sah Katja, wie er die Stirn runzelte. »Das ist sehr rücksichtsvoll«, sagte er schließlich.

»Es geht um Ihren Spiegel. Es hat geknirscht.«

»Ja, das dachte ich mir.« Huber machte eine unbestimmte Handbewegung.

»Der Karton in der Scheune?«, fragte Katja.

Ihr Nachbar ergab sich ein weiteres Mal seinem Schicksal. »Machen Sie sich keine Gedanken, Frau Sommerrain.«

»Danke, Herr Huber.« Erleichtert wollte Katja zurück zu ihrem Auto, da fiel ihr noch etwas ein. »Wo ich Sie aber gerade erwische. Ihr Safe!«

»Auch das, Frau Sommerrain.« Mit einem hörbaren Seufzen schloss ihr Nachbar sein Fenster, um keine zwei Minuten später im Morgenmantel in der Haustür zu erscheinen. »Habe ich gern gemacht«, sagte er, als er ihr den Briefumschlag reichte.

»Ein schönes Wochenende, Herr Huber!« Winkend kehrte Katja nun tatsächlich zum Parkplatz zurück und öffnete ihre Autotür. »Es wird besser, Roberta«, sagte sie, bevor sie erneut den Gang einlegte. Das Huhn blieb völlig gelassen und pickte wählerisch an ein paar Körnern ihres Eiweißfutters.

Knabbern, dachte Katja.

In den letzten Tagen hatte sie an der Tatsache zu knabbern gehabt, dass sie bei Sabines Rettung – und der vorhergehenden Entführung – nicht dabei gewesen war. Sie hatte sich wie früher gefühlt, in der Schule, in der Universität, auf der Arbeit vor Roisin: ausgeschlossen.

Alle waren sie da gewesen, Harald, Thilo, selbst Emily und dieser Nazari von der Polizei. Nur Katja nicht. Es war keine Absicht gewesen, das wusste sie, niemand hatte sie absichtlich nicht informiert. Und als Harald in der Eile die Wahl gehabt hatte zwischen Thilo und ihr … Katja warf einen Blick in den Rückspiegel. »Ich hätte auch Thilo angerufen.«

Roberta nickte zustimmend, flatterte mit ihren kurzen Flügeln und pickte weiter an ihrem Riegel.

»Du bist auch nutzlos in einem Flugwettbewerb«, informierte Katja sie. »Keine Chance gegen die Tauben von Haralds Nachbarn.« Sie überlegte. »Dafür sind deine Eier besser.« Ja, so musste sie das sehen. Thilo konnte zupacken, und sie, Katja, war eben für die Recherche zuständig. Schon beinahe wieder ganz versöhnt mit der Welt schielte sie zum Beifahrersitz, auf dem der Briefumschlag von Herrn Huber lag. Der Delfin.

»Sie werden staunen«, informierte Katja das Huhn. Denn sie hatte eine Überraschung. Bislang war es nur eine Theorie, sie würde noch eine Bestätigung brauchen, aber in den letzten Tagen hatte sie alles erneut durchgelesen, alle Aufzeichnungen, jede Information, und sie glaubte nun zu wissen, wie der Delfin in Franks Besitz gekommen war.

Roberta zuckte zu Melissa Etheridges *I'm the only one*, das jetzt aus den Lautsprechern tönte, wobei ihre Kopfbewegungen etwa die doppelte Geschwindigkeit des Taktes hatten.

Sechs Minuten später bog Katja zu den letzten Klängen von *Angels would fall* auf den Hotelparkplatz gegenüber dem Grabenstätter Moos ein.

Roberta gackerte aufgeregt, aus dem Hühnerstall auf der gegenüberliegenden Straße krähte postwendend ein Hahn.

»Die Liebe ist von allen Krankheiten noch die gesündeste«, murmelte Katja Euripides' Weisheit leise vor sich hin und vermied es, dabei an Roisin zu denken. Resolut öffnete sie den Kofferraum, um ihre Wanderschuhe zu holen. Der Weg zum Beobachtungsturm war nicht weit, aber er führte über eine Wiese, die dank diverser Regenfälle in letzter Zeit matschige Maulwurfshügel aufwies, die sie ihren Lederschuhen gerne ersparen wollte. Vielleicht würde sie die ja doch noch einmal für ein Bewerbungsgespräch brauchen.

Nachdem sie sich von Roberta verabschiedet hatte, marschierte sie, das Fernglas in der Hand, Richtung Chiemsee. Auf der Straße war um diese Zeit noch kaum ein Auto unterwegs, und selbst die Vögel erwachten erst langsam. Wie sehr sie die Ruhe gebraucht hatte, spürte Katja erst, als sie vor der hölzernen Brüstung des Turms stand, tief durchatmete und den ersten Vogelstimmen lauschte. Der Gartenrotschwanz, den sie zu hören meinte, trällerte sein Lied wohl schon seit einiger Zeit, er war einer der ersten Vögel, die lange vor Tagesanbruch mit ihrem Konzert begannen. Während die Sonne sich langsam ihren Weg bahnte, fiel ein Zaunkönig in den Gesang mit ein, und Katja grinste, als sie nur Sekunden später das elektrische Summen hörte, das die Ankunft seines großen menschlichen Artverwandten ankündigte.

Schnaufend kraxelte Harald etwa zwei Minuten später die Holztreppe hoch.

»Fünf nach schon«, brummte er, als er seinen Campingstuhl auseinanderfaltete.

»Ich habe ein Déjà-vu.« Katja lachte.

Harald schnaubte.

»Wo bleiben die denn?«, fragte er nach einer Weile, in der er die Position seines Sitzes sicher viermal neu ausgerichtet hatte.

»Sie werden schon noch kommen.«

Langsam krochen die ersten Lichtstrahlen über den Chiemsee und ließen das Wasser in der Sonne glitzern. Das Grabenstätter Moos wachte auf, und Katja hob ihr Fernglas an die Augen. Ein Reiher flog mit seinen großen Schwingen über den See. So zusammengekauert der Vogel auf dem Land wirkte, so staksig er durch Wiesen watete, sein Flug war anmutig und beinahe majestätisch. Katja atmete tief ein und ließ den Frieden auf sich wirken.

»Was, wenn es ihr nicht gut geht?«

Katja drehte sich zu Harald. »Sabine ist zäh, die haut so schnell nichts um.«

Missmutig blickte Harald zum See. Für einen Augenblick wurde er von dem Reiher abgelenkt, der nun nicht weit von ihrem Beobachtungsturm entfernt am Seeufer durchs Wasser watete. Dann begann er erneut: »Aber …« Weiter kam er nicht, er wurde vom scharfen Bremsgeräusch eines Fahrrads in unmittelbarer Nähe unterbrochen.

»Na bitte.« Katja wandte sich wieder einer Kohlmeise zu. »Da kommt ja schon der Nächste.«

Im Dunkeln tastete Sabine nach ihrem Wecker und stöhnte, als sie über die linke Seite rollte. Ihre Entführer hatten ordentlich zugelangt, ein blauer Fleck erstreckte sich fast über die gesamte Hüfte. Für einen Moment überlegte sie, einfach liegen zu bleiben. Aber dann dachte sie an die letzten Wochen. Nein, keine zehn Pferde hätten sie dazu gebracht, den heutigen Sonntag im Grabenstätter Moos auszulassen. Nur verflixt nochmal, wieso um alles in der Welt hatte sie sich dazu bereit erklärt, auch noch Croissants aufzubacken?

Seufzend stand sie auf und streckte sich vorsichtig. Die Zeit, die sie im Kofferraum sowie gefesselt auf dem Stuhl verbracht hatte, spürte sie schmerzhaft in Schultern und Armen. Verfluchte Mistkäfer. Immerhin hatte Nazari Rader und Co. in

Untersuchungshaft gesteckt, und es war kaum anzunehmen, dass die Männer in absehbarer Zeit wieder auf freien Fuß kamen. Im Gegensatz hoffentlich zu David Fiedler. Sabine hatte gestern mit ihm gesprochen. Ganz so einfach, wie sie gehofft hatte, war es nicht, es gab im wahren Leben keine »Du kommst aus dem Gefängnis frei«-Ereigniskarte wie bei Monopoly, aber Kaltenecker hatte versprochen, sein Bestes zu geben. Der Anwalt war zuversichtlich, dass ein Untersuchungsrichter David schon diese Woche nach Hause lassen würde. Das Verfahren war zwar nicht vom Tisch, aber Kaltenecker rechnete fest mit einem Freispruch. Trotz der körperlichen – und psychischen – Folgen, die Sabine sicher noch länger zu schaffen machen würden, stimmte sie diese Zuversicht froh.

Gähnend schlurfte sie Richtung Badezimmer, in der Küche rumorte es. Halb sechs in der Früh, Felix schien gerade nach Hause gekommen zu sein. Ausnahmsweise hatte sie weder die Kraft noch die Lust, sich darüber aufzuregen. Sie putzte sich die Zähne, machte eine Katzenwäsche, bei der nicht allzu viel Gymnastik notwendig war, und schlüpfte mit zusammengepressten Lippen in Jeans und Bluse, jede Bewegung eine kleine Qual. Dabei bekam sie eine leise Ahnung davon, wie sie sich in zwanzig Jahren fühlen würde.

Schnuppernd blieb sie stehen. Was war das denn? In Zeitlupe schleppte sie sich in die Küche.

»Morgen, Mama.« Im Schlafanzug und mit Ofenhandschuhen an den Händen stand Felix vor dem Herd und starrte konzentriert auf die Zeitanzeige.

»Was machst du denn da?« Erstaunt blickte sie ihren Sohn an.

»Wenn du in deinem Zustand schon unbedingt an den See

fahren willst ... Du brauchst doch Croissants.« Er nahm seinen Blick nicht vom Backofen, der nun ein leises »Pling« von sich gab. »Und fertig!« Triumphierend öffnete Felix die Ofentür und hob die Croissants mit einer Grillzange in den Brotkorb.

»Du bist ... du hast ...« Sabine konnte nicht glauben, was sie da sah. Ihr Sohn war aufgestanden, um Croissants aufzubacken? Wie die Zeiten sich umkehrten! Hatte sie vielleicht doch zwanzig Jahre verschlafen?

»Na ja.« Verlegen rieb er seinen nackten rechten Fuß am linken Bein. »Du hast mit Oma ja genug zu tun, und dann diese Sache neulich ... Papa sagt ...« Er brach ab, und Sabine nahm ihn wortlos in den Arm. Ausnahmsweise ließ er es zu, dass sie ihm wie früher über Kopf und Rücken strich, nur dass sie im Gegensatz zu früher ihren Kopf an seine Brust lehnte und nicht umgekehrt.

»Das wird nicht noch einmal passieren«, sagte sie und drückte ihn fest. Eine Weile standen sie einfach nur so da, bis Felix sich behutsam löste.

Sabine runzelte die Stirn. »Was hat dein Vater gesagt?«, hakte sie nach.

»Ist egal.«

Ist egal – wie sie diese Antworten liebte! Aber heute hatte Felix was gut bei ihr, mehr als das, sie gab sich innerlich das Versprechen, mindestens zwei Wochen nicht mehr mit ihm zu schimpfen. Wenn etwas schieflief, konnte sie immer noch Thomas anrufen, dachte sie sarkastisch.

»Willst du auch frühstücken?«, fragte sie ihren Sohn.

Entsetzt schüttelte Felix den Kopf. »Weck mich, wenn du von den Vögeln zurück bist.«

Bevor Sabine sich Schuhe und Jacke anzog, sah sie noch schnell nach Heide, doch auch ihre Mutter hatte offenbar beschlossen, ihr heute einen Gefallen zu tun: Sie schlief tief und fest.

Thilo fiel es alles andere als leicht, sich aus dem Bett zu quälen, was an Emily lag, die eng an ihn gekuschelt, eine Hand quer über seiner Brust, neben ihm schlief. Als er sich schließlich doch aufsetzte, murmelte sie ein paar unverständliche Worte, und mit dem Versprechen, zum Frühstück später Brötchen mitzubringen, stand er endlich auf.

Er war spät dran, was bei den anderen Birdern nicht gut ankommen würde, allen voran Harald. Trotzdem wünschte Thilo sich, er würde noch im warmen Bett liegen, anstatt sich gleich auf dem Fahrrad den heulenden Wind um die Ohren pusten zu lassen.

Am nächsten Sonntag würde er Emily mitnehmen. Das frühe Aufstehen war sie – im Gegensatz zu ihm selbst – durch ihre Arbeit im FÖJ gewohnt, und sie freute sich schon darauf, ihm zeigen zu können, was die Naturschutzverbände alles erreicht hatten.

Thilo trat in die Pedale, um die Verspätung wettzumachen und sich aufzuwärmen. Als kurze Zeit später der See vor ihm auftauchte, er die ersten Vögel rufen hörte und schließlich Haralds an einen Baum gelehntes E-Bike in Sicht kam, stieg die Vorfreude in ihm auf. Die Vorfreude auf Ruhe, Frieden, ein paar Vögel im Schilf und Croissants, begleitet von Sabines Gequatsche, Haralds Gebrummel und Katjas Zitaten.

»Wird auch Zeit«, grummelte Harald.

Als kurz nach Thilo auch Sabine ankam, die etwas steif über die Wiese lief, lächelte der Forensiker erleichtert.

»Wir hatten uns schon Sorgen gemacht«, erklärte er, nachdem sie alle zusammen im Turm Platz genommen hatten – er selbst wieder in seinem Campingstuhl, Katja und Thilo stehend vor der Brüstung und Sabine auf der Bank, einen Brotkorb auf dem Schoß, von dem sie jetzt das Küchentuch zurückschlug und herrlich duftende Croissants enthüllte.

Gott sei Dank keine Kekse, dachte Katja und griff zu.

»Stieglitz«, nuschelte Thilo mit vollem Mund, der das Fernglas in der einen, Croissant und Kamera in der anderen Hand balancierte.

»Carduelis carduelis.« Katja mochte es, wenn Gattungs- und Artbegriff derselbe war.

»Möchtest du …«, wandte Harald sich an Sabine und räusperte sich. Er schien das Folgende geprobt zu haben. »Möchtest du über das Erlebte sprechen?«

Bei dem Gedanken, dass Harald Therapeut spielte, unterdrückte Katja ein Kichern. Sabine schien es ähnlich zu gehen. Amüsiert blickte sie erst zum Forensiker, dann auf den See, dann verneinte sie vehement.

»Eine Sache geht mir allerdings nicht aus dem Kopf«, sagte sie nachdenklich. »Wenn David Fiedler es nicht war, wie ist Frank an den geraubten Delfin gekommen?«

Ah, und hier kam auch schon ihr Einsatz. Sorgfältig aß Katja zunächst den letzten Bissen ihres Croissants und wischte sich die Hände an einer von Sabines mitgebrachten Servietten ab, dann griff sie in die Innentasche ihrer Funktionsjacke.

»Ich habe nachgedacht.« Vorsichtig wickelte Katja das

Schmuckstück aus dem Briefumschlag und legte es auf die hölzerne Brüstung des Vogelturms. »Es ist bis jetzt nur eine Theorie, und sie mag falsch sein. Aber ich glaube, Rader hat mit dem Staatsanwalt Hansjörg Fischbacher zusammengearbeitet. Erinnert ihr euch noch, was ihr von der Beerdigung berichtet habt? Fischbacher wollte unbedingt zu Frank, um Akten wiederzubeschaffen. Aber welche Akten? Sie hatten keine gemeinsamen Fälle.«

Bestätigend nickte Sabine. »Er hat den Fall David Fiedler übernommen, aber die Akte hat man ihm übergeben. Es könnte sein, dass er in Wirklichkeit den Delfin gesucht hat.«

»Ganz genau.« Katja nickte. »Denn dazu kommt das, was Annika mir erzählt hat: Franks und Hansjörgs Antipathie war allen bekannt, und plötzlich, in den letzten Wochen, hat Frank jedes Mal auffällig gute Laune, wenn er Hansjörg sieht. Wie kommt das?«

»Natürlich! Weil er ihm das Beweisstück weggeschnappt hat. Das Beweisstück, das Hansjörg für Rader aus dem Hut ziehen sollte!« Aufgeregt trommelte Sabine mit den Fingern auf ihren Oberschenkel.

»Katja, du meinst also, Fischbacher hatte den Delfin von Rader? Weil …?«

»Er musste ihn vielleicht für ihn verwahren. Gegen Geld. Antonia nannte ihren Vater einen … Moment …«, Sabine legte den Kopf schief. »Irgendwas mit –min hinten.«

»Gönnjamin.« Thilo grinste.

»Das war's. Er ist es gewohnt, ein komfortables Leben zu führen, und bekam offenbar den Hals nicht voll. Das wusste Frank, hat den Delfin bei Fischbacher gefunden, richtig kombiniert und den Schmuck an sich genommen.«

»Sorry, aber das klingt für mich alles nicht nach einem Beweis«, merkte Thilo an. »Nach Indizien meinetwegen, aber nicht nach einem Beweis.«

»Deshalb habe ich es Theorie genannt.« Katja nickte.

»Das Wichtigste ist ja auch, dass wir Franks Mörder gefunden haben«, sagte Harald. »Restlos wird man nie alle Fragen klären können.«

Das Krähen eines Hahns unterbrach ihn, als er noch etwas hinzufügen wollte.

»Oh!«, rief Sabine, als alle sie anstarrten. Dann wühlte sie in ihrer Handtasche. »Das ist ein neuer Klingelton, ich habe mich immer noch nicht daran gewöhnt. Antonia!«, rief sie dann überschwänglich, als sie das Gespräch annahm. Nach nicht einmal einem halben Satz stellte sie ihr Telefon auf laut, damit alle mithören konnten.

Sie hätte kein Auge zugemacht, sagte Fischbachers Tochter. Hätte wach gelegen und nachgedacht. Ob es vielleicht wichtig wäre, fragte sie. Ob es vielleicht wichtig wäre, dass ihr Stiefvater vor einigen Wochen ein teuer aussehendes Schmuckstück in seinem Schreibtisch versteckt hatte.

»Zuerst dachte ich, er macht meiner Mutter ein Geburtstagsgeschenk, und ich hab das schon hart gefeiert, ich mein', ich kann mich nicht erinnern, dass er ihr mal so was Schönes gegeben hat«, erzählte das Mädchen. »Aber dann hat sie bloß einen Gutschein für die Chiemgau Therme gekriegt.«

»Ein teuer aussehendes Schmuckstück«, wiederholte Katja leise und sah die anderen dabei triumphierend an.

»Kannst du es genauer beschreiben, Antonia?«, fragte Sabine.

»Ja, wie ein Delfin. Mit einem Edelstein als Auge. Jedenfalls hatte er es in einer Schublade im Schreibtisch versteckt« – auf die Frage, wie Antonia unter diesen Umständen davon erfahren hatte, verzichtete Sabine –, »und plötzlich war es weg. Meinen Sie, er hat es geklaut?«

»Geklaut?« Sabine schüttelte den Kopf. »Aber vielleicht hat er es sich klauen lassen.«

»For real? Scheiße!« Auch Antonia konnte offenbar kombinieren. »Sein Arbeitskollege, der meiner Mutter einen Brief für Hansjörg gebracht hat und dringend auf die Toilette musste.«

»Antonia, du hast uns wirklich sehr geholfen.« Nicht nur Sabine grinste bei diesen Worten breit. Nachdem sie sich von dem Mädchen verabschiedet hatte, ließ sie ihr Smartphone zurück in die Handtasche gleiten.

»Offenbar haben wir nun doch restlos alle Fragen geklärt, und aus den Indizien sind Beweise geworden«, sagte sie schmunzelnd in Haralds Richtung. »Und du, Katja, bist ein Genie. Aber das wussten wir ja alle auch schon vorher.«

Während Katja sich fragte, ob sie rot wurde, stupste Sabine den Forensiker an. »Na, sag schon, du alter Hase. Wie haben wir Jungvögel uns so angestellt in unserer allerersten Mordermittlung?«

»Der allerersten?«, fragte Katja und schluckte.

Doch als Thilo plötzlich aufgeregt rief, dort vorn sei ein Drosselrohrsänger, eine kleine Sensation, und sie daraufhin alle ihre Ferngläser in die Hand nahmen, einträchtig nebeneinanderstehend, gesund und munter, da murmelte sie: »Dulce periculum.«

Gefahr ist süß.

Nachwort

Unser Planet ist die Heimat von über 10 000 Vogelarten, die sich nicht nur im Aussehen und im Gesang, sondern auch im Verhalten unterscheiden. Manche schaffen erstaunliche Kunstwerke, andere zerstören gezielt die Bauten ihrer Artgenossen. Manche bringen ihre Beute auf mörderische Weise um, singen aber so ausgezeichnet, dass sie Komponisten inspiriert haben. Manche arbeiten mit den Menschen zusammen, manche tanzen, trommeln oder locken Spielgefährten mit speziellen Rufen. Viele haben komische Namen, wiegen vier Gramm oder fünfundvierzig Kilo, haben eine Flügelspannweite von einem Meter achtzig oder fünfzehn Zentimetern.

Vögel sind Gradmesser für den Zustand der Biodiversität, sinkt ihre Zahl, geben sie damit wichtige Hinweise auf Probleme in den einzelnen Ökosystemen. Inzwischen ist jede achte Vogelart vom Aussterben bedroht. Auch wenn man sie im Frühling in großen Schwärmen am Himmel sieht: Überall auf der Erde, in allen Regionen, gehen die Vogelbestände zurück. Die Gründe sind hauptsächlich die Ausdehnung und Intensivierung der Landwirtschaft, Agrochemikalien, die Umwandlung von Grünland in Äcker und die verstärkte Landnutzung in ihren Lebensräumen - all das macht ihnen das Dasein schwer. Weitere Faktoren sind die Abholzung von Wäldern und der Klimawandel.

Vögel sind ein bunter, äußerst lebendiger Teil der Natur. Ihr Gesang macht uns glücklich, lenkt uns von Problemen ab. Die Vogelbeobachtung hilft uns, abzuschalten und durchzuatmen: »Wir fühlen uns gut, wenn wir mit der Natur und ihren Lebewesen in Kontakt sind. Diesen Kontakt zur Natur zu suchen, ist uns angeboren«, beschreibt der US-amerikanische Verhaltensbiologe und Begründer der Soziobiologie E. O. Wilson den Effekt.

Rund um den Chiemsee findet man über dreihundert heimische Vogelarten, die das Leben unserer »Schrägen Vögel« bereichern. Und die Krimihandlung hoffentlich auch.

Wir hoffen, dass Sie viel Vergnügen bei der Lektüre hatten. Vielleicht denken Sie danach über den Kauf eines guten Fernglases und eines Vogelbestimmungsbuchs nach?

Ach, und falls Sie einen Neuntöter entdecken, lassen Sie es uns bitte wissen!

Glossar

Amrock: Das Amrock-Huhn stammt ursprünglich aus den USA, ist inzwischen jedoch auch in Deutschland bei Züchtern stark verbreitet. Am liebsten verbringt das gestreifte Huhn seine Zeit im Freien. Es kann zwar fliegen, tut dies aber nur in absoluten Notsituationen.

Braunkehlchen: Das Braunkehlchen trägt, wie sein Name schon verrät, ein braunes Gefieder, charakteristisch ist der helle Streifen über dem Auge. Leider ist dieser kleine Langstreckenzieher – er wiegt nur siebzehn Gramm! – in Deutschland stark gefährdet. Auch am Chiemsee gibt es derzeit nur noch drei Brutpaare.

Buntspecht: Das Federkleid des Buntspechts ist schwarzweiß mit tiefroten Schwanzfedern sowie einem roten Fleck am Kopf bei den Männchen. Der Buntspecht lebt in Wäldern und in Parks mit hohem Baumbestand. Er ist bekannt für seine »Spechtschmieden«: Risse oder offene Stellen in Bäumen, in denen er dann Tannenzapfen einklemmt, um sie aufzumeißeln und an ihr Inneres zu gelangen. Und nein, er bekommt keine Kopfschmerzen vom Hämmern, denn der Schnabelschädel ist mit dem Hirnschädel federnd verbunden, er hat also einen eingebauten Stoßdämpfer!

Drosselrohrsänger: Der Drosselrohrsänger ist der größte unserer Rohrsänger. Der kleine braune Vogel macht seine unauffällige Erscheinung mit seinem charakteristischen Gesang wieder wett. Vom Teichrohrsänger ist er vor allem anhand seiner Größe zu unterscheiden. Man trifft diesen Sommervogel am Rand von Gewässern im dichten Schilfgürtel an. Durch den Rückgang des Lebensraumes Röhricht ist der Drosselrohrsänger stark gefährdet.

Elster: Diesen schwarz-weißen Rabenvogel sieht man in unseren Breitengraden recht häufig. Elstern sind, wie alle Rabenvögel, sehr klug. Der Begriff der »diebischen Elster« entstammt einem Missverständnis: Die Vögel sind statt auf Raubzug auf der Suche nach Nahrung oder Material für ihr Nest. Die Nahrungsverstecke liegen meist im Boden und nicht im Nest. Und das wahrhaft erstaunliche Ortsgedächtnis der Elstern sorgt dafür, dass sie ihr Versteck wiederfinden.

Feldschwirl: Der Feldschwirl ist ein eher unauffälliger Vogel, sowohl vom Aussehen her als auch vom Gesang. Der kleine, braun gefärbte Vogel ist kein Vegetarier, allein tierische Nahrung steht auf seinem Speiseplan, wobei er von Insekten über Tausendfüßler bis Spinnen nicht wählerisch ist. Als Langstreckenzieher überwintert er südlich der Sahara. Der Feldschwirl ist leider stark gefährdet.

Gartenrotschwanz: Der in Streuobstwiesen oft anzutreffende Gartenrotschwanz ist ein kleiner, schlanker Vogel mit orangefarbener Brust. Sein Schwanz ist, wie der Name schon sagt, rostrot. Erfreulicherweise nehmen die Bestände des kleinen Langstreckenziehers, der die Winter in Afrika verbringt, seit einiger Zeit wieder zu!

Haubentaucher: Auch der Haubentaucher weist, wie man richtig vermutet, eine Federhaube am Kopf auf. Der Wasservogel mit dem schlanken Hals trägt einen schwarzen Kopfputz, an dem man ihn schon von weitem erkennt. Ab dem Winter beginnt er mit ausführlichen Balzritualen, für den besonders der Pinguintanz typisch ist, bei dem sich beide Vögel im Wasser Brust an Brust aufrichten, während sie mit den Füßen paddeln und ihre Hauben schütteln.

Karmingimpel: Der Karmingimpel ist, wie sein Name schon sagt, leuchtend rot: Kopf, Brust und Schwanz sind karminrot gefärbt, was ihn leicht erkennbar macht. Da er jedoch sehr scheu ist, bekommt man ihn eher selten zu Gesicht, zudem steht er auf der Vorwarnliste der gefährdeten Vogelarten.

Kuckuck: Besonders bekannt ist der Kuckuck für seinen charakteristischen Ruf, der ihm auch seinen Namen eingetragen hat: »Ku-Kuck«. Die in Deutschland lebenden Vögel bauen keine eigenen Nester, sondern legen ihre Eier in die fremder Vögel, die diese Eier dann ausbrüten. Der Kuckuck gilt als gefährdet.

Mäusebussard: Der Mäusebussard ist der Greifvogel, der in Deutschland am weitesten verbreitet ist. Er lebt gerne am Waldrand mit Blick über offenes Gelände, in dem er jagen kann. Nicht alle Mäusebussarde verlassen im Winter ihre Brutgebiete, und wenn sie es tun, ziehen sie nicht weit.

Möwe: Möwen sind typische See- und Küstenvögel. Aber auch im Binnenland lassen sich Möwenarten wie die Lachmöwe, die Silbermöwe, die Mittelmeermöwe, die Steppenmöwe oder die Zwergmöwe finden. Denn: Die eine Möwe gibt es nicht. Möwen können auf ihrer Nahrungssuche bis zu einhundert Kilometer landeinwärts ziehen. Aber der Bestand der hier beheimateten Arten schrumpft.

Neuntöter: Dieser kleine Vogel, dessen Männchen einen prächtig rostrot gefärbten Rücken aufweisen, erhielt seinen Namen aufgrund seines brutalen Beuteverhaltens: Er spießt seine Nahrung – vor allem Insekten, hin und wieder auch Mäuse oder auch kleine Vögel – auf Dornen auf, als Vorrat für schlechte Zeiten. Man nennt ihn auch Neunmörder, Würgeengel, Dorndreher, Spatzenstecher oder Finkenbeißer.

Rabe: Der Kolkrabe ist deutlich größer als seine kleine Verwandte, die Rabenkrähe. Männchen wie Weibchen haben ein komplett schwarzes Gefieder, zusammen mit ihrer Größe sowie dem tiefen gurgelnden »kroak« ist es kein Wunder, dass der Rabe oft in Mythen und Märchen auftaucht. Eine Rabenfamilie bleibt drei Monate zusammen, ehe die Jungen in die Selbständigkeit entlassen werden. Rabeneltern? Ein Kompliment!

Rohrammern: Die Rohrammer ist eine Schilfbewohnerin, die man vor allem im Sommer antrifft. Der kleine Vogel weist am Kopf einen weißen »Schnurrbart« auf, an dem man ihn gut erkennen kann. Rohrammern nisten im Schilf, sie sind flinke, schnelle Vögel, die teilweise den Winter bei uns verbringen, in der Mehrheit jedoch in den Süden ziehen.

Rohrschwirl: Ähnlich unauffällig wie sein Verwandter, der Feldschwirl, hat auch der Rohrschwirl einen Gesang, der eher wie ein schwirrendes Insekt klingt als ein Vogel. Als Lebensraum hat er sich den Rand von stehenden oder fließenden Gewässern gesucht: Am wohlsten fühlt er sich im Schilf, wo er auch sein Nest baut.

Rotfußfalke: Den Rotfußfalken bekommt man in Deutschland nur selten zu Gesicht, höchstens dann, wenn er von der Überwinterung in Afrika in seine Brutgebiete in offenen Steppenlandschaften in Ost- und Südosteuropa zieht. Der Rotfußfalke ist ein kleiner Greifvogel mit blaugrauem Gefieder bei den Männchen, während Kopf und Brust bei den Weibchen rostgelb sind.

Säbelschnäbler: Der Säbelschnäbler besitzt einen langen, dünnen Schnabel, der vorn leicht nach oben gebogen ist und dem Küstenvogel seinen Namen gegeben hat. Er hat graublaue Beine und ein schwarz-weißes Gefieder. Der Säbelschnäbler ist in Deutschland streng geschützt, steht aber trotzdem auf der Vorwarnliste.

Seidenschwanz: Der Seidenschwanz gehört nicht zu den heimischen Brutvögeln, sondern ist in Deutschland nur hin und wieder als Wintergast anzutreffen, bevor er zum Brüten in die Taiga Skandinaviens oder Russlands zurückkehrt. Der Seidenschwanz trägt eine braune Federhaube auf dem Kopf, das braune Gefieder umhüllt einen kompakten Körper mit dickem Hals.

Steinkauz: Der Steinkauz, ein kleiner Eulenvogel, nistet gern in Baumhöhlen. Sein braunes Gefieder ist weiß gefleckt, und seine Augen sind ganz typisch für Eulenvögel groß und gelb. Leider geht der Bestand des Steinkauzes seit Jahren zurück: Streuobstwiesen werden gerodet und alte Gemäuer modernisiert; daneben gibt es nur noch wenig extensiv genutztes Grünland, so dass der Steinkauz seinen Lebensraum verliert.

Stieglitz: Der Stieglitz oder Distelfink ist ein besonders hübscher kleiner Vogel. Mit seinem roten Kopf und den gelben Flügeln war er aufgrund seines Aussehens ein beliebter Käfigvogel. Seine Nester baut der Stieglitz hoch oben in den Astgabeln, aufgrund einer sehr kurzen Brutzeit zieht er jedes Jahr zweimal Junge auf. Noch ist der Stieglitz nicht gefährdet, der Bestand hat sich im Vergleich zu den neunziger Jahren des letzten Jahrhunderts jedoch halbiert.

Türkentauben: Die Türkentaube, die aus dem westasiatischen Raum nach Europa einwanderte, lebt gern in der Nähe des Menschen. Ihre beigegraue Färbung ist unauffällig, charakteristisch ist ein schwarzer Ring im Nacken. Nach einer zunächst schnellen Ausbreitung sind die Bestände inzwischen rückläufig.

Weißstorch: Wer kennt ihn nicht, den laut klappernden Gesellen in seinem Nest, das er gern auf Schornsteine oder Kirchtürme baut? Dieser große Vogel mit dem roten Schnabel und den schwarzen Flügelspitzen verbringt den Winter in Afrika, gilt bei uns als klassischer Frühlingsbote und ernährt sich von Mäusen, Amphibien, Reptilien und Regenwürmern. Als Bringer neuen Lebens nach dem langen Winter bringt er auch … den menschlichen Nachwuchs. So sagt man zumindest.

Zaunkönig: Klein, aber oho. Als einer der kleinsten Vögel Europas ist sein schmetternder Gesang jedoch weithin zu hören. Zaunkönige bleiben auch im Winter bei uns, statt Nestern errichten sie kugelige Lehm- oder Mooshöhlen, um zu brüten. In Zeiten der Balz erstellt das Männchen bis zu zwölf Nester im Rohbau und preist es der umworbenen Dame an. Zum Glück ist der Zaunkönig nicht gefährdet!

Vielen Dank an den Naturschutzbund Deutschland (NABU) für die Bereitstellung der Informationen. Weitere Infos zu diesen und allen anderen Vögeln finden Sie auf *www.nabu.de*.

Hat Ihnen

Schräge Vögel

SOKO Neuntöter

gefallen?

Dann freuen Sie sich jetzt
schon auf Band 2.

Im Frühjahr 2026 überall da,
wo es Bücher gibt.